라의연 장편소설

천사의 노래

황금소나무

천사의 노래

2016년 3월 25일 1판 1쇄 인쇄
2016년 3월 31일 1판 1쇄 발행

지은이_라의연
펴낸이_정영석
펴낸곳_황금소나무
주 소_서울시 관악구 국회단지15길 10, 102호
전 화_02-6414-5995 / 팩 스_02-6280-9390
등록번호_제2015-000032호
홈페이지_http://www.mindbooks.co.kr
ⓒ 라의연, 2016

ISBN 978-89-97508-24-2 03810

이 도서의 국립중앙도서관 출판예정도서목록(CIP)은 서지정보유통지원시스템 홈페이지
(http://seoji.nl.go.kr)와 국가자료공동목록시스템(http://www.nl.go.kr/kolisnet)에서 이
용하실 수 있습니다. (CIP제어번호 : CIP2016007794)

작가의 말

앞으로도 당분간은 神에 대하여, 천사에 대하여 그리고 그 연장선 상에 있는 우리들의 삶에 대한 이야기들을 계속해서 써 나갈 생각이다. 그만큼 난 그분이 정말로 존재하시고, 따라서 그분의 전령인 천사들이 세상 이곳저곳에 실재로 뿌려져 있기를 간절히 바라기 때문이다.

몇 년 전, 내 삶에서 영원히 잊히지 않을 한 사건이 있었다. 그건 영원히 이어질 것만 같던 삶이 단 한순간에 거품처럼 사라질 수도 있음에 대한 단호한 경고였다. 뒤통수를 맞은 듯 정신이 번쩍 든 나는 그 당시 병상에 누워 하늘을 향해 수없이 되물었다. "당신이셨나요? 정말 계시는 겁니까? 잘 짜인 한 편의 각본처럼 기막힌 우연으로 다시 저를 삶으로 돌려보내신 분이 당신이셨습니까?"

덕분에 난 뒤늦게 가톨릭 신자가 되었고, 나름 최선을 다해 그분의 뜻을 살폈다. 하지만 시간의 흐름 속에 변함없이 반복되는 지루하고 답답한 일상을 핑계 삼아 난 다시 그분을 망각의 저편으로 사정없이 내팽개쳐 버렸다. 그것도 모자라 그분을 의심의 눈길로 흘겨보며, 원망의 대상이 필요할 때면 여지없이 다시 불러내 막말과 욕설로 대들었다. "과연 계시긴 계십니까?"

그런데 재미있는 건, 그럴수록 난 더더욱 반발적으로 소설 작업에 집중했고, 집요하게 그분이 존재하심을 증명하는 쪽으로 글을 썼다는 것이다. 어찌 보면 허구의 소설을 쓰면서 그 허구 속에 개연성 있는 얼개를 짜며 그분의 실재함을 정작 나 자신부터 논리적으로 설득하려 했던 모양이었다.

그래서였을까? 첫 소설 『혼의 노래』를 필두로 두 번째 소설인 『천사의 노래』 또한 결국 神에 대한, 천사들에 대한, 그리고 그 영향력 속에서 삶을 영위할 수밖에 없는 인간 군상들의 모습을 담게 되었다. 하지만 이 소설들을 통해 독자들에게 감히 삶에 대한 무슨 해답을 제시하겠다는 의도도 없었고, 神에 대한 사람들의 생각을 바꾸고 싶다는 기대는 더군다나 품지 않았다. 그저 공평하다 할 수 없는 일들이 수도 없이 일어나는 인생살이에 맞서 하늘을 향한 기도가 의외로 큰 위안이 될 수 있음을 나누고 싶었을 뿐이었다. 이 세상의 모든 이치가 반드시 인과 관계에만 근거하지 않는 이유는 삶의 한 축이 神과 맞닿아 있기 때문일 것이고, 영원의 눈으로 세상을 살피시는 그분의 시각에 맞춰 찰나를 살 뿐인 우리가 감히 조율할 수 있는 것은 아무것도 없겠지만, 그래도 인간에게는 하늘을 향해 기도할 수 있는 권리가 있고, 神은 그 기도에 화답할 의무를 가지고 계시다란 믿음이 의외로 내겐 큰 힘을 발휘했다.

그래서 이 소설을 쓰는 내내, 나에게는 조그마한 변화가 하나 생겼다. 세상살이가 힘들어 가슴을 칠 때마다 여전히 난 기도를 하지만, 神

께 무턱대고 요구만 하던 예전의 기도에서 점차 벗어나, 그분께서 전하시려는 말씀에 먼저 귀 기울여 보려는 노력을 새삼 시작하게 된 것이 바로 그것이다. 그 이후 놀라운 일이 벌어졌다. 바로 내 눈에 천사들의 모습이 보이기 시작한 것이다.

사랑하는 내 아내의 모습에, 내 아이들의 밝은 웃음 속에, 가족들과 친구들의 나를 향한 배려와 염려 속에, 낯선 이들의 친절과 호의 속에 순백색 천사가 항상 존재했음을 난 이제야 깨닫는다.

아무쪼록 『천사의 노래』가 독자 여러분들을 지켜 온 수많은 천사들을 재발견하는데 조그마한 단초라도 될 수 있기를 바라며, 이 책을 읽는 모든 이들에게 하느님의 사랑과 은총이 가득하시기를 진심으로 기원하는 바이다.

마지막으로, 부끄러운 졸고가 세상과 만날 수 있도록 기회를 주신 황금소나무 대표님과 성유빈 편집자님께 다시 한 번 감사의 말씀을 드리며, 이 책 속에 하늘대리인 요셉 할아버지로 다시 태어나신 그리운 아버지와 사랑하는 내 아내 글로리아, 내 딸 앨리스, 내 아들 앤톤 그리고 이국땅에서 제대로 자리 잡지 못하고 헤매던 못난 나 때문에 마음 졸이신 한국의 모든 가족분들께 이 책을 바친다.

호주 멜버른에서
라의연 씀

차 례

프롤로그

커피 향이 가득했다. 회의실로 가는 길목에 마련된 직원 휴게실에서 누군가 금방 커피를 내린 모양이다. 그러고 보니, 습관처럼 마시던 커피 한잔도 잊은 아침이었다. 창수는 직원 휴게실로 발걸음을 옮겨 커피 머신에서 진한 에스프레소 한 잔을 내리며 무심코 맞은편 창밖에 시선을 던졌다. 환자들의 산책 공간으로 쓰이는 병원 뒤뜰이 한눈에 들어왔다. 창수는 금방 내려 뜨거운 에스프레소 잔을 받침대에 받쳐들고 창가 옆에 마련된 푹신한 소파로 느릿느릿 걸음을 옮겼다. 여름 날씨답지 않은 쾌적한 기온에 잔디밭 이곳저곳에는 평소보다 더 많은 환자들과 그들의 가족들이 나와 있었다. 창수는 진한 에스프레소 향을 입 속에 머금고 푸른 녹음이 내려 앉은 뒤뜰을 천천히 굽어보았다. 문득, 잔디밭 가운데에 위치한 고목나무 근처에서 창수의 시선이 멈추었다. 그곳에 연희와 소희란 아이가 덕희란 아이가 앉아 있는 휠체어를 둘러싸고 도란도란 이야기를 나누고 있었다. 모르는 사람들이 보면 아마 다정한 자매들이라 생각할 모습이었다.

"박사님, 회의실 안 들어가세요?"

"……."

"박사님!"

"아, 닥터 장……."

"무슨 생각을 그리 골똘하게 하고 계세요?"

레지던트 장철민이었다. 커피를 뽑으러 왔다가 창가에 서 있는 창수를 발견하고 몇 번이나 불렀던 모양이었다.

"아, 아니, 그냥 날씨가 아주 좋아서. 먼저 들어가게. 나도 곧 들어갈 테니까."

"예, 알겠습니다. ……궂은 날이 있기 전에 잠시 비춘 햇살일 겁니다. 저기 보세요. 먹구름이 까맣게 몰려오네요."

커피를 양손에 쥔 장철민이 휴게실을 나서다 힐끗 창밖을 쳐다보며 말했다. 어디서 나타났는지 조금 전까지만 해도 보이지 않았던 먹구름이 어느새 병원 뒤뜰을 까맣게 뒤덮고 있었다.

'이런 비가 오겠군.'

아닌 게 아니라 갑자기 빗방울이 유리창을 강하게 때렸다. 우산도 없이 뒤뜰에 있는 아이들이 생각났다. 창수는 서둘러 아이들의 모습을 찾았다. 그런데 갑자기 바뀐 날씨 탓에 병원 뒤뜰은 이미 아수라장이 되어 있었다. 환자들과 보호자들이 비를 피해 서둘러 병원 건물 쪽으로 뛰어오느라 여기저기 사람들이 뒤엉키고 있었다. 연희는 소희란 아이와 덕희란 아이 덕에 움직임이 빠르지 못했다. 소희란 아이의 손을 잡고, 덕희란 아이가 앉은 휠체어를 밀고 있는 연희의 모습이 힘겨워 보였다. 창수는 커피 잔을 급히 내려놓으며 병원 뒤뜰로 뛰어갈 요량으로 몸을 돌렸다. 그때 검은색 승합차 한 대가 불현듯 나타나 아이들 앞에 멈춰 섰다.

'뒤뜰은 자동차 금지 구역인데……'

오싹한 불길함이 창수의 뇌리에 스치자마자 승합차에서 마스크를 한 괴한들이 일시에 뛰어내렸다. 망연자실 서 있는 창수의 손에서 에스프레소 잔이 힘없이 타일 바닥에 떨어져 산산히 부서졌다.

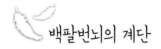백팔번뇌의 계단

　서울 상공, 하얀 빛 덩어리 하나가 섬광과 함께 나타났다. 그리고 이내 부인촌 쪽으로 방향을 잡으며 천천히 선회했고, 그 빛 덩어리 뒤로는 무지갯빛 빛 가루들이 꼬리처럼 줄지어 반짝이며 서서히 흩어졌다. 덕분에, 서울 상공에서는 때아닌 불꽃놀이가 소리 없이 장관을 이루었다. 하지만 그 어디에도 고개를 들어 하늘을 보는 사람은 없었다.

　하늘을 가로지르던 하얀 빛 덩어리가 어느새 지상으로 내려와 사람들 사이를 빠르게 누비기 시작했다. 말 그대로 빛과 같은 속도로 부인촌 번화가를 가득 채운 사람들 사이사이를 절묘한 비행 감각으로 현란하게 날아다녔다. 빛 덩어리가 지나간 자리 뒤로는 여전히 무지갯빛 빛 가루들이 길게 늘어서 반짝이며 흩어지고 있었지만, 사람들은 그 불빛들을 인식조차 하지 못한 채 무심히 지나쳤다. 당연한 일이었다. 그들에겐 손에 닿을 거리에서 더욱더 화려하고 아름답게 빛나는 불야성의 도시가 있으니까.

언제부턴가 더는 하늘을 보지 않고 사는 사람들, 그들의 시선과 마음은 하늘을 향하기엔 너무 바쁜 일상과 계획들에 사로잡혀 있다. 하늘 일과 무관해진 그들 목전에서 하늘빛이 아무리 현란하게 날아 다닌들 그들 심상에 보일 리 없었다. 하늘에 시선을 두지 않는 이상 마음을 하늘에 둘 수 없고, 마음을 하늘에 두지 않는 이상 하늘 일을 볼 수도, 들을 수도, 느낄 수도 없을 테니까.

사람들 사이를 유유히 비행하던 빛 덩어리가 갑자기 사람들 사이를 순간적으로 빠져나와 수직선을 그리며 높이 날아올랐다. 빛 덩어리는 47층 주상복합빌딩 꼭대기 상공 지점에서 갑자기 멈추어 섰고, 곧 천천히 빌딩 옥상 위로 사뿐이 내려앉았다.

'부인촌(富人村).'

떠올리고 싶지도 않았던 곳, 그래서 지상에 내려온 지 8년 동안 세상 구석구석 가보지 않은 곳이 없는 그녀였지만, 유독 이곳만은 얼씬도 하지 않았다. 물론, '앨'과 '앤'을 찾아 세상을 떠도느라 경황도 없었지만, 그보다 하늘사람이 된 후에도 이곳에서의 기억은 치유되기는 커녕, 잊히지조차도 않았던 것이 더 큰 이유였다. 그런데 막상 찾아와 보니 염려했던 것만큼의 회한이나 분노는 생겨나지 않았다. 하늘에 눈과 마음을 두고 사는 하늘사람이라, 희로애락이란 인간적 감정을 초월한 것이 가장 큰 이유였겠지만, 아마도 옛날의 모습이 하나도 남아 있지 않은 지금의 부인촌에서 예전의 기억들을 연계시키는 것 자체가 불가능했기 때문일지도 몰랐다. 어쨌든 이젠 예전의 부인촌이 아닌 것만은 확실해 보였다. 동네 이름처럼 정말 부자들만 사는 곳이 된 듯, 동네 전체가 화려하고 고급스럽게 변모해 있었다. 오늘도 그때처럼 무더위가 도시를 뒤덮고 있지만, 예전에 처음 그녀가 이곳에 왔을 때, 제일 먼저 자신을 반겼던 각종 오물과 쓰레기, 그리고 그곳을 지키던 파리떼는 그 흔적조차도 찾을 수 없었다. 너무 깨끗해져 버린 도시, 파리떼가 만들어 내던 그 머리 아픈 소음도, 각종 오물이 풍겨내던 그 악취도, 모두 아득한 기억 저편에서 허상처럼 존재하고 있을 뿐이었다. 그렇다고 지금의 부인촌이 소음하나 없는 정적의 땅이 된 것은 아니었다. 아니, 파리떼가 만들어내던 소음은 비교도 할 수 없을 정도로 더 큰 소음이 현재의 부인촌을 가득 메우고 있었다. 꼬리에 꼬리를 문 차량들이 울리는 경적소리, 엔진소리, 그리고 수많은 사람들과 기계들이 만들어내는 내막을 알 수 없는 소음들이 더 다양한 주파수대로 확장되어 머릿속을 휘저으며, 삼십 년 전의 기억들을 다시 부추겨 들춰내고 있었다.

무더운 여름이었다. 세상을 태울 듯 타올랐던 태양도 하루의 노고를 뒤로하고 뜨거웠던 열기를 식히며 정작 몸을 낮추고 있었지만, 하루 종일 달구어진 세상은 그리 쉬이 식혀지지 않았다. 한줄기의 소나기가 간절할 수밖에 없는 찜통 더위였지만, 소나기의 반전을 기대하기엔 하늘이 너무 높고 푸르기만 했다.

숨이 턱턱 막히는 폭염 속에서 버스 한 대가 바짝 마른 먼지가루를 들썩이며 비포장도로를 달리고 있었다. 검정 타이어에 짓밟힌 비포장도로 자갈돌들은 하루 종일 달구어져 뜨거워진 몸을 서로 부대끼며 이가는 소리로 울부짖었다. 버스 창문은 조금의 열기라도 더 덜어내 보려 모두 열려 있었지만, 바람 한 점 없는 날씨 속에서 창문 좀 내린다고 달라질 건 아무것도 없었다. 종점이 가까워지면서 많은 사람들이 이미 하차한 관계로 사람들의 육체가 뿜어내던 열기는 그나마 줄어든 상태였지만, 그렇다고 이미 오를 데로 오른 수은주가 몇 명의 체온이 빠졌다고 쉽게 떨어질 여름 날씨는 아니었다. 승객들은 저마다 갖가지 모양의 부채들을 손에 쥐고 습관처럼 흔들어 댔지만, 뜨거운 공기의 위치를 재설정하는 것 외에 더위를 식혀 주는 데는 아무런 효과도 발휘하지 못했다. 차갑고 신선한 공기의 유입이 없이는 그저 버스 내 열기만 부추길 뿐이었다. 결국, 마지막 방법만 남았다. 최소한의 옷가지를 통한 최대한의 열기 방출, 운전기사는 벌써부터 유니폼을 벗어 제친 채, 빛 바래 누런 러닝셔츠 바람으로 운전을 하고 있었다. 유니폼을 입지 않았다고 눈살을 찌푸리거나 탓하는 승객들은 아무도 없었다. 그들도 별반 차이 없는 복장을 하고 있었기 때문이었다. 서로가 용인하는 최소한의 옷차림에 대한 말없는 동의가 버스 내 승객들 사이에서 질척대는 땀만큼의 끈적한 유대감으로 그들 사이를 공고히 묶어주었다. 소녀티 다분한 차장 아가씨와 또 한 명의 단발 머리 여인만 제외하고는 말이다.

버스가 정거장 근처에 이르렀다. 차장 아가씨가 자신의 도톰한 엉덩이 골 사이로 엄지와 짚게 손가락을 넣어, 젖어 말려들어간 바지를 짜증스레 빼내며, 힘겹게 자리에서 일어섰다. 앞 단추 한 개만 더 풀어도 숨통이 트일 것 같았지만, 이미 풀어진 두 개의 단추만으로도 자신의 앞가슴에 들러붙는 남자 승객들의 시선에 이내 포기하고 말았다. 그저 셔츠 윗단을 잡고 흔들어 조금의 바람이라도 일으켜 볼 뿐이었다. 문득 그녀는 겨드랑이 털까지 다 드러내놓고 유유히 핸들을 돌리고 있는 버스기사의 모습에 짐짓 화가 났다. 이 사소한 것 하나에도 불공평한 세상이 그대로 담겨 있는 듯해서였다. 차장 아가씨는 차창 밖으로 손을 내밀어, 이정표 판을 평소보다 더 세고 신경질적으로 두드렸다. 하지만 그 거친 손길의 차이를 느낄 만큼 세심한 버스기사는 아니었다. 잠 오는 듯한 멍한 눈길로 백미러에 비친 세상을 무심히 지켜볼 뿐이었다. 한 젊은 여인이 큰 여행가방을 간신히 감당하며 버스에서 내릴 채비를 했다. 단발머리가 하얗고 긴 목 근처에서 찰랑거렸고, 새하얀 천으로 만들어진 머리띠가 그녀의 까만 머리카락 위에서 눈부시게 반짝였다.

"참 곱다. 저렇게 고운 아가씨가 이 냄새 나는 판자촌에는 웬일로⋯⋯."

차장 아가씨가 마주 보이는 자리에서, 그녀의 풀어진 앞섶을 가장 빈번하게 응시하던 한 중년 남자가 흰색 머리띠 여인을 쳐다보며 혼잣말처럼 중얼거렸다. 주변에 앉아 있던 몇 안 되는 승객들도 일제히 여인 쪽으로 시선을 돌리며 공감의 눈빛을 교환했다.

"조심해서 가세요. 저기 보이는 언덕 쪽으로 쭉 올라가시면 부인
촌이예요. 그런데 여기 사세요?"

차장 아가씨가 단발머리 여인의 가방을 함께 내려 주며 물었다.
무뚝뚝한 외모와는 달리 아주 상냥한 말씨였다.

"감사합, 아, 아니요. 이곳 부인촌 야학교에 봉사활동 하러 왔어요."

"아, 그럼 그렇지. 대학생 언니구나. 하여튼 조심하세요. 그렇게 안
전한 동네 같지는 않네요."

차장 아가씨가 주위를 둘러보며 걱정스러운 눈빛으로 말하자, 다
른 승객들도 모두 같은 생각인 듯, 비슷한 눈빛으로 여인을 바라보았
다. 다시 차장 아가씨가 버스에 올라서 허리를 숙여 열렸던 뒷문을 닫
자, 승객들의 표정에서 아쉬움이 스쳐갔다. 흐르던 땀방울마저도 싱그
럽게 맺혀 든 아침이슬처럼 신선해 보였던 단발머리 여인 덕에 그들은
잠시나마 더위를 잊을 수 있었던 터였다. 곧, 차장 아가씨가 버스 차체
를 요란하게 두드리며 "오라이"를 외치자, 버스는 화답이라도 하듯 시커
먼 매연을 내뿜으며 온몸을 떨어 크르륵댔다. 그리고 천천히 길바닥 자
갈돌들을 다시 꾹꾹 밟으며 힘겨운 걸음을 옮기기 시작했다.

버스가 덜커덩대며 먼지 너머로 멀리 사라지고 난 뒤, 흩날렸던
먼지가 자리를 잡고 땅에 내려 앉을 때까지 여인은 꼼짝도 않은 채
서 있었다. 풀풀 날린 먼지 덕에 눈을 뜰 수도, 숨을 쉴 수도 없어서였
다. 얼마 뒤 먼지가 진정되고 시야가 확보되자, 여인은 버스 차장이 가

리킨 방향을 향해 한 발씩 걸음을 옮기기 시작했다. 여인은 연신 흘러내리는 땀방울이 자꾸 눈 속으로 들어가 몇 걸음을 옮길 때마다 걸음을 멈추어야만 했다. 당연히 걸음걸이에 진도가 나갈 리 없었다. 단숨에 걸으면 십여 분이면 될 거리를 무거운 가방과 씨름하며 가다 서기를 반복하느라, 사십 분을 걷고 나서야 동네 입구에 간신히 도착할 수 있었다.

'부인촌(富人村)?' 널빤지에 붉은 글씨로 대충 휘갈긴 듯한 팻말 하나가 마을 입구 근처에 아무렇게나 널부러져 있었다. 자세히 보지 않았다면 팻말인지도 모르고 지나칠 정도로 낡아 있었다. 듣기로 1960년 초부터 오갈 데 없는 사람들이 무허가로 하나둘씩 천막을 치고 살기 시작하면서 집단 거주촌이 된 마을이라고 했다. 이제 마을에 천막을 치고 살고 있는 사람들은 아무도 없었지만, 그렇다고 번듯한 집들을 짓고 살고 있는 사람들도 없었다. 말 그대로 달동네 판자촌이었다. 그런데 이 동네의 이름이 아이러니하게도 부인촌(富人村), 즉 부자들이 사는 마을이었다.

여인이 동네 어귀에 들어서자, 제일 먼저 그녀 눈에 띈 것은 금방이라도 허물어져 내릴 듯 위태롭게 서 있는 회색 벽돌 건물이었다. 그 건물 앞으로는 한때 벽돌공장터로 쓰였던 나름 너른 마당이 있었지만, 자세히 보지 않고서는 그곳에 공터가 있었는지도 모를 정도로 각종 쓰레기와 오물들로 뒤덮여 있었다. 그 주위에는 수많은 파리떼가 엄청난 소음을 만들어 내며 자신들의 영역이라 거센 시위를 벌이고 있었다. 더운 여름날 쓰레기 더미 주변에 파리떼가 들끓는 것은 어찌 보면 당연한 일이라 그리 놀라울 일은 아니었지만, 문제는 그 파리떼가 마을 입구로 통하는 길목을 완전히 장악하고 있다는 것이었다. 일단 여인은 그 파리들과 최대한의 거리를 유지할 수 있는 경로 파악을 위해 주위를 살폈다. 그리고 최대한 숨을 죽이고 천천히, 아주 천천히, 동네 입구를 향해 한 발 한 발 걸음을 옮기기 시작했다. 하지만 파리들이 일시에 여인을 주목하고 말았다. 쓰레기와 오물들의 악취 속에서 그녀가 몰고 온 향긋한 로션 냄새는 그들에겐 도저히 외면할 수 없는 강렬한 유혹일 수밖에 없었다. 그들은 조금의 주저함도 없이 여인에게 곧장 달려들었다. 까맣게 몰려드는 파리떼 속에서 여인은 어쩔 줄 몰라 버둥댔다. 그렇다고 최대한 빨리 그들의 사정권에서 벗어나는 것 외에 달리 뾰족한 수도 없었다. 알에서 부화한 이후 한 번도 맡아 보지 못했던 향긋한 내음에 이미 온 마음을 빼앗겨 버린 그들은 똥파리의 굴레를 벗고 꽃밭을 노니는 나비라도 되려는 양, 연신 새로운 향기를 향해 꾸역꾸역 모여들었다. 새까만 구름처럼 몰려든 그들의 웽웽대는 날갯짓 소리가 여인의 귓전을 때리고 무더위에 썩어 가는 쓰레기 더미가 뿜어내는 악취가 여인의 후각을 찔러대자, 여인은 곧 정신마저 혼미해질 지경이었다.

"으악! 이놈의 파리"

여인은 연신 양손을 휘저으며 파리를 밀쳐 내기 위해 사투를 벌였다. 아무 소용 없었다. 파리들은 더욱더 필사적으로 여인에게 달려

들며 주둥이를 들이밀었다. 여인은 얼마 못 가 곧 포기하고 말았다. 더는 에너지를 쏟을 만큼 힘이 남아 있지 않았던데다, 양팔의 허우적 댐이 파리를 쫓는 데에 아무 소용이 없었다. 그런데 생각지도 않은 일이 벌어졌다. 필사적으로 달려들던 파리들의 날갯짓이 갑자기 무뎌졌다. 흥미를 잃은 듯, 한 마리 두 마리씩 무리를 이탈하는 것들도 생겨나기 시작했다. 여인은 고등학교 때 담임교사가 했던 말이 새삼 떠올라 미소를 지었다.

"사람 마음이라는 것도 산다는 것도 꿈이란 것도 모두 파리 같아. 파리가 그렇잖아. 잡으려고 달려들면 들수록 미친 듯이 도망가고, 포기하고 그냥 두면 진절머리 나도록 다시 달라붙는단 말이야. 반대로 뿌리치면 칠수록 달라붙고, 포기하고 두면 이내 다시 시큰둥해져 버리고 말지. 잊고 싶은 것을 잊자며 손사래를 치면 칠수록 더욱더 다닥다닥 가슴속에 달라붙고, 이루고 싶은 꿈이 너무 커 결심이 지나치면 칠수록 그건 집착이 되고, 그럼 꿈이 더는 꿈이 아닌 부담스러운 목표가 돼 버리고, 어느새 꿈은 파리 같은 성가심이 되어 도망가 버리고 말기도 하지. 뭐든지 자연스러운 게 좋다는 말이야. 너무 많은 계획으로 마음을 무겁게 하지도 말고, 어차피 해야 할 일을 피하지도 말고 말이야. 자, 그런 의미에서 아이스바나 먹고 공부합시다. 오늘같이 더운 날은 이것이 자연스러움이야. 하하하."

학창 시절, 뜨거운 여름방학 어느 날, 그녀의 담임이 학교에서 자율학습을 하고 있던 학생들을 위해 손수 아이스바를 사 가지고 왔을 때, 파리들로 성가셔 하는 학생들을 위해 파리채를 들고 몸소 그들을 처단하며 들려주었던 그 말이 여인의 기억 속에서 새삼 생생하게 떠올랐다. 그해를 마지막으로 정년 퇴직이 예정된 터였기에, 유독 더 많은 시간들을 학생들을 챙기는 데 쏟았던 그 선생님, 살아가면서 가장 큰 목표가 되어야 하는 것은 어느 대학을 가느냐가 아니라 어떤 삶을 살 것인가를 계획하는 것이라고 늘 말씀하셨던 그 선생님 덕에 여인은 사범대에 진학했다. 여인은 자신을 꿈꾸게 만든 그분처럼 후배들에게 꿈을 심는 것을 꿈으로 삼는 그런 교사가 되고 싶었다.

"어디를 찾소?"

갑작스레 들려온 컬컬한 목소리에 여인이 소스라치게 놀라며 뒤를 돌아보았다. 이내 여인은 오른손을 들어 코부터 틀어막았다. 한 깡마른 노인이 양 어깨에 인분통을 지고 서 있었다. 여인의 안색이 곧 납빛이 되었다. 부인촌의 화장실 실태가 단번에 파악되어서였다. 다른 건 다 견딜 수 있겠지만, 산속 절간에서나 보았던 그런 재래식 화장실에서 생활해야 한다면? 여인은 여기에 온 것이 덜컥 후회가 됐다. 노인이 한 발 다가섰다. 그러자 그가 맨 인분통 속의 내용물들이 금방이라도 흘러넘칠 듯 위태롭게 출렁댔다.

"이 동네 처자가 아닌 듯한데…… 여긴 무슨 일이오?"

"아, 예. 저… 할아버지, 혹시 이 근방에 성심야학이라고 있나요?"

"성심야학?"

"예."

"아! 신부님이 운영하는 학교 말씀하시는 거구면."

"예, 맞아요. 혹시 아세요?"

"그럼, 알다마다요. 내 손주 녀석도 거기서 공부혔거든. 거기서 공부해서 중학까지 검정으로 나와서는 장학생으로 공업 고등도 갔고 지금은 울산에 있지. 스카우트돼서 우리나라에서 제일 큰 자동차 회사 다닌다우."

노인의 목소리와 좁았던 양 어깨에 어느새 힘이 들어갔다. 동시에 가뭄에 갈라진 논바닥처럼 깊게 파인 그의 메마르고 주름진 얼굴에서도 함박웃음이 가득 피어났다.

"그 짐 가방을 지고 가기에는 힘들 텐데. 근데 거기는 무슨 일로 가는 거유?"

"신부님께서 도움이 필요하다 하셔서요."

"그럼 선생님이슈?"

"아, 아니, 대학생이에요. 잠시 여름방학을 맞이해서……."

"대학생 선생님이시구면. 제가 몰라 뵀구먼요. 그런데 신부님도 참 제정신이 아니시구면……. 아니 이리 험하고 누추한 곳에 이리 곱디곱고 운 여선생님을 부르시면 우야누."

"……."

"해도 곧 떨어질 텐데……. 그 무거운 가방 들고 가기는 쉽지 않을 터인데, 쯧쯧. 내가 직접 모셔다 드리면 좋겠구먼……."

"아, 아니에요."

노인이 양쪽 어깨에 걸렸던 인분통을 땅에 내려놓고 어깨 매대 고리를 뺀 후, 인분이 묻은 듯한 맨손을 들어 여인의 가방을 가리키자, 여인은 기겁을 하며 고개를 흔들었다. 하지만 노인은 여인의 불편한 심사를 전혀 눈치채지 못했다.

"보시다시피, 지금 똥통이 가득 차서 같이 가기는 힘들구면요. 길은 그리 어렵지 않아요. 이쪽으로 일단 곧장 올라가슈. 올라가다 보면 전봇대가 하나 있어. 그 전봇대를 끼고 길이 둘로 갈라지는데, 한쪽은 가파른 계단으로 이어지고, 또 한쪽은 좁은 샛길로 연결된다우. 그중 계단으로 올라가슈. 계단 끝에 가면 조그마한 공터가 하나 나오는데 거기서 금방이야. 거기 공차는 애들 몇 있을 거유. 조금 전에도 봤으니께. 거기 애들한테 물어보면 잘 가르쳐 줄 거요. 그라고 여기 일없이 건들거리는 건달들이 좀 있어. 만약, 가다가 그런 것들이 괜히 시비 걸면 뚝배기 사촌 누나라고 혀요."

"뚝배기요?"

"내 손주 별명이야. 이곳에서 말썽을 많이 부렸지. 싸움질을 아주 많이 하고 다녔거든. 지금은 정신 차렸지만. 베네딕톤가 베네딕튼가 하여튼 그 젊은 신부님 덕에 말이야. 그래도 이 동네 건들거리는 것들, 아직도 내 손주 이야기만 들어도 움찔한다오."

"아, 예, 할아버지. 감사합니다."

"할아버지는⋯⋯. 나 이 동네 통장이야. 계시는 동안 불편한 거나 필요한 거 있으면 나한테 오면 돼."

노인의 좁은 어깨에 또 한 번 힘이 들어갔다.

"예······."

여인은 고개 숙여 인사하고 가방을 거의 끌다시피 하며 노인이 가리킨 방향을 향해 힘겹게 걸음을 뗐다. 노인은 가방 무게에 못 이겨 휘청대는 여인의 가냘픈 모습을 한참이나 물끄러미 쳐다보았다. 노인은 여인의 모습이 골목길 구석을 돌아 더는 보이지 않게 되어서야 땅에 내려 두었던 인분통에 어깨 매대 고리를 다시 걸었다. 곧 노인은 뛰어난 감각으로 균형을 잡으며 동네 입구를 천천히 빠져나갔다.

노인이 말한 그대로였다. 가리켜 준 방향대로 곧장 올라가니 전봇대가 하나 나왔고, 전봇대를 중간에 끼고 한쪽은 샛길, 또 한쪽은 계단으로 연결되어 있었다. 여인은 가파르게 뻗어 있는 계단의 위용 앞에서 숨부터 막혔다. 여인은 감히 계단을 오를 엄두도 내지 못하고 망연자실 계단 끝만 쳐다 보았다. 까마득하게 뻗어 있는 가파른 계단 끝에는 눈 시리게 파란 하늘이 한 가득 걸려 있었다.

'천국으로 가는 계단?'

여인의 가녀린 입술 위로 잠시 미소가 머무는 듯했지만 그것도 잠시 까마득한 계단 앞에서 여인은 넋을 놓고 가방 위에 털썩 주저앉아 버렸다. 더운 날씨에 이미 파리들과도 한바탕 사투를 벌인 마당이라, 무거운 짐 가방까지 들고 저 계단을 올라가는 것 자체가 불가능해 보였다. 어느덧 계단 끝 푸른 하늘에 붉은 기운이 조금씩 번져가기 시작했다. 저 계단 건너편으로 해가 지고 있는 모양이었다. 갑자기 바위 같은 암담함이 여인의 가슴을 짓누르며 굴러들었다. 여인은 차라리 눈을 감아 버렸다. 그러자 기다렸다는 듯, 피로감이 온 전신을 녹일 듯 온몸의 핏줄을 타고 나른하게 퍼져 나갔다.

"저기 올라 가시게요?"

"……네? 누구? 뭐? 뭐라고 하셨어요?"

까마득하게 뻗어 있는 계단 앞에서 그만 정신을 놓고 있었던 모양이었다. 웽웽대는 파리 소리마저도 이제는 성가시지 않은 깨달음의 상태, 아니, 멍한 상태에 빠져 있던 그녀에게 누군가가 나직하게 말을 걸었다. 여인은 화들짝 놀라며 목소리가 난 방향을 향해 고개를 돌렸다. 하얀색 로만 칼라 선명한 신부복 차림의 한 남자가 빙그레 웃음 띤 얼굴로 물끄러미 자신을 쳐다보고 있었다.

"베네딕토 신부님?"

"예, 그런데요. 누구신지……. 아, 혹시?"

"예, 연희예요. 지연희."

"아, 연희 학생, 다음 주에나 오실 줄 알았는데……."

"어차피 방학은 벌써 시작된데다 하숙집 방 월세가 어제까지라서 그냥 와 버렸어요."

"아, 그러시군요. 어쨌든 잘 오셨습니다. 마리아 수녀님은 잘 계시구요?"

"저도 뵌 지가 오래되어서……. 작년, 여름방학 때 경기도 고향집에 갔을 때 한 번 찾아뵌 게 다였거든요. 그 이후에는 줄곧 편지로만……."

"아, 그러시군요. 저도 꼭 한 번 찾아 뵌다면서도 이곳에 발이 묶여 꼼짝도 못 하네요. 저는 편지 한 장 쓰지도 못했습니다. 그러고 보니, 오늘 당장이라도 편지 한 통 써야겠습니다. 아이구, 이러다 어두워지겠어요. 어여어여 올라갑시다. 올라가며 이야기하죠. 꽤 많은 계단입니다. 당분간은 이 계단 오르내리는 것이 쉽지 않을 겝니다. 가방은 이리 주시구요."

"아, 예, 감사합니……."

연희의 대답이 떨어지기도 전에 베네딕토 신부는 연희의 가방을 짊어지고 곧장, 계단을 오르기 시작했다. 천국으로 통하는 그 계단을…….

"부모님 두 분 모두 교직에 계시다고요?"

"예, 중학교에서 교편을 잡고 계세요."

"말씀 들으니, 수녀가 되고 싶으셨다구요?"

"아직 현재진행형인데요, 신부님."

"현재진행형?"

"예, 여전히 수녀가 되고 싶은 마음에는 전혀 변함이 없어요."

"아, 그러세요?"

"예, 다만 수녀님께서……."

"왜요? 마리아님께서 세상 공부 더하고 오라고 하시던가요?"

"어? 어떻게 아셨어요?"

"하하하, 제가 마리아 수녀님을 좀 압니다. 생각이 깊으신 분이시지요. 때가 되면 하느님께서 다 길을 보여 주실 테니 조급해하지 마시고 열심히 기도하십시오. 하느님 말씀으로 사는 길이 유독 신부 되고 수녀 되는 데만 있겠습니까? 어쨌든, 젊은 분이 대단하시더군요. 봉사 활동에 아주 어렸을 적부터 참여하셨다구요? 마리아 수녀님께서 얼마나 칭찬을 하시던지……."

"……."

연희의 얼굴이 화끈 달아 올랐다. 부모님이 봉사 활동을 나설 때마다 어린 자신을 데리고 다녔고, 그러다 보니 자신에게는 봉사 활동이란 것이 무슨 대단한 결정이 필요했던 것이 아니라 매일 마시는 공기처럼 자연스러운 생활의 일부에 불과했던거라 이런 일로 칭찬을 받는다는 것이 여간 쑥스러운 게 아니었다.

"사범대 영어교육과에 다닌다고 하셨죠?"

"예."

"당장 이렇게 야학에서 아이들 가르치는 것도 그 좋은 예라 할 수 있겠지요. 하느님의 뜻을 펼치는 데 다양한 분야에서 재능을 가지신 분들께서 참여해 주시는 것처럼 감사한 일이 또 어디 있겠습니까?"

"예, 수녀님도 그렇게 말씀하셨어요. 하느님께서 어떤 재목으로 자신을 쓰시려는지를 스스로 깨닫는 것이 더 중요하다시면서……. 수녀 되는 것은 대학 졸업하고 다시 말씀을 나눠 보자고 하셨어요."

"맞습니다. 시간을 두고 천천히 생각하세요. 서둘러 결정할 일이 아닙니다. 아이고, 연희 씨, 땀 흘리는 것 좀 보세요. 식사도 안 하셨을 텐데……. 서둘러 올라갑시다. 그런데 걱정이네요. 오늘 오실 줄도 모르고 방도 제대로 안 치워 두었는데……."

"괜찮아요. 그런 건……."

연희는 화장실은 어떤지 물어보려다 금방 입을 닫아 버렸다. 이 동네에 수세식 화장실이 있을지도 모른다는 기대 자체가 호사스럽단 생각이 뒤늦게 들기도 했거니와 이걸로 굳이 베네딕토 신부를 난처하게 하고 싶지 않아서였다. 연희는 자신의 짐 가방을 들고 앞장서고 있는 베네딕토 신부를 따라 얼마간의 계단을 오르다 혼자서 조용히 웃었다. 조금 전, 젊은 신부라고 했던 인분통 아니 통장 할아버지가 문득 떠올라서였다. 언뜻 보아도 나이 40대 중반은 훨씬 넘어선 중년의 신부인데 젊은 신부라고 했던 것을 보면, 세상은 모두 자기 중심에서 돌아가는 것인 모양이었다. 계단은 생각보다 더 가파르고 개수도 많았다. 옆에 난간이 없었다면 중심 잡기도 힘들 만큼 가팔랐다. 연희는 아래로 굴러 떨어질 것 같은 두려움에 한 발 한 발 살얼음판을 걷듯, 걸음마다 힘을 주고 걸었다.

"힘드시죠?"

"예, 조금……."

"그러시겠죠. 이 계단 수가 무려 백여덟 개나 되니 마음 단단히 잡수세요."

"백여덟 개요? 그럼 백팔 계단?"

"하하하, 우습죠? 신부 된 자가 매일 백팔 계단을 오르내리며 도를 닦고 있는 모습이."

"……."

연희도 따라 웃었다.

"오 년 전에 처음 이곳에 왔을 때, 저 계단이 그렇게 원망스러울 수 없었어요. 동네 입구부터 언덕 꼭대기까지 취학 자녀를 둔 집들이 여기저기 흩어져 있어서, 저 계단을 하루에도 수십 번씩 오르내려야 했거든요. 도대체 몇 번을 더 저 계단을 왔다갔다해야 하는지가 하루 일과의 가장 큰 고민이었답니다. 야학을 설명하러 다니면서 동네 사람들로부터 괜한 오해를 받아 문전박대를 당하는 것보다, 이 계단을 오르내리는 것이 더 힘들었고 더 큰 걱정이었다면 믿으시겠어요? 덕분에, 야학 자체는 힘들 새도 없었으니, 어찌 보면 이것도 다 하느님께서 주신 축복 같다는 생각이 들더군요. 하하하."

이제 겨우 계단의 반쯤, 약 오십여 계단 정도를 올라온 것뿐인데, 연희는 벌써부터 숨이 차 제대로 숨조차 쉴 수 없었다. 비록 베네딕토 신부가 가방을 들어 주어 자신의 몸 하나만 건사하면 되는 거였음에도 한 발 한 발 내딛는 걸음걸음이 마치 늪지대를 허우적대듯 무겁게만 느껴졌다. 하지만, 신부의 발걸음은 여전히 경쾌하기만 했다. 더군다나, 계단을 올라오는 내내 한 번도 말을 멈추지 않았는데도 호흡 하나 흐트러지지 않았다.

"어느 날 우연히 계단 앞에 서서 오늘은 또 이 지긋지긋한 계단을 어떻게 오르내리나 고민하다, 도대체 이 계단이 몇 개나 되는지가 갑자기 궁금해지더라고요. 그래서 한 계단 한 계단 밟으면서 숫자를 세어 보았지요. 놀랍게도 백팔 계단이더군요."

"이 계단을 만든 사람이 독실한 불교 신자였던 모양이네요?"

"그럴지도 모르지요. 그런데 이 동네에서 가장 오래 사셨다는 통장 어른께서도 이 계단이 백여덟 개인 줄은 모르고 계셨더라구요. 살기 바빠 계단 수가 몇 개인지 관심 가질 사람들이 이 동네에는 없다고 하시면서, 사는 게 번뇌인 사람들이 계단까지 곱씹고 다닐 일이 어디겠냐면서 짜증까지 내시더군요. 하하하."

"신기하네요."

"그렇죠? 혹시 연희 씨는 불교에서 번뇌를 이야기할 때 왜 백팔이란 숫자를 쓰는 줄 아세요?"

"아니요, 잘……."

"저도 이 계단 수가 백여덟 개인 줄 알고 난 뒤에서야 궁금증이 생겨 찾아봤던 건데요. 육관(六官)이라고, 그러니까 소리, 색깔, 맛, 냄새, 뜻, 감각이 서로 작용해 일어나는 갖가지 번뇌가 좋다, 나쁘다, 또는 좋지도 싫지도 않다라는 세 가지 인식 작용을 하게 되는데, 이것이 곧, 3 곱하기 6은 18이 되어 열여덟 가지의 번뇌가 되는 거랍니다. 거기에 탐하는 것과 탐하지 않는 것이 있어 18에 2를 곱하면 서른여섯 가지가 되고, 이것을 과거(過去), 현재(現在), 미래(未來), 그러니까 불교에서 말하는 전생(前生), 금생(今生), 내생(來生)의 3世가 있어 다시 36에 3을 곱하면 백팔이란 숫자가 나와요. 그래서 백팔번뇌(百八煩惱)가 된 거래요."

"아!"

"신부 입에서 이런 이야기가 나오니까 이상하죠? 하하하. 자, 다 왔습니다. 몇 계단 안 남았어요. 힘내세요. 연희 씨나 저나 지금 백팔번뇌를 넘어서는 중입니다."

계단 끝에 올라선 베네딕토 신부가 활짝 웃었다. 곧 계단 아래서부터 어둠이 밀려들었고, 부인촌은 또 다른 백팔번뇌의 삶을 준비하며 천천히 고단했던 하루를 마감하고 있었다.

영원히 꺼질 것 같지 않던 도심의 불빛이 하나둘씩 꺼지기 시작하자, 부인촌 여기저기를 날아다니던 하얀 빛 덩어리가 번쩍이는 섬광이 되어 주상복합빌딩 위 캄캄한 하늘로 힘차게 날아올랐다. 휙, 한번 하늘을 밝힌 섬광은 어느새 수 킬로 떨어진 남산타워 쪽까지 단숨에 날아갔다. 빛 덩어리가 날아간 자리 뒤로 빛 가루가 꼬리처럼 늘어져 그 비행 궤적이 확연히 드러났다. 순간적인 속도로 날아 간 빛 덩어리가 남산타워 꼭대기 철탑 위에 멈추어 서고 얼마 뒤, 궤적을 그렸던 빛 가루들은 불씨를 태우듯 천천히 사그러들었다. 동시에 빛 덩어리 속에서 비둘기의 그것을 닮은 하얀색 깃털 날개가 세상을 다 안을 기세로 천천히 펴지며, 철탑 위 작은 공간 위로 서서히 내려왔다. 바로 하늘대리인 연희였다. 그녀는 하얀 깃털 날개를 앞으로 돌려 깃털 하나를 뽑아 쥐고 그것으로 자신의 얼굴을 간지리며, 화려한 서울의 야경을 내려 보았다. 그리고 천천히 시선을 돌려 아까 전 잠시 걸터앉았던 주상복합빌딩이 있던 부인촌 쪽을 바라보았다. 번잡하던 거리가 어느새 텅 비어 있었다. 그 많던 사람들과 차량들이 썰물처럼 빠져나간 그 자리에는 가로등불들만이 썰렁해진 새벽 거리를 조용히 밝히고 있을 뿐이었다.

연희와 베네딕토 신부가 백팔 계단의 마지막 계단에 오르자마자 계단 제일 꼭대기에 설치된 백열가로등이 어슴프레 밝혀졌다. 그와 거의 동시에 어둠 속에서 누군가가 불쑥 튀어나왔다.

"으악!"

연희는 갑작스러운 인기척에 놀라 비명을 지르며 뒤로 주춤 물러섰고, 덕분에 하마터면 계단 밑으로 굴러 떨어질 뻔하기까지 했다.

"야, 이놈아. 그렇게 갑자기 나타나면 어떡해?"

베네딕토 신부가 뒤로 몸이 기운 연희를 가까스로 부축하며 큰 소리로 나무라듯 말했다.

"죄송……합니다, 신부님."

얼굴에 땀과 먼지가 범벅이 된 한 자그마한 까까머리 소년이 금방이라도 울음을 터트릴 듯, 입술을 실룩거리며 떨리는 목소리로 말했다.

"창수구나. 아이구, 이놈아. 소리 좀 질렀다고 또 울려고 하는구나. 이젠 어엿한 중학생인데 어찌 그리 마음이 여린지……."

"……."

"하하하, 아니다, 창수야. 여린 마음이 견고한 마음보다 하느님 나라에는 더 가까이 있는 법이다. 울지 말거라. 내가 너무 놀라서 그러지 않았더냐?"

창수의 큰 눈망울에는 눈물이 글썽거렸고, 그 눈물을 베네딕토 신부가 오른손 등으로 부드럽게 닦아 주었다. 중학생이라고 보기에는 아주 작은 몸집의 아이였다. 언뜻 봐서는 초등학교 5학년도 될까 말까 한 작은 체구였다

"이 늦은 시간까지 또 공을 찬 게냐?"

"예, 신부님."

"인사드려라. 새로 오신 선생님이시다. 연희 씨, 이 아이 이름은 창수, 류창숩니다. 나이는 열네 살, 이다음에 의학박사가 될 아이랍니다."

"아니요, 신부님. 축구 선수 될 거라니까요."

"이놈아! 불과 지난주까지 장래희망이 의학박사라면서? 어머니처럼 아픈 사람들 고쳐 준다고."

"의사부터 먼저 되구요. 그 다음에 축구선수 될 거라고 했잖아요.

신부님은 참."

"하하하, 그래 그럼. 창수가 한다는데 못할 것도 없지. 그래 알았다. 의학박사도 되고 축구선수도 되고······."

베네딕토 신부의 쾌활한 웃음소리에 조금 전까지 눈물을 글썽였던 소년의 모습은 온데간데없이 사라졌고, 그 자리에 어느새 천진한 미소가 때묻어 시커먼 얼굴 위에서 초롱초롱 반짝이고 있었다.

"창수야, 저녁은 먹었니?"

베네딕토 신부가 소년의 머리를 쓰다듬으며 미소 띤 표정으로 물었다.

"예."

"이놈아, 여태까지 공 찼다는 놈이 저 계단 아래로 내려가서도 한참을 더 걸어가야 하는 너네 집에서 언제 저녁을 먹고 와?"

"정말이에요. 아까 전에······아야!"

말이 끝나기도 전에 베네딕토 신부가 창수의 머리를 쥐어박았다.

"거짓말하지 말랬지?"

"······."

"따라와서 밥 먹고 내려가. 너네 엄마가 마침 너를 찾고 계시길래 혹시나 공터에서 만나면 저녁 먹여서 보낸다고 말씀드렸다."

"그래서 아셨구나. 히히히."

"이놈아, 그보다 넌 거짓말할 때마다 눈꼬리가 올라가면서 파르르 떨린다는 거 모르지? 눈꼬리만 봐도 네가 거짓말하는지 안 하는지 금방 알아."

"정말, 그걸로 아신 거예요? 우리 엄마가 말씀드려서 아신 게 아니고요?"

"그래, 이놈아! 하하하."

베네딕토 신부의 호탕한 웃음소리가 이미 어둠 속에 잠겨 그 시작 점도 보이지 않는 백팔 계단을 따라 내려가 동네 구석구석을 메아리가 되어 어루만졌다.

하늘대리인 연희가 다시 날개를 활짝 폈다. 그러자 하늘로 순식간에 까마득하게 날아올라 예전 부인촌 입구였던 곳, 버려진 벽돌공장이 있었던 그 장소로 눈깜짝할 사이에 날아들었다. 이젠 호화로운 빌라의 입구로 바뀌어 있어 옛날의 모습은 그 어디에도 남아 있지 않았다. 이젠, 정말 부자들이 사는 마을이 되어 있었다. 먼지 풀풀 날리던 비포장 자갈길도 없어졌고, 갖은 악취를 풍기며 산더미처럼 쌓여 있던 쓰레기 더미들도 모두 자취를 감추었다. 게다가, 흉측한 몰골로 쓰레기 하치장처럼 방치되던 그 벽돌공장 사무실 건물 자리에는 이제 조그마하고 예쁜 공원 하나가 조성되어 있었다. 가로등 아래에서 운치 있게 반짝이는 순백색의 벤치와 그 주변을 둘러싸고 피어 있는 아름다운 카네이션 꽃들, 그리고 공원 전체를 내려다보듯 서 있는 두 개의 석상이 연희의 시야에 들어왔다. 무심결에 석상의 모습을 살피던 연희의 표정이 갑자기 굳어졌다. 그 석상들 중 하나는 다름 아닌 자신의 모습을 하고 있지 않은가? 그리고 나머지 하나는 바로 베네딕토 신부님. 연희는 날개를 접고 석상 앞으로 내려섰다. 석상 앞 동판이 가로등 불빛을 받아 밤하늘 별처럼 반짝거렸다.

베네딕토 신부님과 지연희 선생님의 숭고한 희생정신 앞에 삼가 머리를 숙입니다. -부인촌 철거주민 일동, 1983년 9월 어느 날

연희는 갑자기 다리에서 온 힘이 빠져나간 듯 휘청거렸다.
'성심공원?'
연희는 가로등 옆 순백색 벤치로 비틀대며 걸어가 조용히 걸터 앉았다. 그리고 하얀 얼굴을 들어 맞은편 석상을 올려 보았다. 한 손에는 십자가 또 한 손에는 책을 들고 있는 모습, 연희의 볼이 발갛게 달아올랐다. 죽어서 이런 대우를 받을 줄은 상상도 못 했다. 어느덧, 아련한 옛 기억들이 어제 일같이 다시 생생하게 떠오르기 시작했다. 연희는 눈을 감았다. 곧 그녀의 눈가에 촉촉히 눈물이 번져났고 그 눈물은 또 다른 하루를 위해 힘차게 솟아오르는 붉은 아침 태양 빛에 반사되어 영롱하게 반짝거렸다.

이른 아침부터 붉은 태양이 방 구석구석까지 세차게 밀고 들어오기 시작했다. 커튼 하나 제대로 달려 있지 않은 고지대 판자촌의 아침은 이 세상 그 어디보다도 더 빨리 찾아왔다. 낯선 잠자리에 뒤척이다

간신히 잠들었던 연희는 눈을 뜨기 위해 혼신의 힘을 다해야 했다. 그녀가 몇 번의 망설임 끝에 간신히 눈을 뜨자, 여기저기 뜯어진 벽을 신문지로 대충 발라둔 누추한 방 내부의 모습이 낯설게 펼쳐졌다. 연희는 온몸을 뒤로 젖혀 큰 기지개 짓을 하며 문을 열었다. 하지만 길게 늘어진 연희의 하품은 좀처럼 연희의 입에서 떨어지려 하지 않았다. 연희는 시원한 냉수에 얼굴을 담그고 싶어졌다. 마당이랄 것도 없는 조그마한 공간 가장자리에 붉은색 고무대야 하나가 놓여 있었다. 마을 입구 가까이 있는 유일한 마을 공동상수도에서 날라온 수돗물이 주황색 플라스틱 바가지를 띄운 체, 조용히 숨죽이고 있었다. 연희는 세숫대야에 한 바가지의 물을 떠 그곳에 얼굴을 담궜다. 하지만 전혀 시원하지 않았다. 한여름 더위로 달구어진 대야 내 수돗물이 하룻밤 만에 차가워질 수는 없었던 모양이었다. 연희는 대충 비누를 묻혀 얼굴을 씻어 내고 마른 수건으로 얼굴을 닦으며, 천천히 마당을 빠져나와 백팔 계단이 끝나는 지점의 그 공터로 느릿느릿 걸어 나갔다.

"와아~!"
연희의 입에서 탄성이 터져 나왔다. 그 공터 가장자리에 서니 서울 전체가 한눈에 다 보였다. 도도히 흐르는 한강, 하늘을 찌를 듯 솟아 있는 남산타워까지, 간밤에 미처 발견하지 못했던 장관이 연희의 눈앞에 펼쳐졌다. 서울 한복판에 이런 동네가 있다는 것이, 그것도 판자촌 한가운데에 펼쳐져 있다는 것이 그저 놀라울 따름이었다. 연희는 양팔을 펴 가슴 가득 아침 공기를 들이켰다. 아침부터 달아오른 태양 덕에 벌써부터 공기는 후덥지근해져 있어, 몸이 느끼는 체감(體感) 기온은 여전히 무덥기만 했지만, 마음이 느끼는 심감(心感) 기온은 상쾌하기 그지 없었다.

"멋있죠?"

마침 새벽 운동을 마치고 돌아오던 베네딕토 신부가 백팔 계단 위에서 서울 전경에 온 정신이 팔려 있는 연희를 발견하고 미소 띤 얼굴로 다가섰다.

"아, 신부님! 벌써 운동 다녀오시는 거세요?"

"네. 연희 씨도 일찍 일어나셨네요."

"네, 여기 전망이 정말 끝내주네요."

"전망이 끝내주죠. 백팔 계단을 오르며 백팔번뇌를 넘어선 보람치고는 꽤 괜찮지 않습니까?"

"……."

"백팔번뇌를 넘어서면 천국이 있다라는 가르침?"

신부의 혼잣말에 연희는 피식, 웃었다.

"왜……요? 아! 하하하하. 신부란 자가 자꾸 백팔번뇌 어쩌고 하니 이상해서 그러시는군요."

"아, 아니요. 그때문이 아니라……. 제가 이 계단을 올려보며 제일 먼저 떠오른 생각 때문에요."

"무슨 생각이 떠오르셨는데요? 아이고, 죽었구나, 뭐 그런 생각?"

"큭, 예, 그 생각도 물론 했구요. 또, 이 계단이 마치 천국으로 가는 계단 같다는 생각이 들었거든요."

"천국으로 가는 계단?"

"예, 가파른 각도로 까마득하게 뻗어 있는 계단이 아래에서 보니 마치 하늘과 바로 맞닿아 있는 듯 보였거든요. 계단 끝에 올라서면 왠지 하늘을 여는 문이 있을 것 같다는 생각이…… 풋, 우습죠?"

"그러고 보니 그렇군요. 이 계단이 천국으로 가는 계단이었군요. 나는 매일 천국을 오르내렸던 거야. 하하하."

베네딕토 신부가 가슴 시원한 웃음을 마음껏 쏟아 냈다. 그러자 연희도 베네딕토 신부의 호탕한 웃음에 전염된 듯 자신도 모르게 큰 소리로 따라 웃었다.

"……"

신부의 파안대소가 점점 잦아들자, 신부의 환한 웃음이 있었던 그 자리에 난데없이 근심어린 표정이 들어섰다. 연희는 의아한 눈빛으로 베네딕토 신부를 쳐다보았다. 그제서야 연희의 시선을 의식한 듯, 베네딕토 신부가 조용히 입을 열었다.

"그런데 말입니다."

"예, 신부님."

"이 좋은 전망 때문에 천국으로 통하는 계단을 가진 이곳 사람들이 다른 곳으로 다 쫓겨날지도 모른답니다."

"네? 무슨 말씀이신지?"

"이미 아시겠지만, 여기 부인촌 집들, 다 무허가 집들이에요. 그래서 비우라고 하면 비워 줘야 하는 곳이지요. 아닌 게 아니라, 대여섯 달 전에 한 개발 회사에서 이곳을 재개발하기로 하고 시로부터 허가까지 받아 둔 상태입니다. 이곳 사람들이 누릴 수 있는 호사가 아닌 게지요. 자기 땅도 아닌 곳에 허락도 없이 지은 곳이니 나가라면 나가긴 해야겠지만, 몇십 년을 살아온 이들에게 갈 곳도 없이 갑자기 내몰아서야 되겠습니까?"

베네딕토 신부가 씁쓸하게 웃었다.

"그럼 이곳 사람들은?"

"글쎄요. 아직 구체적으로 결정된 것은 없어요. 계속 시청이나 개발주와 협의 중에 있긴 한데……."

"……."

갑작스러운 침묵에 연희는 무슨 말을 해야 할지 몰라 망설였다. 베네딕토 신부가 싱긋 웃으며 연희를 쳐다보았다.

"그 이야기는 차차 하기로 하고요. 시장하시겠습니다. 아침 식사부터 하시죠. 오늘부터 여름방학에 들어가는 아이들도 꽤 있어서 아마 아침부터 몰려들 겁니다. 연희 씨 말고도 자원봉사 대학생들 몇 명 더 오기로 했습니다. 현직교사 자원봉사자 분들도 시간이 되는 대로 와서 도우실 거구요."

"예. 알겠습니다."

갑작스러운 소음에 하늘대리인 연희가 번쩍 눈을 떴다. 약속이라도 한 듯, 부인촌이 갑자기 일시에 소란스러워졌다. 부인촌 입구에는 어느새 출근 길의 사람들과 차량들로 북새통을 이루었다. 연희는 물끄러미 사람들을 지켜보며 문득 예전 부인촌 주민들을 찾고 있는 자신을 발견하곤 깜짝 놀랐다. 그리고 이내 쓴 웃음을 지었다. 그당시 이미 모두 다른 곳으로 쫓겨났을 철거민들을 여기서 찾고 있다니……. 연희는 벤치에서 살며시 일어나 베네딕토 신부의 석상 앞으로 걸어갔다. 환하게 웃고 있는 석상의 모습이 하늘나라에서 뵈었을 때의 신부의 모습과 겹쳐졌고 새삼 신부의 안부가 궁금해졌다.

연희가 인간 세상을 떠나 다시 베네딕토 신부와 재회했던 곳은 영혼대기층에서였다. 인간 세상에서의 삶을 마감하게 되면 대부분의 영혼들은 영혼대기층으로 인도되어 다음 단계가 결정되기 전까지 머무르게 된다. 즉, 영혼대기층은 말 그대로 인간 세상과 하늘나라의 중간 지점에 위치하는 곳이었다. 이곳은 죄과심사를 받는 동안만 잠시 머무는 곳이라 육신을 가진 인간 세상의 혼란만큼은 아니겠지만, 그래도 상당 부분 인간 세상에서의 혼란이 그대로 존재하는 곳이었다. 물론 그렇다고 극명한 선악이 함께 공존하는 곳은 아니었다. 죽음과 동시에 죄과의 정도에 따라 엇비슷한 급수의 영혼들로 일단 가분류가 되기 때문에 의인과 악인의 영혼이 함께 머무는 경우는 없었다. 더군다나 살인, 강간 같은 중죄를 지은 자들은 그 이유 여하를 막론하고 땅속 무저갱의 사자들에 의해 바로 지하세계로 끌려가기 때문에 인간들의 하늘 위에 존재하는 영혼대기층에는 아예 갈 수조차도 없었다. 그들은 지하 깊숙이 자리한 암흑의 공간에서 자신들이 타인에게 가했던 만큼, 필요에 따라서는 그 이상의 고통을 받으며 다음 단계를 기다려야 한다. 물론 영혼대기층이 그런 무저갱의 암흑세계와 비교될 수는 없겠지만, 어쨌든 인간적인 감정들이 고스란히 남아 있는 단계의 세상인 만큼 고결한 존재인 하늘사람들은 좀처럼 지인들을 찾아본다는 명목으로도 찾아오지 않는 곳이었다. 따라서 연희에게도 그날 베네딕토 신부의 방문은 여간 의외가 아닐 수 없었다. 그날 영혼대기층 한 잔디밭에서 베네딕토 신부와 포도주를 나누며 나누었던 옛 이야기가 얼마나 유쾌했는지 모른다. 하늘주인님께서 또 다른 명으로 자신을 부르시기 전까지는 그저 평범한 하늘사람으로 평안한 일상을 좀 즐기고 싶다며 사람 좋은 웃음을 짓던 그 모습이 아직도 눈에 선했다. 사라진 아기천사들 때문에 경황없이 지상으로 내려오느라 제대로 인사도 못 했던 것이 연희의 마음에 못내 걸렸다. 뚜벅뚜벅, 갑작스러운 구둣발 소리……. 연희는 반사적으로 날개를 펴 살짝 날아올랐다. 그리고 석상 바로 옆에서 날개를 흔들며 한 남자가 천천히 석상 앞으로 다가오는 것을 지켜보았다. 그의 오른손에는 백합꽃 한 다발이 탐스럽게 들려 있었다.

"백합꽃?"

연희는 물끄러미 남자를 내려다 보았다. 남자는 가져온 백합 꽃다

발을 자신의 석상 앞 제단 위에 살며시 놓으며 그 앞에서 고개를 숙였다. 순간 연희의 뇌리를 스치는 것이 있었다.

'설마……'

정신없이 일주일이 지났다. 매일 아침, 아침 식사도 마치기 전부터 아이들이 몰려들기 시작했다. 부인촌 골목 구석구석에 이렇게 많은 아이들이 있을 줄은 꿈에도 몰랐다. 초등학교 학생들만 사십여 명, 거기에 중등과정, 고등과정, 검정고시 준비하는 이들까지 합치면 거의 칠십여 명에 육박했다. 거기다 글을 모르는 어른들 한글반 인원까지 합치면 거의 백여 명의 사람들이 비좁은 야학교실을 끊임없이 들락댔다. 말이 교실이지 그냥 작은방 두 개를 터서 만든 큰 방에 불과했다. 변변한 책상이나 의자도 제대로 없어 많은 학생들이 모여들 때는 접어두었던 밥상까지 펼쳐 가며 학생들을 맞이해야 했다. 하지만 학생들에게 그 정도는 불편함 축에 속하지도 않았다. 아이들은 책상에 자리가 다 차면 밥상에 앉았고, 밥상에도 자리가 다 차면 방바닥에 배를 깔고 엎드려서라도 공부를 했다. 베네딕토 신부와 연희 그리고 인근 지역에 거주하는 자원봉사 대학생들, 천주교재단 학교에 소속된 교사들까지 나서 틈틈이 아이들 공부를 봐 주고 있었지만, 아이들의 향학열을 따라잡는 데는 턱없이 부족했다. 베네딕토 신부가 수 년 전에 심었던 씨앗 하나가 지금 이 동네 아이들 마음속에서 희망이란 나무로 하루가 다르게 쑥쑥 자라나고 있었다.

"선생님, 선생님……."

"창수 왔구나. 일찍 왔네."

"…예……."

반갑게 인사하는 연희 앞에서 창수가 뒤춤에 무언가를 감추고 쭈뼛거렸다.

"왜 그러니? 나한테 무슨 할 말이라도 있는 거니?"

"꽃…… 좋아…하세요?"

"꽃?"

"……예."

"당연히 좋아하지. 그런데 왜?"

"어, 어떤 꼬꼬……꽃을 좋아하세요?"

부끄러움에 말을 더듬는 창수의 귓불이 빨갛게 달아올랐다.

"난 백합을……."

"백합……이요?"

"아, 아니, 백합도 좋아하지만 난 길가에 핀 이름없는 꽃들이 좋더라. 예를 들자면 요 앞 공터에 핀 꽃들 같은 거, 그런데 왜?"

연희는 아무 생각 없이 자신이 제일 좋아하는 꽃이 백합이라 말하려다 순간적으로 말을 바꾸었다. 백합꽃이라 말했을 때 창수의 눈빛에서 실망감이 잠시 스쳐간 듯해 의아한 마음에 문득 창수 뒤춤에 감춘 것에 시선이 갔고 곧 때문어 새카만 창수 손에 가지런히 쥐어진 꽃이 한눈에 들어왔기 때문이었다. 백팔 계단 끝을 올라 야학교로 오는 공터 여기저기에 피어 있는 꽃들임에 틀림없었다. 보면 볼수록 기특한 녀석이었다. 공부도 잘했고 행동거지도 반듯했을 뿐 아니라 마음씀씀이도 이렇듯 비단처럼 부드러웠다. 연희는 베네딕토 신부가 왜 그렇게 창수를 아끼는지 그 이유를 알 수 있을 것 같았다. 물론, 그렇다고 연희에게 창수만 특별한 아이였던 것은 아니었다. 야학교에 나오는 부인촌 아이들 대부분이 이렇듯 모두 기특했다. 사람들의 관심에 굶주려서인지, 아이들 자체가 맑아서인지, 그들은 연희를 만난 지 며칠도 안 되어 그녀를 온 가슴으로 받아들였다. 사촌형제 한 명 없이 외동딸로 부모님의 온 사랑을 독차지하고 자란 연희에게 이곳 부인촌 아이들과의 만남은 전혀 새로운 경험이었다. 덕분에 불편하고 냄새 나는 화장실이며, 누추한 처소 같은 것들은 이제 아무 문제도 되지 않았다. 연희가 살아왔던 세상보다 더 많은 부분을 박탈당한 채 살아가는 이 아이들의 웃음이, 그들이 품고 있는 희망이, 어찌 보면 더 많은 것을 누리며 살고 있는 아이들의 꿈보다 더 밝고 힘차게 느껴져, 연희는 매일매일을 벅찬 기대감으로 시작하고 벅찬 감동으로 잠이 들었다. 그랬다. 최소한 그날이 있기 전까지는……

"계슈~? 아무도 안 계슈?"

야학 일정이 대충 끝나갈 무렵 어느 날, 부모들이 일을 늦게 마치는 아이들 몇을 제외하고는 모두들 집으로 돌아간 밤늦은 시간이었다. 갑자기 누군가가 야학교실 입구 문을 발로 걸어차기라도 하듯 거칠게 두드렸다. 자원봉사 대학생들은 모두 마지막 버스 편에 맞추어 야학을 떠났고, 베네딕토 신부는 마을 철거건 관련해서 시청 및 개발 주 관련자들과의 회의가 있다며 동네 대표단과 함께 옆 동네 마을회 관으로 출타 중인 상태였다. 따라서 연희 혼자서 야학교실을 지키며 아이들을 보고 있었다. 연희가 대꾸도 하기 전에 검은색 양복을 입은 장정 여럿이 건들거리며 야학교실로 들어섰다.

"어떻게 오셨어요?"

"어? 이건 또 뭐야? 신부가 여자를 들여 살아? 세상이 말세야 말세. 점점 더 미쳐 돌아가는 것 같아. 신부는 결혼 못 하게 되어 있는 거 아냐?"

"누, 누구세요? 신부님을 만나러 오셨나요?"

신부를 모욕하는 막말부터 시작하는 사내의 말에 기분이 상했지만, 연희는 애써 못들은 척, 조용히 물었다.

"나? 그래. 신부인지 목사인지 하여튼 그 양반 좀 만나러 왔지. 내 이름은 구팔용. 그런데 아가씨 이름은 뭐지? 보아하니 나이가 한참 어린 것 같으니 내가 말 놓을게. 괜찮지?"

"……."

공부방에 남아 있던 아이들 몇이 험악해진 교실 분위기에 놀라 연희 곁으로 몰려들며 검은 옷의 사내들을 노려보았다.

"이것들이 왜 사람을 노려보고 지랄들이야, 그냥 콱, 저리 안 가? 어른 말씀하시는데."

"도대체 누구신데, 애들을 윽박지르고 그러세요?"

애들이 낯선 남자의 고함 소리에 놀라 눈물까지 글썽이자, 연희는 반발하듯 앙칼진 목소리로 구팔용이란 남자를 쏘아붙였다. 순간, 남자의 눈썹이 움찔거리며 그의 오른손이 허공으로 올라갔다.

"뭐라고? 이것이 그냥……."

"그만해, 팔용이. 사고 치러 온 거 아니잖아."

한 남자가 허공에 들려 있던 구팔용이란 자의 손목을 잡아 채며 조용히 말했다. 나긋나긋한 목소리에 어울리지 않게 그의 눈빛은 뱀처럼 차갑게 번들거렸다. 말할 때마다 도드라지는 목 주위 칼자국은 보기만해도 섬뜩했다.

구팔용이란 자는 목에 칼자국이 있는 남자의 말에 잠시 눈살을 찌푸리는 듯했지만, 그렇다고 달리 뭐라 대꾸하지는 않았다. 그저 무안한 듯, 어금니를 꾸욱 깨물며 헛기침을 할 뿐이었다.

"그래, 기철이 말이 맞다. 팔용아, 그만해라. 여자한테 손찌검하면 못쓴다."

장정들 뒤에 서 있던 남자 한 명이 구팔용이란 자의 오른쪽 어깨를 가볍게 치며 앞으로 걸어 나왔다. 구팔용이란 자와 기철이란 자가 동시에 구십 도로 머리를 숙이며 곧장 뒤로 물러섰다.

"우리 그냥 조용히 대화 좀 하러 왔을 뿐입니다. 신부님은 안 계십니까?"

"……예, 지금 안 계세요."

"언제쯤 오시나요?"

"저도 잘 몰라요. 동네 분들과 회의 차 옆 동네 마을 회관에 가신다 그러셨는데, 언제쯤 오실지는 말씀 안 하셨어요."

"그래요? 음, 그럼 할 수 없구먼. 나중에라도 신부님 오시거든 우리가 다녀갔다고 전해 주십시오."

남자는 연희의 오른손을 잡아당겨 그 위에 금도금 명함 집에서 꺼낸 명함 한 장을 살며시 쥐어 주었다. 연희는 잡힌 손을 빼려 안간힘을 썼지만, 남자는 오히려 연희를 자신의 코앞까지 바짝 당겼다. 그리고 천천히 입을 열었다. 표준말을 쓰고 있었지만 경상도식 억양이 강하게 묻어나는 말투였다.

"아가씨, 참, 곱게 생겼습니다. 그런데 왜 이런 데서 일하고 있는지, 쯧쯧……. 얼마나 받고 여기 있습니까? 그 정도 인물이면 돈 벌 방법이 아주 많은데 말입니다."

"이거 놓으세요. 경찰을 부르겠어요."

"경찰? 하하하하하. 이봐요, 아가씨, 불러도 올 경찰도 없겠지만, 온다 해도 우리 같은 애국자들을 잡아갈 사람은 아무도 없어요. 그렇지, 애국자. 그렇구말구. 안 그러냐?"

"예, 형님."

연희는 잡힌 손목을 뿌리치려 안간힘을 썼지만, 그러면 그럴수록 남자는 더욱 강하게 연희의 손목을 움켜잡았다.

"몇 년 뒤면, 아니 이제 5년도 안 남았군 그래. 대한민국의 수도 서울에서 올림픽이 열려요. 아시죠? 선생이면 그 정도 시사 상식쯤은 있으실 거예요. 생각해 보세요. 이런 누추한 동네가 대한민국 수도인 서울에, 그것도 서울이 한눈에 보이는 이런 명당 자리에 떡하니 버티고 있으면 어떡하냔 말입니다. 국가의 수치 아니겠어요?"

"……."

"신부인지 목사인지 모르겠지만, 괜히 동네 사람들 바람 넣고 다니지 말고 조용히 있으라 전하세요."

"……."

연희는 아무 말도 못한 채 부들부들 떨기만 했다. 사내는 곧 연희에게서 시선을 떼, 연희가 감싸고 있던 아이들 쪽으로 시선을 돌렸다. 그리고 그중 제일 나이 어린 듯한 여자 아이 한 명을 발견하곤 머리를 한 번 쓰윽 쓰다듬었다. 그리곤 난데없이 지갑을 열어 지폐 몇 장을 꺼내 들었다.

"아가야, 몇 살?"

아이는 우물쭈물 연희 뒤로 숨으며 울먹거렸다.

"아저씨, 나쁜 사람 아니란다. 차라리 애국자에 더 가까운 사람이야. 애국자 알지? 안중근 의사 같은 애국자."

아이가 초롱초롱한 눈망울로 고개를 끄떡였다. 남자는 흐뭇한 듯 미소를 지으며 말했다,

"자, 이걸로 친구들하고 과자라도 사 먹거라."

남자는 아이의 손을 펴 지폐 몇 장을 쥐어 주었다. 아이는 금방이

라도 울음이 터질 듯한 표정으로 연희만 바라보았다. 남자는 개의치 않는 듯한 눈빛으로 아이를 바라보며 연희에게 말했다.

"이봐요, 아가씨. 세상에서 제일 나쁜 짓이 뭔지 아쇼?"

"……."

"쓸데없는 희망을 심어 주는 거요. 이 아이들에게 가르쳐야 할 것은 그 씻나락 까먹는 하느님도 아니고 꿈도 아니란 말입니다. 이렇게 찢어지게 가난한 아이들일수록 반드시 알아야 할 것은 힘없고 가진 것 없는 것들이 부딪혀야 할 현실이고, 그 지독한 현실에서 살아남는 법, 그것을 가르쳐야 한단 말입니다."

"……."

연희는 목 끝에서 무언가 뜨거운 것이 올라오는 것이 느껴졌지만, 그것이 말이 되어 튀어나오지는 못했다. 두려웠기 때문이었다. 이런 류의 사람들을 한 번도 만나 본 경험이 없던 연희로서는 그저 두 다리가 후둘후둘 떨리기만 할 뿐이었다.

"그게 뭔지 알아?"

"네?"

연희는 남자의 얼굴이 갑작스레 다시 가까워지자, 순간적으로 놀라 소리를 지르며 뒷걸음질 쳤다. 남자는 싱긋, 웃어 보이며 번들거리는 그의 얼굴을 연희의 얼굴에 더욱 가까이 들이댔다. 연희는 거미줄에 걸린 곤충처럼 꼼짝도 할 수 없었다.

"현실에서 살아남는 법, 그건 바로 힘이야. 없는 것은 남에게서 뺏어서라도 살아남는 근성, 그것이 이 아이들에게 필요한 거야. 꿈이란 것은 있는 집에서 태어난 자손들에게나 허락되고 보장되는 특권이란 말이야, 알아?"

"그래서 부모 잘못 만나 가진 것 없이 태어난 아이는 그런 식으로 살다가 교도소에나 가란 말씀이세요?"

간신히 연희의 목구멍을 빠져나온 말도 거의 모기 소리만큼 작고 떨리는 목소리였다.

"뭐라구?"

남자가 갑자기 연희에게서 멀어졌다. 그런데 그의 표정은 희미하게나마 웃고 있었다.

"아가씨, 강단 있구만. 마음에 들어. 그러니까 그런 걸 가르치란 말이지. 그 강단과 없는 것은 남에게서 뺏어서라도 가질 수 있는 근성, 하지만 교도소에는 안 가는 지혜. 무슨 말인지 알겠어요?"

"……"

가늘게 웃는 남자의 눈매는 의외로 부드러웠지만 눈빛 만큼은 섬뜩하기 그지 없었다. 무슨 짓이든 할 수 있는 자의 눈빛, 연희는 갑작스레 한기를 느꼈다. 뜨거운 여름 밤이 무색할 정도로 온몸에 소름이 돋았고, 이내 온몸이 사시나무 떨리듯 떨려오기 시작했다. 남자는 연희의 두려움을 읽기라도 하듯, 흔들리는 그녀의 눈동자를 이해할 수 없는 눈빛으로 지긋이 쳐다보았다.

"얘기했잖아. 나, 나쁜 사람 아니라고……. 난 그냥 사람들이 만들어 놓은 전쟁터에서 살아남고자 싸우는 사람일 뿐이야. 내 앞길만 막지 않으면 난 아무 짓도 하지 않아. 오늘은 그냥 갑니다. 다음에 올 때는 이렇게 신사적으로 오지는 못할 테니 그때 가서 원망 말고 신부님인가 목사님 인가한테 알아서 행동하라 잘 전하세요. 동네 사람들 일에 끼어들지 말란 말이오. 알았지?"

"……."

연희는 말없이 고개만 끄덕였다.

"자, 모두들 그만 가지."

남자가 거들먹거리는 발걸음으로 느릿느릿 야학을 나서며 따라온 장정들에게 명령하자, 그 뒤를 검정 양복의 사내들이 우르르 일제히 따라나섰다. 마지막 남은 자까지 야학을 빠져나가고 난 뒤 한참이 지날 때까지도 연희는 꼼짝도 할 수 없었다. 부들부들 떨리는 몸을 간신히 지탱하던 연희는 그들의 발소리가 더는 들리지 않았을 때가 되어서야 그 자리에 풀썩 주저앉았다. 연희가 주저앉자 아이들이 참았던 울음을 터뜨렸다. 연희는 아이들 한 명 한 명을 필사적으로 감싸 안았다. 자신에게 다짐하듯 아이들에게 말했다. 하지만 그 목소리에는 확신은커녕 의구심만 가득 묻어 있었다.

"걱정 안 해도 돼. 저들은 우리 손끝 하나 댈 수 없어. 하느님께서 절대로 저들을 가만두시지 않을 거야. 절대로…절대로……."

그날 이후 건달들이 더는 나타나지 않았다. 괜히 저쪽을 자극할 수도 있다며 불필요한 행동은 안 하는 게 좋다는 베네딕토 신부의 의견을 무시하고 통장 할아버지가 울산에 있는 손자에게 전화를 했다. 그 이후부터 통장 할아버지 손자의 친구들이자 한때 동네 건달들로 악명 높았던 이들이 각목과 쇠파이프로 무장하고 순번을 정해 야학을 지키기 시작했다. 하지만 여전히 근본적인 문제가 남아 있었다. 나름 타협점을 찾기 위해 머리를 맞대던 시청 담당 직원들이 당사자 우선 협의를 내세우며 갑자기 냉랭하게 돌아서 버렸다. 아니나 다를까, 얼마 뒤, 이곳에서 십수 년을 생활 터전으로 살아왔던 이들에게 웬만한 곳에서 단칸 전세방 한 칸 간신히 얻을까 말까 한 보상금을 내걸며 기한 내에 장소를 비우라는 최후 통첩장이 개발주를 대행하는 변호사의 이름으로 부인촌 철거대책위원회에 날아들었다. 그때부터 베네딕토 신부는 더는 야학 활동에 전념할 수가 없게 되어 버렸다. 부인촌을 위해 천주교 교구 및 시민 단체, 정부 관련 기관에 진정을 넣는 등의 일에 온몸이 메여 버린 상태였다. 게다가 엎친 데 덮친 격으로 개발주가 고용한 듯한 건달들이 동네 입구부터 살벌한 분위기를 조성하는 바람에 자원봉사 대학생들의 발길도 끊겨 버렸다. 그리고 아이들의 개학이 다가오면서 학교 교사 주축의 자원봉사자들도 더는 야학을 도울 수 없게 되자, 야학은 완전히 연희의 몫이 되고 말았다. 방학동안만 계획했던 자원봉사 기간이 자연히 길어질 수밖에 없게 되어버렸고, 부득이 휴학까지 해야 할 상황에까지 놓이고 말았다. 그렇지만 아이들을 내버려두고 나 몰라라 그냥 학교로 돌아가 버릴 수는 없는 노릇이었다.

　베네딕토 신부는 각계 각층에 호소문을 돌리며 수백 명의 사람들을 한 순간에 길바닥에 내팽개칠 수는 없다며 설득하고 다녔지만, 상황은 그리 호락호락 하지 않았다. 서울 전체가 개발 붐에 휩싸여 있었던데다, 서독 바덴바덴에서 서울올림픽 개최까지 확정되면서 개발의 당위성에 더 힘이 실리게 되었고, 이에 여론도 무허가 판자촌 주민들에게 더욱더 불리한 상황으로만 치닫고 있었다. 거기다 개발주가 제시한 최후 통첩 일이 다가오면서, 한 목소리를 내던 주민 대표단에도 금이 가기 시작했다. 비록 무허가 주택이지만 자신의 집을 가진 자들을 중심으로 갑자기 개발을 찬성하는 쪽으로 돌아서 버린 것이었다. 그들에게 시와 개발주가 무허가 건물에 대한 재산권을 인정하면서 신규 아파트 분양 시 특별분양권을 보장했던 모양이었다. 게다가 개발을 찬성하는 주민들에게 힘을 실어 주기 위해 부인촌 주민의 60% 이상을 차지하고 있는 세입자들을 위해 보상금 50% 인상에 개발지역 상인 연합과 연계하여 부인촌 철거 주민을 우선 채용하겠다는 제안을 해 오며 부인촌 내 갈등을 부추기기 시작했다. 그 선봉에는 창수의 아버지, 류씨가 앞장서고 있었다. 그런데 그 제안이란 것이 살펴보면 눈 가리고 아웅이라는 것은 웬만한 동네 주민들이라면 모두 다 알고 있었다. 보상금 50% 인상이란 것도 사실 따지고 보면 기존 주민 협의회에서 제출했던 액수에 턱없이 부족한 액수였던 데다, 그들에 대한 실질적인 이주 대책은 아예 논의 대상에서 제외되어 있었다. 사실 집주인들에게 제공되는 아파트 특별분양권이란 것도 보이기와 달리 그리 큰 대책이 될 수 없었다. 집주인이라 할지라도 대부분 일용직에 종사하는 이곳 주민들에게는 무의미한 조항이나 다름 없었다. 그들이 특별분양권을 가지고 있다 하더라도 계약금을 댈 만큼 현금을 가진 자들도, 그렇다고 은행에서 융자를 받을 수 있는 자격을 갖춘 자들도 없었기 때문에 결국 그 분양권을 헐값에라도 팔아야 할 수밖에 없는 주민들이 대부분이었다. 또한 신규 채용 건도 보장이 아니고 노력하겠다는 것에 불과한 사항이고 보면, 갑자기 주민 일부가 개발주의 입장을 대변하고 나서는 부분은 분명 석연치 않은 것이 사실이었다. 철거를 반대하는 입장의 주민들은 철거를 찬성하는 주민들이 개발주와 정부로부터 다른 이권을 챙겼음을 의심하면서, 없지만 사이 좋게 지냈던 동네는 점점 서로에게 손가락질을 하고 험담을 하며, 때로는 대놓고 멱살잡이 하는 것도 마다하지 않게 되어 버렸다. 그런데 더 큰 문제는 주민들의 반목이 어른들의 세계에만 국한되는 것이 아니었던 데 있었다. 그 여파가 급기야 야학교의 아이들에게까지도 전해지기 시작했다. 모두들 친형제처럼 아끼고 도와주던 야학의 분위기가 어느새 부모들의 입장에 따라 갈라서기 시작하더니, 급기야 개발주 입장에 선 부모들이 더는 아이들을 야학교에 보내지 않겠다고 선언하기에 이르게 되어 버리면서 동네 주민들 사이가 회복 불능의 상태로 치닫고 있었다. 어른들의 문제에 아이들의 장래까지 연관시키지 말자라고 설득하는 베네딕토 신부의 면전에 대고 남의 동네 일에 끼어들지 말라며 모욕 주는 부모들까지 생겨나기 시작하면서 부인촌 내의 갈등은 한치 앞도 볼 수 없는 지경으로 치닫고 있었다. 이는 결코 부인촌을 바라보는 외부 시선에도 큰 도움이 되지 못했다. 서로 언성을 높이며 다투는 모습들이 어느 날부터 각종 언론매체를 타고 소개되기 시작했고, 야학을 지키는 동네 건달들이 동네 주변을 순찰 도는 모습들과 부인촌 입구를 어슬렁거리는 개발주가 고용한 건달들의 모습까지 일절의 부연 설명도 없이 소개되자, 여론은 더욱 부인촌에 불리하게 돌아가기 시작했다. 동네 전체가 우범지대로 서울 시민들에게 각인되기 시작했고, 안 그래도 개발 논리에 밀려 불리했던 여론이 더욱 걷잡을 수 없는 국면을 향해 치달았다. 그리고…… 결국 일어나지 말아야 할 일까지 터지고 말았다.

"신부님, 신부님……."

밤 열한 시, 이 늦은 시각에 야학에 찾아올 사람은 아무도 없었다. 그런데 누군가가 문 밖에서 잔뜩 낮춘 목소리로 베네딕토 신부를 애타게 불렀다. 베네딕토 신부가 서둘러 문을 열어 주었고, 곧 목소리의 주인공이 신부의 거처로 들어갔다. 대화 내용은 전혀 알아들을 수가 없었다. 동네 철거 관련해서 손님이 잦았던 관계로 연희는 그 일 관련해서 동네 사람 중 누군가가 온 거라고만 생각했고 이내 다시 단잠에 빠져들었다.

"쿵쿵쿵……쾅쾅쾅……."

사정없이 철문을 두드리는 소리에 깜짝 놀란 연희가 두 눈을 비비며 간신히 일어났다. 시계를 보니 새벽 4시, 아직 바깥은 칠흑처럼 깜깜했다. 이 시각에 누가? 게다가 동네가 떠나갈 정도로 큰 소리로 문을 걷어찰 만한 사람이 누가 있던가? 연희는 불길한 생각에 벌떡 몸을 일으켰다. 어찌된 영문인지 베네딕토 신부 방에서는 이 요란한 소리에도 아무런 기척이 없었다. 베네딕토 신부가 간밤의 손님으로 늦게 잠자리에 들었을 것이란 생각에 신부를 깨우지 않을 심산으로 연희는 서둘러 웃옷을 걸치며 마당으로 뛰어나갔다.

　　"누구세요?"

　　"경찰입니다. "

　　"예? 경찰요?"

　　연희가 문을 열자마자, 정복 경찰 두 명과 전경 두 명이 거수경례를 하며 들어섰다.

　　"수상한 자가 이곳에서 빠져나갔다는 신고가 들어왔습니다. 신부님 혹시 계십니까?"

　　"예, 저기가 신부님 방인데……."

　　연희가 말을 마치기도 전에 경찰들은 뚜벅뚜벅 방 앞으로 걸어가 신부를 불렀다. 불 꺼진 방안에서는 아무 대답도 없었다. 전경 한 명이 조용히 문을 열고 안을 들여다보았다. 그리고 이내 그의 얼굴이 백지장처럼 하얗게 변해 버렸다. 이상한 낌새에 정복 경찰 한 명이 급히 방안으로 뛰어들어가 불을 켰고, 곧 날카로운 음성으로 소리쳤다.

"구급차, 빨리 구급차 불러!"

"간밤에 아무 소리 못 들으셨습니까?"

경찰서 강력계 형사가 아직도 놀란 마음에 온몸을 떨고 있는 연희 앞에 따뜻한 커피 한 잔을 내려 놓으며 물었다.

"밤 열한 시경, 누군가 오긴 왔었어요."

"혹시 간밤에 온 자가 누구인지 예상되는 사람은 없습니까?"

"몰라요."

"목소리라도 들었을 거 아니오?"

"속삭이듯 신부님을 부르는 목소리였는데다 잠결에 들은 거라 정확하게 기억이 나지……."

갑자기 형사 책상 위의 전화벨이 요란하게 울렸다. 형사가 서둘러 전화를 받으며 연희에게 눈짓으로 잠시 기다리라 양해를 구했다.

"뭐라구요?"

경찰이 연희를 힐끔거리며 잔뜩 인상을 찌푸렸다. 연희는 직감적으로 알 수 있었다. 베네딕토 신부에게 무슨 일이 생겼음을…….

"조금 전 수술 중, 신부님께서…… 출혈과다로 그만……."

2주일 뒤, 범인이 밝혀졌다. 그런데 밝혀진 범인은 전혀 예상 밖의 인물이었다. 김삼수, 뚝배기로 잘 알려진 통장이자 부인촌 철거대책위원회 위원장인, 통장 할아버지의 그 자랑스럽던 손자였다. 휴가를 받아 잠시 상경했다는 이야기를 들은 기억이 퍼뜩 연희의 뇌리에 스쳐 갔다.

다음날 통장 할아버지가 연희를 찾아왔다. 그리고 대뜸 연희의 멱살부터 잡으며 욕설을 퍼부었다. 아이들이 보는 앞에서 연희를 내팽개치며, 야학교실의 기물들을 닥치는 대로 부셨다.

"할아버지! 도대체 왜 그러세요?"

연희는 놀라 우는 아이들을 감싸 안으며 소리쳤다.

"네년이 우리하고 무슨 억하심정이 있어서 내 손주를, 금쪽같은 내 손주에게 누명을 씌우냐고?"

통장 할아버지가 뒤집힌 눈으로 연희를 노려보며 짐승같이 울부짖었다. 비록 말투는 투박하고 세련되지 못했어도 어른다운 진중성에 점잖은 분이었는데, 이렇게 갑자기 무뢰한으로 돌변해 버린 것이 연희는 이해가 가지 않았다.

"무슨 말씀……."

연희는 통장 할아버지가 무슨 말을 하는지 몰라 대꾸하려다, 불현듯 전날 밤에 다녀갔던 형사 한 명이 생각났다. 그는 누군가의 목소리가 녹음된 테이프를 가지고 왔다. 형사가 이것저것 질문하는 것에 대해 상대방이 조곤조곤 대답하는 것을 녹음해 둔 것이었다. 베네딕토 신부가 변을 당하던 날, 어디에서 무엇을 하고 있었는지, 그걸 증명해 줄 사람은 있는지 등등 형사들이 이 동네에서 탐문조사를 했을 때 통상적으로 물었던 내용들이었다. 그 내용들은 연희에게도 익숙해서 잘 알고 있었다. 연희도 똑같은 질문을 받았었으니까. 형사는 베네딕토 신부가 살해당하던 그날 저녁 밤 열한 시쯤에 베네딕토 신부를 불렀던 목소리와 녹음테이프 속의 목소리를 비교해 보라면서 연희를 재촉했다. 연희는 잘 모르겠다고 대답했다. 비몽사몽 간에 들었던데다 워낙 작은 목소리였기에 좀체 구분하지 못하겠다고 했다. 연희는 곧 통장 할아버지를 향해 오해가 있는 것 같다고 말하려다 입을 닫고 말았다. 간밤에 형사가 내민 종이 한 장에 아무 생각 없이 서명을 해 주었던 것이 떠올랐기 때문이었다.

"잘 생각해 봐, 아가씨. 이 동네 사람들 중 알리바이가 확실한 사람들 말고 그렇지 않은 사람들 중에서 말이야. 그 시각쯤 이곳 근방에서 이 목소리의 주인공을 보았다는 사람이 있어. 이미 그 주민이 이 친구가 신부님 방으로 들어가는 것도 보았다는 확증도 받아 둔 상태야. 다만 아가씨한테 물어보는 이유는 이 목소리가 비슷하냐 그 정도만 확인하러 온 거야."

"비슷한 것 같기는 한데, 그게 이 목소리라고 확신은 못 하겠어요. 그런데 이 사람이 누군가요?"

"아가씨는 모르는 게 좋아요. 알아 봐야 아가씨한테 귀찮은 일만 생길 테니. 그냥 여기다 사인이나 하나 해 주슈. 어차피 아가씨 증언은 참고 정도로만 쓸 거니까. 어차피 목소리 정도 가지고 범인을 지목할 수도 없는 노릇이고……."

연희는 형사가 하는 말이라 별 의심 없이 그냥 사인을 해 주고 말았다. 그게 뭔지는 아직도 모르고 있는 상태였지만, 짚이는 것은 그것밖에 없었다.

부인촌 철거주민대책위원회를 이끌던 기존의 임원단이 곧 해산되었다. 베네딕토 신부와 통장 할아버지가 빠진 기존 임원단은 말 그대로 사상누각이나 다름없었다. 대신 철거 및 개발 찬성을 주장하던 마을 주민들이 대표단을 다시 구성했고, 개발주와 시청은 기다렸다는 듯이 그들을 새로운 대화 파트너로 선정했다. 그때부터 부인촌 철거는 일사천리로 진행되기 시작했다. 당연히 야학도 더는 존립 가치가 없어진 상태에 빠져 버렸다. 하지만 사람들이 이주를 합의한 시기까지는 몇 달여의 시간이 남아 있어 야학을 그냥 내 버려둘 수도 없었다. 연희는 휴학까지 해 가며 혼자서 야학을 간신히 꾸려 나갔다. 베네딕토 신부의 그 오랜 정성과 희생이 고스란히 녹아 있는 야학을 차마 그냥 버려두고 떠날 수는 없었다.

언제나 그랬듯 야학에서 아이들을 가르치느라 여념 없던 어느 날, 통장 할아버지가 수박 한 통을 사 들고 연희를 방문했다. 손자가 체포된 후, 죄책감에 어쩔 줄 몰라 하던 연희를 위로하며 오해가 있었다며 지난번의 행패에 대해 사과했다. 그리고 한동안 동네에서 그 어른의 모습을 볼 수 없었다. 비록 학생 수가 많이 줄긴 했지만 여전히 혼자서 운영하는 야학이라 연희는 한시도 야학을 비울 수 없어 통장 할아버지의 근황이 궁금하면서도 제대로 알아볼 수 없었다. 그저 야학에 아이들을 보내는 학부모 중 통장 할아버지의 근황이나 소문을 들은 분들에게서 알음알음으로 물어볼 뿐이었다. 그래서 어디까지가 사실인지 어디까지가 풍문인지도 알 방법이 없었다. 어쨌든 여기저기서 들은 이야기를 종합하면 상황은 이랬다.

통장 할아버지는 여전히 손자의 무죄를 증명하기 위해 모든 것을 내팽개치고 오직 소송에만 매달리고 있다고 했다. 정작 소송을 담당했던 국선 변호사는 정황상 검찰의 증거를 뒤집을 만한 증거가 없다며, 죄를 인정하고 차라리 감형 쪽으로 방향을 잡자고 통장 어른을 설득했다고 한다. 통장 어른은 없는 죄를 어떻게 인정하냐며 노발대발하며 그 국선 변호사를 해임하고 한 시민 단체의 도움을 받아 본인이 직접 소송을 챙겼다고 했다. 하지만 소송이란 것이 진심과 열정만으로 처리될 수 있는 것이 아니었다. 전문적인 지식도 경험도 없는 통장 할아버지가 할 수 있는 것이 사실상 전무했다. 당연히 소송 전망은 암울할 수밖에 없었을 터였다. 그러다 최근, 부산 출신의 한 인권 변호사가 이 사건을 맡겠다며 나서면서 상황이 기적적으로 호전되기 시작했다고 한다. 그 변호사는 검찰에서 유일한 증거로 내세운 증인의 증언이 통장의 손자가 신부를 살해했다는 개연성을 설명하기에는 턱없이 부족하고, 통장 어른의 손자가 베네딕토 신부 처소에서 급히 뛰어나온 자를 뒤쫓으며 동네 어귀까지 따라가며 "멈춰."라고 외치는 소리를 동네 주변 여러 사람이 들었다고 증언했음에도 증언을 한 자들이 철거대책위원회에서 반대의 편에 서 있던 자, 즉 통장의 손자와 특별 관계에 있는 자라며 증언의 신빙성이 없다고 무시했으면서도, 통장의 손자가 신부 처소로 들어가는 것을 보았다고 증언한 증인이 철거를 찬성하는 주민으로부터 나온 것에 대해서는 아무 문제 삼지 않은 것으로 봤을 때 수사상의 공정성이 심히 우려되는 부분이라며 강력하게 항의했다고 한다. 이는 형법상 보장하는 무죄추정의 원칙에도 중대하게 반한다며 강하게 무죄를 주장하면서, 한때 불리하게만 흘러갔던 소송이 어느새 새로운 국면으로 접어들기 시작했다는 반가운 소식을 접하기에 이르렀다.

동네 사람들은 그 부산 출신 인권변호사가 소송을 맡았다는 것 자체가 통장 어른의 손자가 무죄라는 것을 반증하는 것이라며 입을 모았다. 연희도 그 변호사에 대해선 잘 알고 있었다. 자신이 다니는 대학교 운동권 학생 여럿이 집시법 위반으로 구속되었을 때 그 변호사가 나서 그들을 변호했었고 그의 활약상이 학보에 상세히 소개되기도 했었다. 어쨌든 소문을 종합하면 소송 전망이 아주 밝아졌다는 이야기인 것에는 틀림없었다. 고의는 아니었지만 자신도 통장 손자의 문제에 일정 부분 연관이 있음에 무거웠던 마음을 일부나마 덜어 낼 수 있게 된 듯해 여간 다행스러운 소식이 아닐 수 없었다. 하지만 통장 할아버지 손자가 범인이 아니라면 그럼 도대체 누가 범인이란 말인가?

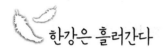

"연희 선생님, 안녕히 주무셨어요?"

"……."

"간밤에 선생님께서 꿈속에 보이셨어요. 하얀 날개를 활짝 펴고 불 꺼진 서울 하늘을 훨훨 날아다니셨지요. 얼마나 반갑던지……."

"……."

"오늘 하루도 잘 지내시고요. 내일 또 뵐게요."

창수는 두 석상을 번갈아 어루만지며 조용히 눈물지었다. 연희의 가슴 한구석도 뭉클해졌고 곧 그녀의 눈시울이 붉게 물들여졌다. 창수가 매일 아침 이렇게 자신과 베네딕토 신부의 석상 앞에서 문안 인사를 하고 있었으리라고는 상상조차 해 본 적이 없었다. 그때가 열네 살이었으니 지금 마흔넷이 되는 나이, 벌써 중년이 되어 버린 창수를 보며 연희는 새삼 마음이 아려왔다. 연희는 바짝 창수 곁으로 다가가 그의 얼굴을 살폈다. 희끗희끗해진 창수의 머리카락에서 세월의 흔적이 비켜갈 수는 없었지만, 어렸을 적 그 총명하면서도 순박했던 눈매는 그대로 남아 있었다.

창수는 꾸뻑 석상에 인사하고 돌아서 맞은편에 세워 둔 자신의 승용차에 올랐다. 연희는 창수가 어떻게 살고 있는지가 궁금해졌다. 연희도 창수를 따라 자동차에 함께 올랐다. 안락한 가죽 시트 깊숙이 몸을 앉힌 연희의 눈동자가 천천히 차내를 훑었다. 뒷거울 목 언저리에 걸려 있는 창수의 가족 사진이 제일 먼저 눈에 들어왔다. 가운데서 순박하게 웃고 있는 창수 옆에 아내인 듯한 여인과 그 앞에 딸인 듯한 소녀가 다소곳이 자리하고 있었다. 연희의 입가에 함박 미소가 슬며시 번져 났다. 땟물 흐르던 까까머리 창수가 어느덧 이렇게 성장해 저렇게 단란하고 행복한 가정을 이루고 살고 있는 모습이 너무 흐뭇하고 자랑스러웠다. 창수가 길고 하얀 손가락을 펴 운전대 옆 버튼 하나를 깊게 눌렀다. 그러자 부드러운 엔진 음과 함께 차에 시동이 들어왔다. 창수는 천천히 차량을 출발시키며 익숙한 손놀림으로 핸들에 부착되어 있는 또 다른 버튼 하나를 살짝 눌렀다. 이번엔 자동차 오디오 장치에 불이 켜졌다. 곧 스피커에서 귀에 익은 음악 소리가 부드럽게 쏟아져 나오더니, 어느새 차 안이 감미로운 선율로 가득 채워졌다. 가슴 한 편을 묵직하게 적셔 오는 아름다운 피아노 선율…….

'아! 이 노래는…….'

한 굽이 돌아 흐르는 설움, 두 굽이 돌아 넘치는 사랑

한아름 햇살 받아 물 그림 그려놓고

밤이면 달빛 받아 설움을 지웠다오.

억년의 숨소리로 휘감기는 세월

억년의 물결은 여민 가슴에

출렁이는 소리 한강은 흘러간다.

고운님 가시는 길 노 저어 보내놓고

그리운 마음이야 빈 배로 흔들리네.

억년의 숨소리로 휘감기는 세월

억년의 물결은 여민 가슴에

출렁이는 사랑 한강은 흘러간다.

억년의 물결은 여민 가슴에

출렁이는 사랑 한강은 흘러간다.

한 음악 방송에 주파수가 잡힌 라디오를 통해 조용필의 5집 신곡 '한강'이 연신 구슬프게 흘러나오던 어느 날이었다.

"선생님! 선생님!"

한동안 모습을 보지 못했던 창수였다. 창수는 동네 주민 사이에서 철거를 반대하는 진영과 철거 및 개발을 찬성하는 진영이 나뉘어져 팽팽한 줄다리기를 하기 시작하던 때부터 야학을 나오지 못했다. 창수의 부친이 창수의 야학 출입을 허락하지 않아서였다. 이젠 통장 할아버지와 베네딕토 신부가 중심이 되었던 철거 반대 진영도 뿔뿔이 흩어져 더는 표면적으로 드러난 외형적인 갈등은 사라진 상태였지만, 개발 찬성 진영의 입장에 섰던 학부형들은 여전히 아이들을 야학으로 돌려 보내지 않았다. 한때의 반목으로 생겼던 앙금은 아직도 그대로 잔존해 있던 까닭이었다.

"어, 창수구나. 오랜만이네……."

"우리 아버지예요. 우리 아버지……엉엉엉."

"무슨 말이니? 좀 천천히 말해 봐."

창수가 입을 떼기도 전에 우당탕 탕탕, 야학교 문을 험하게 박차고 들어오는 이가 있었다. 창수의 아버지였다. 무언가에 쫓기듯 눈동자는 불안하게 떨리고 있었다. 연희 앞으로 다가서는 창수 아버지 류씨에게서는 독한 술 냄새가 강하게 풍겨났다.

"이놈의 자식, 여기는 왜 또 얼씬거리고 있어? 팔자 좋은 예수쟁이 집에 와서 배울 게 뭐가 있다고? 어서 나와!"

평소답지 않은 모습이었다. 누가 뭐래도 창수한테만큼은 비단처럼 부드러웠던 분이 아니었던가? 그런데 오늘, 창수를 대하는 태도는 예전과 달리 험악하고 거칠기만 했다.

"창수 아버님, 잠시만……."

"선생도 이제 그만하고 고향으로 그만 내려가요. 이렇게 얼쩡거리다가 봉변이나 당하지 말고."

어느덧, 류씨는 창수의 뒷덜미를 거칠게 쥐어 잡고 끌고 나가고 있었다. 창수는 몸부림치며 발악했다.

"아버지, 저 다 들었어요. 아버지가 그랬어요? 아버지가 신부님을 죽였냐고요?"

모두들 얼어붙어 버렸다. 연희도, 창수의 아버지도, 마침 일을 마치고 아이들을 데리러 온 두 명의 학부형도 막 야학교실로 들어서다 그 소리를 듣고 그 자리에 함께 얼어붙었다. 모두들 말을 잃고 어찌해야 할지 몰라 우두커니 서 있는 사이, 창수의 부친이 입구에서 우두커니 눈치만 보고 있던 두 학부형들을 순식간에 밀어 제치며 뛰쳐나가 버렸다. 그제서야 무엇을 해야 하는지 판단이 선 듯, 학부형 둘이 목청 높여 소리치며 창수 아버지 뒤를 쫓았다.

"저놈 잡아라. 저놈이 살인자야."

류씨가 수배된 지 어느새 한 달여의 시간이 흘렀다. 여전히 류씨의 행방은 묘연했다. 혹자는 지방으로 몸을 숨겼다고도 했고, 어떤 이는 동네 주변에서 얼씬거리는 것을 본 적이 있다고도 했다. 개발 찬성 진영에서 목소리를 높이기 전까지만 해도 베네딕토 신부를 가장 많이 따르고 협조했던 사람이 류씨였기에 베네딕토 신부의 살인 용의자로 그가 현상수배를 받고 있다는 것이 동네 주민들에겐 좀처럼 잘 받아들여지지가 않았다. 그날 이후 창수는 코빼기도 보이지 않았다. 연희는 창수의 안부가 몹시도 궁금했다. 하지만 직접 찾아가 볼 엄두가 나지 않아 그저 속만 태울 수밖에 없었다.

"계시오?"

"아, 통장 할아버지."

"예, 연희 선생님, 혼자서 고생이 많지요?"

"……."

"신부님도 안 계신 곳에서 쯧쯧……."

"……."

"할 만큼 하셨으니 이제 고마 학교도 복학하시고 그러슈. 지금 여기 야학교 문닫는다고 연희 선생님 원망할 만큼 배짱 좋고 낯 두꺼운 사람 아무도 없수다. 고향 부모님께서 얼마나 걱정하시겠어요?"

"그래도, 나오는 아이들이 있는데 어떻게……."

연희가 머리를 숙이며 말끝을 흐리자, 통장 할아버지는 안쓰러운 눈으로 연희를 쳐다보며 혀를 찼다.

"참 손자 분은 무죄로 풀려나셨다고요? 축하드려요."

연희는 재빨리 화제를 돌렸다. 연희 자신도 고향에서 자신을 걱정하고 있는 부모님만 생각하면 자꾸만 마음이 약해졌기 때문이었다.

"예, 풀려났어요. 그런데 나쁜 놈들……."

"왜요? 무슨 일 있으세요?"

"도대체 애를 어떻게 했길래……."

"예?"

"휴~!"

통장 할아버지는 대답대신 긴 한숨을 쏟아냈다. 오늘따라 주름진 통장 할아버지의 얼굴이 더욱 메말라 주름의 간극도 더욱 깊고 넓어진 듯 보였다.

"글쎄, 그게 말이야. 웬만한 일로는 눈 하나 깜짝 안 하는 강심장이 바로 내 손자였어요. 그래서 동네에서 오야붕도 하고 그랬지. 그런데 구치소에서 나온 이후, 사람들을 똑바로 쳐다보지를 못해. 아무나 보고 미안하다 그러고, 몸 여기저기 상한 곳도 많아. 도대체 거기서 무슨 일을 당했기에……."

"……."

연희는 아무 대꾸도 할 수 없어 그저 잠자코 듣고만 있었다.

"아, 참, 여기 온 건 그런 이야기 하러 온 건 아니고, 잘 지내라고 인사하려고 왔어요. 이번 주 내로 손자 데리고 울산으로 내려갈까 해. 다행히 손자가 다니는 회사에서 복직을 시켜 줬거든. 예전처럼 일도 하고 그러면 다시 좋아지겠지 싶어서. 이젠 같이 살려고. 철거고 개발이고 다 꼴도 보기 싫어."

"아, 예."

순간, 문밖에서 누군가가 고개를 빠끔히 내밀었다가 연희가 눈길을 주자마자 재빨리 사라졌다. 연희는 그가 누군지 단번에 알아보았다.

"창수야."

"창수?"

연희가 창수를 부르자, 통장 할아버지도 동시에 뒤를 돌아보았다.

"왔으면 들어오지 거기서 뭐해?"

통장 할아버지가 걸걸한 목소리로 소리를 치자, 창수가 주춤대며 야학 마당으로 들어섰다. 그리고 꾸뻑, 통장 할아버지와 연희를 향해 고개 숙여 인사했다.

"창수가 선생님 뵈러 온 모양이오. 전 이만 가보겠습니다. 창수야, 어머니는 좀 괜찮으시냐? 허허 거참, 산다는 게……쯧쯧쯧……. 너도 참 딱하다 딱해."

통장 할아버지는 야학을 나서며 창수 머리를 한 번 쓱 쓰다듬어 주고는 혀를 차며 야학교 문을 나섰다. 창수는 통장 할아버지가 완전히 사라질 때까지 원래 있던 그 자리에서 꼼짝도 하지 않았다.

"창수야!"

"……."

창수는 연희가 몇 번을 불러도 불안한 눈빛으로 주변을 살피느라 여념이 없었다. 통장 할아버지의 뒷모습이 완전히 사라진 것을 확인한 후에야 말없이 편지 한 장을 연희 앞에 내놓았다.

"이게 뭐니?"

"아버지께서 보내신 편지예요."

편지 겉봉에는 우표도 주소도 없었다. 그렇다면 인편으로 전해졌다는 이야기였다. 연희는 좀 더 상세한 설명을 기대하며 창수를 쳐다보았다.

"아버지는 살인자가 아니에요. 누명을 쓴 거예요. 선생님께는 꼭 보여 드리고 싶었어요. 남들이 다 뭐라 해도 우리 아버지가 사람을 죽일 분은 아니란 걸. 더군다나 신부님을……. 우리 아버지가 신부님을 얼마나 존경하셨다구요."

창수가 울먹이는 목소리로 말하는 동안, 연희는 재빠르게 편지를 읽어 내려갔다. 곧 연희의 얼굴이 시뻘겋게 달아올랐다. 이건 유서였다. 최근에 창수에게 차마 하지 말았어야 했을 폭언에 대한 사과와 창수를 언제나 자랑스러워했고 앞으로도 영원히 그럴 것이다란 내용, 그리고 자신은 절대로 신부님을 죽이지 않았다고, 신부님을 죽인 사람은 따로 있다고, 하지만 세상은 그들 손끝 하나도 건드리지 못할 것이라고 적혀 있었다. 세상 사람들은 다 몰라줘도 창수만은 알아줘야 한다고, 돈 없고 힘없으면 없는 죄도 만들어지는 세상이라며, 창수는 머리도 좋고 공부도 잘하니까 어른이 되면 꼭 힘 있는 자가 되어 이런 설움은 당하지 말라고……. 그리고 편지를 맺으며 이렇게 말하고 있었다.

창수야, 못난 이 아비를 용서해다오. 이곳에서 못다한 아비 노릇, 죽어서라도 할 수 있을까 모르겠구나. 사랑한다, 창수야. 아프신 엄마 잘 부탁한다.

창수의 차량이 도착한 곳은 대학 병원 건물이었다. 지하주차장으로 들어서자마자 주차장 관리원이 창수를 향해 거수경례를 올리며 활짝 웃어 보였다. 창수도 손을 흔들며 친근한 미소로 화답한 후 지정 주차장에 차를 세웠다. 지정 주차장 벽면엔 신경외과 류창수 박사라고 적힌 아크릴 판이 정갈하게 붙어 있었다.

'정말 의사가 되었구나.'

옛날, 의사가 되고 싶다던 창수의 어린 모습이 중년이 된 창수의 모습에 겹쳐 보여 연희는 잠시 눈을 감았다. 그때 어디선가 전화벨 소리가 요란하게 울려 펴졌다. 창수는 소리의 진원지를 찾아 두리번거리다 뒷좌석 쪽을 쳐다보았다. 뒷좌석에 던져둔 재킷 안주머니에서 휴대폰이 부들부들 떨며 울고 있었다. 창수는 급히 차에서 내려 뒷문을 열고 재킷 안주머니에서 휴대폰을 꺼내 들었다. 병원이었다.

"예, 류창숩니다."

"박사님, 안녕하세요? 저 레지던트 장철민입니다."

"장철민?"

"예."

"무슨 일이지?"

"뇌 손상이 의심되는 환자가 지금 병원 응급실로 들어오는 중입니다. 몇 분 뒤면 병원에 도착한다는데 병원장님께서 직접 박사님께 연락드리라고 하셔서요."

"병원장님께서?"

"예, 들어오는 환자가 저희 병원의 꽤 유력한 후원자 분 따님이시랍니다. 마침 뇌 손상이 의심되는 환자라 이것저것 수속 챙기지 말고 바로 박사님께 연락드려서 직접 챙기시라 전하라 하셔서요."

"……그래?"

창수의 눈살이 불쾌감으로 찌푸려졌다.

"일단 알았어. 지금 병원 주차장이야. 바로 올라갈게."

휴대폰을 내려놓는 창수의 손길이 거칠었다. 하지만 목소리는 여전히 침착하고 나지막했다. 창수는 태블릿 컴퓨터를 꺼내 일정표를 살폈다. 아무리 살펴봐도 중요하지 않은 일정이 없었다. 환자 대부분이 생사를 넘나들었거나 아직도 넘나들고 있는 환자들이 대부분이었다. 언어를 잃었거나 잃을 위기에 처한 사람, 기억을 송두리째 잃은 사람들, 머리를 다쳐 혼수 상태에 빠져 있는 사람들까지, 한시도 긴장을 늦출 수 없는 중환자들이 오늘 일정의 대부분을 차지하고 있었다. 물론, 응급실로 위급하게 들어오는 환자 중, 신경외과적인 소견이 필요한 경우 당연히 자신이 나서야겠지만, 배경이 좋다는 이유로 남들보다 먼저 살 수 있는 권리까지 독차지하는 이 세상의 변함없는 법칙이 아침부터 창수의 심사를 불편하게 만들었다. 어디서나 힘이 필요한 세상이었다. 예전에도 그랬고 지금도 그렇고 앞으로도 그럴 것임에 틀림없었다.

"아버지 어디 계시니?"

"……"

"아버지 어디 계시냐구? 너는 알고 있지?"

"몰라요."

"창수야, 아버지께서 이렇게 돌아가시면 결백을 주장하실 수도 없잖아, 응?"

"무슨 말씀이세요? 돌아가시다니요?"

창수는 눈을 동그랗게 뜨고 연희를 바라보며 물었다. 총명한 아이였지만 편지 글 행간의 의미까지는 미쳐 파악하지는 못했던 모양이었다.

"창수야, 아버님 어디 계시니?"

"몰라요."

"창수야, 경찰에 신고하려는 게 아니야."

"정말 몰라요. 집에 와 보니 편지가 와 있었을 뿐이에요."

창수의 눈꼬리가 올라가며 파르르 떨렸다. 거짓말을 하고 있다는 표시였다.

"창수야, 이 편지는 유서야. 지금 아버지께서 스스로 목숨을 끊으시려고 하신단 말이야. 무슨 말인지 아니?"

"……."

"이렇게 그냥 아버지가 돌아가시면 좋겠니?"

"우리 아버지 나쁜 사람 아니에요. 우리 아버지 신부님 안 죽였어요. 으앙~~~!"

창수가 급기야 울음을 터뜨렸다. 연희는 창수를 감싸 안고 달래다 자신도 함께 소리 내어 울고 말았다. 우는 내내 막연한 두려움과 원망스러움, 그리고 알 수 없는 분노가 혼란스럽게 뒤섞이며, 연희의 여린 마음을 거칠게 뒤흔들었다.

병원 응급실, 실로 인산인해를 이루고 있었다. 불과 몇 분만에 벌써 다섯 대의 구급차가 도착했다. 환자를 응급실 의료진에게 인계하는 그 짧은 순간에도 그들의 무전기에서는 또 다른 응급환자 후송 지시가 연이어 떨어지고 있었다. 연희는 날개를 접고 창수를 따라 병원 응급실 복도를 따라 걷기 시작했다. 병실 내 침상이 없어 복도에 임시로 마련된 듯 길게 늘어서 있는 간이침대 위에서 수많은 사람들이 신음하며 자신들의 순서를 기다리고 있었다. 그들 중 몇은 창수를 보자마자 소매를 붙들고 자신부터 봐달라며 무턱대고 애원했다. 그럴 때마다 창수 뒤를 따르던 간호사들이 그들을 떼어 놓으며 창수의 길을 열어 주었다. 마침 한 무리의 의료진이 복도로 몰려나왔다. 그들은 복도 이곳저곳에서 신음하고 있는 환자들을 한눈에 휙, 한번 살펴보곤 그들의 진료 순위를 정하고 있었다. 하지만 고통에 처한 자들과 그의 가족들은 자신들이 가장 급한 환자일 수밖에 없었다. 상처의 위급함에 대한 의료적인 소견과 고통의 중심에 선 환자들과 그들을 지켜봐야 하는 가족들의 입장 사이에는 엄청난 간극이 존재할 수밖에 없었다. 응급실 여기저기에서 막말과 고성이 오가기 시작했다. 자신들이 먼저 왔는데 왜 뒤에 온 환자부터 먼저 봐주냐고 고래고래 소리를 지르는 자들을 연희는 측은한 눈빛으로 쳐다보았다. 하지만 창수는 신경도 쓰지 않는 듯, 아니면 아예 듣지를 못했던지 무심한 얼굴로 그들을 지나쳤다. 연희의 표정이 어느새 잔뜩 어두워졌다. 마음 같아서는 여기 환자들의 고통을 단번에 없애주고 싶었지만, 하늘문이 닫긴 상태에서 자신이 할 수 있는 것이 아무것도 없었다. 하기야 하늘문이 닫히지 않았다 하더라도 하늘의 허락 없이 임으로 기적을 행할 수는 없었겠지만, 그래도 할 수 있는데 못 하는 것과 할 수 없어서 못 하는 것 사이에는 큰 차이가 있을 수밖에 없었다.

"박사님, 지금 도착했답니다."

장철민이었다. 그가 복도를 따라 걸어오던 창수를 발견하고 급히 구급차를 맞으러 뛰어나가며 말했다. 이내 창수도 뛰기 시작했고 연희 역시 그 뒤를 바짝 붙어 따라갔다.

창수가 빠른 걸음으로 어둠을 헤치며 걸어나갔다. 연희도 그 뒤에 바짝 붙어 바쁜 걸음을 더욱 재촉했다. 이미 칠흑같이 어두워진 밤이라 길거리에는 아무도 없었다. 창수가 동네 입구 바로 옆 공터에 잔뜩 쌓여 있는 쓰레기 주변에서 잠시 멈칫하며 주변을 살폈다.

"여기니?"

"……."

창수는 아무 말 없이 고개를 끄떡였다. 흉물스럽게 버려진 채, 거의 허물어져 있는 벽돌공장 사무실 안에서 언뜻 불빛이 비쳤다가 이내 사라졌다. 창수와 연희는 쓰레기 더미들 사이를 조심조심 비집으며 걸어 들어갔다. 연희는 걸어가는 내내 감당 못할 악취 때문에 정신을 차릴 수 없었다. 아무리 코를 틀어막아도 악취가 스며들었다. 연희는 숨을 쉬다가 안 쉬다가를 반복하며 사무실 건물로 간신히 들어섰다. 사무실 안도 악취 나는 건 매 한가지였다.

"아버지! 창수예요."

창수의 떨리는 목소리가 사무실 내 어둠 속을 관통하자, 이에 화답하듯 사무실 한 모퉁이 어딘가에 잠시 불빛이 밝혀졌다. 하지만 윤곽을 살피기도 전에 불빛은 사라졌고 다시 어둠 속에 빠져들었다. 잠시 뒤 불빛이 다시 나타나긴 했지만, 미세한 바람 한 점에도 꺼져 버릴 듯 불빛은 연신 위태롭게 흔들렸다. 촛불이었다. 곧 류씨의 초췌한 모습이 촛불 뒤에서 유령처럼 나타났다. 소주병 여러 개가 그의 발 밑에서 아무렇게나 나뒹굴고 있었고, 역한 술 냄새가 쓰레기 악취와 섞여 들어 연희는 연신 호흡을 정지해야만 했다. 이미 상당량의 알코올에 젖은 듯, 류씨의 두 눈은 이미 초점이 풀려 있었다.

"아니, 당신이 여긴 왜?"

생각지도 않았던 연희가 창수 옆에 서 있자, 류씨의 풀렸던 눈에 갑자기 힘이 들어갔다. 그렇지만 술기운에 마비되어 말려들어 간 그의 혀는 제대로 된 발음을 뱉어내지 못하고 있었다.

"창수 아버님, 창수한테 이야기 다 들었어요."

"무슨 이야기? 다 거짓말이야. 당장 사라져. 당신까지 죽일지 몰라."

"창수 아버님, 이러실수록 상황이 더 어려워져요. 통장 할아버지께서도 지난 일은 다 잊고 도와주시기로 하셨어요. 지난번 손자분 변호해 주셨던 그 변호사님한테도 부탁을 해 보시겠다고 하셨어요. 도움을 받으실 수 있을 거예요."

"소용없어요."

창수 아버지는 힘없이 털썩 주저앉으며 말했다. 그의 목소리는 한결 누그러지고 공손해져 있었다.

"나 하나 죽으면 다 끝날 일이에요."

"아니, 그게 무슨 말씀이세요? 창수랑 창수 어머니는 어떡하고요? 그 변호사분을 만나시면……."

"다 쓸데없는 짓이라니까요."

창수 아버지는 담배꽁초 하나를 찾아 불을 붙인 뒤, 길게 연기를 빨아들였다. 곧 퓨휴~ 하는 소리와 함께 긴 담배 연기가 그의 갈라진 입술 사이에서 가늘게 뿜어져 나왔다. 가죽만 남은 듯한 바짝 마른 얼굴 여기저기에 걸쳐 있는 주름들이 그간의 마음 고생을 고스란히 보여 주고 있었다.

창수의 어머니는 결핵으로 벌써 몇 년째 집에 누워 있었다. 빠듯한 살림 때문에 병원에 입원하는 것은 엄두도 내지 못했다. 막노동으로 하루하루 생계를 유지하던 류씨가 창수 모친의 병간호로 일을 빠져야 하는 날도 점점 많아지기 시작하면서 살림은 더욱 어려워져 갔다. 그러던 어느 날, 창수네 집에 개발주가 고용한 사람들이 방문했다. 이갑수란 자였다.

"개발주가 병원도 가지고 계신 거 아슈? 보아하니, 아주머니 결핵이 아주 심한 것 같던데, 다 못 먹어서 생긴 병입니다. 결핵은 잘 먹고 잘 치료하면 충분히 나을 수도 있는 병인데…….”

“나한테 바라는 게 뭐요?”

“동네 사람들 마음을 한번 돌려 봐요. 여기서 이렇게 버텨 봐야 아무 소용 없어요. 여기서 거지 같은 당신들 몇 죽어 나간다고 눈 하나 깜짝할 사람들이 있을 줄 아슈? 그나마 우리 회장님께서 워낙 마음이 좋으셔서 이렇게 조용히 해결하려는 거지, 안 그랬으면 벌써부터 줄초상 냈어. 일만 잘되면 내 형씨한테는 특별대우를 보장하리다. 아주머니도 무료로 회장님 병원에 입원해서 치료받을 수도 있게 해 드리고, 보상금도 좀 더 얹어 드리고……. 마을 사람들도 다 류씨한테 감사할 일이에요. 이렇게 버티다간 한 푼도 못 받고 그냥 쫓겨나. 아시겠수?”

“……그런데 왜 나요?”

“신부인지 목사인지 그 양반이 형씨와 많이 가깝다고 들었소. 게다가 형씨 아들을 그렇게 아낀다면서요? 한번 말씀 잘 해 보슈. 그 양반이 손을 떼면 통장이든 누구든 그 일자 무식꾼들이 뭘 하겠어. 안 그래?”

류씨는 밤늦게 야학교가 끝날 시각에 베네딕토 신부의 처소를 몇 번이나 찾아갔다가 그냥 돌아서기를 반복했다. 동네 주민들 전체를 위해 불철주야 뛰어다니는 베네딕토 신부에게 창수와 자신의 병든 아내를 위해 동네 사람들 일에서 손을 떼달라는 이야기를 차마 할 수 없어서였다. 베네딕토 신부가 살해당하던 그날도 류씨는 베네딕토 신부의 처소 근방에서 감히 신부를 만날 생각도 못 하고 그저 가슴만 태우다 언제나처럼 그냥 포기하고 다시 돌아서려 할 때였다. 갑자기 베네딕토 신부 처소에서 이상한 소리가 들렸다. 류씨는 급히 야학교 문을 열고 들어섰고, 마침 베네딕토 신부 방에서 급히 뛰쳐나오던 한 남자와 마주쳤다.

"아니, 당신은……?"

류씨는 그가 누구인지 금방 알 수 있었다. 자신을 찾아왔던 이갑수란 자와 함께 있던 자임에 틀림없었다. 야구모자에 마스크까지 하고 있었지만, 그의 목 한구석에 힘차게 뻗어 있던 칼자국만으로도 류씨는 그를 분명히 알아볼 수 있었다. 그도 류씨를 단번에 알아보았다. 그는 가렸던 마스크를 내리며 이빨을 드러내고 웃어 보였다. 그는 오른손 집게손가락을 펴 입을 가렸다가 곧 목을 긋는 시늉을 해 보였다. 입 다물고 조용히 있지 않으면 가만두지 않겠다는 표시였다. 도대체 무슨 일이 벌어진 것인가?

류씨는 불길한 생각에 휩싸였고, 재빨리 베네딕토 신부의 거처로 뛰어들었다. 그리고 이내 기겁을 하고 말았다. 베네딕토 신부의 방 바닥에는 붉은 피가 흥건히 적셔져 있었고, 베네딕토 신부는 이미 절명한 상태였다.

"그 안에 누구야?"

야학교 마당에서 누군가가 소리를 질렀다. 너무 놀란 류씨는 엉겁결에 방문을 박차고 나가, 손전등을 들고 자신을 비추려던 자를 험하게 밀어붙여 넘어뜨린 후 대문 밖으로 뛰쳐나갔다. 뒤로 나뒹굴었던 남자는 재빨리 일어나 신부 방부터 확인했고, 이내 도망가는 류씨를 향해 소리치며 뒤쫓기 시작했다. 류씨는 목소리만으로 그가 누구인지 금방 알 수 있었다. 바로 통장의 손자, 김삼수였다. 그가 휴가를 받아 잠시 집에 와 있는 김에 친구들을 대신해 순찰을 돌고 있다는 이야기를 언뜻 들은 듯했다. 류씨는 무조건 뛰었다. 왜 도망가고 있는지는 자신도 알 수 없었다. 일단 무조건 도망치고 봐야 한다는 생각이 들 뿐이었다.

한참을 뛰고 나서야 김삼수도 더는 쫓아오지 않았다. 류씨는 벌벌 떨리는 손으로 담배를 물었다. 그리고 성냥을 찾았다. 점퍼 주머니 구석구석을 다 뒤져 보았지만 성냥은 어디에도 없었다. 그때였다. 불쑥 불켜진 라이터가 자신의 눈 앞에서 확 밝혀졌다. 지포라이터 심지에서 석유 타는 냄새가 코끝을 찔렀다.

"누, 누구요?"

류씨는 깜짝 놀라 물고 있던 담배를 떨어뜨렸다. 떨어진 담배 필터에는 어금니 자국이 깊게 패어 있었다.

"당, 당신은······."

박기철이었다. 그는 류씨를 무표정한 얼굴로 쳐다보며 담배 한 개비를 뽑아 물었다. 아까 전 류씨에게 내밀었던 지포라이터로 불을 붙인 그는 그 담배를 다시 류씨에게 물려 주었다. 류씨는 사정없이 떨리는 마음을 어금니로 간신히 물고, 두려움에 젖은 눈으로 기철을 쳐다보았다. 그때 기철 뒤 어둠 속에서 또 한 명의 남자가 천천히 걸어나왔다.

"이렇게 뵙네요, 류씨. 기억하시죠? 이갑수외다."

"……저 아무것도 못 봤어요. 정말 아무것도……."

"그래야지. 암, 그러서야지. 이렇게 생각하슈. 우리가 류씨 수고 좀 덜어 준 거야. 입만 다물고 있어. 그럼 돼. 알았지? 허튼소리 하고 돌아다니다가는 네 가족부터 다 태워 버릴 거야. 너희들 같은 벌레만도 못한 것들은 눈 하나 깜짝 안 하고 죽일 수 있는 사람들이 우리들이야. 떠들어 봐야 어차피 당신을 믿어 줄 사람도 없겠지만……."

류씨의 떨리는 입술에서 담배가 떨어졌다. 담배가 얇은 면바지를 태우고 살까지 파고 들었지만, 류씨는 아무것도 느낄 수 없었다. 그저 머릿속이 뚫려 버린 듯, 바람소리만이 머릿속을 관통하고 있었다.

창수 아버지가 씁쓸하게 웃고 있었다. 그는 소주병을 들어올려 벌컥벌컥 소리를 내며 들이켰다. 연희는 아무 말 없이 조용히 창수 아버지를 지켜보았다.

"이보게……"

어둠 속에서 생각지도 않은 목소리가 불쑥 튀어나왔다. 연희도, 창수도, 류씨도 깜짝 놀라 뒤를 돌아보았다. 통장 할아버지가 냄비 하나를 받쳐 들고 서 있었다.

"빈속에 그렇게 마시면 안 돼. 오늘 저녁으로 돼지국밥을 만들었는데, 괜찮게 되어서 가져왔어."

"어르신……."

"됐어. 일단, 나랑 한잔 하세. 그리고 마음 준비되면 경찰서로 함께 가세나."

"네?"

"다 이야기해 두었어. 우리 손자 도와주셨던 변호사님께서 미리 경찰서에 경위서인가 뭔가 제출하고 내일 오전에 자진 출두하겠다고 해 두셨대."

"아, 안 돼요. 정말로 우리 가족 가만두지 않을 거예요. 통장님께서나 선생님께서도 위험하실 수 있으세요. 그만 빨리 돌아가세요. 저만 죽으면 다 끝나요."

"아버지! 그런 말씀 마세요. 아버지가 죽긴 왜 죽어요."

창수는 엉엉 소리 내어 울기 시작했다.

"우리나라가 무법천지도 아니고 그런 법은 없어. 경찰한테 이야기하고 그놈들 다 잡아 넣으면 될 일……."

"하하하하하, 여기 판사님 나셨구먼. 듣자 하니 아드님도 풀려나셨다고? 축하합니다."

"아니, 네놈들은……헉!"

통장 할아버지는 말을 다 마치기도 전에 앞으로 풀썩 꺼꾸러졌다. 누군가 뒤에서 통장 할아버지의 뒤통수를 쇠파이프로 사정없이 가격해 버렸던 것이었다. 연희도, 창수도, 류씨도 비명 소리 하나 못 내고 쓰러지는 통장 할아버지를 무기력하게 지켜볼 뿐, 아무것도 할 수 없었다. 곧 익숙한 목소리와 더불어 여러 명의 장정들이 천천히 들어서고 있었다. 예전에 야학교실에 찾아왔었던 바로 그 건달들이었다.

"어떻게 된 겁니까?"
"뛰어내렸어요."
"예?"
"아파트 10층에서 뛰어내린 것 같아요."
"10층에서요?"
창수는 소녀를 흘깃 내려보았다. 그리고 곧 구급대원을 쳐다보았다. 설명이 더 필요해서였다. 언뜻 보아도 10층에서 떨어진 상태 치고는 상처가 너무 경미했다. 구급대원도 창수의 의아함을 단번에 이해한 듯 빠르게 하지만 또박또박 대답했다.

"그래도 다행이었어요. 콘크리트 바닥으로 바로 떨어지지는 않은 것 같아요. 1층 화단에 심겨 있던 레몬나무 가지들이 여기저기 부러져 있는 것으로 봐서, 그쪽으로 먼저 떨어져 속도가 일정 부분 줄어든 상태에서 튕겨 나와 다시 콘크리트 바닥 쪽으로 떨어진 것 같아요. 외상으로는 두피 일부가 찢어지고, 혹이 나고 멍이 든 정도에 오른쪽 어깨에 찰과상 정도가 발견되었을 뿐이거든요. 그런데 저희들이 도착했

을 때 이미 정신이 혼미해져 있었던 상태라 혹시나 외상 성 뇌 손상
이 있지나 않을까 의심되어서 일단 응급조치 후 바로 이곳으로 데리
고 온 겁니다."

"예, 알겠습니다. 닥터 장, CT 촬영부터 먼저 해 보고……. 참, 이
아이 보호자는 안 따라온 거야?"

"연락했어요. 집에 이 아이 혼자 있었나 봐요."

"잠, 잠깐만……. 환자가 지금 의식이 돌아오는 것 같아. 애야! 이
름이 뭐니? 내가 보이니?"

창수가 소녀의 눈앞에서 탁, 탁 양손으로 손뼉을 치며 소녀를 불
렀다. 소녀는 잠시 창수 쪽을 바라보는 듯하다가 이내 고개를 돌려 멍
한 눈길로 허공을 응시했다. 그 시선이 따라간 자리에는 하늘대리인
연희가 걱정스러운 눈길로 소녀를 내려 보고 있었다. 초점 없이 배회
하던 소녀의 눈길이 연희의 시선과 마주쳤을 때, 잠시나마 소녀의 눈
빛에 초점이 돌아오는 듯했지만, 다시 힘없이 풀려 버렸고, 곧 소녀의
무거운 눈꺼풀이 눈동자를 완전히 덮어 버렸다. 동시에 소녀의 눈가에
는 따뜻한 눈물이 번져 나왔다.

바닥에는 한 소녀가 쓰러져 있고 그 소녀를 둘러싸고 여러 명의
학생들이 킬킬대며 둘러섰다. 바닥에 쓰러져 있는 소녀의 하얀색 교
복 상의는 이미 뜯겨지고 흙에 묻어 엉망이 된 상태였다. 헝클어진 머
리 카락이 그녀가 흘린 코피에 젖어 얼굴에 들러붙었다.

"도대체 왜 이러는 거야?"

"우리가 누군지 알아?"

"너희들이 누구인지 내가 어떻게 알아?"

"매화단."

"매화단?"

"그래. 우리를 모른다고 하지는 못할 거야."

"매화단이든 장미단이든 도대체 나한테 왜 이러는……헉!"

소녀의 말이 다 끝나기도 전에 한 남학생의 무지막지한 발길질에 소녀의 얼굴이 홱 돌아갔다. 소녀가 정신을 수습할 시간도 없이 이번 엔 다른 남학생 한 명이 소녀의 복부에 주먹질을 했고 소녀는 제대로 숨을 쉬지 못해 바둥거렸다. 어금니를 깨물며 간신히 정신을 차린 소 녀 앞으로 또 다른 소녀 한 명이 질겅질겅 풍선껌을 씹으며 다가섰다. '매화단'의 부짱 박현미였다. 중학교 때부터 줄곧 짱인 선화의 오른팔 로 그림자처럼 따라다니던 자칭 영원한 부짱. 그녀는 선화의 부친이 회장으로 있는 K그룹 한 계열사 상무이사의 딸이기도 했다.

"넌 눈치가 없는 거니, 아니면 바본 거니? 너 영후 오빠 알지?"

"영후 오빠?"

"그래, 신영후 선배 말이야."

"그런데 영후 오빠하고 뭐?"

"이것이 그래도 말귀를 못 알아듣고 있어. 어떤 사이인 줄 모르겠 지만, 한 번만 더 주변에서 얼쩡거리면 그때는 정말 재미없어. 알았어?"

"영후 오빠 그저 같은 성당 성가단……. 아! 이제야 알겠다. 그러고 보니, 큭큭…… 하하하하……."

소녀가 갑자기 배를 잡고 눈물까지 글썽이며 웃어댔다. 순간, 소녀를 린치 하는데 직간접적으로 동참하고 있던 아이들의 표정에 당황함이 스쳐 갔다. 동시에 모두들 선화의 눈치를 살폈다. 아니나 다를까, 선화의 표정이 잔뜩 굳어져 있었다.

"하하하하, 그랬었구나. 영후 오빠 때문이었어? 선화, 너 선화 맞지?"

선화의 눈썹이 움찔거렸다.

"진작 말을 하지. 그럼 내가 영후 오빠한테 너에 대해서 이야기 잘 전할 수나 있었잖아. 안 그래도 오빠가 그러더라. 오빠네 학교에 김선화란 깡패년이 있는데 엄청 귀찮게 따라다닌다고, 자기 아버지 배경에 기대 세상 모르고 나댄다고……, 설마 그렇게 유치한 아이가 있을까 싶어 오빠가 과장한 건 줄 알았는데……. 하하하하."

"아니, 이년이 보자보자 하니까……."

부짱 현미의 오른손이 소녀의 볼을 향해 날아들려는 찰나였다.

"잠깐만!"

선화가 바지주머니에 양손을 깊숙이 찔러 넣은 채, 앞으로 걸어나오며 현미를 제지했다. 모두들 선화의 표정에 긴장하는 모습이 역력했다. 그건 덕희도 마찬가지였다. 여태 한 번도 저런 선화의 표정을 본 적이 없었다. 아이들을 불러 세워 놓고 교육할 때 선화의 얼굴에서 장난기가 사라진 적은 한 번도 없었다. 그래서 상황 자체가 재미 이상으로 치닫는 경우는 없었다. 그 덕에 덕희 또한 이 가해자의 그룹 속에 있으면서도 죄책감이란 것을 심하게 느껴 본 적이 별로 없었다. 그저 애들끼리 서열놀이 좀 하는 것뿐이었으니까. 조금, 아니 많이 유치한 감은 있었지만 말이다. 그런데 지금 그 놀이가 점점 걷잡을 수 없이 심각해져 가고 있는 것 같아 덕희는 마냥 불안했다.

"세상 무서운 줄 모르지? 내가 버르장머리 한번 제대로 고쳐 줄까?"

나직이 말하는 선화의 입술에 잠시 경련이 일었다. 심기가 틀어져도 단단히 틀어졌음에 틀림없었다.

"오빠들!"

"응, 응? 왜?"

"저년, 손 좀 뒤로 묶어 줘야겠어."

"응, 응…? 뭐, 뭐라고?"

"저년 손 뒤로 묶으라고!"

"왜, 왜, 어, 어쩔…려고?"

아까 전까지 호기 있게 발길질을 해댔던 남학생들마저도 선화의 싸늘한 표정 앞에서 말을 더듬었다.

"시키면 시키는 대로 해!"

선화가 갑자기 바락 소리를 질렀다.

"선화야, 이제 그만해. 응?"

덕희는 더는 보고만 있을 수 없었다.

"영후 오빠 건은 내가 알아듣게끔 이야기할 테니 그만해, 응? 그리고 아영아, 너도 그만해. 그냥 미안하다고, 영후 오빠 안 만난다 그러면 다 끝날 일이야."

점점 상황이 걷잡을 수 없는 사태로 번져갈 것만 같은 불안감에 덕희가 일단 나서긴 했지만 아무런 소용이 없었다. 오히려 아영이는 측은한 눈빛으로 덕희를 쳐다보며, 깨진 입술 사이로 계속해서 베어나오는 피를 입안에 모았다가 땅바닥을 향해 한번에 탁 뱉어내며 말했다.

"너, 많이 변했구나. 예전엔 안 그랬는데 말이야. 저런 것들 뒤를 따라다니면서 비굴함이 완전 몸에 베였어. 어차피 난 영후 오빠든 뭐든 그런 건 관심도 없어. 너희들처럼 좀 가진 부모들을 둔 아이들처럼 그런 사랑놀음에 빼앗길 시간도 없고 빼앗기고 싶지도 않아. 어떻게 너희 같은 것들이 하나같이 부잣집에서만 태어나는지 난 도무지 모르겠어."

아영이가 악을 쓰며 소리쳤다. 차분하기만 하던 평소의 아영이가 아니었다. 이대로 뒀다간 더 큰 일이 생길지도 모른다는 불안감이 덕희를 엄습했다. 덕희는 아영이를 말리기 위해 앞으로 나섰다. 그때 선화가 갑자기 히스테리컬한 목소리로 덕희를 향해 소리를 질렀다.

"저런 년은 정신을 좀 차려야 해. 왜, 초딩 때 같은 반이었다고 역성이라도 드시게? 덕희 너는 저리 빠져. 아니면 덕희 너라도 가만두지 않겠어."

선화의 서슬 퍼런 엄포에 덕희는 엉거주춤 뒤로 다시 물러서지 않을 수 없었다. 학교 짱인 선화의 말을 거역할 수 있는 아이는, 아니 어른조차도 우리 학교 내에는 없었다. 아니 대한민국 내에서도 그리 많지 않을 것이었다. 덕희가 다니는 사립학교 재단의 최대 주주일 뿐 아니라 국내 재계 서열 10위권에 이름을 올리는 K그룹의 회장이 바로 선화의 아버지였다. '매화단' 내에서 선화의 똘마니로 있는 애들 대부분의 부모가 K그룹과 직간접적으로 영향이 있는 것을 보면, 아비의 영향력이 그대로 세습되고 있는 것이나 다름없었다. 개인적으론 덕희 아버지 회사 또한 선화 아버지 회사와 밀접한 관련을 가지고 성장했고, 지금도 여전히 그 영향권 아래에 있었다. 다만, '매화단' 소속 다른 애들과 차이점이 있다면, 선화의 아버지도 덕희 아버지에게는 보다 남다르고 각별하게 대한다는 점이었다. 그것 때문이었던지, 덕희는 다른 아이들과는 달리 선화가 주도하는 일진 그룹 '매화단'에 아무런 신고식 절차도 없이 받아들여지는 등 나름 특별 대우를 받고 있었다. 물론, 덕희가 원했던 것이 아니라 선화가 원했던 것이지만, 어쨌든 학교 내에서 아니 다른 학교 그 누구도 선화의 영향권에 있는 한, 감히 덕희를 귀찮게 하는 아이들은 없었다. 다만, 한 번씩 의무적으로 참여해야 하는 이런 교육 자리가 곤욕스럽긴 했지만, 몇 번 겁만 주면 알아서 용서를 빌고 — 물론 무엇을 잘못해서 불려온 아이들은 아무도 없었지만 — 형식적인 윽박지름과 그들의 사과 한 마디면 곧장 몇 잔의 소주로 뒤풀이 후 귀가할 수 있었기에 굳이 '매화단'에 참여하지 않을 이유도 없었다. 그런데 지금 이 깐깐한 초등학교 동기가 사고를 치고 있는 중이었다. 초등학교 다닐 때부터 전교에서 1, 2등을 도맡아 하는 아이로 성격도 싸근싸근해 아이들이나 선생님들이 모두 좋아하는 아이였다. 더군다나 덕희와는 초등학교 때 세 번이나 같은 반이 되어 단짝처럼 가깝게 지냈던 아이이기도 했다. 일찍 돌아가신 아버지 때문에 파출부로 일하는 어머니 밑에서 남동생 한 명과 함께 어렵게 사는 아이였지만, 언제나 밝고 생각이 깊은 아이여서 생전의 덕희 어머니도 꽤나 아끼고 좋아했던 아이였다. 한때 덕희 어머니가 나서서 아영이의 후원금까지 마련해 준 적도 있어 덕희는 아영이에게 소중한 친구이자 은인의 딸이었는데, 덕희가 다른 중학교로 진학하면서 자연스럽게 멀어졌던 아이였다. 그 아이를 지금 이렇게 다시 만난 것이다. 선화가 좋아하는 같은 학교 선배 오빠가 아영이와 같이 영화관에서 나오는 모습을 우연히 본 이후, 호시탐탐 기회를 엿보다 이렇게 날을 잡은 것이었다. 몇 번 윽박지르고 난 뒤, 대부분의 아이들이 그랬듯, 벌벌 떠는 모습에 뭐든지 다하겠다고 싹싹 비는 상태가 되었을 때, 똘마니들이 나서서 아영이로부터 영후 오빠를 만나지 않겠다는 확답만 받으면 다 끝나는 일이라 생각했다. 그런데 상황이 예상 밖으로 돌아가고 있어 덕희는 여간 불안한게 아니었다.

남학생 두 명이 선화의 생각을 읽은 듯 낄낄대며 바닥에 쓰러져 있는 아영이 쪽으로 다가섰다. 잠시 아영이의 눈에서 두려움이 스쳤지만, 어느새 다시 결연한 표정으로 돌아와 있었다. 하지만 그 결연함도 남학생들의 완력 앞에선 아무 소용없었다. 남학생 두 명이 아영이의 손목을 거칠게 뒤로 젖히고 허리띠로 두 손을 묶으려 했다. 아영이는 사력을 다해 그들 손아귀에서 벗어나려 발버둥쳤다. 갑자기 뚝하는 소리가 울려 퍼졌고, 동시에 아영이가 온몸을 미친 듯이 뒤틀며 비명을 질러댔다. 강제로 손목을 비트는 과정에서 가녀린 아영이의 손목이 그만 부러지고 말았다. 모두들 일시에 주춤했다. 오직 선화만이 바지춤에 양손을 찔러 넣은 채, 아무렇지도 않은 표정으로 싸늘하게 웃고 있었다. 덕희는 더는 그 자리에 있을 수 없었다. 더는 이들 가해자 편에 서 있고 싶지가 않았다. 덕희는 뒤도 안 보고 뛰기 시작했다. 누군가가 뒤에서 자신의 이름을 부르는 듯했지만, 그 목소리가 선화의 것인지 아영이의 것인지, 아니면 그 누구의 것인지 확실하지 않았다. 아니 중요하지 않았다. 그냥 귀를 막고 뛰었다. 정신 없이 뛰고 또 뛰었다. 갑자기 엄마가 떠올랐다. 이제는 가물가물 기억도 잘 나지 않는 엄마가 그 엄마의 따뜻한 품이 너무나 그리웠다.

"삐리리리 삐리리……."

아침부터 누군가 찾아온 모양이었다. 간밤에 아영이 걱정에 늦게까지 뒤척이다 거의 아침이 되어서야 간신히 잠들었던 덕희로서는 그 초인종 소리마저도 자장가로 들릴 만큼 피곤했다. 하지만, 새엄마란 사람이 끈질기게 자신의 이름을 부르자, 덕희는 잔뜩 눈살을 찌푸리면서도 못내 침대에서 일어나지 않을 수 없었다.

"왜 그래. 나 어제 한숨도 못 잤단 말이야."

"급한 일이라고 친구가 찾아왔네."

뾰로통한 목소리로 짜증을 내는 덕희에게 새엄마란 사람은 특유의 감정 없는 표정으로 기계처럼 응수했다. 나영미, 덕희의 새엄마 되는 사람이었다. 덕희가 초등학교 3학년이 되던 해에 덕희의 생모가 암으로 죽은 후, 오랫동안 외로움에 젖어 있던 덕희의 아버지가 2, 3년 전에 새엄마라고 데리고 온 여자였다. 덕희 아버지 회사에서 분양한 빌라의 모델하우스에서 분양 상담사로 일하다 덕희 아버지의 눈에 들었다고 했다. 새엄마란 사람이 아파트에 처음 들어섰을 때, 덕희는 친엄마가 다시 살아 돌아온 줄 알고 깜짝 놀랐었다. 그 정도로 덕희의 생모 되는 사람과 겉모습이 너무나 많이 닮아 있었다. 물론, 외모뿐이었지만 말이다. 따뜻하고 정이 많고 눈물이 많았던 생모에 비해 새엄마란 사람은 차갑고 냉정했다. 그렇지만 덕희의 아버지에게는 외모가 비슷하다는 것만으로도 충분히 새엄마라는 사람을 사랑할 수 있는 듯했다. 새엄마 되는 사람은 덕희와도 별문제 없이 잘 지내고 있었다. 덕희의 성격 자체가 유순하기도 했지만, 굳이 덕희에게 엄마 행세를 할 생각도, 그렇다고 친하게 지내겠다고 나서지도 않는 새엄마란 사람의 시원시원한 듯하면서도 냉정하고 무관심한 성격 덕분에 덕희는 여간 편한 것이 아니었다. 새엄마는 아버지의 아내가 된 사람이고, 자신이 태어나면서부터 아버지의 딸이라고 해서 새엄마란 사람과 반드시

모녀처럼 될 필요는 없다는 것에 서로 묵시적으로 동의하고 있었기에 별 충돌 없이 지낼 수 있었다. 다만 아버지를 봐서 덕희는 스스럼없이 그 여인을 엄마라고 불렀고, 새엄마란 사람도 개의치 않고 받아들였다. 둘이서 주고받는 말은 친구 사이에서나 쓰는 격의 없는 편안한 말이 주를 이루었다. 내막을 모르는 사람들은 그런 자신들의 관계를 보고 자매처럼 친근하고 가까워 보인다며 부러워했다. 덕희나 새엄마란 사람은 굳이 해명하려 하지도, 그렇다고 정말 그런 척 연기하려 하지도 않았다. 둘 다 그냥 피식 실소를 터트릴 뿐이었다.

"친구? 누구?"

"그냥 학교 친구라고만 하던데……. 오늘 아침에 같이 산책 가기로 했다면서?"

"엄마, 지금 무슨 말 하는 거야? 산책은 무슨……."

"여하튼 나가 봐. 들어오라니 굳이 바깥에서 기다리겠단다."

"알았어."

덕희는 떠나지 않는 잠을 몰아내려 두 눈을 사정없이 문지르며 비디오 인터폰 쪽으로 걸어갔다. 아파트 아래에서 기다리는 친구를 확인하기 위해서였다. 덕희는 자신의 눈을 의심하지 않을 수 없었다.

'선화?'

갑자기 불안한 기색이 덕희 표정에 스쳐 가자 새엄마가 의아한 듯 쳐다보았다.

"아는 아이가 아니니?"

"응…… 맞아. 금방 내려갔다 올게."

"빨리 올라와. 아빠 운동하고 곧 돌아오실 시간이야. 아침에 같이 식사 안 하면 아빠 또 삐친다. 알지?"

고개를 갸웃거리는 새엄마를 뒤로하고 덕희는 급히 엘리베이터에 올랐다. 엘리베이터가 1층에 도착하는 그 짧은 시간에 덕희의 머릿속에는 벌써 수만 가지 생각들이 복잡하게 얽혀져 1층에 도착했을 때는 이미 덕희의 얼굴이 창백함으로 잔뜩 굳어 있었다. 선화가 짱으로 있는 '매화단'에 소속된 자신이지만, 개인적으로 따로 만나는 것은 고사하고 전화 통화 한 번 한 적 없는 사이였기에 이렇게 불쑥 나타난 선화가 여간 염려스러운 것이 아니었다. 게다가 아영이 일까지 걸려 있으니…….

"덕희야, 이 시간에 어디 가니?"

"아, 아빠."

1층에 도착한 엘리베이터가 문을 열자마자 거기에 덕희의 아빠, 이갑수가 서 있었다.

"잠시 친구가 찾아와서……."

덕희는 턱으로 선화가 서 있는 곳을 가리키며 재빨리 뛰어갔다. 갑수는 물끄러미 선화란 아이와 덕희가 만나는 모습을 지켜보다 닫히려는 엘리베이터 문을 잡고 급히 올라섰다. 그리곤 고개를 갸웃하며 혼잣말처럼 중얼댔다.

"어디서 봤더라?"

"근처에 놀이터 하나 있더라. 그리로 가."

선화는 덕희가 대꾸도 하기 전에 앞장서 걸어갔다. 동네 놀이터에 도착하자 마자, 선화가 주머니에서 담배 한 개비를 뽑아 물었다. 담배에 불을 붙이며 덕희에게 담배 한 개비가 빠져나온 담뱃갑을 내밀며 물었다.

"필래?"

"아, 아니."

혹시나 동네 사람들이라도 볼까 두려워 고개를 숙이고 있던 덕희가 들릴까 말까 한 목소리로 대답했다. 선화는 그런 덕희를 한심하다는 표정으로 잠시 쳐다보았다. 선화는 다시 담배를 입에 물었다. 그리고 담배를 한 모금 깊이 들이 마신 뒤 고개를 들어 하늘을 보며 입을 쭈뼛 내밀었다. 선화의 입에서 뽀끔뽀끔 내뱉어진 담배 연기가 어느새 동글동글 도넛 모양이 되어 허공에 떠다녔다. 아침 출근길 동네 놀이터를 지나가던 몇몇 동네 어른들이 흘깃 선화와 덕희를 쳐다보았지만, 고개를 돌려 얼굴을 숨기는 덕희와는 달리 선화는 아무 거리낌없이 어른들의 시선을 맞받았다. 어른들은 되바라진 선화의 모습에 고개를 절레절레 흔들긴 했지만, 그렇다고 뭐라고 충고하는 사람은 아무도 없었다. 아무것도 보지 않은 척 아니 보이지 않는 척 가던 길을 재촉할 따름이었다.

"할 이야기가 있어 왔어."

"……"

"귀찮은 일이 좀 생겼어. 딴 애들은 다 괜찮은데, 네가 신경 쓰여서 말이야. 그래서 직접 왔어."

"……"

"우리, 어제 만난 적 없는 거야. 학교 수업 후에 모두 각자의 집으로 간 거야, 알았지?"

"무슨 말을 하는 거니?"

"그러니까 우리 중 그 누구도 어제 아영이를 만나지 않은 거야."

"무슨 말이야? 도대체 무슨 이야기를 하고 있는 거냐고? 아영이에게 무슨 일이 생긴 거야?"

"죽었어."

"뭐, 뭐라구?"

"죽었다니까."

선화는 귀찮다는 듯 눈살을 찌푸리며 말했다.

"죽다니?"

"갑자기 야산 아래 전용도로로 뛰어드는 바람에……."

"도대체 아영이한테 무슨 짓을 한 거야?"

"덕희, 너……. 나한테 그런 식으로 말하는 것 용납 못 한다?"

덕희가 두 눈을 부릅뜨며 언성을 높이자 선화가 덕희를 노려보며 짤막하게 주의를 주었다. 덕희는 움찔하며 다시 눈을 내렸다.

"겁만 좀 주려 했는데 말이야. 그년이 지레 겁먹고 갑자기 도로로 뛰어드는 바람에……."

"손목까지 부러뜨린 게 겁만 좀 주려 한 거라고? 그리고 야산 아래 전용도로? 그날 그곳에 야산이 어디 있었어? 자동차 전용도로는? 도대체 어떻게 된 거냐고?"

"덕희야. 말했을 텐데……. 나한테 그런 식으로 말하지 말라고……."

"……."

또다시 덕희는 멈칫하고 말았다. 그리고 곧 자신의 모습에 자괴감이 몰려왔다. 선화는 또 한 번 하늘을 향해 담배 연기 도넛을 만들어 놓고 덕희를 응시했다.

"더는 알 것 없어. 더 알아봐야 네 속만 끓을 테니까. 그냥 교통사고야. 우리하고는 아무 상관없어."

"아무 상관도 없다면서 우리가 아영이 만난 것은 왜 비밀로 해야 하는데? 도대체 감추는 게 뭐야?"

"……오늘 덕희 너 사람 많이 놀라게 하네. 원래 이런 아이였니? 생각보다 성깔 있다, 너. 부짱 시켜도 되겠어."

"……."

"귀찮아질까 봐 그래. 그년은 교통사고로 죽은 거고 우리는 그 아이를 만난 적도 없는 거야. 끝."

"……."

"……만약 우리가 그날 그년 만난 거 밝혀지면 무조건 네가 분거라고 생각할 거야. 그 다음은 상상에 맡기겠어. 네 아빠가 우리 아빠하고 좀 각별하다는 이야기를 들은 기억이 있어 특별히 봐주고 지냈지만, 여차하면 너도 아영이 꼴 날 줄 알아. 알겠어?"

"……."

덕희는 고개를 숙인 채, 아무 대답도 하지 않았다.

"사실, 이미 우리 아버지가 손을 다 써두어서 아무일 없겠지만, 혹시나 네가 귀찮은 일 저지를까 봐 일부러 찾아온 거야. 네가 좀 맹 한데가 있잖아. 난 내일모레 뉴욕으로 갈 거야. 공식적인 방학이야 며칠 뒤에 시작이지만, 굳이 내가 출석 일수에 목숨 걸 일이 있는 것도 아니고, 당장은 방학 때만 가 있을 생각인데, 모르지. 완전히 눌러 앉을 수도……. 하여튼 다음에 보자. 잘 기억해. 누가 와서 물어도 넌 모르는 거야. 알았지?"

"……."

"여차하면 네 아빠도 함께 날아가는 거야. 무슨 말인지 알지? 너나 네 아빠나 우리 아빠 말 한마디면 파리 목숨이란 말이야. 알아들어?"

덕희가 아무 말이 없자 선화가 얼굴을 바짝 갖다 대 눈을 마주치며 다시 한 번 확인을 했다. 덕희는 아무 말 없이 고개를 끄떡였고 그제서야 씩 웃으며 물러섰다. 하지만 덕희는 줄곧 똑같은 말을 혼자서 중얼거리고 있었다.

'아영이가 죽었어. 아영이가……. 교통사고라고? 뭔가 잘못된 거야, 뭔가…….'

아영이 장례식을 치르는 곳은 성당이었다. 덕희는 성당 입구에서 몇 번이나 망설였다. 과연 자기가 이곳에 올 자격이 있는 것일까? 자기가 자리를 떠난 후, 그날 무슨 일이 있었던 것이 분명했다. 그렇다면 자신도 가해자다. 그렇게 당당하던 아영이가 갑자기 도망을 갔다는 것도, 자동차 전용도로로 뛰어들었다는 것도 이해가 안 가는 대목이었다. 그날 아영이를 폭행하던 그곳 근방에는 선화가 말하는 야산도 없었고, 자동차 전용도로는 더군다나 없던 곳이었다. 덕희는 혼란함에 머리를 흔들었다.

"혹시 덕희? 맞지? 덕희……."

"아, 어머니."

아영이의 어머니였다. 초등학교 때 아영이 집에 놀러 가면서 자주 뵌 분이라 잘 기억하고 있었다. 예전보다 더 많이 야윈 모습이었지만 덕희는 단번에 알아보았다.

"많이 컸구나. 이젠 거의 숙녀가 다 되었……."

덕희를 보자 자동차에 치여 처참하게 망가진 딸의 모습이 새삼 떠올랐던 모양이었다. 도대체 이게 무슨 날벼락이란 말인가?

"누구야, 엄마?"

"응…… 아영이 누나 친구야. 덕희 누나야. 인사해야지?"

아! 아영이의 남동생. 마지막으로 보았을 때가 초등학교 5학년 때였으니, 벌써 5년 전의 일이었다. 그럼에도 예전 얼굴이 그대로 남아 있어 알아보는 데 전혀 어려움이 없었다.

"치현이? 치현이구나 네가. 몰라 보게 컸네. 이제 여덟 살이지?"

덕희가 치현이의 머리를 쓰다듬으며 친근하게 아는 체를 하자 치현이는 재빨리 어머니 뒤쪽으로 몸을 숨겨 버렸다.

"치현아, 그러면 안 돼. 아영이 누나 친구란 말이야."

"아니에요, 어머니."

"우리 아영이 장례식은 어떻게 알고…… 어쨌든 와 줘서 고맙구나. 아버님께서는 잘 계시고? 네 어머니 돌아가셨다는 소식 듣고 나도 마음 많이 아팠었는데……"

"……"

"네 어머니 참 좋으신 분이셨다. 아영이도 두고두고 신세를 갚을 거라 그랬었는데……"

아영이 어머니의 메마른 눈에서 눈물이 주르륵 흘러내렸다. 덕희도 더는 참지 못하고 함께 눈물을 흘렸다.

"어머니, 그만 들어가세요. 곧 시작될 거예요."

그때 마침 까만색 정장을 말쑥하게 차려 입은 건장한 남자 한 명이 아영이 어머니를 부축했다. 신영후 선배였다. 수재인데다 성격도 좋아 학교 내에서 모르는 사람이 없었다. 잘생긴 외모에 좋은 집안까지, 여학생들이 좋아하는 것을 모두 갖춘 흠모의 대상이던 선배라 덕희도 한눈에 알아보았다. 더군다나 아영이를 죽음으로 몰고간 계기가 된 사람이기도 하지 않던가?

"네가 덕희니?"

"예? 아, 예."

아영이 어머니를 부축하던 신영후의 눈길이 덕희의 눈을 차갑게 응시했다.

"여전히 '매화단'이란 깡패 클럽에 있니?"

"……아, 아니……."

덕희는 영후의 눈길을 제대로 마주 볼 수가 없었다. 자신을 보는 영후의 눈빛엔 경멸의 기운이 가득 들어차 있었다. 상황이야 어찌됐건 자신도 선화가 짱으로 있는 '매화단'의 정규 멤버란 것은 변함없는 사실이니 뭐라 변명할 거리도 없었다.

"장례식 참석하러 온 거면 들어가 조용히 앉아 있어."

영후가 건조한 말투로 짤막하게 말했다. 마침 아영이의 유해가 담긴 관이 성당 자원봉사자들의 손에 들려 들어오고 있었다. 환하게 웃고 있는 아영이의 영정 사진과 함께.

덕희는 그 자리에 얼어붙고 말았다. 아영이가 죽었다는 사실을 도무지 믿을 수가 없었다. 죄책감이 온몸을 뱀처럼 휘감았다. 목 끝 저편에서 뜨거운 무언가가 불쑥불쑥 튀어나오려 발버둥 쳤다. 온몸이 흔들렸다. 덕희는 그 자리에 더는 서 있을 수조차 없었다. 도저히 아영이를 보내는 이 자리를 지킬 수 없을 것 같았다. 덕희는 곧장 돌아서서 뛰기 시작했다. 뒤에서 아영이의 어머니가 자신의 이름을 부르는 소리가 들리는 듯했지만 그냥 뛰었다. 심장이 터질 것만 같았고, 숨이 금방이라도 멎을 듯 갑갑해 견딜 수가 없었다.

건달들이 연희와 창수 그리고 류씨를 건물 구석으로 거칠게 몰아 넣었다. 건달들 몇이 연희의 손을 노끈으로 묶기 위해 팔목을 비틀어 뒤로 젖혔다. 연희는 몸부림 치며 필사적으로 반항했다. 그럴수록 건 달들은 더 높은 강도로 연희의 손목을 비틀었고, 곧 뚝 하는 소리와 함께 연희의 손목이 부러져 버렸다. 연희가 자지러지게 비명을 질렀다. 표현 못 할 고통에 휩싸여 온몸을 비틀며 나뒹굴었다.

"이년아, 그러니까 왜 이렇게 반항하고 지랄이야."

연희의 손목을 꺾었던 건달이 연희를 내동댕이치며 욕설을 퍼부 었다. 연희는 부러진 오른 손목을 부여잡고 갑수를 노려보았다. 창수 는 연희 곁에 붙어 부들부들 떨고만 있었다. 어느새 창수의 바지는 오 줌으로 푹 젖어 있었다. 연희는 그 와중에도 다른 한 팔로 창수를 필 사적으로 감싸 안았다. 보다 못한 류씨가 술병을 들고 그들에게 달려 들었지만, 몇 걸음도 못 가 둘러싼 건달들의 쇠파이프에 머리를 맞고 그 자리에 쓰러졌다.

"시킨 대로 했으면 다들 좋잖아. 왜 이렇게 일을 귀찮게 만들고 지 랄들이야. 이봐, 그냥 조용히 자네가 뒤집어썼으면 모든 게 해피엔딩이 었지 않냔 말이야. 아주머니도 병원에서 치료받고, 그리고 아들은 아 들대로 자네 대신 보상금 받아서 잘 살았을 거 아니냔 말이야."

구팔용이었다.

"이 천벌을 받을 놈들 같으니……."

통장 할아버지였다. 뒷머리에서는 연신 붉은 피가 솟구쳐 나오고 있었지만, 어느새 분연히 일어나 팔용이에게 달려들었다. 그러나 역부족이었다. 팔용이 근처에 접근도 못 하고 다시 꼬꾸라지고 말았다. 곧이어 건달들의 몽둥이질이 이어졌다. 사정없이 이어졌다. 여기저기 뼈마디 분질러지는 소리가 실내에 메아리쳤다.

"그만, 그만해요. 제발 그만해요."

연희가 울부짖었다.

"이 버러지만도 못한 것들, 민주주의가 좋구면, 이런 똥통이나 지는 영감탱이가 대책위원회 위원장? 지나가는 개가 웃겠다. 보라고, 아가씨. 그 빌어먹을 신부가 이 버러지 같은 인간들에게 무슨 짓을 한 건지……. 동네 거렁뱅이들을 다 민주투사로 만드셨어."

연희는 차라리 눈을 감고 말았다. 팔용이가 통장 할아버지의 등 언저리에 시퍼런 칼을 일말의 주저함도 없이 사정없이 찔러 넣었기 때문이었다. 통장 할아버지는 비명 한번 지르지 못하고 두눈을 뜬 채 절명해 버렸다.

"왜 이러세요?"

연희는 제정신이 아니었다. 가슴 한복판에서부터 일어난 복받치는 분노에 연희는 온몸을 떨어야 했다. 부러진 손목의 고통도 더는 느껴지지 않았다. 할 수만 있다면, 저 건달들의 심장을 다 도려내고 싶었지만 그건 단지 헛된 바람일 뿐이었다.

건달들은 실실 웃으며 연희의 분노를 즐겼다. 갑수가 바락바락 소리를 지르던 연희를 힐끗 쳐다 보았다.

"팔용이, 너 쟤한테 관심 있다 그랬지?"

"예?"

"지금이야말로 절호의 기회인 것 같은데……."

처음에는 무슨 말인지 몰라 휘둥그래졌던 팔용이의 눈이 이내 음흉함으로 반짝였다.

"그래도 됩니까, 형님? 지난번에는 건드리면 탈난다 하지 않으셨습니까, 형님?"

"마음이 바뀌었어. 그냥 보내기엔 아까워서……."

갑수가 통장 노인을 찔렀던 팔용이의 칼을 쑤욱 뽑아 버렸다. 그러자 노인의 몸에서 검붉은 피가 일시에 터져 나와 갑수의 얼굴을 피범벅으로 만들어 버렸다.

"젠장, 수건!"

말이 떨어지기 무섭게 건달들 중 한 명이 손수건을 꺼내 갑수에게 공손하게 전달했다. 갑수는 신경질적으로 손수건을 낚아채 얼굴여기저기에 묻은 피를 닦아냈다. 그리고 느릿한 걸음으로 연희 쪽으로 걸어갔다. 갑수는 연희 앞에서 한쪽 무릎을 꿇고 앉아 칼끝으로 그녀의 고개를 들어 올렸다.

"이봐, 아가씨. 곱게 자란 아가씨 같은데 부모 밑에서 사랑받으면서 학교 잘 졸업하고 시집이나 가서 살았으면 이런 험한 꼴 안 보잖

아. 봉사한답시고 천지 구분도 못 하고 돌아다니면 이런 일이 꼭 생기는 법이야. 너처럼 세상물정 모르는 것들이 값싼 동정심으로 없는 것들을 돕겠다고 나서는 거 보면 속이 울렁거려. 마음속으로는 없는 것들이 버러지로 보이면서, 겉으로는 마치 무슨 대단한 선행을 베푼다고 착각을 하는 것들이 너희들의 특성이지."

"……"

"아가씨, 그거 알아? 여기 있는 애들 여럿이 너한테 꽤 군침을 흘리두만, 여대생 맛은 어떤가 궁금하다면서 말이야. 그런데 내가 뭐랬는지 알아?"

"그냥 두라고 했어. 갑자기 어린 시절 내 여동생 생각도 나고 해서 말이야. 아가씨를 건드리면 그날로 손목 없어지는 날인 줄 알라고 엄포를 놨지."

"……"

"그런데 말이야. 갑자기 생각이 바뀌네. 내 여동생은 너희같이 위선적인 것들한테 마음껏 유린당하고도 힘 없는 죄로 찍소리 한번 못 냈거든. 그래도 넌 소리라도 지르잖아."

"……"

"네 눈엔 여기 건달들이 벌레처럼 보이지? 내 눈엔 너희 같은 것들이 벌레로 보여. 벌레 좀 유린하기로서니 그리 큰 죄가 되지는 않을 거야. 난 그렇게 봐."

이갑수는 번들거리는 눈빛으로 연희를 바라보았다. 얼굴을 받치고 있던 칼을 치우자 연희의 머리가 힘없이 땅으로 떨어졌다. 연희는 부러진 손목을 부여잡고 연신 거친 호흡을 쏟아냈다. 그때 팔용이가 입맛을 다시며 연희에게 다가섰다. 두려움에 연희가 주춤 몸을 사렸지만 아무 소용없었다. 팔용이가 무지막지하게 그녀의 머리채를 휘어잡고 셔츠 단추를 뜯어 버렸다. 분홍색 셔츠 단추들이 꽃잎처럼 주변에 흩어졌고 연희의 봉긋한 가슴을 가린 하얀색 브래지어가 확연히 드러났다. 욕정에 몸이 단 팔용이 씩씩대며 연희의 브래지어를 젖혀 젖가슴을 움켜잡으며 자신의 바지를 내렸다. 주변 건달들이 히히덕대며 팔용이를 응원했다. 굳어진 표정의 기철이 갑수를 쳐다보았다. 갑수는 기철의 시선을 피해 고개를 돌렸다. 그때였다. 갑수의 시야에 무언가 반짝이는 것이 보였다. 은빛 십자가 목걸이였다. 아까전 셔츠가 뜯길때 함께 뜯겨 지금은 팔용이의 무릎 밑에 깔려 몸부림쳤다. 순간 갑수의 표정이 경직되었다.

"젠장……."

야수와 짐승

"미정아, 아이고 미정아, 이게 웬 날벼락이냐?"

허름한 초가 움막 안에서 곡소리가 터져 나왔다. 급히 할머니의 연락을 받고 도착한 갑수, 떨리는 손으로 문을 열었다. 열네 살 꽃다운 나이가 대들보에 목을 맨 채 걸려 있었다. 갑수는 눈물도 나지 않았다. 멍하니 그저 허공에 매달린 동생을 바라보고만 있었다.

"갑수야! 그렇게 보고만 있으믄 우야노? 빨리 아부터 내려야제."

갑수가 일하는 공업사 사장이 급히 방 안으로 뛰어들며 천정에 매달린 끈을 풀어 시신을 내리며 외쳤다. 그러나 갑수는 온몸이 얼어붙은 듯 꼼짝도 할 수 없었다. 공업사 사장은 동생 미정이의 코끝에 침 묻힌 손가락을 대 혹시라도 아직 숨이 붙어 있는지를 살폈다. 이미 축 늘어진 미정이 몸에선 그 어떤 생명의 기운도 찾아볼 수 없었다. 갑수는 넋이 빠진 모습으로 신발도 벗지 않은 채 방 안으로 걸어 들어가 방바닥에 반듯이 누워 있는 곱디 고왔던 여동생의 오른손을 잡아 볼에 갖다 댔다. 갑수의 푹 꺼진 두 눈에 서서히 눈물이 번지기 시작했다. 곧 걷잡을 수 없는 슬픔이 갑수의 꽉 닫힌 목을 비집고 힘겹게 몸부림쳤다. 목 깊은 곳에서 앙금 같은 것들이 울음소리조차 제대로 빠져나오지 못하게 막아서 갑수는 슬픔마저도 통째로 삼켜야 했다.

'도대체 왜?'

갑수는 도무지 왜 이 아이가, 누구보다 더 강한 믿음으로 살아왔던 이 아이가 스스로 목숨을 끊어야 했는지 이유를 알 수 없었다. 가난했지만, 비록 자신들을 버려두고 떠나간 부모들 덕에 어려서부터 늙으신 할머니 밑에 살았지만, 언제나 기도하며 희망을 잃지 않았던 아이였다. 결국 어린 마음에 부모에 대한 원망, 지긋지긋한 가난에 반항하며 못된 짓만 골라하던 갑수의 마음까지도 돌린 아이가 아니었던가? 어려서부터 읍내에 있는 그 먼 거리의 성당을 매주 한 번도 빠지지 않고 걸어 다녔던 동생의 그 끝을 알 수 없던 '신'에 대한 믿음과 확신, 미래에 대한 희망이 어느덧 한겨울 얼어붙은 땅처럼 단단했던 갑수의 마음까지도 슬그머니 녹여 버리지 않았던가? 원래부터 머리가 좋고 손재주가 좋았던 갑수가 마음먹고 공업사에서 기술을 배우며, 밤에는 야간으로 공업학교에도 다니는 등 무섭게 매진하자 그 결실은 의외로 빨리 가시화되었고, 몇 달 전 드디어 국제기능올림픽 한국 대표로까지 선발되는 쾌거를 이루면서, 이젠 행복할 날만 있을 거라며 그렇게 좋아했던 아이가 아니던가? 그런데 그 아이가 갑자기 그 믿음을 놓아 버리다니……. 갑수는 더는 눈물조차도 나오지 않을 때가 되어서야 동생의 왼손에 감겨져 있던 은빛 십자가를 발견했다. 그 은빛 십자가는 동생의 하얀 손아귀에 꼭 쥐인 채 여전한 은은함으로 고요히 빛나고 있었다.

"정말 떠날라고?"

"예, 사장님. 그간 정말 고마웠심더. 그리고 죄송합니더. 정말로 신경 많이 써 주셨는데……."

"고마 됐다. 혼자 남은 이곳에 무슨 정이 있겠노? 그래, 어디론가 낯선 곳으로 훌훌 떠나는 것도 방법이라면 방법이다. 마, 모든 걸 다 새롭게 시작하고 싶을기다. 내 다 안다. 니 할무이마저 그렇게 허망하게 세상을 떠나 뿌셨으니 니가 마음 둘 곳 어딨겠노?"

동생을 태운 잿가루를 동네 뒷산에 뿌린 후부터 할머니는 아무것도 먹지 못했다. 미정이가 가져다 준 희망은 미정이가 사라지면서 함께 사라졌고, 그 빈 자리에 절망이란 것이 재빠르게 차지하면서 갑수든 할머니든 예전의 생활로 도저히 다시 돌아갈 수 없었다. 그러던 어느 날 할머니마저 싸늘한 시신으로 발견되었다. 그냥 두어도 얼마 안 남았을 삶을 본인이 직접 미리 거두어 버렸다. 미정이가 목매달았던 그 자리에 똑같은 줄을 걸고 그렇게…….

"갑수야!"

"……"

"이봐라, 갑수야!"

"아…예. 사장님."

"무슨 생각에 그리……. 하기야 지 정신인 것이 더 이상한 일이제."

상념에 빠져 있던 갑수는 사장이 자신을 연거푸 부르고 나서야 제정신이 돌아왔다. 사장은 갑수의 표정을 조심스레 살피며 혼잣말처럼 중얼거렸다.

"우에 하늘이 무심해도 이리 무심한지 내는 정말 모르겠다."

"……."

"미정이도 그렇고, 할무이도……."

"……."

"난 니가 기능올림픽 대표도 묵고 했을 때 정말 하느님이 계시는구나, 그렇게 생각했다 아이가? 그 착한 미정이가 니를 위해 얼마나 기도를 열심히 했는지 니는 아마 상상도 못할끼다. 그래서 우리 성당에서 미정이를 모르는 사람이 아무도 없었다 아이가."

"……."

"그때가 언제였더라? 아, 그래 맞다. 우리 딸내미 첫돌 막 지났을 때였으니까네, 우리 딸하고 미정이 나이차가 일곱 살 나니까, 그때 미정이가 여덟 살이었을 때구마. 거참, 그러고 보니 세월이 많이도 지났구마이. 그 어린 나이에 그 먼 길을 걸어 성당에 처음 왔던 날이 난 아직도 기억이 생생하다 아이가."

갑수도 그날을 잘 기억하고 있었다. 산골 마을에 살고 있는 갑수네 집에서 성당이 있는 읍내까지 나가려면 세 시간 이상을 부지런히 걸어야 하는 거리였다. 같은 마을에 사는 어른들도 읍내를 나가려면 날을 잡아 소달구지를 끌고 나가야 할 만큼 먼 거리였는데, 그 먼 길을 여덟 살짜리 미정이가 고무신을 챙겨 신으며 성당 가겠다며 나서던 모습을 어찌 잊을 수 있겠는가?

"나도 그때 우리 아 세례식 상의 건도 있고 해가 보통보다 일찍 성당에 안 나갔나. 간 김에 나도 아무도 없는 성당에 들어가 십자가를 향해 인사하고 내 아를 위해가 기도 좀 하고 고개를 드는데, 제일 앞 자리에 웬 아이 하나가 앉아 있는 게 아이가. 처음 보는 아라 유심히 봤는데, 어찌나 열심히 기도하던지……. 그 어린 것이 이마에 땀까지 빨빨 흘리고 있는 기라. 그래가 내가 안 물어봤나. 뭘 그리 열심히 기도하냐고? 허허허…, 아직도 기억난다. 지 오빠를 위해서 기도한다 카데. 오빠가 싸움질 그만하고 제발 착하게 살게 해달라고 말하며 싱긋 웃는데 정말 이뻤다 아이가. 그때 내가 미정이를 보면서 무슨 생각을 제일 먼저 한 줄 아나?"

"……."

갑수는 더는 동생 이야기를 듣고 싶지 않았다. 하지만 사고뭉치였던 자신을 아무 조건 없이 받아 준 이래 자신뿐만 아니라 할머니나 미정이까지 무던히도 많이 챙겨 주었던 사장이었기에 갑수는 감히 그의 말을 가로막고 싶지 않았다. 자신이나 미정이, 그리고 할머니에 대해서 충분히 많은 말들을 할 자격이 있는 사람이었기 때문이었다. 그래서 국제기능올림픽에서 상을 타게 되어 내노라 하는 기업에서 스카우트 제의가 들어온대도 절대 사장님을 떠나지 않겠다고도 생각했던 갑수였다.

"아기 천사······."

"······예?"

"응, 그래, 맞다. 아기 천사가 떠올랐다 아이가."

"아기 천사예?"

갑수의 입가에도 미소가 번졌다. 자신도 어릴 적, 어린 미정이를 볼 때마다 항상 아기 천사가 떠올랐다.

"허름한 옷에 펫꼬장물 줄줄 흐르던 미정이 모습에서 왜 아기 천사가 떠올랐는지는 아직도 잘 모르겠다. 그래가 내가 사고뭉치라고 동네방네 소문이 자자했던 니를 군소리 한마디 안 하고 받아 줬다 아이가. 니는 몰랐제? 니보고 받아 준 게 아이고 미정이 보고 받아 준 기라 이 말이다. 천사의 오빠니까네······."

공업사 사장의 목소리가 떨렸다. 이내 그의 눈자위가 눈물에 어려 붉어졌다.

"······그러셨어예?"

자신이 처음 공업사를 찾아왔을 때, 사장이 아무 군말 없이 바로 출근을 허락했는지 그 이유를 이제야 알 것 같았다. 물론, 출근만 허락했던 것이 아니었다. 야간공고 원서도 직접 구해 주었고, 같이 일하는 직원들 앞에서는 혹시나 갑수가 불편해할까 봐 등록금은 월급에서 뗀다고 해 놓고도 한 번도 월급에서 뗐던 적이 없었다.

"미정이는 사장님이 천사라 켓어예."

"뭐, 뭐라고? 하하하. 그랬나? 내가 살다가 별소리를 다 들어 보네. 아이구 내가 미안타. 누구보다 마음 아플 자네 앞에서 주책스럽게……흠……."

"아입니더, 사장님."

"갑수야, 잠시만……. 여기서 잠시만 기다리라, 알았나?"

사장은 목이 메인 자신의 모습에 난감한 표정을 지으며 갑수가 대답도 하기 전에 황급히 뒤돌아섰다. 그는 공업사 한편에 마련된 사무실 책상 쪽으로 걸어가 철제 서랍 속에서 하얀 봉투 한 개를 꺼내 들고 갑수 앞으로 걸어왔다.

"니 오마 줄라고 가지고 있었다. 자, 이거 얼마 안 되지만 넣어둬라."

"아니라예, 사장님. 일손도 못 구하셨는데 이렇게 갑자기 떠나게 되가 여간 죄스러운 게 아닌데 이러지 마이소."

"마, 빨랑 받아라 안 카나? 이럴 땐 어른이 주면 감사합니다 하고 군말 없이 받는 기 그기 예의인기라. 퇴직금이라 생각하거라. 그라고 서울에 올라가마, 이곳에 꼭 들리거라. 군대 있을 때 같이 공병대에 있었던 내 쫄다구다. 서울내기지만 깍쟁이가 아이라가 내가 좀 챙겨줬두만 나를 친형 이상으로 따랐다 아이가. 서울 청계천에서 공업사 차리가 꽤 자리 잡았다 카더라. 자리 잡을 때까지는 거기서 일 좀 더 배워라. 그라고 서울 생활 정 힘들고 안 맞으마 뒤도 보지 말고 다시 내려 오니라, 알았제?"

"예, 사장님. 감사합니더."

사장이 어색하게 갑수를 껴안으며 갑수의 등을 토닥였다. 갑수는 복받치는 서러움에 울컥 눈물이 쏟아졌다.

갑수가 마당 한가운데에 땅을 파, 그 속에 장작을 넣고 불을 지폈다. 불길이 탁 탁 소리를 내며 마른 장작을 태우며 연신 불씨를 튀겼다. 아무도 원치 않는 산골 마을 허름한 초가를 버려두는 것은 전혀 아무렇지도 않았지만, 할머니와 미정의 소지품까지 그대로 두고 떠날 수는 없었다. 그렇다고 가슴 아픈 기억들을 그대로 안고 떠나기는 더군다나 싫었다. 그래서 지금 불길 속에 그것들을 하나씩 하나씩 태워 가고 있던 중이었다. 워낙 없이 산 살림이라 소지품이라고 해 봐야 특별할 것도 없었다. 그저 남루한 옷가지 몇 점과 미정이가 쓰던 학용품들, 교과서, 공책, 그리고 일기장…….

'일기장?'

손에 잡히는 대로 하나씩 불길 속에 던져 넣던 갑수의 손길이 미정이의 일기장에서 잠시 주춤했다. 자신의 일기장에 눈길이라도 줄라치면 기겁을 하며 갑수를 밀어냈던 미정이의 모습도 함께 떠올랐다. 갑수는 미정이가 죽고 난 뒤에도 미정이 일기장은 열어 볼 생각조차 하지 않았다. 살아생전에도 보지 않았던 미정이의 일기를 죽고 난 뒤라고 함부로 읽어 볼 수는 없었다. 하지만 이것까지 버리고 나면 미정이를 영원히 잃을 것 같아 차마 불길 속에 바로 던져 넣을 수 없었다.

40대 기수론으로 일대 바람몰이에 성공한 신민당의 김대중 후보였지만, 박빙의 차이로 결국 박정희의 벽을 넘지 못하고 허무하게 그 패배가 확정되던 시각, 서울 변두리 한 사창가 쓰레기 하치장 옆에 포드 자동차 한 대가 조용히 들어섰다. 전조등이 꺼지고 얼마 뒤 엔진도 꺼졌다. 운전석 문이 조용히 열렸고 승용차에서 남자 한 명이 주위를 살피며 조용히 내려섰다. 사내는 재빨리 주변을 한 번 획 둘러본 뒤 자동차가 들어왔던 길을 따라 휘파람을 불며 유유히 되돌아나갔다. 얼마 뒤, 남자가 두고 간 차량 안에서 흐느끼는 듯한 신음소리가 길게 흘러나왔다. 그러나 어수선한 시국 탓에 평상시보다 일찌감치 문을 닫은 사창가 주변에서 그 소리에 귀 기울일 만한 사람은 아무도 없었다.

며칠이 지났다. 긴장된 정국만큼이나 얼어붙은 경기에 찾아오는 손님은 여전히 별로 없었지만, 사창가 주민들의 삶은 여전히 이어지고 있었고 그만큼 생활쓰레기는 하루가 멀다 하고 쌓여 갔다. 그곳에 쓰레기를 버리러 왔던 사창가 주민들은 며칠째 주차해 있는 포드 승용차에는 눈길조차 주지 않았다. 매일매일 부딪히는 자신들의 삶만으로도 버겁고 피곤했던 그들에겐 시선을 돌려 타인의 삶을 바라볼 여유가 있을리 만무했다. 그러던 어느 날 쓰레기더미에서 꿈을 뒤지던 한 어린 넝마주이가 포드자동차에 눈길을 주었다. 언젠가 저런 승용차를 몰고 이곳 사창가를 휘저으며 예쁜 아가씨들과 마음껏 뒹굴 수 있는 날이 반드시 올 거라는 환상을 가진 넝마주이로서는 자동차 내부가 궁금하지 않을 수 없었다. 꿈 많은 어린 넝마주이는 자신의 꿈을 확인하듯 승용차 내부를 확인하기 위해 들뜬 마음으로 포드 곁으로 다가섰다. 그리곤 곧 기겁을 하며 뒷걸음질 쳤다. 자신의 미래에 펼쳐질 화려한 꿈은커녕, 잘려진 남근을 들고 피를 흘리며 죽어 있는 시체 한 구를 발견했을 뿐이었다.

"그만 일어나라 마."

"누, 누구…… 누구?"

찬물에 정신이 번쩍 든 한 젊은 남자가 어리둥절한 듯, 두 눈을 껌뻑거렸다.

"어때? 재미는 많이 봤나?"

"다, 당신 누, 누구야?"

남자는 소스라치게 놀라며 몸을 움직이려 했지만 꼼짝도 할 수 없었다. 양 손목과 양 발목이 모두 산업용 강력 테이프로 단단히 묶여 있었다. 게다가 안경 없이는 1미터 앞도 제대로 보지 못하는 남자는 눈살을 찌푸려 간신히 초점을 잡으며 자신 앞에 있는 자를 확인하려 안간힘을 썼다.

"그 짓이 그리 재밌더나? 일주일에 다섯 번이나 이곳에 오는 거 보마 참 대단타 싶더라. 그것도 한 명 갖고는 안 되는갑데? 기본이 세 명인 거 보마, 니 물건 정말로 대단한갑다."

"도대체 당신 누구야?"

남자의 목소리가 가늘게 떨렸다. 말하는 것으로 봐서 자신을 최소 일주일 내내 지켜보았다는 이야기가 아닌가? 그리고 어디선가 들어본 듯한 억센 경상도 사투리…….

"돈이 필요해? 그럼 좋은 말로 할 때 이거 풀어, 달라는 대로 다 줄 테니까. 내가 누군 줄 알아? 너 같은 놈이 함부로 다루어도 되는 사람이 아니야."

"와? 국회의원 아들이라고 유세라도 하고 싶은가베? 크크크큭큭. 하하하하하하."

갑자기 사내가 배를 잡고 웃기 시작하자 남자는 움찔하지 않을 수 없었다. 저 눈, 어렴풋한 달빛 속에서 소름 끼치게 번들거리는 저 눈빛, 어디선가 한 번은 본 것 같은 저 소름끼치는 눈빛, 어디서 봤더라?

"니, 나 모르겠나?"

깡 말랐지만 다부져 보이는 체구의 사내가 남자에게 안경을 씌워 주며 물었다. 안경이 세상의 초점을 다시 잡아 주자마자 남자는 그만 숨을 멎고 말았다. 바로 갑수, 어수룩하게만 보였던 그 촌놈…….

"할무이, 이젠 고생 끝, 행복 시작입니더. 진심으로 축하드립니더. 자, 한잔 받으이소."

"아니라예, 다 사장님 덕 아인교? 우리 갑수가 사장님 못 만났으면 이런 날도 없었지예."

"맞아예. 사장님 정말로 고맙심데이~."

"미정아, 너까지 와이라노?"

"할머니하고 미정이 말이 맞아예. 다 사장님 덕 맞는기라예."

"오늘 야들 다 와이카노? 사람 난처하게……. 그런데 우리 마누라는 와이리 안 오노? 야, 갑수야, 뭐하노? 고기 다 탄다 아이가. 빨리 무라. 할무이도 좀 더 드리고."

갑수가 일본에서 열릴 국제기능올림픽대회 한국 대표가 된 기념으로 공업사 사장이 한턱 내고 있는 자리였다. 공치사 받기가 민망했던 공업사 사장은 애꿎은 고기를 마구 뒤집으며 애써 난처함을 모면하고 있었다. 그 모습에 갑수도 미정이도 할머니도 모두 소리 내어 웃었다. 행복이란 감정이 고기 굽는 냄새처럼 맛있게 가슴을 채우는 듯했다. 갑수는 자신에게 이런 날이 있을 줄은 꿈에도 생각해 본 적이 없었다. 갑수가 초등학교 입학을 앞두고 있었을 때, 아비가 세상을 떠났다. 되는 대로, 닥치는 대로 살아왔듯, 죽는 것도 대책 없이 죽어 버렸다. 대책 없이 마셔 대던 술에 질렸던 간이 더는 알코올 분해를 하지 못하자, 갑수의 아비도 대책 없이 세상을 떠나 버렸다. 산 높이 올라가 공중에 뿌린 아비의 재가 땅에 떨어지기도 전에 어미란 작자는 다섯 살짜리 미정이와 여덟 살짜리 갑수를 시골 할머니 집에 맡겨 버리고 떠나 버렸다. 울며불며 따라붙는 그 어린 미정이를 매몰차게 뿌리치며 뒤도 한 번 안 돌아보고 걸어가던 그 야속한 어미를 갑수는 아직도 또렷하게 기억하고 있었다. 그때 어미에게 떠밀쳐 넘어진 미정이의 무릎에서는 선홍빛 피가 흥건하게 흘러나왔지만, 미정이는 무릎이 아파서가 아니라 버림받는 마음이 아파 울고 또 울었었다. 그날 이후, 갑수에게서 삶이란 것은 그저 치열하게 싸워야 하는 전쟁터일 뿐이었다. 그래서 한번도 오늘 같은 날이 오리라고는 상상조차 해 본 적이 없었다. 언제나 이런 날이 오리라 희망을 놓지 않았던 미정이완 정반대로 말이다. 그래서 갑수의 행복한 웃음 저 밑바닥에선 왠지 모를 불안감이 그림자처럼 웅크리고 있었다. 고깃집에 대여섯 명의 젊은 남자들이 들어섰다. 잘 차려 입은 말쑥한 모습의 청년들이었다. 그들이 들어오자 고깃집 주인아저씨가 반색을 하며 맞이했다.

"아이고, 우리 봉사 대학생들 오셨구먼."

서울에 소재한 대학교에 다니는 학생들이라고 했다. 휴학 중인 대학생들을 주축으로 봉사단이 조직되어 시골에 야학을 설치하고 아이들을 가르치고 있다고 했다. 갑수와 미정이도 동시에 대학생 일행들을 쳐다보았다. 모두들 귀티가 흐르는 모습들이었고 갑수는 왠지 모르게 주눅부터 들었다.

"꺄악~."

잠시 뒷간에 간다고 사려졌던 미정이의 짧은 비명소리가 갑자기 들려왔다. 갑수 일행도 그리고 대학생 일행들도 동시에 얼어붙었다. 누가 뭐랄 것도 없이 일제히 소리가 난 곳으로 몰려 나갔다. 곧, 갑수의 눈이 뒤집어졌다. 고깃집 뒷간으로 통하는 골목에서 미정이가 웃옷의 단추가 떨어져 옷섶이 열린 채 주저앉아 벌벌 떨고 있었고, 그 앞에 남자 한 명이 엉거주춤 바지춤을 내리고 서 있었다. 누가 봐도 무슨 상황이 벌어진지를 뻔히 알 수 있는 상황이었다. 갑수의 주먹이 남자의 코 정중앙에 날아들었다. 우지끈 하는 소리가 좁은 골목 안에 울려 퍼졌다. 남자는 코를 잡고 뒤로 벌렁 넘어졌다.

"이거 보이소. 와 잘못한 대학생은 안 잡아가고 우리 갑수를 잡는교?"

갑수의 할머니가 파출소 순경에게 목청 높여 항의했다.

"맞다. 어이, 박 순경. 갑수는 아무 잘못 없는기라. 나도 똑똑히 내 눈으로 봤고, 그쪽 대학생들도 다 봤는기라."

공업사 사장도 나섰다.

"대학생이 갑수 니 동생 가슴 만지는 거 본 사람 있나?"

"……"

"없제?"

"……"

"정황상으로 그 대학생이 니 동생 가슴을 만진 거 같다고 해도 그건 증거가 없고, 니가 주먹을 휘둘러가 그놈 코 내려앉힌 건 명백하다 아이가? 그라고 가는 봉사하는 대학생 신분이고 니는 벌써 몇 번이나 파출소에 들락거린 유경험자다 아이가?"

"어이, 박 순경! 와 지난 일을 들추고 그라노. 벌써 몇 년 전 아이가?"

공업사 사장이 답답하다는 듯 가슴을 치며 따졌다.

"내도 잘 안다. 마음잡고 그간 착실히 기술도 배우고, 야간학교도 다니고, 이제는 국제기능올림픽도 나간다는 거. 그래가 내가 안카나? 이거 검찰까지 송치되마 상황이 더 복잡해진다 아이가? 니가 백방 불리하단 말이다."

순경은 안쓰럽다는 듯 갑수를 쳐다보며 말했다.

"뭐라고예? 그건 말도 안 됩니더. 여동생 가슴 주무른 놈을 보고 주먹 안 휘두를 사람이 세상에 어딨는교?"

"시끄럽다 마. 퍼뜩 금마 있는 병원 가서 못 마시는 술 때문에 실수했다 카고 합의받아 온나. 단순 폭행이라 금마가 니 고발만 안 하면 그냥 넘어가는 기라. 얼마 안 있으면 니 일본도 가야 안 하나? 좋은 게 좋은 기다. 설사 가가 젊은 혈기에 미정이 가슴 좀 만졌다 치자. 그냥 미친개한테 한 번 물렸다 생각하고 잊아쁘라. 나도 웬만하면 금마 확 잡아넣고 싶은데 금마가 보통아가 아인기라."

"그건 또 무슨 말이고?"

공업사 사장이 눈을 부릅뜨며 물었다.

"니, 하재필이라고 들어 봤재? 국회의원 말이다."

하재필 국회의원, 모를 리가 없었다. 이 동네를 지역구로 금배지를 세 번이나 단 동네 유지가 아니던가? 집안 자체가 유명한 집안이라 이 지역에 배경을 둔 사람들 중에 하씨 집안을 모르는 사람은 아무도 없었다. 나라 주인이 바뀌어도, 정권이 바뀌어도 하씨 집안은 영원하다고 할 정도로 대단한 집안이었다.

"갑자기 하재필 국회의원 이야기는 와 하노?"

"갑수가 때린 아가 그 양반 막내아들이다. 지금 가 엄마까지 서울서 내려와가 지금 분위기가 말이 아이다 아이가."

공업사 사장은 더는 아무 말도 못 하고 꿀 먹은 벙어리처럼 갑수의 눈치만 살폈다.

"그래도 지는 그렇게 못 합니다. 딴 사람도 아이고 우리 천사 같은 미정이를…… 절대로 그리는 못 합니다."

갑수는 그날로 바로 유치장에 들어가야만 했다.

그런데 며칠 뒤,

"갑수야, 그만 나오니라."

"와예?"

"와는 무슨 와? 그 대학생이 니 용서한다 켓다 아이가?"

어리둥절한 눈으로 쳐다보는 갑수에게 박 순경이 말했다.

"뭐라고예? 정말입니꺼?"

"그래, 니 미래를 생각해가 용서해 준다 켓다 카더라. 그리고 국제 기능올림픽 나가서 꼭 상도 타라 켓단다."

"……."

"봐라, 역시 대학생인기라. 마음 먹는 기 달라. 공부도 바쁠낀데 지 그 아버지 지역구에 봉사한다고 애들도 가르치고 하는 거 보마 나쁜

놈은 아인기라. 아마도 그날 밤, 니가 오해가 있었기나 아니믄 금마가
술 먹고 잠시 헤까닥했겠지."

"……."

"사실 미정이가 한 인물 안 하나. 젊은 혈기에 술 먹고 미정이 본
께네 잠시 정신이 헤까닥 했겠거니 해라. 사실 금마가 차라리 일 벌였
으마 니네 집안에도 별 드는 기였는데, 고마 아깝네."

"뭐라고예? 그건 무슨 말입니꺼?"

"아이다. 농담한 거 가지고 니는 눈깔을 뒤집고 그라노? 니 성깔
죽이라. 이번에도 그놈의 성깔 땜에 벌어진 일 아이가? 앞으로는 말로
해라. 주먹이 앞서마 감옥 갈 일밖에 없어."

갑수의 손이 벌벌 떨렸다. 믿기지 못할 일들이, 믿고 싶지 않은 내
용들이 일기장에 낱낱이 적혀 있었다. 일기장 군데군데에는 미정이가
흘렸을 외로운 눈물자국도 여기저기 떨어져 얼룩져 있었다. 갑수는
가슴을 치며 울부짖었다. 미정이가 혼자서 그렇게 힘들어하는 동안
자신은 아무 도움도 주지 못했다는 죄책감이 갑수의 심장을 갈기갈
기 찢어 놓고 있었다. 이제야 자신이 유치장에서 나온 이후, 예전 같지
않았던 미정이의 모습들이 새록새록 떠오르기 시작했다. 자다가 벌떡
일어나 마당을 거닐며 혼자서 중얼거리다 할머니나 갑수가 뭐하냐고
물으면 화들짝 놀라 방으로 들어갔다가 다음 날 물어보면 하나도 기
억을 못 했던 것이나, 몸이 아프다며 한번도 안 하던 결석까지 밥 먹

듯 하더니, 어느 날 애지중지 가지고 다니던 십자가마저 방바닥에 패대기 치며 고래고래 욕설을 퍼붓던 모습도 떠올랐다.

'그때 눈치 챘어야 했어. 바보 같은 놈. 내가 죽였어. 내가……'

미정이는 대학생이 입원해 있다는 병원으로 찾아갔다. 미정이가 병실 안으로 들어서자 병문안 와 있던 대학생의 친구들이 힐끔힐끔 미정이를 쳐다보며 자리에서 어정쩡하게 일어섰다. 코뼈가 내려앉으면서 그 여파로 대학생의 얼굴 전체가 시퍼렇게 멍들어 있었다. 대학생은 의외란 듯 미정이를 쳐다보았고 이내 시선을 돌려 친구들에게 자리를 비켜 줄 것을 요청했다. 친구들은 내일도 오겠다며 묘한 눈길로 미정이를 쳐다보며 황급히 병실을 빠져나갔다. 그날 밤 미정이는, 오빠를 선처해 달라 청하러 갔던 그 하늘나라 천사는 한 짐승의 욕망에 표적이 되어 마음껏 유린당하고 말았다. 열네 살 순백색 천사의 몸 여기저기에 짐승이 흘린 침과 정액이 그녀의 날개를 찢고 그녀의 미래를 산산조각 내 버리고 말았다.

서울역에 도착하자마자 갑수는 대학생을 찾았다. 워낙 유명한 집안 자손이라 어느 대학 무슨 과에 다니는지 알아내는 것은 일도 아니었다. 몇 날 며칠을 대학교 근방에서 기숙하며 그놈을 찾았다. 일주일쯤 지났을 때 어슬렁거리며 대학 강의실에 모습을 드러낸 그를 발견할 수 있었다. 친구들과 노닥거리고 있는 그놈 면전을 보자마자 갑수의 속이 뒤집혔다. 당장 달려가 놈의 심장에 칼을 꽂고 눈알을 뽑고 싶었다. 하지만 갑수는 변해 있었다. 미정이란 천사가 있어 그간 모습을 감추고 있었던 차가운 야수의 기질이 미정이의 죽음과 함께 부활한 것이었다. 갑수는 더는 어리석게 달려드는 어수룩한 촌뜨기 불나방이 아니었다.

"당, 당신은……."

"이제 기억나는가베."

"이봐……. 이, 이봐. 아니 이 보세요. 제가 모두 책임질게요. 뭐든지……. 여동생분 책임지라면 질게요. 안 그럴려 그랬는데, 저도 그만, 젊은 혈기에……. 그럴 수 있잖아요."

"뭐, 책임? 혈기?"

"예, 돈을 달라면 돈을 드리고, 여동생하고 결혼하라면 결혼이라도 하겠습니다."

"결혼?"

"예, 결혼요."

"큭큭큭. 영혼 결혼식이라도 할까가?"

"네? 영혼 결혼식이라니요? 그게 무슨 말……?"

갑수의 주먹이 남자의 명치를 사정없이 가격했다. 남자는 숨이 막혀 제대로 비명소리 한번 내지 못한 채 버둥거렸다.

"형님, 형님……. 잠시만……제발……."

"책임진다꼬? 니, 몰랐제, 우리 미정이가 니 아이까지 밴 것도……. 짐승 같은 니 아이를 말이다."

"아이, 아이를요?"

"그래, 이 갈아 마셔도 시원찮을 놈아."

이번에는 갑수의 오른발이 남자의 왼쪽 옆구리를 파고들었다. 남자는 허리가 끊기는 고통에 눈앞이 아득했다. 여러 번의 탁한 기침을 내뱉고 나서야 간신히 제정신을 찾은 남자는 거의 사색이 된 채 갑수를 쳐다보았다. 갑수는 싸늘한 웃음으로 그의 절박한 눈에 대꾸했다. 그가 지린 오줌이 바지 가랑이를 타고 흘러내려 신발까지 적시고 있었다. 무언가 달빛 아래서 번뜩였다. 갑수가 꺼내든 시퍼런 칼이었다. 남자는 말 한마디 못 하고 오들오들 떨고만 있었다. 그런데 남자에겐 그 칼보다 더 무서운 것이 있었다. 바로 갑수의 눈. 달빛을 받아 번들거리는 갑수의 눈, 그건 사람의 눈이 아니었다. 무슨 일이든 저지를 수 있는 자의 눈, 바로 야수의 눈이었다.

"형님? 큭큭큭……. 내보고 형님이라캤나? 당신이 내보다 한참은 윗 걸로 알고 있었는데……."

"이봐요. 아니 도대체 뭘 어, 어쩌려고 이, 이러는 거야? 이, 이렇게 해 봐야 당, 당신만 손해야."

"와? 또 니네 잘난 엄마한테 일러바칠라꼬?"

남자는 있는 힘을 다해 호기를 부리며 갑수를 위협해 보려 했지만 번들거리는 야수의 눈빛 앞에선 아무 소용 없었다. 더군다나 여동생까지 잃어 제정신이 아닌 야수 앞에서는……. 그런데…….

남자가 반성문을 쓰고 있었다. 갑수가 반성문을 쓰면 용서해 주겠다고 해서였다. 남자는 속으로 쾌재를 불렀다. 역시 시골 촌놈이라 세상 물정을 몰라도 너무 모른다며 속으로 비웃었다. 이곳을 빠져나가면 엄마한테 이야기해서 이놈을, 이 불한당 같은 밑바닥 인생을 완전히 세상에서 없애 버리리라 다짐하며 갑수가 시키는 대로 써 내려 가기 시작했다. 그런데 반성문을 써 내려 가면 갈수록 대학생은 고개를 갸웃거리지 않을 수 없었다. 내용이 갈수록 이상해지고 있었기 때문이었다.

자신의 성도착증 증세 때문에 하루에도 몇 번 그 짓을 하지 않으면 아무것도 손에 잡히지 않는 자신이 저주스러워 미칠 것 같다고 적었다. 자신의 성기가 혐오스럽고 자신의 성기로 마음 아팠을 많은 여인들에게 죄송하고 그래서 용서를 빈다고 썼다. 그런데 어떻게 알았을까? 자신이 하루에 몇 번이라도 그 짓을 안 하면 잠도 못 잔다는 것을. 그 생각에 미치자, 자신이 짓밟았던 수많은 여인들의 모습이 한 편의 영화처럼 그의 기억 속에서 재빠르게 다시 펼쳐졌다. 물론, 그의 일련의 기억 속에는 당연히 미정이의 모습도 최근의 기억으로 생생하게 기록되어 있었다. 최근에 와서, 더는 뒤를 봐주지 않겠다는 아버지의 엄포에 사창가 여인들로만 하루에도 몇 번씩 일어나는 욕구를 해결하고 있던 그였지만, 일반 여염집 여인들, 특히 미정이 같은 설익은 미소녀들에 비할 바는 못 되었다. 갑자기 남자는 자신의 아랫도리가 묵직해져 옴을 느꼈다. 갑수의 칼 앞에서 협박받는 이 순간에도 예전에 자신이 짓밟았던 여인들의 모습이 선명하게 떠오르자, 자신도 모르게 아랫도리 혈관 속으로 붉은 피가 대책 없이 모여 들었다.

"바지 벗어."

갑자기 갑수가 시퍼런 칼을 남자의 목에 대며 말했다.

"바지는 왜? 으…으으으…으으!"

남자가 말도 마치기 전에 갑수의 칼이 남자의 목 언저리를 꾸욱 눌렀다. 날 선 칼은 금새 목 언저리 피부를 파고 들었고 이내 붉은 피가 칼 주위로 베어 나왔다. 남자는 기겁을 하며 정신 없이 바지를 내렸다.

"다 벗어!"

남자가 서둘러 팬티까지 벗어 내렸고, 붉게 흥분된 남자의 아랫도리에 갑수의 시선이 꽂혔다. 잠시 황당하단 표정이 갑수의 얼굴에 어렸지만, 곧 갑수의 얼굴이 분노로 일그러지며 핏기마저 사라져 버렸다. 그리고…….

남자는 끝끝내 알지 못했다. 자신이 쓴 것은 반성문이 아니라 유서였음을, 처음부터 갑수는 남자를 살려 둘 생각이 전혀 없었음을…….

"의원님."

"……."

"담당 검사인 신혁권입니다. 의원님과 통화하고 싶어 합니다."

"다 끝나지 않았나? 상부에다 다 이야기해 둔 거라고 하지 않았어?"

"초임 검사라 그런지 좀 눈치가 없어서……. 육안으로 봐도 타살 흔적이 분명하다며 더 자세한 조사를 위해 부검을……."

"미쳤어? 바로 화장하고 장례식 치를 수 있도록 조치하라고 했잖아. 무슨 군말이 그렇게 많아."

"혹시 타살이면……."

"타살이면 어떡하라고? 동네방네 소문낼 일 있어? 삼선 의원 하재필의 아들이 성도착증 환자란 것이 밝혀지는 것도 모자라서, 그동안 내가 나서서 입 막았던 일까지 다 까발려져야겠어? 내 정치 생명 종치는 거 보고 싶어서 그래? 어차피 그놈은 버린 자식이야. 그 어떤 놈이 안 죽였으면 나라도 죽였을 놈이란 말이야. 시키는 대로 그냥 덮어."

"알겠습니다. 알아서 처리하겠습니다."

주변에 각목을 들고 둘러서 있는 건달들이 어리둥절한 표정으로 갑수의 표정을 살폈다. 갑수는 다시 연희의 고개를 들어 올려 눈을 마주하고 말했다.

"내가 지금부터 내일 석간신문에 뜰 기사 하나를 이야기해 주지.

죽기 전에 아가씨가 어떻게 이 세상에 어떤 기억으로 남게 될지는 알아야지, 안 그래? 헤드라인 기사는 이렇게 될 거야. 재개발을 둘러싼 분쟁으로 신앙심 깊은 한 여대생이 아깝게 목숨을 잃어. 뭐 이런 식으로 출발할 거야. 기자 놈들이 더 멋지고 가슴 적시는 기사를 만들겠지만 내용은 대충 그렇게 되는 거지. 들어 봐. 부인촌 철거 및 개발에 찬성하는 한 주민이, 여기서 그 주민은 류씨인 거지. 그가 오랫동안 야학을 운영하며 마을에 봉사하고 있던 신부가 자신의 뜻과 다르게 개발에 반대하자 앙심을 품고 신부를 살해하다. 그리고 자신의 살해 사실을 알게 된 야학 자원봉사 대학생과 동네 통장까지 버려진 벽돌공장으로 유인한 후 잔인하게 살해하고 불을 질렀다가 자신도 아들과 함께 빠져나오지 못하고 함께 죽다, 뭐 이런 기사가 되는 거야. 큭큭큭."

"멋집니다, 형님. 그런데 말입니다, 형님. 아까 하다 만건 마저 끝내면 안 될까요? 이거 영 아쉬워서…장난치시는 것도 아니고 정말……."

구팔용이었다. 몸이 달아 막 삽입을 시도하려는데 갑자기 갑수가 그만하라고 하는 통에 어리둥절해 있던 참이었다. 시작을 안 했으면 몰라도 실컷 분위기 잡아 놓고 헛물만 켠 것 같아 자존심도 상했다. 게다가 연희의 가슴을 움켜쥐었던 오른손에 남아 있던 그 감촉이 팔용이를 더욱 몸달게 했다.

"그냥 둬라. 그렇게까지는 할 것 없다."

"형님, 갑자기……아까 전에는……."

"형님께서 관두라고 하시잖아."

목에 칼자국이 있는 자, 갑수의 운전사 박기철이 짜증스러운 목소리로 말하며 구팔용의 뒤통수를 후려갈겼다.

"아이쿠, 이 새끼가! 어차피 숯덩이가 되면 표도 안 날 텐데, 어차피 쓰레기 주제에 네가 무슨 성인군잔 줄 알아?"

구팔용이 갑자기 시퍼런 칼을 꺼내 기철이의 눈앞에서 위협적으로 흔들며 말했다.

"팔용이! 뭐 하는 짓이야. 그 칼 넣지 못해?"

갑수의 눈빛에 섬광이 일었다. 팔용이는 움찔하며 이내 비굴한 웃음을 지으며 얼른 태도를 바꿨다.

"예, 형님. 죄송합니다."

"기철이가 처리해."

"예."

기철은 알고 있었다. 갑수 형님이 자신에게 일부러 이 일을 시키고 있다는 것을……. 짐승들은 자기보다 더 짐승 같은 것들만을 두려워하는 법, 지금 갑수 형님은 짐승들을 다루기 위해선 때로는 짐승보다 더한 짐승이 되어야 한다는 것을 기철에게 가르치고 있었던 것이었다. 게다가 야학 여교사에게 가해질 심한 능욕을 막으려는 갑수의 의도를 기철이 모를리 없었다. 단칼에, 피도 눈물도 없는 냉혈한의 모습으로 처리해야 한다. 짐승들이 번득이는 눈빛으로 기철을 응시했다. 자신보다 더한 짐승인지 아닌지를 가늠해 보면서……. 갑수는 구팔용이 들고 있던 칼을 빼앗아 기철에게 쥐어 주고 유유히 자리를 떠났다. 박기철이 무표정한 얼굴로 천천히 연희에게 다가섰다.

'고통 없이, 한 칼에…… 미안해, 아가씨.'

구팔용을 위시한 조직원들이 킬킬대며 주변으로 모여들었다.

창수가 레지던트 여럿과 병실에서 소녀의 상태를 살폈다. 병실 바깥 복도에서는 소녀의 보호자인 듯한 젊은 여인이 누군가와 심각하게 통화를 하고 있었다. 하늘대리인 연희는 사뿐이 걸어가 그 여인이 앉아 있는 벤치 옆에 조용히 앉았다. 연희의 귀에 전화 건너편의 목소리도 선명하게 들렸다.

"수속이 이젠 다 끝난 건가요?"

"예, 저쪽에서 친권을 포기한 상황이라 몇 가지 형식적인 서류 처리 외에 사모님께서 특별히 따로 하셔야 할 것은 이제 없습니다."

"그 사람, 변호사님께서 직접 만나신 거 맞죠?"

"예."

"어떻던가요?"

"뭐가 말씀이십니까?"

"많이 아프던가요?"

"말기라고 하더군요."

"소희는요?"

"아직 모르고 있답니다. 조만간 이야기할 거라고만 하더군요."

"다른 말은 안 하던가요?"

"예?"

"아, 아니에요, 이만 끊어야겠어요. 또 연락드릴게요."

창수와 레지던트들이 중환자실에서 걸어 나오는 걸 보고 여인이 급히 통화를 끝내며 자리에서 일어섰다. 동시에 진한 향내가 병원에 진동했다. 연희는 고개를 갸웃거렸다. 딸이 저렇게 되었는데 어미의 표정이 저리도 평온할 수 있을까? 연희는 여인의 머리에서 발끝까지 찬찬히 뜯어보았다. 그녀는 가방이며 재킷이며 모든 것을 명품으로 휘감고 있었다. 그리고 양 가슴 안에 실리콘 덩어리가 그녀의 가슴을 하늘을 향해 들어 올리고 있는 모습도 한눈에 들어왔다. 마음은 하늘에 없는 것 같은데 가슴만 하늘을 향한 여자의 모습에 연희는 잠시 눈살을 찌푸렸다.

"덕희 학생 보호자 되십니까?"

창수가 여인에게 다가서며 물었다.

"예. 덕희는 좀 어때요?"

"예, 일단 의식은 돌아왔습니다."

"예? 보이기론 여전히 혼수상태인 것 같은데……."

여인이 여전히 눈을 감고 있는 덕희를 힐끗 쳐다보며 말했다.

"잠든 상태입니다. 환자가 많이 놀란 상태라 절대 안정이 필요해서요."

"그럼 아무 이상 없는 건가요?"

"현재로서는 뭐라고 속단할 수는 없지만, 일단 CT상에서나 MRI상으로만 보면 출혈도 보이지 않고 뇌 조직에 손상이 일어난 징후도 보이지는 않습니다. 두피 찢어진 것은 그리 상처가 깊지 않아 곧 아물 거구요. 그래도 며칠간 더 집중적으로 지켜봐야 할 겁니다. 워낙 뇌란 것이 복잡한 구조물이라서요. 그래도 10층에서 떨어진 경우……."

"……아, 당신이야? 어디야? 빨리 안 오고 뭐해?"

창수와 레지던트들은 황당한 표정으로 여인을 쳐다보았다. 창수의 말이 다 끝나기도 전에 휴대전화를 받아 든 여인이 거만한 손짓으로 창수에게 잠시 기다리란 표시를 건네며 걸려 온 전화에 몰두했다. 창수는 어이가 없어 너털웃음이 터져 나오려 했지만 모른척 뒤돌아섰다. 레지던트들도 창수 뒤를 따라 엘리베이터로 향했다. 마침 엘리베이터가 멈추어 서며 문이 열렸고 동시에 한 남자가 급하게 뛰어나왔다. 정장 차림의 남자였다. 언뜻 봐서는 전혀 나이를 짐작할 수 없을 정도로 다부진 몸매의 소유자였다. 남자는 미처 창수 일행을 보지 못했던 듯, 그대로 창수를 들이받고 함께 바닥에 나뒹굴었다. 그때 짙은 밤색 양복을 입은 한 남자가 거의 사색이 된 얼굴로 뒤따라 나와 넘어진 신사를 일으켜 세웠다.

"사장님, 괜찮으세요? 이봐 도대체 눈을 어디다 두고……."

남자는 다짜고짜 창수의 멱살부터 잡아 올렸다.

"이봐요. 이게 무슨 짓이에요?"

옆에 서 있던 레지던트들 중 한 명이 앞으로 나서며 주먹 쥔 남자를 막아 섰다.

"비켜 이 자식아. 지금 사장님 따님께서 다치셨는데……."

"박 비서! 무슨 짓이에요? 덕희 담당 의사 선생님이시란 말이에요."

아까 전 그 거만한 여인이었다. 그녀는 박 비서를 거칠게 밀쳐 내며 창수의 팔을 부축했다. 어느새 아까 전 그 냉랭하고 거만했던 여인의 모습은 온데간데없어졌다. 창수는 여인과 레지던트들의 부축을 받으며 천천히 일어서 조금 전 자신을 윽박질렀던 짙은 밤색 양복의 남자를 쳐다보았다.

"죄송합니다, 의사 선생님. 뭐해요? 당신, 빨리 사과하세요. 박 비서님도요."

여인은 필요 이상의 호들갑을 떨며 남편처럼 보이는 그 다부진 체구의 신사에게 사과할 것을 요구했다.

"죄송하게 되었습니다. 박 비서도 사과하지, 그래."

박 비서란 자도 사장님이란 자가 조용히 말하자마자, 창수에게 구십 도로 허리를 굽히며 사과를 했다.

'어디서 봤더라?'

창수와 연희가 동시에 똑같은 생각을 했다. 어디선가 본 듯한 모습에 창수도 연희도 고개를 갸웃거렸다.

'아니 이자들은…….'

연희의 뇌리에 스치는 자들이 있었지만, 창수는 여전히 낯익음의 실체를 파악하지 못한 듯 남자에게 물었다.

"저, 혹시 우리 어디서 만난 적 있습니까?"

갑수는 창수를 향해 미소를 지어 보였다.

"보셨을 겁니다. 여기 병원재단 이사장님께서 저하고 좀 각별하십니다. 제가 이 병원 후원회 총무도 맡은 적도 있고 해서……. 아마도 제가 이 병원에 몇 번 들락거리는 중에 봤을 수도 있을 겁니다."

"아, 그러세요? 그렇군요."

창수는 그래도 석연치 않은 듯 고개를 갸웃거렸다. 한 번씩 들락거리는 사람을 모두 기억할 만큼 한가한 창수가 아니었기 때문이었다.

"참, 환자 상태에 대해서는 여기 어머님께……어머님 맞으시죠?"

"아, ……예, 맞습니다."

갑수가 슬쩍 아내의 눈치를 살폈다. 자신보다 한참 어린 나영미를 아내로 맞아 들이며 자주 접하는 상황이었지만 갑수는 전혀 개의치 않았다. 그러나 아내는 예민하게 받아들이는 경향이 있었던 터라 아내의 표정을 살피지 않을 수 없었다. 아니나 다를까 아내의 얼굴이 발갛게 달아올라 있었다. 나이에 비해 젊어 보이는 갑수였지만 60대에 접어든 자신이 30대의 아내와 같은 연배처럼 보일 수는 없는 노릇이었음에도 아내는 자주 민감하게 반응하곤 했다.

"저는 류창수라고 합니다. 하루 이틀 좀 더 예후를 지켜봐야 하겠지만, 일단 현재로서는 그리 큰 이상 징후는 보이지 않습니다. 10층 높이에서 떨어졌다고는 전혀 볼 수 없을 정도로 말짱합니다. 하지만 뇌란 것이 워낙 복잡한 곳이라 뒤늦게 붓기가 오르거나 출혈이 발생

할 수도 있어 지금 당장 뭐라 속단할 수는 없습니다. 좀 더 경과를 지켜봅시다."

"예……. 그렇군요. 감사합니다."

고개를 끄떡이며 창수의 설명을 듣는 내내 갑수의 이마에서는 연신 땀방울이 송글송글 솟아났다. 아무도 보지 못했지만, 그의 양손 역시 심하게 떨리고 있었다. 아직도 놀란 마음이 진정이 되지 않아서였다. 자살이라니? 덕희가 자살을 시도했다는 사실을 갑수는 좀처럼 인정할 수 없었다.

창수 일행이 엘리베이터 안으로 사라지고 갑수와 여인 그리고 박비서만 덩그러니 복도에 남자 한동안 어색한 침묵이 흘렀다. 그 침묵을 먼저 깬 이는 갑수였다.

"당신은 먼저 들어가요. 여긴 내가 있을 테니까."

"네? 아니요. 저도 함께 있을게요."

"아니야, 들어가. 오늘 밤은 내가 있겠어. 그냥 그러고 싶어."

"예, 그럼."

"언제 와?"

"네?"

"그 아이 말이야."

가방을 챙겨 돌아서려는 여인을 향해 갑수가 갑자기 물었다.

"……아, 예, 아마도 조만간 데리고 올 수 있을 것 같아요."

"그래."

"……."

"소희라 그랬지?"

"예."

"덕희, 소희……. 이름도 딱 자매 이름이네."

"……."

"그 사람은 어때?"

"많이 안 좋은가 봐요."

"그렇군. 어쨌든 이제 그 아이도 내 딸이야. 덕희도 여동생이 생겨 좋아할……."

갑수는 말을 더 잇지 못했다. 중환자실에서 이것저것 기구들을 붙이고 누워 있는 덕희의 모습에 갑수는 목이 메었다. 여인이 다소곳이 갑수에게 다가섰다. 그녀는 자신의 명품 백에서 손수건을 꺼내 말없이 갑수의 눈물을 닦아 주었다. 거만하고 안하무인적인 모습은 온데간데없이 사라져 있었고 갑수를 바라보는 그녀의 눈길은 연민으로 가득 젖어 있었다.

"괜찮을 거예요. 아까 그 의사가 우리나라에서 몇 손가락 안에 드는 알아주는 신경외과 전문의래요."

"그래? 그렇군."

"나도 같이 옆에 있을까, 오늘밤?"

"아니야, 들어가. 혼자 있고 싶어."

"……."

여인은 조용히 몸을 기울여 갑수의 이마에 입을 맞추었다. 그리고 조용히 박 비서를 쳐다보며 눈인사를 하고 총총걸음으로 엘리베이터 앞으로 걸어갔다. 엘리베이터 문이 열리고 그 안으로 여인의 모습이 사라지자 갑수가 박 비서를 불렀다.

"예, 사장님."

"알아봐. 도대체 무슨 일인지. 도대체 뭣 때문에 덕희가 아파트에서 뛰어내렸는지 깡그리 찾아봐."

"예, 사장님."

"지금 당장 알아보겠……."

"잠깐……."

구십 도로 허리를 굽혀 인사를 마치고 돌아서려던 박 비서를 갑수가 다시 불러 세웠다.

"그리고 박 비서, 덕희 담당 의사 말이야."

"예, 사장님."

"왠지 나도 낯이 익어. 류창수라 그랬지?"

"예, 사장님."

"알아봐. 내 딸이 지금 누구 손에 있는지는 나도 알아야지. 왠지 느낌이 안 좋아."

"예, 사장님, 지금 당장 알아보겠습니다."

"아…아니야, 자네도 오늘은 그만 들어가 쉬고 내일 알아봐. 자네 아들 오늘 귀국한다고 하지 않았나?"

"예, 사장님. 집에 잘 도착했다고 연락받았습니다."

"허허허, 내가 너무 무심했구먼. 전공이 뭐라고 했지?"

"모바일 컴퓨팅이라든가 뭐라든가. 저도 들었는데 잘 생각이……."

"꽤 오랜만에 들어오는 거라 그랬지?"

"예, 사장님."

"자."

이갑수가 흐뭇하게 웃으며 지갑에서 몇 장의 수표를 꺼내 기철에게 쥐어 주었다.

"아닙니다, 사장님. 저도 충분히 있습니다."

"자네에게 주는 거 아니야. 어찌 보면 내가 자네 아들한테는 큰아버지 정도는 되는 사람 아닌가? 큰아버지가 조카 용돈 좀 주겠다는데 자네가 안 받으면 내가 서운하지."

"지금, 덕희, 아니 덕희 아씨도 저러신데……."

"가서 아비 노릇 좀 하시게."

갑수는 박 비서의 어깨를 툭툭 두어 번 치며 강제로 돌려 세운 후, 자신도 몸을 돌려 병실 쪽으로 터덜터덜 걸어 들어가 덕희 옆에 앉았다. 박 비서가 엘리베이터 앞에 서자마자 엘리베이터가 도착해 문이 열렸다. 창수와 레지던트들이 퇴근 전 정기 회진을 돌기 위해 중환자실 층에 다시 내려서고 있었다. 박 비서는 구십 도로 허리를 숙여 창수에게 인사하며 엘리베이터 버튼을 눌러 창수 일행이 다 내려설 때까지 기다려 주었다. 창수는 고개를 끄떡여 박 비서에게 목례로 인사하다 언뜻 엘리베이터 문을 잡고 선 박 비서의 오른손 집게손가락에 시선이 갔다. 중간 마디에 오래전 봉합했던 흔적이 어렴풋이 남아 있는 손가락……

창수 일행이 다 내려서자, 박 비서가 엘리베이터에 올라탔고 박 비서의 투박한 손에 잡혀 버둥대던 엘리베이터 문도 그제야 다시 닫히기 시작했다. 엘리베이터 문이 느린 속도로 닫히는 내내 박 비서는 창수의 뒷모습을 날카로운 눈으로 쳐다보고 있었지만, 창수는 전혀 눈치채지 못한 채, 무심히 덕희의 병실 앞을 지나치고 있었다. 그러다 문득 병실 안 갑수의 모습에 창수가 걸음을 멈추었다. 갑수가 덕희의 손을 자신의 볼에 대고 하염없이 눈물을 흘리고 있었다. 창수는 집에서 지금쯤이면 곤히 자고 있을 열네 살짜리 딸아이가 갑자기 보고 싶어졌다. 자식 둔 아비라면 모두 같은 마음일 것이었다. 창수는 이갑수란 자의 가슴앓이가 그대로 전해지는 듯해 마음 한구석이 뭉클했다.

'그런데……' 창수가 불현듯 다시 걸음을 멈추고 생각에 잠겼다. '어디서 봤더라? 분명히 본 얼굴인데. 이갑수… 이…갑…수……'
순간 창수의 두 눈이 번쩍 크게 떠졌다.
"손가락…… 그 손가락!"

"으.으악!"
기철이 오른손을 쥐고 뒤로 떼굴떼굴 구르며 비명을 질렀다. 건달들은 도대체 무슨 일이 벌어진 줄 몰라 어리둥절해하다 박기철의 손을 보고서야 상황을 파악할 수 있었다. 그의 오른손 집게손가락 마디가 반 이상이나 잘려 나가 덜렁거리고 있었다. 창수였다. 창수가 연희에게 다가서는 기철에게 달려들어 순식간에 그의 오른손 집게손가락을 물어뜯어 버렸던 것이었다.

"그냥 다 태워 버려."

구팔용이 소리쳤다. 동시에 조직원들이 준비해 온 휘발유를 여기저기 뿌리기 시작했다.

"아이는……."

떨어져 덜렁거리는 손가락을 부여잡고 무언가 말을 하려 했던 기철은 그냥 입을 다물 수밖에 없었다. 이미 늦어 버렸기 때문이었다. 구팔용이 던진 성냥불이 뿌려진 휘발유에 삽시간에 옮겨붙고 있었다. 술에 취하고 쇠파이프에 맞아 거의 제정신이 아니던 창수 아버지 류씨는 인사불성이 되어 계속 헛소리를 했고, 창수는 연희 품에 안겨 연신 울고만 있었다. 연희는 한 손으론 창수를 안고 손목이 부러져 축 늘어진 그녀의 다른 한 손으론 땅에 떨어진 십자가를 필사적으로 주워 담았다. 구팔용이 그 모습을 보고 눈살을 찌푸렸다.

"재수 없는 년. 이 상황에서도 하느님을 찾아? 안 먹기를 잘했어. 저런 년 잘못 건드렸다간 재수 옴 붙는 수가 있지. 애들아, 뭐해? 깡그리 태워 버려. 휘발유 한 방울도 남기지 말고 다 뿌리란 말이야!"

갑자기 양 볼이 화끈거렸다. 뜨거운 눈물이 연희의 뺨을 타고 하염없이 흘러내렸다. 잊었다고 생각했던 증오심이 감당 못할 무게로 연희의 전신을 짓눌렀다. 모두 잊었거나 초월했다고 생각했던 인간적 심사가 순식간에 하늘 인성을 장악했다. 당황스러웠다. 연희는 질끈 눈을 감고 접었던 날개를 활짝 펴며 하늘을 보았다. 그러자 순식간에 병원 건물을 지나 바깥으로 나와 있었다. 순간적인 속도로 까마득하게 날아오른 연희, 지금 연희는 지구의 대기권 밖까지 나와 있었다. 연희는 눈을 감고 마음을 모았다. 천천히, 아주 천천히…….

자신을 태웠던 화염보다 더 뜨거웠던 증오심이 차츰 잦아들기 시작했다. 그러나 증오심이 잦아든다고 그때 그 기억까지 사라지는 건 아니었다. 연희는 발아래 펼쳐진 서울을 내려 보며 갑자기 날개를 접어 버렸다. 곧 연희는 세상으로 하염없이 곤두박질치기 시작했다. 연희는 엄청난 속도로 지상으로 떨어지는 내내 이갑수란 자를 생각했다. 그리고 자신을 겁탈하려 했던 구팔용이란 자, 건달들, 베네딕토 신부, 창수, 통장 할아버지, 부인촌 사람들…….

그때였다. 그녀의 후각을 통해 어디선가 새콤한 향이 전해졌다.

'이건……. 레몬 향?'

틀림없었다. 레몬 향이었다.

'아니, 그런데…….'

강렬했던 레몬 향이 온데간데없이 갑자기 사라져 버렸다.

'착각이었을까?'

하늘대리인 그리고 행복나무

　끝없이 펼쳐진 초록 초원 위에 수많은 이들이 서성이고 있었다. 어린아이, 십대 소년소녀, 노인, 흑인, 백인, 황인……. 인간 세상의 다양한 군상들만큼이나 실로 다양한 연령대와 얼굴들이 빽빽이 광장을 메우고 있었다. 그들에겐 몇 가지 공통점이 있었다. 모두들 눈부신 흰색 옷을 입고 있었고 등 쪽으로는 비둘기 날개와 같은 날개가 깃털 무성하게 뻗어 나와 있었다. 그들이 날갯짓을 할 때마다 일곱 색깔 무지개색 빛 가루가 밤하늘에 흩뿌려진 불꽃놀이 불꽃처럼 아름답게 부스러져 내렸다. 이들은 다름 아닌 하늘대리인 사관생도 제28기였다. 하늘대리인으로의 정식 임관을 바로 눈앞에 두고 있는 자들이었다.

　하늘대리인, 지상의 인간들에게는 수호천사란 이름으로 더 잘 알려져 있는 존재들이다. 하늘나라에서도 일반 거주민인 하늘사람들과 구별되는 특별한 위치의 존재들로서 깃털 무성한 날개도 이들에게만 허락되었다. 지상과 천상을 오가야 하는 임무의 특성상 그들에게만 날개가 필요했기 때문이었다. 하늘대리인 사관학교 자체가 일반 하늘사람들 중에서도 엄격한 심사를 통해 선별된 자들에게만 입교를 허용하는 곳이었기에 그들을 향한 일반 하늘사람들의 동경심은 실로 대단했다. 당연히 당사자들이 느끼는 자부심 또한 대단히 클 수밖에 없었다.

하늘대리인 사관학교 대광장, 지금 하늘대리인 사관생도 제28기들이 곧 진행될 사관학교 졸업식 및 하늘대리인 임관식을 위해 들뜬 마음으로 운집해 있었다. 그들이 느끼는 큰 자부심만큼이나 환한 웃음이 얼굴 가득 배어 있었다. 그런데 그 환한 웃음 이면에 우울함도 함께 깃들어 있었다 그도 그럴 것이 그들이 하늘대리인 사관학교 마지막 졸업생이 될 수도 있어서였다. 앞으로 상황에 따라 다음 기수 모집이 이루어질 수도 있겠지만, 가까운 시일 내에 그리 되리라 기대하는 이들은 아무도 없었다. 당장 28기 졸업생 숫자도 이전에 비하면 반으로 줄어든 숫자였다. 이유는 간단했다. 지상의 인간들이 더는 기도다운 기도를 하지 않기 때문이었다. 처리할 기도가 없는 인간 세상에서 하늘대리인이 무슨 소용이 있겠는가?

한때 인간 세상에 태어나는 인간들마다 하늘대리인이 일일이 배정될 정도로 성황을 이루었던 적이 있었다. 인간 세상에서 수호천사란 명칭도 그때 생겨난 것이었다. 하지만 이제 더는 아니었다. 세상이 너무 변해 버렸다. 이미 배출된 이전 기수들 중 상당수도 더는 수행해야 할 업무가 없어 하늘나라로 소환되고 있는 상황이라 이제 하늘대리인 양성은 재원 낭비에 불과하게 되어 버렸다. 결국 28기를 마지막으로 하늘대리인 사관학교는 잠정 폐쇄되기에 이르게 되었다. 그런데 문제는 단순히 사관학교가 문을 닫는 것에 있지 않았다. 하늘대리인이 사라진 인간 세상이란 하늘나라가 사실상 그들을 포기하는 것임을, 버리는 것임을 의미한다는 데 있었다. 이러다 완전히 하늘문이 닫히지 말란 법이 없었다. 그렇게 되면 인간들은 이제 자신들만의 힘으로 스스로 살고 죽고 태어나야 한다. 즉, 약육강식의 짐승들의 세상이 되어도 관여할 자가 사라지는 것이었다. 죽어서라도 말이다.

풍성한 하얀 깃털과 하얀 옷의 많은 하늘대리인들이 광장 한가운데에 웅성대며 모여 있는 모습이 마치 인간 세상의 하늘에만 존재하는 뭉게구름처럼 보였다. 그 구름 더미 속에서 조각구름 한 점이 팔락대며 떨어져 나오고 있었다. 무리 지어 있는 하늘대리인들 가운데서 누군가가 살며시 빠져나오고 있는 모습이었다. 짧은 단발 머릿결을 고정시킨 하얀색 머리띠가 윤기 나는 검은 머릿결과 대조되어 유난히 빛나고 있었다. 많아 봐야 20대를 갓 넘긴 나이 정도로밖에 보이지 않는 앳된 얼굴, 하늘대리인 28기 연희였다. 날갯짓 중간중간에 그녀의 하얀 맨발이 잔디밭에 닿을 듯 말 듯 스쳐 갔고, 그럴 때마다 초록색 잔디가 빛을 내며 반짝거렸다. 느릿느릿, 바람에 날갯짓을 맡기듯 날다가 걷다가를 반복하던 그녀가 날개를 조금 넓게 펴자, 어느새 몸이 사뿐히 공중으로 떠올랐다. 그리고 대광장 전체가 한눈에 보이는 언덕에 홀로 덩그러니 서 있는 레몬나무, 인간 세상 레몬나무보다는 서너 배는 큰 크기의 그 레몬나무 가지 위로 사뿐이 내려앉았다. 연희는 마음이 번잡할 때마다 이곳에 앉아 광장을 내려다보곤 했다. 광장을 비스듬히 둘러친 동산, 그 동산을 타고 내리는 맑은 시냇물까지, 언제나 여기에 앉아 광장을 보고 있노라면 봄볕 속 나른한 졸음처럼 편안해졌다. 그래서 연희는 이 나무를 '행복나무'라 불렀다. 연희는 레몬 향을 담은 실바람을 온몸으로 느끼며 살며시 눈을 감았다. 조금만 있으면 이곳을 떠나야 하고 언제 다시 이곳에 와 볼 수 있게 될지 모를 일이었다. 하늘나라야 지상에 내려가더라도 언제든지 찾아올 수 있겠지만 사관학교는 오늘을 마지막으로 폐쇄될 예정이라 행복나무와는 언제 다시 만날 수 있을지 기약할 수 없는 일이었다. 그저 가까운 미래에 사관학교가 다시 문을 열 수 있기를 바라는 것 외엔 달리 방도가 없었다.

아버지께서 새벽부터 나를 깨우셨다. 오랜만에 나들이를 가자고 하신다. 평상시와 달리 깨끗이 면도도 하시고, 한동안 신지 않으셨던 검은색 구두도 반들반들하게 닦아 놓으셨다. 그 옆엔 앙증맞게 작은 빨간 구두도 하나 놓여 있었다. 못 보던 구두였다. 구두에 시선을 빼앗긴 내게 아버지께서 쇼핑백을 내미셨다. 구두에 어울릴 것 같아 같이 사셨다는 말씀과 함께……

쇼핑백 속을 빼꼼히 기웃거린 내 두 눈은 놀라움에 휘둥그레졌다. 그렇게 입고 싶어 했던 청치마와 분홍색 실크 블라우스가 가지런히 들어 있었다. 영문을 몰라 갸웃거리는 내 머리를 부드럽게 쓰다듬으시던 아버지께서 갈아입고 나오라시며 단칸방과 부엌을 구분 짓는 커튼을 살며시 닫아 주셨다. 난 아버지께서 드디어 좋은 회사에 취직이 되셨나 보다라고 생각했다. 그리고 나는 다시 옛날처럼 살 수 있게 되나 싶은 생각에 마음이 설렜다. 사실, 내가 옛날이란 걸 기억하고 있는 것은 아니었다. 다섯 살까지만 기록된 나의 사진 앨범으로 기억이란 걸 대신하고 있을 뿐이었다. 그 속에서의 나는 디즈니랜드의 공주님 같았다. 예쁜 인형들이 방 안을 가득 채우고 있었고, '행복나무집'이란 예쁜 푯말이 달린 플라스틱 장난감 집 앞에서 케이크 촛불을 끄던 나는 세상의 공주들이나 누릴 것 같은 호사를 누리고 있었다. 사진 속마다 등장하던 엄마란 사람, 그 옆에 말쑥하게 잘 생기신, 삼 년 전에 불과한데도 십 년은 젊어 보이시는 아버지, 나는 그 사진 앨범으로부터 나의 과거를, 행복했던 과거를 유추해 볼 뿐이었다.

앨범이 아닌 내 실제 기억 속에는 사진들에서 보았던 행복은 하나도 없었다. 따뜻한 봄바람에 마음 들떠 엄마란 사람과 가족소풍을 계획하며 필요한 것들을 구하기 위해 시장에 갔다 오던 어느 날, 내 앨범 안의 동화 속 공주의 이야기는 끝을 맺었다.

그날 두꺼운 파란색 철문은 활짝 열려 있었고, 검은색 양복 입은 낯선 아저씨들 대여섯이 온 집 안을 구둣발로 돌아다니고 있었다. 그 뒤를 눈물범벅이 되어 따라다니시던 낯익은 얼굴, 아, 아버지……. 한 번도 보지 못했던 아버지의 울부짖음에 엄마란 사람도 그 자리에 풀썩 주저앉았다. 집 안 물건 모든 것들에 노란 종이들이 리본처럼 매달려 나풀댔다. 뒷마당의 내 행복나무집에도 노란색 리본이 나비처럼 붙어 있었다.

그날 이후, 나는 엄마란 사람과 아버지를 따라 너무나 많은 사람들을 만나러 다녀야만 했다. 빚을 받으러 가시는 길이라 하셨다. 말을 꺼내는 것은 항상 엄마란 사람의 몫이었다. 아버지는 늘 미안한 표정으로 엄마란 사람의 뒤에만 서 계셨다. 그들은 모두 똑같은 변명을 했다. "죄송합니다. 사정은 딱하시지만 저희들도 지금은 힘드네요. 그리고 이런 말씀드리기는 뭐하지만, 엄밀히 말하면 사실 사장님께서 빌려 주셨다기보다 도와주셨던 거잖아요. 그래서 차용증도 안 받으시고……." 그럴 때마다 엄마란 사람은 그들의 멱살을 잡았다. 그리고 핏발선 눈으로 아버지를 노려보며 소리를 질렀다. "이 웬수야, 보여? 당신이 달라는 자에게 주고 꾸려는 자를 물리치지 말라는 그 고매한 성경 말씀을 이행한 대가가 이것밖에 안 되는 게 보이냐구?"라며 분통을 터트렸다. 엄마란 사람은 그들의 멱살을 잡으며 욕설을 퍼부었다. 아버지께서는 그저 엄마란 사람을 뜯어말리며 서둘러 그들 집을 빠져나오셨고, 그들은 서둘러 문을 닫아 버렸다. 그들 집을 빠져나올 때마다 나는 그들의 얼굴을 빤히 쳐다보았다. 그들 모두 낯익은 사람들이었다. 노란색 종이가 우리 집 이곳저곳에 붙기 이전에 우리 집에 자주 찾아왔었던 어른들이 대부분이었다. 아버지의 후배란 아저씨, 우리 교회의 장로님, 친척이라던 아저씨, 자선단체에서 봉사한다던 아줌마들……. 그들은 우리 집을 나설 때마다 "고맙습니다. 이 은혜 절대로 잊지 않겠습니다. 정말 복받으실 거예요."라며 연신 허리를 굽혔던 사람들이었다. 그들의 등 뒤에서 엄마란 사람이 말했던 것도 또렷이 기억났다. "소희야, 네 아빠가 세상을 다 먹여 살리시려나 보다. 이러다 우리가 죽겠구나. 아빠는 세상 사람들이 가족보다 더 소중한 모양이다."라며 망연자실 하늘을 보곤 했다. 난 그런 엄마란 사람을 이해할 수 없었다. 어려운 사람들을 돕는 아버지를 왜 엄마란 사람은 조금도 자랑스러워하지 않는 걸까? 손님들이 굽실거리며 우리 집을 나서고 나면 엄마란 사람은 늘 화가 나 있었고, 아버지께서는 그런 엄마란 사람의 눈치를 보며 숨을 죽이셨다. 그럴 때마다 난 항상 나의 '행복나무집'에 숨어 있었다.

수많은 아저씨, 아줌마를 더는 방문하지 않게 된 어느 날, 우리는 이사를 했다. 여러 가족이 함께 모여 사는 집, 비좁은 골목을 지나 한참이나 올라간 언덕 끝에 곧 쓰러질 듯 간신히 서 있던 허름한 집으로 이사간 날 이후, 내 앨범 속 세상은 기억에서조차도 완전히 사라져 버렸다. 공교롭게도 새로 이사를 간 날 이후부터는 그 어떤 사진 한 장 찍은 것도 없었다. 별로 기억에 남기고 싶은 날들이 아니었기 때문일 것이다. 그래서 거기서부터는 사진 대신 새록새록 선명한 기억으로만 차곡차곡 쌓아야만 했다. 날마다 들려오는 엄마란 사람과 아버지의 다툼 소리, 그 다툼 소리가 커지면 커질수록 아버지의 기침 소리도 커져갔다. 아버지의 기침 속에서 붉은 피가 섞여 나오던 어느 날, 엄마란 사람은 흔적도 없이 사라져 버렸다. 그때부터 아버지는 술로 아침을 드셨고, 점심을 드셨고, 저녁을 드셨다. 나는 두 손을 모았다. 할아버지께서 살아생전 나의 첫돌 선물로 주셨다는 한 돈짜리 십자가 목걸이를, 아버지께서 노란 종이 아저씨들의 바짓가랑이를 잡고 필사적으로 매달려 지켜 내신 그 십자가를 감싸 쥐고 필사적으로 하느님을 찾았다. 이제는 기억 저편에서조차 가물가물해져 가는 나만의 '행복나무집'으로 되돌아가게 해 달라 애원했다.

다 갈아입었으면 그만 나오라는 아버지의 목소리가 커튼 건너편에서 들려왔다. 나는 간만에 입은 깨끗한 새 옷이 부끄러워 얼굴을 붉힌 채 머뭇거리며 커튼을 열었다. 아버지께서 말쑥한 신사복 차림으로 나를 내려보고 계셨다. 앨범 속에 있는 아버지처럼 말쑥하고 멋있으셨다. 아버지는 나를 한참이나 물끄러미 보시더니 꼬옥 끌어당겨 안으셨다. 오늘따라 아버지한테서는 담배 냄새도 술 냄새도 나지 않았다. 아니 향기가 났다. 잊고 지냈던 아버지의 향, 시각이 저장한 기억은 없었지만 후각이 기록한 기억은 재빨리 재생되었다. 레몬 향, 그 레몬 향의 스킨 로션……. 하느님께서 내 기도를 들어주셨나 보다. 잠들기 전 한 번도 잊지 않았던 그 간절한 기도를…….

살랑대던 바람이 일시에 멈추었다. 그러자 코끝을 자극하던 레몬 향도 뚝 멈추었다. 삼삼오오 담소를 나누던 하늘대리인들이 갑자기 술렁대기 시작했다. 하늘에서 은은한 종소리가 울려 퍼지고 있었다. 하늘이 곧 열린다는 신호였다. 하늘나라의 하늘이…….

"뎅그렁~~뎅그렁~."

　모두들 일제히 하늘 쪽으로 시선을 돌렸다. 하지만 종소리의 여운이 푸른 잔디가 끝없이 펼쳐진 하늘대리인 대광장 저편으로 완전히 꼬리를 감출 때까지도 청아한 하늘은 변화 없이 여전히 푸르기만 했다. 연희는 인간 세상에서는 천국이라 부르는 이곳 하늘나라에 처음 왔을 때를 떠올렸다. 인간 세상에서 보았던 하늘과 별반 차이 없는 하늘, 물론 푸른 하늘에 구름이란 것이 없는 것이 차이이긴 했지만, 인간들이 하늘나라 즉 천국이라 부르는 하늘나라에도 땅이 있고 물이 있고 또 다른 하늘이 있다는 것이 너무나 신기했었던 기억이 새삼 떠올랐다. 그러고 보니 또 하나 다른 것이 있었다. 하늘나라에 흐르는 물에서는 언제나 은은한 레몬 향이 난다는 것, 그래서 하늘나라에는 언제나 은은한 레몬 향이 가득 베여 있었다.

　버스를 탔다. 강남 고속버스터미널, 평일인데도 사람들이 참 많기도 했다. 아버지는 어디로 놀러 가느냐고 묻는 나에게 아무 대답 없이 웃음으로 그 대답을 대신하며, 연신 내 볼을 당신의 볼로 비비셨다. 레몬 향……. 행복했다. 고속버스는 한참을 달렸다. 경부고속도로를 타고 막힘 없이 씽씽 잘도 달렸다. 어느덧 대전을 지나치고 있었다. 차창 밖으로 획획 지나가는 산과 들이 지겨워질 때쯤 아버지는 나의 머리를 당겨 안으며 눈 좀 붙이라 하셨다. 한참을 더 가야 한다고……. 난 아버지의 품속에서 잠이 들었다. 오랫동안 경험하지 못했던 단잠이었다.

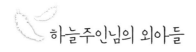 하늘주인님의 외아들

"뎅그렁~~뎅그렁~"

또 한 번의 은은한 종소리가 울려 퍼졌다. 아까 전의 종소리보다 더욱 깊어진 소리였다. 청아한 푸르름의 하늘에서 빛줄기가 강하게 뿜어져 내려왔다. 그와 더불어 푸르른 하늘이 천천히 열리기 시작했다. 종소리는 점점 더 그 깊이를 더해 가며 울려 퍼졌다. 파란 하늘이 열린 그 자리에 눈부신 광명이 가득했다. 덕분에 모두들 손바닥을 펴두 눈을 가려야만 했다. 주변이 갑자기 웅성대기 시작하더니 곧 누군가의 흥분된 외침 소리가 들려왔다.

"외아드님이시다. 하늘주인님의 외아드님께서 오셨어!"

연희는 실눈을 떴던 눈에 힘을 주어 더 크게 뜨며 하늘을 보았다. 쉽게 믿기지 않아서였다. 하늘이 열린 적은 여러 번 보았지만, 하늘주인님의 외아드님을 뵀던 적은 여태 단 한 번도 없었다. 누군가가 잘못 봤을 거라 생각하며 시선을 고정시킨 그곳, 하늘이 열린 사이에서 내려오는 빛줄기가 시작된 그곳에 빛보다 더 눈부신 흰 천마(天馬)를 타고 계신 분이 보였다. 눈이 부셔 연신 눈을 비벼야 했지만 연희에게 그건 아무 문제가 아니었다. '저분이시란 말인가?' 어느새 열두 마리의 또 다른 흰 천마들이 절도 있게 그분 주위를 둘러싸고 있었다. 하늘주인님의 외아드님이 가시는 곳이라면 어느 곳이라도 따라가는 열두 명의 제자 분들. 그리고 그들 앞으로는 금장 및 은장 갑옷을 화려하게 차려 입은 수백 명의 나팔수들이 열두 제자 분들 앞으로 질서정연하게 도열하고 있었다. 연희는 주체할 수 없는 감동으로 온몸이 떨려 왔다. 그리고 그녀의 눈가에는 눈물까지 맺혀 들었다. 다른 하늘대리인들도 마찬가지였다. 하늘을 바라보는 28기 졸업생들 모두들 저마다의 감동으로 눈물을 흘리고 있었다. 그들도 연희처럼 하늘대리인이 되어서도 그분을 뵌 적이 단 한 번도 없었을 터였으니 그 감동이 오죽하겠는가? 연희는 가슴이 저려 왔다. 얼마나 원망했던 분이시던가? 동시에 얼마나 갈구했던 분이시란 말인가?

"빠~아~앙!! 빵! 빠앙~~~~!"

세 번의 나팔소리. 수백 명의 나팔수들이 동시에 세 번, 한 번은 길게 한 번은 짧게 또 한 번은 중간 길이로 나팔을 불었다. 제일 앞 열 기수가 붉은 깃발을 치켜들었다. 나팔에서 천지를 진동시키는 음향이 쏟아져 나올 때마다 나팔 머리에 매달린 삼각 모양 붉은 깃발도 덩달아 펄럭였다. 한 번은 높게 한 번은 낮게 마지막 한 번은 꼬리를 길게 드리우는 듯한 음향으로 그 여운이 하늘나라 땅끝까지 뻗쳐

지고 있었다. 그분께서 하늘대리인들 한 명 한 명을 아주 찬찬히 둘러보시기 시작했다. 모두들 송구한 마음에 고개를 숙였다. 외아드님께서 눈물을 흘리고 계셨다. 모두들 그 눈물의 의미를 몰라 웅성댔다.

"빠~아~앙!! 빵! 빵! 빵! 빠앙~~~~!"

꽤나 오래 잠들었었나 보다. 갑작스러운 경적 소리에 눈을 떴다. 버스가 크게 휘청거리며 사람들을 양방향으로 번갈아 쏠리게 만들었다. 내가 탄 고속버스와 옆 차선을 달리던 화물 트럭 사이에 실랑이가 붙은 듯, 둘 다 신경질적으로 경적을 눌러 댔다. 두려운 마음에 아버지를 보았다. 아버지께서 두 손으로 내 귀를 꼭 막아 주시며 나직이 귓가에 속삭이셨다.

"아가야, 듣지 말거라, 보지도 말거라. 앞으로도 무서운 일에 부딪히거든 이렇게 듣지도 말고 보지도 말거라. 모든 것이 한 순간이고, 그 순간이 지나가면 아무것도 아니란다."

얼마 뒤, 내 귀에서 손을 떼셨다. 정말이었다. 모든 것이 정상으로 되돌아와 있었다. 경적 소리도, 버스의 심한 흔들림도 사라졌고, 승객들의 모습도 처음 버스에 올랐을 때의 고요함으로 돌아와 있었다. 난 또 잠이 들었다. 그리고 다시 깨어 보니 어느덧 고속버스가 동대구 고속터미널로 들어서고 있었다. 아침에 보여 주셨던 그 깔끔한 모습의 아버지는 어느덧 사라지고 몇 시간의 버스 여행이 힘드셨던지 그새 많이 수척해져 계셨다. 아버지께서 아침에 약을 드셨는지 걱정이 몰려들자 마자 아버지께서는 가래 끓는 기침을 숨가쁘게 쏟아내기 시작하셨다. 아버지께서 양복 안주머니에서 약 봉투를 꺼내셨다. 난 재빨리 배낭 가방에서 물병을 꺼냈다. 아버지께서는 "착하구나, 우리 딸." 하시면서 미소를 지어 보이셨지만, 아버지의 눈가에는 이슬 같은 눈물이 그렁그렁 맺혀 있었다. 아프신 것이었다. 저렇게 눈물이 날 만큼……. 아버지께서는 약 봉투 안에 곱게 싸인 무수히 많은 알약들을 입안에 털어 넣느라 오른손에 쥐고 계시던 손수건을 당신의 무릎 위에 무심코 내려놓으셨다. 꼭꼭, 말아 쥐고 계셨던 그 손수건 이곳저곳에 빨간 피가 여기저기 흥건하게 적셔져 있었다. 그때 버스가 갑작스러운 브레이크로 멈칫했다. 그 반동으로 아버지의 상체가 앞으로 휘익 쏠렸다. 동시에 아버지 무릎 위에 있던 손수건이, 그 붉은 손 수건이 깃발처럼 펄럭이며 바닥으로 떨어졌다.

　"빠~~~아~~~~앙~~~~!"
　다시 나팔수들이 나팔을 불어대기 시작했다. 이번에는 절도 있게 통일적으로 불어대는 나팔소리가 아니었다. 음의 고저도 제각각, 멜로디도 제각각, 그런데도 그 소리들은 이상하게 일정한 조화를 이루었다. 외아드님의 백마가 뒤로 돌아섰다. 동시에 열두 명의 제자들을 태운 천마들도 그분 주위를 둘러싸며 빛의 저편으로 무리지어 사라졌다. 그 뒤로 수백 명의 나팔수들이 붉은 깃발 펄럭이는 나팔들을 불어대며 따라가고 있었다. 나팔 소리가 점점 희미해지면서 빛줄기도 서서히 걷혔다. 그러자 하늘이 빠른 속도로 닫히며 어느새 원래의 청명한 푸른색으로 되돌아와 있었다. 하늘대리인 사관학교 28기들은 한동안 꼼짝않고 무릎을 꿇은 채 두 손을 모았다. 설마설마했는데, 드디어 올 것이 오고 말았다.

"연희님!"

누군가가 연희의 어깨를 툭 치며 말을 걸었다. 연희는 화들짝 놀라며 눈을 떴다. '앨'과 '앤'이었다.

"또 울고 계셨어요? 울보쟁이, 우리 연희님."

'앨'과 '앤', 그들은 아기천사들이었다. 둘 다 인간의 모습으로 따지자면 네 살 정도 되어 보이는 어린아이의 외관을 하고 있었다. 그들이 지금 연희의 볼을 타고 흐르던 눈물을 앙증맞은 엄지손가락으로 닦아 주며 놀리고 있었다.

"연희님은 자기 미소가 얼마나 예쁘고 밝은지 모르시나 봐. 여차하면 울기만 해."

연희의 입가에 초승달 같은 미소가 살며시 걸렸다. 그러자 아기천사들의 표정도 전등에 불 켜지듯 환하게 밝아졌다. 이들은 하늘대리인들이 아니었다. 소위 신생 영혼, 즉 새로이 창조된 순수 영혼들이었다. 이들은 여기 하늘대리인들처럼 인간으로서의 삶을 경험한 존재들이 아니었다. 인간 세상에서의 경험이 전혀 없는, 말 그대로 절대 순수 영으로서 인간 세상에 인간의 아이들로 태어나기 위해 창조된 영혼들이었다. 지구상의 많은 아이들이 아직 하늘나라로 들어오지 못하는 죽은 영들의 윤회로 다시 태어나지만, 그와 별도로 이렇게 하늘에서도 끊임없이 순수영을 인간 세상에 투입하고 있는 것은 하늘주인님의 외아드님께서 사람의 아들로 인간 세상에 태어나셨을 때부터 기원했다. 외아드님께서 사람의 아들로 태어나 인간들에게 하늘주인님의 말씀을 전하며 하늘나라 문을 인간에게도 활짝 열어 준 이후, 하늘대리인들이 파견될 때마다 아기천사들도 함께 세상에 뿌려졌다. 이들은 절대 순수의 영이었다. 그래서 이들은 조그마한 충격에도 쉽게 부서지고 상처받을 만큼 연약했다. 당연히 인간 세상에서 부딪힐 충격들에 상당히 취약할 수밖에 없었다. 이에 그들이 느낄 충격을 최소화하기 위해 언제부터인가 이들이 인간 세상의 아이들로 태어나기 전에 하늘대리인 사관학교에서 간접적으로나마 인간 생활을 경험하게 하고 있었다. 같은 학교에서 수학하는 관계로 이들도 졸업식에 참석해 있기는 했지만, 임무가 처음부터 다른 이들이었다. 이젠 하늘문도 닫히게 되니 이들이 인간 세상에 나갈 일도 더는 없어질 터였다. 결국 인간 세상은 새로이 유입되는 순수영으로 스스로를 정화할 수 있는 기회마저도 박탈되고 말게 되는 것이다.

"우리 아기천사님들 오셨군요."

연희가 그들을 바라보며 미소 짓자 기다렸다는 듯이 두 신생 영혼이 연희의 품으로 뛰어들었다. 그 바람에 연희는 뒤로 벌러덩 넘어져 잔디 위를 몇 번이나 뒹굴었다. 이 모습에 주변 동료 하늘대리인들이 소리 내어 웃었지만, 그들도 별반 다를 바 없는 상황에 처해 있었다. 그들의 자매 결연 신생 영혼들도 그들 품에 뛰어들며 짓궂게 장난을 쳤다. 인간 세상 경험의 마지막 모습과 기억들을 고스란히 간직하고 있는 하늘대리인들과는 달리 이들 신생 영혼은(통상 하늘나라에서는 그냥 아기천사라 불렸다.) 인간 세상의 아이들보다 더 아이 같은 천진난만함을 가진 존재들이었다. 그래서 모든 하늘대리인들이 아끼고 사랑했고, 희망과 행복이란 씨앗을 잉태한 이들에게서 하늘대리인들도 큰 위로와 영향을 받고 있었다.

"어디에들 계셨나요? 아까 전에 하늘이 열리기 전에도 찾았었구먼……."

"히히히, 요셉 할아버지랑 같이 있었어요."

"요셉 할아버지요?"

"예, 레몬나무 밑에 연희 천사님이 계시길래 오려 했는데, 큭, 연희님 귀찮다고 못 가게 손을 꽉 잡으시는 통에……."

"이놈들! 그새 못 참고 연희님을 또 못살게 굴고 있느냐?"

"꺄르르륵……. 요셉 할아버지다. 도망가자."

하늘대리인 요셉이 큰 날개를 휘저으며 나타났다. 그는 백발 성성한 노인의 모습을 하고 있었다. 하얀 눈썹 아래 실눈으로 웃는 모습이 자못 인자한 할아버지의 모습 그대로였다. 그는 아기천사들 사이에서 요셉 할아버지라 불렸다. 통상 하늘사람들끼리는 서로 존대를 하는 것이 관례였지만, 이들은 인간 세상의 할아버지와 손주들처럼 가깝게 지내고 있었다. 당사자들만 괜찮다면 존대를 하든 하대를 하든 그건 자유였기에 문제 될 건 없었다. 연희 또한 요셉을 할아버지라고 부르고 있었다. 그냥 그렇게 부르고 싶었기 때문이었다. 어느새 두 아기천사는 멀찌감치 달아나 버렸지만 그들이 흘린 천진한 웃음소리는 광장 이곳저곳에 꽃가루처럼 흩뿌려져 있었다.

"고놈들, 허허허……. 빠르기는 날쌘 제비 같네 그려."

"요셉 할아버지, 안녕하세요?"

"안녕하세요? 연희님."

"예. 요셉 할아버지께서도 잘 지내셨어요?"

"예, 그나저나 큰일입니다. 이렇게 정말 하늘문이 닫히리라고는……."

"그러게 말이에요. 그런데 문이 언제부터 완전히 닫히는 건가요?"

"일단 지상에 나가 있는 하늘대리인들이 다들 돌아와야 하니 당장은 아닐 겁니다. 하지만 그리 오래 열려 있지는 않을 거예요."

"……."

"연희님께서 저를 참 많이 도와주셨는데, 이렇게 지상에 나갈 수도 없게 되어 버렸으니……."

"제가 뭘요. 할아버지께서 저를 더 많이 도와주셨죠. 그래도 저기 '앨'과 '앤' 같은 아기천사님들이 더는 지상으로 내려가지 않아도 되는 것은 그나마 다행이에요. 저 맑은 것들이 그곳에 가서 흘릴 눈물과 감당해야 할 삶만 생각해도 가슴이 아팠는데……."

아기천사들이 인간 세상에 태어날 때 소위 유복하고 행복한 가정에서 태어나는 경우보다 그렇지 않은 경우가 더 많았다. 지금 연희가 그 이야기를 하고 있는 것이었다. 전통적으로 응달지고 불우한 인간 세상 한 가장자리에 그들을 보내 그곳을 보듬고 치유하는 일에, 희망과 하늘의 복음을 전하는 일에 그들의 순수함이 사용되어 왔다.

"음……꼭 그렇게 볼 것만은 아닌 것 같아요. 우리 '앨'과 '앤'만을 생각하면 그렇지만……."

"사실 잘된 일이잖아요. 우리도 사실 내려가 봤자 기도다운 기도도 없어진 마당에 할 일도 없을 뻔했잖아요."

"한 부분만을 보면 그렇지만……."

"……."

"하늘문을 닫는다는 것은 인간 세상과의 단절을 의미하는 거예요. 그럼 더는 신생 천사들의 탄생도 없어지는 거구요. 모든 것이 고인 물처럼 정체되는 것이지요. 엄밀히 말하면 인간 세상에 하늘나라가 주기만 했던 것은 아닙니다. 저렇게 신생 천사들이 인간 세상으로 내려가서 임무를 완성하고 다시 올라와서 저희들처럼 재교육 후 하늘대리인들이 되어 파견되거나 아니면 하늘나라에서 한 구성원이 되어 살아가면서 알게 모르게 하늘나라에도 많은 영향을 끼쳐 온 것이 사실이지 않습니까? 생각해 보세요. 하늘나라가 처음 만들어졌던 날과 비교했을 때 지금의 하늘나라도 얼마나 많은 변화를 겪어 왔는지 그리고 얼마나 번성해 왔나를요. 다 인간 세상이 있어 가능했던 일입니다.

이젠 두 세상 모두가 고인 물이 되는 거예요. 고인 물의 미래가 어떻게 되겠습니까?"

"그렇지만 하늘주인님께서 오죽하셨으면 이런 결정까지 하셨겠어요?"

"저도 잘 압니다. 인간 세상에 대한 그분의 실망감을 모르는 이 누가 있겠습니까? 세상을 만드신 이래 얼마나 많은 정성을 쏟으셨습니까? 수많은 하늘사람들의 반대를 받아 가시면서 말입니다. 그렇게 애지중지하시던 외아드님까지 사람의 아들로 보내셔서 구원했던 세상입니다. 오죽하셨겠어요? 기도다운 기도가 없어진 인간 세상, 더는 하늘을 보지 않는 사람들…… 휴~! 그래도 한숨은 나오는군요. 허탈해요."

"보고 싶으셨던 손주님들 때문에 그러세요?"

"개인적으론 그것도 큰 이유이기는 하지요. 한 번도 못 봤어요. 막내 아들놈의 아이들이 세상에 태어나기도 전에 제가 세상을 떠났으니까. 솔직히 하늘대리인이 되려 그리 애썼던 이유 중의 하나이기도 한데, 그 또한 사라지는 것이 너무 허무하기도 하고요."

쓸쓸한 눈동자에 베인 요셉 할아버지의 안타까움이 마음 약한 연희의 눈에도 눈물이 맺히게 했다. 연희는 요셉 할아버지의 얼굴을 찬찬히 뜯어봤다. 개울가에서 물장난을 치며, 나뭇가지로 그림을 그리고 있는 두 아기천사를 바라보는 요셉 할아버지의 주름진 눈가에는 자상함과 애잔함이 함께 들어 있었다.

한참을 기다렸다. 고속버스에서 내려 갈아탄 또 다른 시외버스 안에서 혼자 얼마나 오랫동안 아버지를 기다렸는지 모른다. 고작 십여 분 정도에 불과했는데, 몇 시간처럼 느껴졌다. 시외버스는 곧 떠나기라도 하려는 듯, 부릉부릉 엔진 소리를 높였다. 덕분에 난 더욱 마음이 조마조마했다. 버스에 오르자마자 아버지께서 잠시 화장실에 가신다고 버스에서 내리셨는데, 아직까지 돌아오지 않으셨다. 무섭게 생긴 운전사 아저씨가 표를 걷기 시작했다. 질겅질겅 껌을 씹으며 승객들의 표를 걷는 그가 자꾸 버스 뒤쪽에 앉아 있는 나를 연신 힐끔힐끔 쳐다보았다. 그 눈길이 나를 만질 때마다 난 송충이가 내 몸을 기어가는 것 같아 소름이 돋았다. 숨이 멎을 것 같았다. 문득 아버지의 말씀이 떠올랐다. 무서울 때는 보지도 듣지도 말라고 하셨던 말씀. 난 눈을 감고 귀를 막고 그 자리에 허리를 숙이고 숨어 버렸다. 할아버지께서 주신 그 십자가를 꼭 쥐고 스물까지쯤 세었을 때 누군가가 내 어깨를 두드렸다. 난 기겁을 하며 눈을 떴다. 아! 아버지셨다. 내 눈에는 눈물이 그렁그렁하게 맺혀 있었다. 아버지는 내 눈물을 당신의 엄지손가락으로 훔쳐 내시며 한참이나 나를 물끄러미 쳐다보셨다. 알 수 없는 표정이 아버지의 깡마른 얼굴 위에서 방황했다. 아버지는 아무 말씀 없이 대뜸 내 무릎 위에 신문지를 깔고 그 위에 김밥 두 줄과 삶은 계란 두 개가 들어 있는 투명한 플라스틱 도시락 통을 열어 주셨다. 점심을 사러 가셨던 모양이었다. 소주와 오징어, 종이컵 등이 들어 있는 검은 플라스틱 봉투는 머리맡 짐칸 문을 열고 그곳에 넣어 두셨다. 그리고 곧 콜라 캔 하나를 따서 벌컥벌컥 들이키셨다. 난 그렁그렁 눈물진 눈이 채 마르기도 전에 정신 없이 김밥을 우걱우걱 먹고 있었다. 배가 고팠던 것도 아니었는데 나는 정신 없이 먹고 있었다. 아버지께서는 김밥에 손 하나 대지 않으셨다. 나는 마지막 남은 김밥 하나를 아버지께 권했다. 아버지께서는 생각 없다시면서 나나 많이 먹으라시며 함께 사 오신 계란도 까서 김밥 옆에 놓아주셨다. 계란까지 널름 받아먹은 나는 식곤증에 또다시 깊은 잠에 빠져들었다. 중간중간에 잠에서 깼던 것 같았지만, 아직 한참 가야 하니 더 자두란 아버지의 말씀이 최면처럼 나를 자꾸만 잠 속으로 밀어 넣었다.

하늘나라가 그리웠다. 레몬 향 가득했던 하늘나라의 그 행복나무가 그리웠다. 그 레몬나무에서 내려다 보던 그 광장이 그리워 하늘대리인 연희의 눈에서는 자꾸 눈물이 났다. 마침 향긋한 실바람 한 올이 연희의 코끝에 잠시 멈추었다.

"아! 이 향기는?"

레몬 향이었다. 틀림없었다. 연희가 번쩍 눈을 떴다.

'레몬나무가 근처에 있어. 착각이 아니었어.'

연희의 마음이 설레기 시작했다. 깃털 날개를 활짝 펴 들었다. 연희의 몸이 순식간에 하늘로 솟아올랐다. 동시에 남산타워 철탑이 무지개빛 빛깔들로 순식간에 밝혀졌다가 연희가 빠른 속도로 시야에서 사라지자 얼마 뒤 다시 우중충한 철탑 색깔로 재빨리 되돌아갔다. 연희가 날갯짓하며 흩뿌린 빛 가루들도 감히 철탑의 본질까지는 바꾸지 못했던 모양이었다. 연희는 눈을 가늘게 뜨고 시야 밖 멀리 레몬 향의 진원지를 살폈다. '이런 곳이 있는 줄 왜 진작 몰랐을까?' 연희는 날개를 접었다가 일시에 다시 활짝 폈다. 그러자 순식간에 레몬 향이 시작된 곳으로 사라졌다.

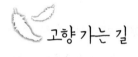 고향 가는 길

하늘대리인 연희는 레몬나무가 끝없이 펼쳐진 한 작은 마을 주변을 한나절 동안이나 산보하듯 날아다녔다. 밭이란 밭은 물론이고 길가 가로수들도, 하물며 몇십 호도 안 되 보이는 농가 뒷마당에까지도 예외 없이 레몬나무들로 가득 들어차 있었다. 오후가 되어 안 그래도 조용한 마을에 인적까지 끊기자, 그저 레몬 향을 실어 나르는 바람만이 간간이 정적을 깰 뿐이었다. 연희는 날개를 흔들어 공중에 뜬 채아래를 내려다 보았다. 한 남자가 어린 소녀를 등에 업고 비포장 흙길을 걸어가고 있는 모습이 보였다. 휑하니 비어 있는 마을이라 그 둘의 모습이 한 눈에 들어왔다. 아비와 딸인 모양이었다. 초췌한 아비의 피곤한 모습과는 반대로 등에 업힌 딸아이는 아늑한 표정으로 아비의 등에 기대 곤히 잠들어 있었다.

"아가야, 그만 일어나거라."

나는 아버지의 조용한 귓속말에 눈을 떴다. 언제부턴가 나는 아버지의 등에 업혀 있었다. 시외버스에서 언제 내렸는지 기억도 나지 않았다. 계속 자고 있었던 모양이었다. 아버지와의 시간이 너무 포근해서였을까? 하루 종일, 자도 자도 잠이 오는 이상한 날이었다. 아버지와 난 어느 한적한 시골마을 비포장 흙길을 걷고 있었고, 마을 전체를 가득 메운 새콤하고 향긋한 향에 난 연신 코를 벌렁 이며 킁킁, 댔다. 레몬 향이었다. 분명히 스킨로션의 레몬 향은 아니었다. 아버지의 레몬 향이 은근하다면 이 향은 보다 생생하고 보다 직접적이었다. 주변을 둘러보았다. 탄성이 터져 나왔다. 길가에 줄지어선 가로수들에 주렁주렁 노란 레몬들이 수없이 달려 있었다. 길을 따라 늘어선 과수원들에도 온통 레몬나무들뿐이었다. 나무에 가득 열린 노란 레몬이 파란 하늘을 배경으로 하니 더욱 샛노랗게 보였다.

"여기가 어디에요?"

"고향이란다. 레몬나무가 많아 레몬 마을이라고 부르지. 저기 산등성이를 넘으면 할아버지, 할머니 계시는 곳이고, 거기서 조금 더 가면 맑은 물이 흐르는 냇가도 있단다. 레몬 향이 많은 마을이라 시냇물에서도 레몬 향이 나는 곳이지. 거기에는 가재도 있고 송사리도 있고……. 거기서 우리, 가재도 잡고 송사리도 잡자꾸나."

난 아무 말 없이 고개만 끄떡였다. 아버지는 길가에 주렁주렁 열린 레몬나무에서 레몬 한 개를 따 나에게 주시며 싱긋, 웃어 보이셨다. 난 레몬을 코에 대고 강아지처럼 킁킁대며 레몬 향을 마셨다. 상큼한 기운이 아버지의 따뜻한 등에 업힌 아늑함과 어울려 한적한 시골길 오후를 아름답게 물들였다. 사실 난 개울이든 송사리든 별로 관심이 없었다. 지금처럼 레몬 향 나는 아버지 등에 업혀 레몬 향 나는 이 길을 한없이 걷고 싶을 뿐이었다. 그렇다고 그 말을 할 수는 없었다. 나를 업고 걸어가시는 중간중간 아버지께서는 몇 번이나 멈추어서서 기침을 하시며 숨을 몰아 쉬고 계셨기 때문이었다. 힘들어 보이시는 아버지를 위해 혼자 걸을 수 있다고 몇 번을 말했지만 아버지께서는 빙긋 웃음만 보이셨다. 그렇게 걷다 서다를 몇 번이고 반복하다 드디어 산등성이 어딘가에 도착했을 때, 그곳에는 잡초가 무성한 두 개의 무덤이 봉긋 솟아 있었다. 그제서야 아까 전 보았던 소주와 오징어의 용도를 알 수 있었다. 아버지께서는 종이컵 하나를 꺼내 소주를 따라 비석 앞 돌상 위에 놓으셨다. 그리고 자리에서 일어나시며 나보고도 함께 보자라고 하셨다. '함께 보자?' 나는 무슨 말씀인지 몰라 그냥 그 자리에 붙박이처럼 서 있었다.

"할아버지, 할머니 산소란다. 참 오랜만에 와 보는구나. 넌 기억 안 나겠지만 네가 태어났을 때 얼마나 좋아하셨는지 모른단다. 절하자. 두 번 절하는 거야. 알았지?"

아버지는 두 손을 땅에 대고 엎드려 이마를 손등 위에 얹은 채 한참을 계시다 힘겹게 일어서셨다. 나도 그대로 따라 했다. 아버지께서 또 한 번 더 머리를 조아려 할아버지 할머니께 절을 하고 계셨다. 나도 그대로 따라 했다. 그리곤 첫 절을 했을 때와 같은 속도로 머리를 들고 자리에서 일어섰는데, 아버지께서는 손등 위에 이마를 대신 채 여전히 엎드려 계셨다. 나도 덩달아 다시 엎드려 아버지의 눈치를 살폈다. 아버지의 양 어깨가 조금씩 들썩이고 있었다. 이윽고 조금씩 조금씩 흐느낌 같은 것이 아버지의 어금니 사이를 비집고 흘러나왔다. 더는 참을 수 없으셨던지, 아버지의 꽉 다문 입에서 통곡이 터져 나왔다. 덩달아 내 가슴 한구석도 알 수 없는 서러움으로 복받쳤고 나도 아버지와 함께 통곡하기 시작했다. 아버지께서는 통곡 속에 때로는 찬찬히 때로는 절규로 여러 말씀을 하셨다. 울음 섞인 말씀이라 많은 말씀을 이해할 수 없었지만, 죄송하다는, 부모님의 피 같던 전답 팔아 사업한답시고 다 날려 버리고 가정 하나 제대로 지키지 못했다고, 이젠 육신도 병들어 아무것도 할 수 없다고, 저기 우리 아기는 어떡하냐며, 불쌍해서 어쩌냐며 울고 또 우셨다. 나도 아버지의 팔에 매달려 영문도 모른 채 그냥 따라 울었다.

아버지와 나는 개울가로 갔다. 그런데 아버지께서 말씀하시던 개울은 그 어디에도 없었다. 웅덩이처럼 보이는 곳도 살펴보았지만, 물 한 방울 남아 있지 않았다. 아버지를 보았다. 복잡한 표정들이 아버지의 얼굴 여기저기에 어려 있었다. 아마도 약속하셨던 가재잡이도 물고기잡이도 할 수 없게 되어 내가 실망할까 봐 염려하시는 것 같았다.

"아버지, 전 괜찮아요. 징그러워서 가재 같은 거 못 잡아요."

난 아무렇지도 않다는 것을 아버지께 알린 뒤, 주변에 널린 마른

나무 가지 중 적당한 길이의 것 하나를 골라 들고 쪼그리고 앉아 레몬나무를 그렸다. 정말로 아무렇지도 않았다. 술 냄새도 안 나고 담배 냄새도 안 나는 아버지, 옛날 사진 속처럼 멋진 양복을 입으신 아버지와 함께 있다는 것만으로도 난 충분히 행복했기 때문이었다. 아버지께서는 개울이 있었다는 그곳을 배회하시다 망연자실 먼 산을 바라보셨다. 그러다 괜찮다는 내 말에 고개를 돌리셨다. 웃고 계셨다. 그리고 내 쪽으로 천천히 걸어오셔서 내 옆에 무릎을 꿇고 내가 바닥에 그린 그림을 보시며 말씀하셨다.

"소희는 그림도 참 잘 그리네."

그리고 다시 자리에서 일어나 먼 산을 바라보시며 말씀하셨다.

"곧 해가 지겠구나. 그만 내려가자꾸나. 마을 입구 쪽 모퉁이를 돌면 민박집이 하나 있단다. 오늘은 거기서 자야겠구나. 그 민박집 갈비가 아주 맛있단다. 오늘 저녁은 갈비를 먹자꾸나. 거기 민박집이 행복나무집이었지, 아마?"

"갈비요? 정말?"

"그래, 우리 아기, 갈비 좋아하지? 갈비 먹자꾸나."

왔던 길을 돌아나오며 아버지께서는 할아버지, 할머니 묘소 옆 작은 나무 옆에 두었던 빈 소주병, 다 쓴 종이컵 등을 넣어 두었던 검은색 비닐봉지를 챙겨 들며 몇 번씩이나 묘소 쪽으로 시선을 돌리셨다. 그럴 때마다 똑같은 말을 혼잣말처럼 중얼거리셨다.

"죄송합니다. 아버지, 어머니. 곧 찾아뵐게요."

무심히 마을 전체를 내려다보던 연희의 시선이 한군데서 멈추었다. 레몬나무……. 물론 하늘나라 사관학교 광장에 있는 레몬나무 크기에 비할 바는 못 되었지만, 나름 그 크기가 장대했다. 시골마을에 어울리지 않는 네온사인 반짝이는 갈비집을 지나 약수터로 가는 길 표지가 나오는 지점에서 오색실을 두르고 우두커니 서 있는 나무 한 그루, 하늘나라의 행복나무를 너무 많이 닮아 있었다. 오색실과 제단으로 쓰이는 듯한 돌상으로 보아 마을에서 제사 지낼 때 쓰이는 서낭당 나무인 듯했다. 연희는 예전에 하늘나라 행복나무에서 그랬던 것처럼, 익숙한 날갯짓으로 사뿐이 내려앉아 자리를 마련한 뒤 비스듬히 몸을 눕혔다. 때마침 어디선가 고기 굽는 냄새가 마을 전체에 깔린 레몬 향에 실려 연희 곁을 스쳐 갔다.

소갈비가 지글지글 구워지고 있었다. 노을 진 하늘 같은 오렌지빛 숯불이 뜨겁게 소갈비를 익혔다. 먹음직스러운 갈비가 젓가락에 뒤집힐 때마다 내 목구멍 속으로는 참을 수 없는 군침이 연이어 큰소리로 넘어 가고 있었다. 난 오른손에 집어 든 젓가락에 힘을 주고 아버지의 입만 유심히 쳐다봤다.

"이제 먹거라. 너무 익으면 맛없……."

아버지의 말씀이 채 끝나기도 전에 나의 젓가락은 석쇠 불판 위를 헤집어 달렸다. 아버지께서 또 한 덩이의 갈비를 불판에 올리시기도 전에 구워진 갈비들은 동이 나고 말았다. 아버지께서는 한 점도 안 드시고 묵묵히 갈비만 굽고 계셨고, 난 젓가락을 치켜들고 아버지께서 익은 고기를 잘라 내편으로 밀자마자 사정없이 달려들어 먹어 치웠다. 내가 마지막 한 점까지 다 먹을 때까지도 아버지께서는 고기 한 점 드시지 않으셨다. 아버지께서는 그저 곧 지워질 듯한 미소를 지으시며, 내 비어진 밥그릇에 당신은 손도 안 대신 밥을 옮겨 담아 주시고 계셨다. 이 집 된장도 아주 맛있다고 하시면서…….

어디선가 레몬 향 가득 실은 실바람이 내 머릿결을 어루만졌다. 난 그 부드럽고 향긋함에 취해 살며시 눈을 감았다. 그때 아버지의 말씀이 두런두런 아련히 들려왔다. 뜬금없이 하시는 말씀에 눈을 떠 아버지를 쳐다보다 다시 향긋한 레몬 향을 맡으며 눈을 감아 버렸다. 아버지는 또다시 똑같은 말씀을 하셨지만, 그 소리는 그저 내 귓전만 맴돌 뿐이었다. 말도 안 되는 말씀을 하고 계셨으니까.

'엄마였던 여자를 용서하라니……. 엄마란 사람과 다시 살라니…….'

나도 버리고 병든 아버지도 버렸던 사람인데, 이런 말도 안 되는 이야기를 아버지한테서 듣게 되다니……. 너무 화가 나니 눈물부터 치솟았다. 그러자 따뜻한 아버지의 손길이 내 눈가에 흐르는 눈물을 닦아 주었고, 난 꼭 감았던 눈을 떠 아버지를 쳐다보았다. 아버지의 두 눈에서도 눈물이 흘러내리고 있었다. 이번에는 내가 내 오른손을 들어 아버지의 눈물을 닦아 드렸다. 아버지께서는 내 오른손을 당신의 양손으로 꼭 잡으시며 다시 빙긋이 웃으시며 말씀하셨다.

"우리 아기, 내 이쁜 아기……. 네가 있어 아빠는 천국을 살았구나. 천국이란 것이 멀리 있기만 한 줄 알았는데 네가 있었던 곳이 천국이었어. 그런데 내 천국을 위해 네 어미와 너를 희생시킨 것 같아 그것이 내 마음을 너무 아프게 하는구나."

"또각 또각."

새벽의 정적을 깨는 구둣발 소리가 먼발치서 또랑또랑 울려 왔다. 한 남자가 연희가 누워 있는 레몬나무 쪽을 향해 어둠 속에서 불쑥 걸어 나왔다.

'꼭두새벽, 시골에 양복 입은 신사라…….'

의아함부터 고개를 쳐들었다. 의아함은 곧 호기심으로 바뀌었다. 연희는 누워 있던 레몬나무에서 벌떡 몸을 일으켰다. 남자는 천천히 연희가 앉아 있는 레몬나무 바로 아래에 마련된 돌 재단 앞으로 걸어와 조용히 무릎 꿇고 앉았다. 남자는 새벽의 찬바람 속을 걸었던 것에 숨이 찼던지 눈을 감고 조용히 호흡을 가다듬었다. 네 번 정도의 심호흡 후 거칠던 남자의 호흡도 어느 정도 규칙을 찾는 듯했다. 그의 표정도 한결 편안해졌다. 하지만 그 편안함은 오래 가지 못했다. 찬 새벽 공기가 예고 없이 남자의 기도를 빠르게 타고 들어가 남자의 허파를 다시 뒤집어 놓았다. 남자의 안색이 급격히 일그러지며 거친 기침을 쏟아 내기 시작했다. 기침은 또 다른 기침을 연이어 불러 왔고, 기침 횟수에 비례해 기침 소리는 점점 탁해졌다. 탁한 기침 소리가 정점에 다다랐을 때쯤 헉 하는 단말마가 남자의 입에서 터져 나왔고, 연이어 그의 입에서 붉은 피가 벌컥 쏟아져 나왔다. 남자는 결국 힘없이 옆으로 픽 쓰러지고 말았다. 연희는 살짝 찌푸린 얼굴로 천천히 그의 옆에 내려앉아 그의 몸 내부를 빠르게 훑어보았다. 허파가 몹쓸 정도로 망가져 있는 상태였다. 남자는 옆으로 쓰러진 채 연신 피를 토해 냈다. 그의 하얀색 와이셔츠는 곧 선홍색 핏빛에 물들었다. 연희는 지켜보는 것 외에 아무것도 할 수 없었다. 인기척? 연희가 고개를 돌렸다. 피를 토하며 쓰러진 남자가 나타났던 그 방향에서 운동복 차림의 누군가가 어둠 속에서 불쑥 나타났다. 약수통을 들고 있는 걸로 보아 새벽 산책을 나온 자였던 모양이었다. 그 남자는 레몬나무 옆을 지나다 잔뜩 피를 토한 채 꼬꾸라져 있는 남자를 발견하고는 소스라치게 놀라며 뒤로 주춤 물러섰다. 그러곤 얼마 뒤, 남자의 얼굴을 가까이서 살펴보고는 기겁을 했다. 어젯밤 자기 집에 여장을 푼, 딸과 함께 있던 손님이 분명했다. 남자는 급히 휴대폰을 꺼내 119를 눌렀다.

눈을 떴다. 시골의 아침 공기는 서울의 것과는 확연히 달랐다. 옆을 보았다. 아버지가 보이지 않으셨다. 이제 먼동이 트는 걸로 봐서 여전히 이른 아침, 아버지는 도대체 어디로 가신 것일까? 나는 조용히 몸을 일으켜 창문 쪽으로 다가갔다. 민박집 이층에서 바라본 마당에는 강아지 한 마리 얼씬거리지 않았다. 창문을 열었다. 신선한 시골

바람이 방 안으로 밀쳐 들어왔다. 역시나 향긋한 레몬 향도 함께 실려왔다. 그러고 보니 민박집이자 숯불갈비집인 그곳 앞마당에도 레몬나무가 여러 그루 자라고 있었다. 노릇노릇한 열매들이 나무들마다 주렁주렁 열려 있었다. 나는 창밖으로 고개를 내밀어 마당을 살폈다. 혹시나 아버지께서 마당에서 담배를 피우고 계시나 해서였다. 하지만 아무도 없었다. 간밤에 숯불이 피워져 갈비를 구워 댔던 화로들이 담벼락한 귀퉁이에 겹쳐져 쌓여 있었고, 흙 마당 여기저기에는 담배꽁초들과 채 치워지지 않은 빈 병들이 여기저기 어지러이 널브러져 있을 뿐이었다. 때마침 갈비집 입구 쪽에서 운동복 차림의 아저씨가 헐레벌떡 뛰어 들어오고 있었다. 나는 창문을 굳게 닫아 버렸다. 갑자기 한기가 느껴졌기 때문이었다. 그 아저씨는 곧장 민박 건물 안으로 뛰어 들어왔다. 아래층에서 이층으로 뛰어 올라오는 쿵쾅거리는 그의 발소리가 천지를 진동하듯 크게 들렸다. 그 급한 발걸음은 내가 있는 옆방의 옆방, 그러니까 주인 방의 방문을 험하게 열었다가 닫았다. 그 방문 여닫는 여파에 내가 있던 방의 창문 틀까지 부르르 떨렸다. 얼마뒤, 두 명의 발소리가 주인 방에서 몰려나오더니 바깥으로 다시 쿵쾅대며 몰려 나갔다. 주인집 부부였다. 바깥을 보았다. 마당에서 그들이 초조하게 서성이며 흘깃 내 쪽을 쳐다보았다. 난 창가에 서 있었지만 그들은 내가 보이지 않는 듯했다. 아마도 떠오른 햇빛이 창유리에 반사되어 내부를 가렸던 모양이었다. 주인 아저씨의 오른손 엄지와 검지 사이에 꽂혀 있던 담배 하나가 다 타 들어가 땅바닥에 짓이겨졌을 때

아주 멀리서 희미하게 사이렌 소리가 들리는가 싶더니, 곧 희뿌연 먼지를 일으키며 차량 두 대가 달려오는 것이 보였다. 한 대는 구급차였고 또 한 대는 경찰차였다. 두 차량이 빠르게 민박집 앞마당으로 들어와 귀에 거슬리는 브레이크 소리를 내며 멈추어 서자마자 주인집 아저씨가 소리쳤다.

"서낭당이에요. 서둘러요. 피를 얼마나 쏟았는지 몰라요. 빨리요."

주인집 아저씨가 급히 경찰차에 오르며 문을 닫자, 경찰차가 먼저 쏜살같이 민박집을 빠져나갔고, 곧이어 구급차가 요란한 사이렌 소리를 내며 그 뒤를 따랐다. 두 차량이 멀찌감치 사라지는 것을 지켜보던 주인집 아주머니가 급히 돌아서 민박집으로 향했다. 나는 동시에 아버지께서 주무셨던 자리 쪽으로 시선을 돌렸다. 단정하게 개어져 있는 이불과 요, 아버지는 간밤에 저 이불을 펴지도 않으셨던 모양이었다. 난 이불 속으로 들어가 손으로 귀를 막고 눈을 감았다. 그리고 할아버지께서 주셨다던 그 십자가를 다시 두 손에 꼭 쥐었다. 조금 있다 눈을 뜨면 모든 게 정상으로 돌아와 있을 것이었다. 아마도 아버지가 내 어깨를 두드리시며 웃고 서 계실 것이었다.

"천사님, 맞으시죠?"

"……."

"천사님……. 역시 천사님들이 계셨어."

남자의 입에서 말이 떨어지기가 무섭게 먼 하늘에서 굉음이 울려 퍼지며 눈부신 빛 줄기 하나가 강하게 뻗어 내려왔다. 죽은 영혼을 데려가려는 것이었다. 남자는 빛이 내려오는 방향을 향해 고개를 들었다. 남자의 몸이 천천히 그 빛을 향해 사뿐이 떠올랐다. 남자의 눈빛 속엔 일말의 두려움도 서려 있지 않았다. 회한도 없었다. 슬픔도 없었다. 이날을 위해 수많은 예행연습을 한 듯 자연스럽게 자신의 마지막 날을 맞이하고 있었다. 쉽게 볼 수 있는 장면이 아니었다. 한눈에 보아도 저 영혼은 인간들이 말하는 천국, 그러니까 하늘나라로 갈 것이 틀림없어 보였다.

죽음이 다가오면 영혼은 가벼워져 하늘을 향하고, 몸은 무거워져 땅을 향한다. 마음 구석구석이 깃털처럼 가벼이 날릴 때, 죽어 가는 육체는 세월이든 병마든 죽음의 이유가 되는 것들로 인해 점점 줄어드는 몸무게와는 반대로 자꾸만 땅으로 내려앉는다. 연희의 눈에 비친 남자의 영혼은 깃털보다 더 가벼워 보였다. 물론 영혼대기층에서 살아생전 죄과에 대한 세밀한 검증이 있겠지만…… . 아니다. 지금은 하늘문이 닫혀 있어 그 죄과 심사는 무기한 연기될는지도 모른다. 어쨌든 하늘로 떠오르는 영혼의 가벼운 정도만으로도 남자가 하늘나라에 아주 가까이 있음은 쉬이 짐작할 수 있었다. 하늘나라는 하늘에 있어서 하늘나라다. 그래서 무거운 영혼은 감히 이르지 못하는 곳이다. 살아생전 비워 내고 비워 내서 가벼운 만큼 하늘나라는 가까이 있다. 이기심이 많아지고 탐욕이 많아지고 죄가 많아지면 질수록 영혼은 무거워진다. 무거워진 영혼이 하늘로 떠오르지 못하는 것은 당연한 이치일 것이고, 그럼 하늘나라를 만나지 못하는 것도 당연한 수순일 것이다. 가벼운 만큼 더 높은 하늘에 다다를 수 있으니까. 하지만 이젠 그것이 다 무슨 소용이랴? 하늘문이 닫긴 상태에서 하늘나라가 열릴 리도 없을 텐데…….

갑자기 연희가 멈칫하며 다시 하늘을 올려 보았다. 하늘문이 닫혔는데도 영혼을 데려가는 빛이 내려오다니. '그럼, 혹시?'

하지만 잠시 들뜬 듯 보였던 연희의 표정이 다시 어두워졌다. 그리곤 고개를 가로저으며 혼잣말처럼 중얼거렸다.

"영혼대기층까지는 여전히 데려가는 모양이군. 하기야 죽은 자들을 이곳에 아무렇게나 놔둘 수야 없겠지. 어쨌든 이곳은 산 사람들의 땅이니까. 아무리 하늘문이 닫혔어도 말이야."

남자의 혼이 빠져나온 육신 옆에서는 구급대원들의 안타까운 손놀림이 계속되고 있었다. 하늘이 내린 빛을 따라 하늘로 향하던 남자는 자신을 둘러싸고 있는 구급대원과 경찰들 그리고 민박집 주인 남자에게서 시선을 거두어 멀리 민박집 이층을 물끄러미 쳐다보았다. 연희도 남자의 시선을 따라 이층집을 쳐다보았다. 창가에는 아무도 없었다. 창문 안쪽을 보았다. 파랗게 질려 있는 한 어린 소녀가 이불을 뒤집어쓴 채 십자가를 움켜쥐고 두 손 모아 소리 내어 기도하고 있었다.

"제발 아무 일도 없게 해 주세요. 아버지를 데려가지 마세요. 저에겐 아버지뿐이세요. 목사님께서 말씀하신 것처럼 어려운 사람들을 많이 돕는 사람은 하느님께서 사랑하신다고 하셨잖아요. 아버지는 불쌍한 사람들을 한 번도 그냥 지나치지 못하셨던 분이란 말이에요. 제발, 제발…… 만약……만약, 아버지께 무슨 일이라도 생긴다면, 다시는…… 다시는 기도하지 않을 거예요. 다시는 하나님을 믿지 않을 거예요."

'저 아이는 이 남자의 딸……? 그런데 저 아이, 어디서 봤더라……?'

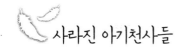

사라진 아기천사들

언제나 그랬듯 연희는 그날도 행복나무라 명명한 그 레몬나무에 걸터앉아 광장을 내려보고 있었다. 여기저기 28기 사관생도들이 무리 지어 담소를 나누거나 책을 읽거나 운동을 하거나 각자의 소일거리에 몰두해 있었다. 하늘문 폐쇄 결정으로 지상 파견이 취소된 이후, 하늘 나라 내 다른 임지로 발령이 날 때까지 사관학교 영내에 머물도록 명 받은 그들은 교육도 끝난 마당이라 달리 할 일이 없었다.

"여기 계실 줄 알았습니다."

"아, 요셉 할아버지."

큰 날개를 활짝 펴 중심을 잡은 요셉이 날개를 접으며 연희 옆에 내려 앉았다.

"어디로 가실 것 같으세요?"

"임관지 말씀하시는 겁니까?"

"예."

"어딘들 무슨 상관 있겠습니까? 하늘나라 공무원들 중 상당수가 인간 세상사와 관련 있는 것들이었는데 그 일들이 다 빠져 버린 상태에서 자리나 있을까 모르겠습니다."

"……."

"들리는 이야기로는 지상에 파견되어 있던 하늘대리인들이 대부분 다 돌아왔다고 합니다. 임기가 거의 끝난 분들은 바로 퇴역 절차 후 일반 하늘사람으로 돌아간다고 하는데, 그렇지 않은 분들은 그들의 적성과 특기에 맞는 부서를 찾아 내근직으로 모두 전환될 것이라 하더군요. 그럼 저희같이 사관학교 갓 졸업한 이들이 갈 만한 곳이 남아 있겠습니까?"

"지상에 파견되지 못하셔서 많이 서운하시죠?"

"서운한 감정이나 억울한 감정, 기쁨, 슬픔 등 인간이었기에 가졌던 그런 감정들은 인간 세상을 떠나오면서 다 털었다고 생각했는데, 회한은 그대로 남는 것을 보면……."

"그렇죠. 어찌 보면 하늘사람들의 삶도 인간 세상 사람들의 연장선상에 있을 뿐이니까요."

"맞습니다. 그래서……어? 저기 무슨 일이 있나?"

멀리 광장 입구에서 하늘대리인 한 명이 소리를 지르고 있었다. 자세히 보니 사관학교 사무장이었다. 거리가 있어 무슨 말인지는 전혀 알아들을 수가 없었다. 갑자기 레몬나무 아래 여기저기 흩어져 있던 28기들이 술렁대며 사무장 쪽으로 몰려들기 시작했다. 연희와 요셉도 자리에서 일어나 광장 입구 쪽으로 날아들었다.

"큰일 났어요. 아기천사님들이 모두 사라졌어요."

"무슨 말씀이세요? 아기천사님들이 사라지다니요?"

"지상으로 내려간 모양입니다."

"뭐라고요? 지상으로?"

"얼마 뒤면 하늘문이 닫힐 텐데, 아기천사님들이 그곳으론 왜?"

"자신들이 있으면 하늘주인님께서 결코 하늘문을 닫을 수 없을 거라며……."

"그게 무슨 말씀이세요?"

하늘대리인 28기들이 사무장의 이야기에 웅성대기 시작했다.

"빨리 말씀해 보시오. 하늘문이 닫히면 돌아오고 싶어도 못 와요."

요셉 할아버지였다. 평소답지 않게 그의 목소리에 노기가 가득 서려 있었다. 당연히 '앨'과 '앤'의 안위가 걱정되어서였을 것이다. 그가 자신의 친손주 보듯 아꼈던 아기천사들이 아니던가? 하늘대리인들은 요셉의 마음을 백 번 이해하고도 남았다. 게다가 자신들도 아기천사들과 자매결연이 맺어져 그들을 마치 동생처럼, 조카처럼, 자식처럼 아끼며 사랑했던 터라, 어찌 보면 그들이 느끼는 안타까움에 경중이 있을 수 없었다.

"여기. 편지를 남기고 사라졌어요."

"무슨 편지요?"

우린 원래대로 사람들의 아이들로 태어날 거예요, 거기서 정말 열심히 기도할 거예요, 우리가 세상에 있는 한, 우리가 기도하는 한, 절대로 하늘문이 닫히는 일은 없을 거예요, 하늘주인님께서 약속하셨거든요, 우리가 하늘에 마음을 두고 살아가는 한, 절대로 버려두지 않으시겠다고요, 설사 지금 당장 문이 닫히더라도 저희들이 기도하고, 그래서 다시 사람들이 하늘에 마음을 두게 된다면 반드시 다시 열릴 거예요, 반드시······.

아기천사들이 남겼다는 편지를 읽는 사무장의 목소리가 가늘게 떨렸다. 28기 사관생도들의 마음속도 자괴감과 안타까움이 교차되며 혼란스러움에 빠져들었다. 아기천사들의 하늘주인님에 대한 무조건적인 믿음에 감탄하면서도, 미숙한 판단력으로 상황 판단을 제대로 못해 하늘나라를 혼란에 빠뜨릴 것이란 염려가 동시에 밀려 들었기 때문이었다. 하늘대리인 한 명이 성큼 앞으로 걸어나왔다.

"이렇게 가만히 있을 수 없잖소? 28기 여러분들, 일단 다 내려갑시다. 아기천사님들이 뭘 몰라서 저지른······."

"이미 늦었소."

한 28기 대리인의 말이 다 끝나기도 전에 사무장이 짧게 잘라 말하자, 28기들이 일시에 사무장을 쳐다보았다.

"아기천사님들 전원이 사람들의 자식으로서의 준비가 모두 완료된 상태입니다. 인간 세상 그 어디에도 아기천사님들 고유의 기운이 전혀 감지되지 않고 있어요. 이미 사람의 몸을 받아 영혼이 스며들었다는 말씀입니다."

"그럼 저희들이 간다 해도 아무 소용이……."

연희가 떨리는 목소리로 말했다. 사무장은 조용히 고개를 끄떡이며 28기 사관생도들을 일일이 둘러보았다. 이번엔 요셉 할아버지가 앞으로 나서며 목청을 높였다.

"우리도 내려가야 합니다. 하늘문이 닫혀 다시 하늘나라에 발을 들이지 못한다 하더라도 내려가야 합니다. 아기천사님들이 하늘대리인 한 명 없는 곳에서 살게 할 수는 없습니다. 더군다나 하늘대리인들로서 이대로 하늘나라가 인간 세상과 영원히 단절되는 것을 그냥 지켜보고만 있을 수도 없구요."

"요셉님의 마음은 백 번 이해하지만 하늘문이 닫히고 나면 하늘대리인들도 하늘주인님께 기도를 청할 수 있는 방법이 없어요. 그럼 인간들을 돕고 싶어도 못 돕는데 우리가 내려간들 무슨 소용이 있겠습니까?"

"그래도 내려가야 합니다. 방법을 찾아야지요. 아기천사님들은 스스로 사람의 아이들로 태어남을 알면서도, 더는 자신들의 기도를 전달할 하늘대리인들이 없는 세상에 내려감을 알면서도 세상으로 내려갔습니다. 그들이 사람들의 아이로 태어나 인간들의 영혼을 순화하는 것이 그들의 의무이듯, 그들이 가슴으로 올리는 기도를 하늘에 전달하는 것은 우리의 의무이지 않겠습니까?"

"저도 요셉 할아버지의 말씀에 동감입니다. 저도 가겠습니다."

"연희님까지 왜 이러세요? 솔직히 사람들의 자식으로 태어나면 아기천사님들의 행방을 찾는 것도 불가능해져요. 누가 신생 천사 출신인지 누가 인간 환생 출신인지 구분할 수도 없다는 말입니다. 결국 지금 시점에 잉태된 아이들 모두가 3세에서 5세 정도 될 때까지 기다려 봐야 최소한 겉모습으로라도 그들을 찾을 수 있을 뿐이란 거지요. 그 많은 아이들의 외모를 어떻게 다 비교하며 다니시겠습니까? 하늘이라도 열려 있으면 하늘대리인의 권능으로 그 정도 찾는 것은 일도 아닐 것이지만, 기억하세요. 하늘문이 닫힙니다. 그럼 우리가 쓸 수 있는 하늘나라 권능은 거의 전무하다고 봐도 무방하단 말이에요."

"그렇다고 이렇게 두 손 놓고 하늘문이 닫히기를 기다리고 있을 수만은 없지 않소? 아기천사님들도 하늘문이 다시 열리는 데 일조하겠다며 나섰는데, 명색이 하늘대리인들이란 우리가 아무것도 안 해 보고 이렇게 그저 하늘과 인간이 영원히 담을 쌓는 걸 지켜만 볼 수는 없는 노릇입니다."

다시 요셉이었다.

"하늘주인님의 명이십니다. 다 무슨 계획이 있으셔서……."

"그럼 아기천사님들이 세상으로 내려가시는 것을 하늘주인님께서 막지 않으신 것도 그분의 계획일 수 있지 않나요? 그렇게 볼 수 있지 않을까요?"

"연희님, 그건 궤변이십니다. 하늘주인님의 말씀 한마디시면 모든 것이 가능합니다. 인간들도 아닌 하늘대리인인 우리들에게까지 그 자발적인 믿음을 시험이라도 하고 계시단 말씀이십니까?"

"그렇습니다. 기존에 나가 있던 하늘대리인분들도 다 돌아오는 마당인데 우리처럼 실무 경험도 없는 하늘대리인들이 지상으로 내려가 기도를 전달하겠다고 동분서주하는 자체가 하늘나라에 혼란만 가중시킬 수 있지 않겠소?"

"언제 하늘주인님께서 인간 세상에 내려가는 이들을 벌하겠다 하신 적 있으십니까? 그저 조만간 하늘문을 닫겠다는 말씀만 하셨을 뿐입니다. 지상에 나가 있는 많은 하늘대리인들은 그저 하늘문이 닫힌다니 돌아오고 있는 것뿐이고요. 즉, 우리의 선택이란 말씀입니다. 자신들의 소신과 믿음을 바탕으로 하늘대리인들 각자의 개별적 독립성에 근거하여 얼마든지 선택할 수 있다는 이야기입니다."

"저도 요셉 할아버지 말씀에 동감이에요. 아기천사님들은 사람들의 아이들로 태어나 다시 사람들이 하늘에 마음을 두게 하겠다며 내려갔습니다. 사람들이 다시 기도하는 한, 하늘주인님께서 반드시 하늘문을 다시 여시고 그들을 받아들여 주실 것이란 그 순수한 믿음을 하늘대리인이 된 자로서 모른 척할 순 없습니다. 저도 내려가겠습니다."

"저도 내려가겠소."

"저도요."

"설사 영원히 하늘나라에 돌아오지 못한대도 좋습니다. 최소한 아기천사들이 어떻게 살고 있는지는 봐야겠습니다. 그리고 어떤 식으로

든 도움을 줄 방법이 있을 겁니다."

"까짓 것 저도 내려가겠습니다. 사람들의 기도를 전달하라 훈련
받은 저희들이 하늘나라에 앉아 할 수 있는 것이 무엇이 있겠습니까?
차라리 인간들에게 기도하는 방법이라도 가르치는 편이 더 나을 것
같아요."

"잠시만요. 잠시만요. 모두들 조용해 주십시오."

사무장의 목소리가 높아졌다. 그렇다고 심기가 불편해 보이거나
화가 나 있는 모습은 아니었다. 언뜻 그의 입가에서는 흐뭇한 미소마
저 자리하고 있었다.

"지상으로 내려가는 것이 하늘주인님의 명에 반하는 것은 아닐
것이란 요셉님의 말씀에 저도 동감입니다. 근본적으로 하늘사람들에
겐 신성 독립성(神性 獨立性)이 보장됩니다. 즉 결정은 여러분들의 것이
란 말입니다. 따라서 내려가고 안 내려가고는 여러분들의 자유입니다.
이 상황에서 제가 제안을 하나 드립니다. 인간 세상에 내려가고자 하
시는 분들과 그렇지 않으신 분, 두 쪽 모두 아기천사님들의 안위를
염려하시는 마음은 똑같을 것입니다. 안 그렇습니까?"

28기 하늘대리인들 전원이 고개를 끄떡이며 동조의 표시를 보였
다. 사무장은 다시 한 번 흐뭇하게 웃으며 힘찬 목소리로 말을 이어
갔다.

"이렇게 합시다. 그 누구도 하늘주인님의 계획을 알지 못합니다.
하지만 한 가지 확실한 것, 즉 우리들이 왜 존재함을 허락받았는가를

생각한다면 우리의 할 일은 아주 간단해집니다. 하늘주인님께서 하늘대리인들을 왜 지으셨습니까?"

"……."

"인간 세상과 하늘나라를 잇는 가교로 지으신 것이지요. 인간의 기도를 하늘에 전하고 하늘의 명을 인간 세상에서 구현하는 데 그 연결점에 우리가 있지요. 아닙니까?"

"맞습니다. 기도를 전달하는 것이 우리의 주된 임무지요. 그리고 그들이 기도를 멈추지 않도록, 그들이 기도에 확신을 가질 수 있도록 그 환경을 조성하고 만드는 것 또한 우리들의 일입니다."

"자, 내려가고자 하시는 분들은 지상에서, 남고자 하시는 분은 하늘나라에서 다시 하늘문이 열릴 수 있도록 방법을 찾아봅시다. 왜냐하면 하늘문이 열려야 하늘대리인들이 만들어진 이유가 있으니까요."

"옳소."

"맞는 말이요."

하늘이 순백색으로 뒤덮였다. 하늘나라로 귀환하는 자들과 닫히는 하늘문을 뒤로 하고 지상으로 내려가는 28기 하늘대리인들이 펼친 깃털 날개가 파란 하늘을 가리며 눈부신 장관을 연출하고 있었다.

아버지께서 돌아가셨다. 사인은 폐암. 장례식은 필요하지 않았다. 아무도 올 사람이 없었으니까. 한참을 시립화장터 대기실에서 기다렸다. 시계 긴 바늘이 원의 반을 돌았을 때쯤, 한 명의 남자와 한 명의 여자가 내 쪽으로 걸어왔다. 남자는 하얀 보자기로 싼 네모난 작은 상자 하나를 들고 있었고, 여자는 오른손에 가죽 가방을 들고 있었다.

"아버지시다."

남자가 말했다.

"마지막 인사드려야지."

이번에는 여자가 말했다. 남자는 자신을 시립 화장터 납골당에서 일하는 직원이라며 그냥 아저씨라 부르라 했다. 여자는 아동복지과에서 나온 공무원이라며 그냥 언니라고 부르라 했다. 나는 고개를 끄덕여 알겠다고 표시하며 조용히 바지 주머니에 손을 넣어 작은 병 하나를 꺼내 들었다. 아버지가 쓰시던 스킨로션이 든 병이었다. 난 얼마 남지 않은 그 스킨로션을 하얀 보자기 위에 쏟아부었다. 향긋한 레몬 향이 대기실 안을 가득 채웠다. 상자를 들고 있던 아저씨가 놀라 무언가 말을 하려 입을 벙긋하려 했을 때, 가죽 가방 언니가 그의 소매를 당겨 제지했다. 나는 레몬 향 나는 아버지를 가슴에 안았다. 여전히 따뜻했다. 난 아버지의 레몬 향을 맡으며 그 상자를 들고 대기실을 걸어 나왔다. 아버지를 모실 납골당 건물로 가기 위해서였다. 아저씨란 사람은 내 앞에서 길을 안내했고, 내 뒤에서는 가죽 가방 언니가 자못 심각한 얼굴로 따라오고 있었다. 목 깊숙한 곳에서 무언가 뜨거운 것이 올라오려 했다. 하지만 난 울지 않았다. 아니 울지 못했다. 가슴은 먹먹하고 무언가에 막힌 듯 답답한데 눈물도, 울음도, 전혀 터져

나오지를 않았다. 고개를 들어 하늘을 보았다. 하얀색 구름이 파란 하늘에 산만하게 흩어져 있었다. 화장터 옆 어느 공장 굴뚝에선 뭉게 구름 같은 뿌연 연기가 연신 뿜어져 나와 구름과 섞였다. 구름과 섞이는 연기가 꿈속에 가끔씩 나타나던 천사 언니의 날개를 닮아갔다. 난 웃고 말았다. 말도 안 되는 생각이었으니까. 세상에 천사란 것은 없으니까. 있었다면 아버지께서 저렇게 돌아가시지는 않으셨을 테니까.

화장터 전경이 한눈에 내려다 보이는 어느 공장 굴뚝 끝자락 위에 연희가 날개를 접고 앉아 있었다. 화장터 주차장에는 한치의 틈도 없이 차량들로 가득 들어차 있었지만 사람들의 모습은 그리 많이 보이지 않았다. 산만하게 흩어져 서성이는 몇 안 되는 사람들 중 하얀 보자기에 싸인 상자를 가슴팍에 꼭 당겨 안은 소녀의 모습이 보였다. 시립시설 공무원임을 알리는 로고가 선명한 남색 점퍼 차림의 남자가 앞장섰고, 그 뒤를 소녀가 총총걸음으로 따라 걸었다. 가죽 가방 든 젊은 여인은 잔뜩 찌푸린 얼굴로 소녀의 뒤를 따랐다. 얼마 뒤, 그들은 납골당 건물로 들어서 소녀의 아비가 머물 작은 공간 앞에 멈추어 섰다. 소녀는 재가 돼 버린 아비를 정해진 작은 공간에 밀어 넣고 그 앞에 쪼그리고 앉았다. 남자는 소녀 아비의 잿가루 상자가 제대로 자리 잡는 것을 확인하는 대로 바로 자리를 떴고, 쪼그리고 앉아 있는 소녀 옆에는 가죽 가방 든 젊은 여인만이 여전히 찌푸린 얼굴로 소녀를 지켜보고 있었다. 그때 어디선가 사람들의 오열하는 소리가 들렸다.

연희는 그 소리의 출처를 찾아 시선을 돌렸다. 아까 소녀가 빠져나왔던 화장터였다. 또 다른 시신 한 구가 나무 관과 함께 가마로 들어가고 있었다. 뜨거운 불길이 순식간에 가마 속을 채웠다. 가족처럼 보이는 이들이 그 자리에 주저앉아 몸부림치며 울부짖었다. 연희는 갑자기 찾아온 어지럼증에 잠시 비틀댔다. 인간 세상에서의 마지막 날, 동시에 자신 앞에 하늘나라가 펼쳐지던 그날의 감정이 바로 어제 일처럼 생생하게 다시 떠올랐다. 그날 연희가 불길 속에 던져졌을 때, 연희는 두 번 놀랐다. 한 번은 의외로 불길 속이 전혀 뜨겁지 않아서 놀랐고, 두 번째는 지금의 자신 같은 하늘대리인이 나타나 마지막까지 자신의 손을 놓지 않고 자신의 곁을 지켜 주었던 것에 놀랐었다. 그런데 앞으론 저들, 인간들의 손을 누가 잡아 준단 말인가?

"건물 안에 연희 선생님이 계셔! 창수도……."

불길이 부인촌 마을을 환하게 밝히며 시커멓고 메케한 연기가 동네를 뒤덮자 동네 주민들이 웅성대며 모여들었다. 그러다 누군가 불길 한가운데서 연희의 절규를 들었다. 순간, 동네 주민들의 눈이 뒤집혔다. 그들은 미친 듯이 불길을 향해 달려들었다. 맨손으로 흙을 퍼 화염 속으로 뿌리고, 외투를 벗어 불길을 향해 흔들었다. 철거 반대도 철거 찬성도 지금 이 순간만큼은 아무 문제가 되지 못했다. 처음 대학생 연희가 이곳에 와서 자신들에게 수줍은 미소로 인사를 하던 모습이, 야학교에서 열성적으로 자신의 아이들을 가르치던 모습이 동네 사람들 마음속에서 저마다의 기억으로 떠올랐다. 게다가 자신들에게 베풀기만 했던 베네딕토 신부를 험한 죽음으로 이끌었다는 죄책감까지 동네 주민들의 가슴을 짓누르자, 그들은 제정신이 아니었다. 그들은 미친 듯이 불길과 싸웠다. 그렇게 그날 부인촌의 아침이 다시 밝아오고 있었다.

불길이 잡힌 후, 주민 서너 명이 시커멓게 불타 버린 벽돌공장 사무실 속으로 들어갔다. 아직도 불길이 지나간 열기가 후끈하게 그들의 얼굴을 덮쳤다. 땀방울이 그들의 눈 안으로 들어가 잠시 눈을 감았다가 떴을 때, 주민 한 명이 소리쳤다.

"여기야! 모두 여기에 ……."

까맣게 그을린 연희의 시체가 그곳에 있었다. 그리고 통장 할아버지도, 창수의 아버지 류씨도…….

모두들 고개를 떨구었다.

연희의 가슴 한가운데에는 은빛 십자가가 꺾어진 오른 손목 언저리에 감겨 녹아 문드러져 있었다. 그 고통스러웠을 화염 속에서 숯덩이가 된 연희의 표정에 그 어떤 고통의 흔적도 남아 있지 않았다. 오히려 은은한 미소까지 어려 있었다. 마을 주민들은 통장 할아버지와 류씨의 시체를 먼저 끌어냈다. 그리고 마지막으로 연희의 시체를 조심스럽게 끌어내다 모두들 소스라치게 놀랐다. 연희가 앉았던 자리 뒤 작은 공간에 창수가 잔뜩 웅크린 채 오들오들 떨고 있었기 때문이었다.

"창수가 살아 있어! 창수가……."

불길이 치닫는 중에 연희가 창수를 건물이 무너지며 만들어진 작은 공간 속으로 밀어 넣고 온몸을 방패 삼아 창수 앞에서 불길을 막은 것이었다.

한 남자가 아직도 열기가 남아 후끈대는 가마 안으로 들어가 타지 않은 뼈들을 수거했다. 그 뼛조각들을 빻아 가루로 만드는 사람들의 무표정한 얼굴에서 흐르는 땀방울이 죽은 이들의 가족들이 흘리는 눈물과 묘한 대조를 이루었다. 뼈를 빻는 자들의 얼굴에 아무런 감정도 드러나지 않는 것은 단순히 그들이 알지 못하는 자의 죽음으로 감정 이입이 되지 않아서만은 아닐 것이었다. 어쩌면 인간의 삶이란 게 어차피 이렇게 한 줌 재에 지나지 않음을 깨달아 죽음에 초연해진 때문인지도 모를 일이었다. 연희는 다시 소녀가 있는 납골당 쪽으로 시선을 돌렸다. 소녀는 아직도 아까처럼 아비의 사진 앞에서 여전히 쪼그리고 앉아 있었다. 가죽 가방을 든 젊은 여인도 이제는 아예 소녀 옆에 양반다리를 하고 앉아 무언가에 열심인 소녀의 머리를 쓰다듬어 주고 있었다. 연희가 굴뚝에서 날개를 접고 풀쩍 뛰어내렸다. 연희가 곤두박질 치듯 지면을 향해 떨어졌다. 그러다 그녀가 순간적으로 날개를 다시 확 펴자 지면 바로 위에서 갑자기 멈춰섰다. 조금 뒤, 연희가 날개를 완전히 접자 그녀의 하얀 발이 사뿐이 지면에 닿았다.

연희는 소녀의 등뒤 어깨너머로 머리를 쑥 내밀어 소녀가 무언가 열심히 적고 있던 작은 노트를 살펴보았다. 소녀는 납골당 내 아비가 있는 위치를 꼼꼼하게 자신의 일기장에 약도까지 그려 가며 기록하고 있었다. 혹시나 잊을지도 모른다는 염려가 소녀의 기록 속에 고스란히 묻어 있었다. 일기장에 그려진 약도에서 자신의 아비가 있는 장소에는 빨간색 하트 스티커 다섯 장으로 원을 만들어 붙여 놓았다. 모든 작업이 끝났던지 소녀는 일기장을 덮고 엉덩이를 털며 자리에서 일어섰다. 그리고 자신의 눈높이보다 조금은 더 높은 위치에 마련된 사진 액자를 보기 위해 발꿈치를 들었다. 아주 예전에 찍은 듯한 그 사진 속에는 레몬나무 아래서 피를 토하며 죽어갔던 남자의 초췌함은 전혀 찾아볼 수 없는, 건강하고 행복해 보였던 소녀의 아비 모습이 사진 속에서 환하게 웃고 있었다. 연희의 시선이 스며든 햇빛을 받아 반짝대는 금속 명패에 머물렀다. '정현식.' 남자의 이름인 모양이었다. 사진 속 아비의 미소를 고사리 같은 손으로 어루만지던 소녀가 불현듯 금속 명패를 닦기 시작했다. 조그마한 입을 오므려 입김을 뿜어 넣어 가며 뽀독뽀독 소리가 나도록 닦기 시작했다. 그 내내 어금니를 꼭 물고 있던 소녀의 두 눈에선 닭똥 같은 눈물이 하염없이 뚝뚝 떨어지고 있었다. 소녀의 눈물 속에서 죽어 가던 남자의 모습이 겹쳐지자 연희의 마음 한구석도 날카로운 무언가에 찔린 듯 따갑게 아려왔다. 소녀가 갑자기 무언가가 생각난 듯 거칠게 뒤적거리기 시작했다. 조그마한 손가락이 부지런히 일기장 페이지를 앞뒤로 넘기는 와중에 사진 한 장이 일기장에서 빠져나와 지면으로 나풀대며 떨어졌다. 땅에 떨어진 그 사진을 가만히 들어올리는 소녀의 손길이 몹시도 떨리고 있었다. 소녀는 사진을 가슴 가까이 꼭 당겨 안으며 눈을 감았다. 잠시 뒤 그 사진을 자신의 아비 되는 자 영정 사진 옆에 나란히 올려 놓았다.

'네 살 기념 생일 파티.'

사진 밑에 깨알 같은 글씨로 사진의 주제가 밝혀져 있었다. 소녀의 네 살 생일 파티를 기념해 찍은 듯한 사진, 연희의 온몸에 전율이 일었다. 왜, 이 아이를 처음 보았을 때, 그 모습이 낯설지 않았는지 그이유를 이제서야 알 것 같았다. 왜 진작 눈치채지 못했을까? 연희는이마를 쳤다. 인간 세상에 내려와 8년 동안이나 찾아 헤맸던 아기천사 '앨', 틀림없었다. '앨'이었다. 연희는 자신도 모르게 털썩 무릎을 꿇고 두 손을 모았다. 하늘을 향해 감사의 기도를 올렸다. 아무리 하늘문이 닫혀, 설사 하늘주인님께서 자신의 기도를 들으실 수 없으실지라도, 아니 들으실 수 없으시겠지만, 자신은 결국 하늘에 마음을 둔하늘대리인일 수밖에 없으니까.

196

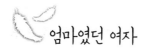

엄마였던 여자

'행복나무집' 사무실 계단에 앉아 가죽 가방을 든 언니를 기다리고 있었다. 아버지께서 갑자기 돌아가시고 납골당에 모시기까지 임시로 있었던 이곳 고아원을 오늘 떠나기로 되어 있었다. 나보다 더 어린 아이들부터 나보다 두어 살 정도는 더 많은 언니 오빠들까지 사십여 명이 살고 있는 이곳, '행복나무집'에 있는 아이들에게는 하나의 공통점이 있었다. 모두들 부모가 없는 아이들이란 것. 부모 없는 이유는 둘 중 하나였다. 돌아가셨거나 도망갔거나. 어떤 아이들의 부모가 돌아가셨는지 또는 도망갔는지는 금새 알아볼 수 있었다. 부모님이 돌아가셨다는 아이들은 당당했고, 도망갔다는 아이들은 한눈에 봐도 기가 죽어 있었다. 이래나 저래나 부모 없긴 마찬가지인데, 돌아가신 부모의 아이들은 도망간 부모의 아이들을 놀리고 괴롭혔다. 자신들은 어쩔 수 없는 이별을 한 아이들이고, 나머지들은 버림을 받은 쓸모없는 아이들이란 말도 안 되는 믿음이 그들 사이엔 비껴갈 수 없는 진리가 된 듯했다. 자연스럽게 난 아무하고도 놀 수 없었다. 왜냐하면 난 돌아가신 아버지와 도망간 엄마를 함께 가지고 있었으니까. 그래서 난 이미 편이 나누어진 이곳에서 아무하고도 친구가 될 수 없었다. 상관 없었다. 난 친구가 없음에 속상하지도, 그렇다고 신경 쓰이지도 않았 다. 하지만 여기 있는 아이들은 그렇지 않은 듯했다. 친구가 없다는 것 을 자못 아주 심각하게 받아들이고 있었다. 무리 짓는다고 모두가 친 구는 아닌데도 말이다. 어쨌든 난 오늘이면 이곳을 떠난다. 가죽 가방 을 맨 언니가 좋은 소식을 가지고 올 것이라 했다. 그런데 무슨 소식 이 좋은 소식이란 걸까? 난 도무지 감도 잡히지 않았다. 문득, 먼지를 일으키며 급하게 정문을 통해 들어서는 승용차 한 대가 보였다. 모두 들 학교나 유치원에 간 시간이라 텅 비어 있는 행복나무집 마당에 반 들거리는 빨간색 자동차 한 대가 만들어 낸 긴 바퀴 자국이 정문에서 뻗어 나와 바로 내 앞까지 순식간에 이어졌다. 딸칵 운전석 문이 열리 며 잔뜩 인상을 쓴 아저씨 한 명이 내렸다. 그 아저씨는 곧장 뒷문으 로 달려가 뒷좌석 문을 두 손으로 공손히 열었고 곧 두 명의 여자가 차례로 내렸다. 남자는 그 여자들을 향해 고개를 구십 도로 숙여 인 사를 했다. 두 여자 중 한 명은 가죽 가방 그 언니였다. 난 고개를 들 어 언니를 보며 손을 흔들었다. 언니도 나를 보며 어색하게 손을 흔들 며 옆에 선 여자를 곁눈질로 살폈다. 나도 가죽 가방 언니의 시선을 따라 자연스레 옆의 여자를 보았다. 난 그 짧은 몇 초의 시간 동안 참 으로 많은 생각을 해야만 했다. 분명히 내가 아는 얼굴임에 틀림없었다. 누구더라? 이런, 엄마였다. 아니 엄마였던 여자였다.

'행복나무집'이란 이름의 고아원 사무실 계단 끝 언저리에 '앨', 아니 '소희'가 앉아 있었다. 연희는 날개를 접고 땅에 내려서 소녀 곁으로 가 바짝 붙어 앉았다. 그리고 소희의 이목구비를 찬찬히 뜯어보았다. 언뜻 보면 옛날의 '앨' 모습 그대로인데, 자세히 보면 '앨'과 조금은 달랐다.

"앤은 지금쯤 어디에 있을까?"

연희는 '앤'의 안부가 몹시도 궁금했다. 이내 가슴이 답답해졌다. '앨'과 '앤'을 찾아 세상을 떠돌고 계실 요셉 할아버지가 생각나서였다. 자신이 지금 '앨'과 함께 있음을 아신다면 얼마나 기뻐하실까 하는 생각에 연희는 잠시 뿌듯했지만 곧바로 다시 위축되었다. 요셉 할아버지를 도대체 어디서 어떻게 다시 찾는단 말인가? 하늘문이 열려 있는 상태라면야 문제될 것도 없었을 테지만 지금은 상황이 달라도 너무 달랐다. 연희의 젖은 눈동자가 잠시 하늘을 향했다. 그 사이 갑작스러운 자동차 굉음이 연희의 주의를 끌었다. 빨간색 고급 승용차 한 대가 뿌연 먼지바람을 일으키며 빠른 속도로 달려오고 있었다. 곧 그 차는 계단이 시작되는 곳 앞에서 급 브레이크로 멈추어 섰고, 한 남자가 재빨리 뛰어나와 뒷문을 공손히 열었다. 두 명의 여인이 차례로 내렸다. 한 명은 화장터에서 소희와 함께 있던 젊은 여인이었고, 또 한 명은…….

'아니, 저 여자는…….'

'행복나무집'을 빠져나온 빨간 자동차가 비포장길을 지나 금방 정리된 듯한 깨끗한 도로 위를 부드럽게 달리기 시작했다. 가죽 가방 언니는 연신 계속 뭐라고 말을 하고 있었지만, 아무도 귀 기울여 듣는이는 없었다. 엄마였던 여자는 휴대폰만 연신 만지작거리고 있었고, 엄마였던 여자 옆에 앉아 운전대를 잡은, 인상 잔뜩 찌푸린 아저씨는 눈앞에 펼쳐진 도로만을 응시할 뿐이었다. 가죽 가방 언니도 입을 다물었고 열어 둔 창문을 통해 들어오는 바람소리와 자동차가 만들어 내는 엔진 소음이 어색한 침묵 속으로 슬그머니 끼여들었다. 가죽 가방 언니가 조용히 오른손을 뻗어 내 머리를 쓰다듬었다. 난 고개를 돌려 가죽 가방 언니를 쳐다보았다. 언니는 나를 보며 어깨를 으쓱해 보였다. 무슨 뜻인지 난 알 수가 없었다. 그래서 난 눈을 더 크게 뜨며 언니를 보았다. 언니는 한숨을 한 번 짧게 몰아 쉰 뒤, 내 귀 가까이 자신의 입술을 가져와 조용히 속삭였다. 앞 좌석에 엄마였던 여자나 인상 잔뜩 찌푸린 아저씨는 듣지 못할 정도의 작은 목소리였다.

"네 언니 될 사람이 병원에 있다는구나. 머리를 다쳤대."

"……."

난 아무 말 없이 고개를 돌려 차창 밖을 다시 응시해 버렸다. 도대체 무슨 말을 하는 건지……. 언니는 뭐며 또 머리를 다쳤다는 것은 뭔지……. 어느새 자동차가 도심으로 접어들었다. 창밖에는 이제

들판이 사라지고 빽빽이 들어선 아파트가 나타나기 시작했다.

"전, 여기서 내려 주세요."

가죽 가방 언니였다.

"구청까지 모셔다드릴게요."

아저씨가 모기만한 소리였지만 공손하게 말했다.

"아니에요. 이 근방에 또 한 군데 들릴 데가 있어요. 아까 전 드렸던 서류들은 작성하시는 대로 보내 주세요. 물론 우편으로 보내 주셔도 되고요."

엄마였던 여자는 아무 대꾸 없이 고개만 끄떡였다. 가죽 가방 언니가 차에서 내리고 난 뒤, 엄마였던 여자도 문을 열고 내려 뒷좌석, 아까 전 가죽 가방 언니가 앉았던 자리, 그러니까 내 옆에 털썩 주저앉았다. 빨간 자동차는 또 어딘가를 향해 달리기 시작했다. 점점 더 사람이 많아지고, 차들이 많아지고, 건물들이 많아졌다. 그리고 얼마 뒤, 한 쇼핑센터 건물 앞에서 멈추어 섰다. 이번에도 엄마였던 여자는 꼼짝도 하지 않았다. 운전하던 아저씨가 또다시 급히 차에서 내려 뒷문을 열어 주고서야 천천히 차에서 내려섰다.

"아저씨는 근방 어디 가서 차라도 한잔 하고 계세요. 필요하면 전화할 테니까."

"예, 사모님."

몇 년 만에 엄마였던 여자의 목소리를 다시 듣는 순간이었다.

백화점으로 들어섰다. 들어가는 입구부터 유니폼을 차려 입은 예쁜 언니들이 두 손을 배꼽에 대고 구십 도로 인사를 했다. 반들대는 대리석 바닥에 비친 그들의 얼굴은 어금니를 문 듯 보였다. 엄마였던 여자는 그들에게 눈길 한번, 목례 한번 없이 곧장 지나쳐 에스컬레이터로 향했다. 에스컬레이터는 거침없이 솟아 있는 높은 천정을 향해 나선형을 그리며 올라가고 있었다. 건물 전체가 유리로 지어진 듯 화려하게 반짝이고 있었다. 내려선 곳은 14층 아동복 코너였다. 엄마였던 여자는 아동복 코너에 들어선 매장들을 한 곳도 빠짐없이 방문했다. 기념품이라도 수집하듯, 매 매장에서 최소 한 개씩의 물건을 고르고 또 계산했다. 난 그저 엄마였던 여자의 치수를 재는 기계가 되어 말없이 따라다녔을 뿐이었다. 다행히 엄마였던 사람은 내게 그 옷들을 입어 보라 성화부리지 않았다. 엄마였던 여자와 내가 더는 쇼핑백의 부피를 감당하지 못하게 되었을 때쯤, 아까 운전을 했던 아저씨가 헐레벌떡 다시 나타났다. 그새 엄마였던 여자가 연락을 했던 모양이었다. 그 아저씨는 백화점 직원 두어 명의 도움을 받아 엄마였던 여자가 기념품처럼 사들였던 내 옷과 신발 들을 가지고 어디론가 사라졌다. 엄마였던 여자는 고맙다는 인사도 없이 돌아서며 나를 보았다. 그리고 아무 말없이 내 손을 잡고 또 어디론가 바쁜 걸음을 옮겼다. 이번에는 엘리베이터를 탔다. 엘리베이터 안에서도 유니폼을 입은 예쁜 언니 한 명이 배꼽에 두 손을 맞대고 허리 굽혀 인사했다. 엄마였던 여자는 여전히 아무런 반응 없이 엘리베이터에 올랐다. 엄마였던 사람의 눈에는 이 유니폼 입은 언니들의 모습이 전혀 보이지 않는 듯했다. 목적지를 알리는 벨 소리가 나며 문이 열렸다. 기다렸다는 듯 예쁜 유니폼 언니가 간드러지는 목소리로 말했다.

"25층 레스토랑 및 카페 층입니다. 좋은 시간 되십시오."

엘리베이터를 내려서며 소희가 고개를 돌렸을 때, 마침 엘리베이터 안내원이 굽혔던 허리를 펴고 있었다. 소희는 그 안내원을 향해 생긋 웃으며 목례로 인사했다. 하늘대리인 연희도 웃었다. 소희의 웃는 모습에 예전 하늘나라 아기천사 '앨'의 모습이 그대로 남아 있었다. 연희는 미소 머금은 얼굴로 엘리베이터 안내원을 쳐다보았다. 그녀도 오른손을 들어 흔들며 밝게 웃었다. 25층에는 보기만 해도 으리으리한 레스토랑과 카페 들이 즐비하게 들어서 있었다. 높은 천정에서는 영롱한 빛깔을 뿜어내는 샹들리에가 길게 드리워져 있었고, 여기저기 아름다운 조형물이며 그림 들이 무슨 미술관에라도 온 듯한 느낌을 만들어 내고 있었다. 소희의 엄마였던 여자는 익숙한 발걸음으로 곧장 창가를 끼고 있는 카페를 향해 걸어갔다.

'Café de Art'

"프랑스 레스토랑이야."

"······."

"음식이 아주 좋아. 프랑스 유명 호텔에서 새로 쉐프를 데리고 왔다더라."

"……."

"너도 나중에 어른이 되면 엄마를 이해할 수 있을 거야."

"……."

"나도 여자란 말이야. 어쩔 수 없었어."

"……."

"난 든든한 울타리가 필요한, 남자의 보호를 받고 싶은 평범한 여자일 뿐이야. 난 그저 네 아빠로부터 사랑받고 존중받고 아낌받고 살고 싶었던 여자였을 뿐이란 말이야."

"……."

"그런데 아빠는 나를 계속 나쁜 여자로 만들었지. 세상 사람들에게는 있는 거 없는 거 다 퍼 주는 양반이 자신의 아내, 자신의 딸한테는 아무것도 못 해 주는 무능한 남자, 제대로 보듬어 주지도 못하는 그런……."

"그렇게 말하지 마. 최소한 아버지는 내 옆에 계셨어."

소희가 언성을 높였다. 엄마였던 여자는 눈을 동그랗게 뜨고 소희를 쳐다보다 이내 피식 웃었다.

"말을 하네. 나하고 절대로 말을 안 섞으려는 줄 알았는데."

"……."

"세상에는 차라리 옆에 없는 게 더 나은 사람도 있어. 네 아빠가 그렇게 훌륭해 보여? 가족 하나 지키지 못하는 사람이 세상을 구해? 가족 하나 보살펴 내지 못하는 사람이 다른 사람들을 돌봐? 그게 옳다고 생각해? 엄마가 틀렸어? 자신의 천국을 위해 나에겐 지옥 같은 삶을 강요한 사람이 네 아빠야. 난 피해자란 말이야. 난 다만 인생을 인생답게 살고 싶었을 뿐이야."

"엄만 나도 버렸잖아."

"……."

갑자기 소희의 엄마였던 여자의 눈자위가 붉어졌다. 무언가 말하려는 듯 입술 언저리가 잠시 실룩댔지만, 그 어떤 말도 새어나오지 않았다. 그녀는 짧은 한숨을 삼키고 흔들리는 시선을 그냥 창밖으로 돌려 버렸다.

"드르륵륵, 드르르륵……."

진동 모드로 되어 있던 소희의 엄마였던 여자의 휴대폰이 테이블 전체를 뒤흔들었다. 소희의 엄마였던 여자는 발신자 전화 번호를 확인한 후 바로 종료 버튼을 눌러 버렸다. 낯선 번호 대부분이 광고성 전화거나 그렇지 않더라도 그리 중요치 않은 사람들의 전화라 굳이 대꾸할 가치가 없어서였다.

소희의 엄마였던 여자는 다시 파란 하늘이 걸려 있는 창밖 쪽으로 시선을 돌렸다. 연희는 언뜻 그녀의 눈가에 맺힌 눈물을 보았다.

"드르르륵, 드르르륵!"

소희의 엄마였던 여자의 휴대폰이 또다시 발악하듯 몸을 떨었다. 아까처럼 번호를 확인한 여인이 눈살을 찌푸리며 잠시 생각하더니 이번에는 통화 버튼을 눌렀다.

"나영미입니다."

"……."

"병원이요? 예? 지금 당장요? 네? 조금 전에요?"

"……."

"알았어요. 덕희 아빠에게는 제가 연락할게요."

소희는 그저 물끄러미 호들갑 떠는 엄마였던 여자의 모습을 지켜보고만 있었다.

'병원? 그럼 그 아이, 이갑수의 딸?'

하늘대리인 연희도 서둘러 날개를 펴 하늘로 치솟았다. 순식간에 병원에 도착한 연희는 소리 없이 날개를 접으며 수술 준비로 바쁜 창수 곁에 내려섰다. 수술실로 들어가기 전 간호사의 도움을 받아 필요한 준비를 하던 창수가 갑자기 수술 준비실에서 자신을 거들던 간호사들과 레지던트, 인턴들을 먼저 수술실로 들여보내곤 커튼이 내려져 어두컴컴한 구석 공간으로 숨어들어 털썩 주저앉았다. 사진 한 장을 꺼내든 창수의 양손이 덜덜덜 떨리고 있었다. 연희도 창수 어깨너머로 그 사진을 보았다. 연희의 표정에도 놀라움이 스쳐 갔다. 성심야학을 배경으로 베네딕토 신부가 창수의 어깨에 오른손을 얹은 채 개구쟁이처럼 웃고 있는 모습이 담겨 있는 사진이었다.

'창수도 알고 있었어. 이갑수와 그 운전사를 기억하고 있었던 거야. 그렇다면 혹시?'

연희의 심장이 갑자기 빠른 속도로 뛰기 시작했다.

'창수야, 안 돼!'

"사장님, 접니다."

"그래, 박 비서."

"지금 어디십니까?"

"지금 국회의사당이야. 하 의원님과 약속이 있어서……."

"그러시군요. 혹시 잠시 시간되십니까?"

"덕희 건인가?"

"아직 덕희 아씨 사항은 보고드릴 수 있는 만큼은 아닙니다. 상대가 아이들이라 괜히 무턱대고 들쑤시고 다니다가 덕희 아씨가 오히려 곤란해지실 수도 있을 것 같아 조심스럽게 알아보는 중이라서요. 게다가 최근 부산에 오픈 한 호텔 건 때문에 시간을 많이 내지도 못했습니다. 그렇다고 누구를 시키기에는 조심스러운 일이라서……."

"그래, 그렇겠지. 고맙네."

"그래도 류창수 건은 확인을 했습니다. 그 말씀을 좀 드리려고……."

"류창수…? 아…, 잠깐만, 전화가 들어오고 있어. 아내야. 박 비서, 내가 나중에 다시 전화할게."

"예, 알겠습니다."

"여보세요?"

갑수는 서둘러 아내의 전화를 받았다

"당신, 지금 어디세요?"

"여의도야, 왜?"

"병원으로 빨리 가세요. 저도 지금 병원으로 가는 중이에요. 병원에서 당신한테 몇 번이나 전화했다는데 전화도 안 받고 뭐 한 거예요?"

"무슨 일이야? "

"덕희가 곧 긴급 수술에 들어간대요."

"무슨 소리야? 며칠째 괜찮던 아이가 갑자기 수술이라니?"

"조금 전에 갑자기 발작 증세를 보이다 정신을 잃었대요. 출혈이 일어난 것 같대요."

"뭐라고? 알았어. 지금 바로 갈게."

갑수의 안색이 굳어졌다.

"무슨 일이 있소? 안색이……."

하승기 의원이었다. 하재필 의원의 장남, 자신이 40여 년 전 전에 처리했던 바로 그 짐승의 형이 되는 자였다. 세상이란 곳은 정말 요지경보다 더 신기한 곳임에 틀림없었다. 망나니, 성도착증 환자에게 여동생을 잃은 자와 야수에게 망나니 같던 동생을 잃은 형이 지금은 세상의 돈과 권력을 나누기 위해 힘을 모으고 있으니 말이다. 물론, 하승기 의원은 갑수가 자신의 동생을 죽였다는 것을 감히 상상도 못 하고 있지만, 설사 안다 하더라도 크게 개의치 않을 인물이었다. 망나니 동생이 잘린 성기를 들고 피범벅이 되어 발견되던 날, 눈물이 나기는 커녕 앓던 이가 빠지는 느낌이었다는 친구가 아니던가? 과거야 어쨌든 지금 중요한 것은 갑수는 하승기의 든든한 재정적 후원자이며, 하승기는 갑수의 든든한 정치적 방어막이 되고 있다는 것과 둘 사이에는 세상에 밝혀져서는 안 될 비밀들을 아주 많이 공유하고 있다는 것이었다.

"제 딸이 위독하다는 전화가……."

"그래요?"

"곧 수술을 한다고 하는군요."

"그럼, 빨리 가 보셔야지요. 여기 일은 제가 알아서 할 테니 어서 가 보십시오. 정말, 큰일이군요. 걱정되시겠습니다."

갑수는 그의 느글거리는 연기가 자못 가증스러웠다. 그의 눈빛은 그가 말하는 것과 다른 말을 하고 있었기 때문이었다. 상황을 즐기는 듯한 눈빛, 잠시 갑수의 오른 주먹에 힘이 들어갔다. 갑수는 어금니를 깨물며 마음을 진정시켰다. 어차피 이권으로만 존재하는 관계일 뿐이지 않은가? 이득이 사라지면 관계도 사라지는 자들에 신경 쓸 것이 그 무엇이겠는가?

"죄송합니다. 의원님께서 어렵게 만드신 자리신데……."

"걱정 마세요. 장관님께는 제가 잘 말씀드리겠습니다. 자리야 또 만들면 되지요. 걱정 말고 어서 병원에나 가 보세요. 어쩌다 딸아이가 자살까지……."

갑수의 미간이 사납게 일그러졌다. 그 모습에 놀라 하승기 의원이 급히 입을 다물었다. 사업상 만나는 자들이 갑수 앞에서 굳이 입 밖으로 내지 않고 있을 뿐, 갑수의 딸이 아파트에서 투신 자살을 시도했다는 이야기는 쉬쉬했음에도 벌써 파다하게 알려져 있었다. 그만큼 갑수를 지켜보는 눈들이 많다는 것을 반증하는 것이기도 했다.

"안 그래도 우리 딸이 그 높은 아파트에서 뛰어내린 이유를 찾고 있는 중입니다. 일말의 이유라도 제공한 자가 있다면 가만두지 않을 생각입니다. 그게 어른이든 아이이든. 그 누구라도 내 가족을 건드리는 자, 차라리 스스로 목숨을 끊는 편이 나을 겁니다. 안 그러면……."

나직한 말투였지만 갑수의 눈은 그 어느 때보다 더 싸늘하게 빛나고 있었다. 하승기 의원은 마른 침을 삼키며 갑수의 눈을 피해 고개를 숙여 버렸다. 야수의 눈빛이었다. 보는 것만으로도 오싹함이 온몸을 더듬었다. 지금 갑수가 그냥 해 보는 소리가 아니다라는 것은 하승기 의원이 그 누구보다 더 잘 알고 있었다. 갑수를 알고 지낸 지 십여 년 동안 그가 무슨 일을 저지를 수 있는지를 꽤나 가까운 거리에서 두 눈으로 똑똑히 목격해 왔던 그였으니까.

수술실 밖 표시등에 수술 중이란 불이 선명하게 들어와 있었다. 엄마였던 여자와 나는 복도 벤치에 앉아 그 불이 꺼지기만을 기다리고 있었다. 벌써 두 시간이나 지났다. 그때 맞은편 입구 자동문이 활짝 열리며 한 아저씨가 상기된 표정으로 급히 걸어 들어오고 있었다. 동시에 엄마였던 여자는 자리에서 벌떡 일어나 그 아저씨에게 달려갔다.

"덕희는?"

아저씨가 엄마였던 여자에게 떨리는 목소리로 물었다.

"아직 몰라요."

엄마였던 여자의 대답을 기다리던 아저씨의 핏발선 눈동자에는 조그마한 자극 하나에도 홍수처럼 터져버릴 듯 가득 고인 눈물이 위태롭게 넘실댔다. 아저씨가 내 옆에 힘없이 털썩 주저앉았고, 나는 화들짝 놀라 옆으로 급히 비켜 앉았다.

"아……너는?"

아저씨가 나를 보고 빙긋이 웃어 보였다. 눈에는 여전히 눈물이 그렁그렁했다. 아저씨가 갑자기 지갑을 꺼냈다. 그리고 지폐 몇 장을 꺼내 내게 쥐어 주었다.

"네가 소희구나. 이걸로 맛있는 것도 사먹고 가지고 싶었던 것도 사고……."

난 몇 장의 지폐를 손에 쥔 채 두려운 표정으로 엄마였던 여자를 올려보았다.

"네 아빠 되실 분이셔."

"아빠 되실 분?"

엄마였던 여자는 고개를 끄떡이며 아빠가 될 사람에게 다가가 그의 어깨에 손을 얹었다. 그리고 그의 머리를 가슴에 당겨 안으며 말했다.

"걱정하지 마세요. 박사님께서 이 분야 권위자라고 하시잖아요.

조금 전에 여기 병원장님께서도 오셔서 걱정하지 말라셨어요."

"병원장이 왔었어?"

"예, 오늘 비번이신 류창수 박사도 특별히 불렀다고 하시면서……."

"류창수……."

갑자기 아빠가 될 사람이 벌떡 자리에서 일어서며 주머니에서 휴대폰을 꺼냈다. 하지만 휴대폰은 그의 손아귀에서 미끄러져 바닥에 사정없이 내팽개쳐져 버렸다. 바닥에 떨어진 휴대폰은 그 충격에 케이스가 열리며 배터리를 뱉어 버렸고, 동시에 아빠가 될 사람의 얼굴은 시뻘겋게 달아 올랐다. 아빠가 될 사람은 재빨리 허리를 숙여 떨어진 휴대폰을 주워 올렸지만, 서두른 손길에서 또다시 미끄러진 휴대폰은 다시 한 번 콘크리트 바닥에 나뒹굴고 말았다. 엄마였던 여자가 놀란 표정으로 재빨리 아빠가 될 사람에게 자신의 휴대폰을 건네주었다. 아빠가 될 사람은 한 순간의 머뭇거림도 없이 어디론가를 향해 급히 버튼을 눌렀다.

"박 비서, 나야. 아까 전하려고 했던 이야기……. 그래, 류창수……."

반짝거리는 예쁜 보석들로 치장된 엄마였던 여자의 휴대폰이 아빠가 될 사람의 심각한 표정 위에서 어색한 애교를 부리고 있었다. 그때 보았다. 아빠가 될 사람의 표정이 일순간 일그러지는 것을…….

"사장님, 부인촌 기억나시죠? 삼십여 년 전 재개발 판자촌 말입니다."

"부인촌?"

기억이 나지 않을 리 없었다. 한번도 잊어 본 적이 없었으니까. 맨주먹으로 험한 세상에서 살아남으며 지금의 회사를 키우는 과정에서 수많은 목숨을 직간접적으로 거두었음에도 눈 하나 깜짝 안 했던 갑수임에도 부인촌 만큼은 좀처럼 기억에서 지워낼 수 없었다. 대부분 어차피 있으나마나 한, 아니 어찌 보면 없어져야 마땅할 쓰레기들, 최소한 사라져도 될 만한 이유를 가진 인간들을 처리한 것들이 대부분이었다. 그래서 그렇게 사라진 군상들을 마음에 둘 이유도 기억해야 할 이유도 없었다. 버리는 쓰레기를 일일이 기억하며 버리는 자는 없으니까. 하지만 가족을 지키겠다고 나섰던 류씨나 이웃을 돕겠다고 나선 통장, 특히 그때 그 신부와 여대생의 모습은 좀처럼 잘 잊히지 않았다. 물론 K그룹 김 회장으로부터 확실한 신임을 받는 것에 조직의 생존이 달렸던 만큼, 게다가 조직도 여러 조직을 합병한 지 얼마 안 돼 안정적이지 못했던 상태였기에 어쩔 수 없는 선택이었다. 그렇지만 그날 일은 갑수의 마음에 여전히 앙금처럼 남아 있었다. 그 여대생에게 군침 흘리던 조직원들에게 손끝 하나라도 건드리면 손목을 잘라 버리겠다고 엄포를 놓았다가 팔용이를 비롯한 다른 조직 출신들 사이에 형성된 갑수에 대한 반발 기류 때문에 의도적으로 그날 밤 그 여대생을 혹독하게 다뤘던 것을 생각하면 두고두고 마음이 무거웠다. 짐승들을 부리기 위해선 그들보다 더한 짐승이 되어야만 했던 시절이었으니까, 그 외 다른 선택이 있을 수 없었다고 아무리 스스로 자위해 보아도 아무 소용없었다. 그 여대생의 은빛 십자가를 보곤 죽은 여동생이 생각나 이것저것 생각 않고 욕보이는 것만은 막았지만, 결과적으로 더욱 잔인하게 죽여 버리게 된 것은 두고두고 가슴 깊숙이 죄책감으로 남아 있었다. 더군다나 덕희 엄마를 만나 덕희를 낳고 키우면서는 그 죄책감이 더욱 커져서, 오밤중에 그날 일들이 악몽이 되어 나타나 잠에서 깬 적이 한두 번이 아니었다. 아마도 그래서 옛날 부인촌 주민들이 철거에 결국 동의하면서 신부와 여대생을 기리는 공원을 부인촌 철거주민의 이름으로 조성해 달라는 조건 하나를 더 붙였을 때, 갑수가 더 적극적으로 나서, 그럴싸한 이유까지 들어가며 집요하게 김 회장을 설득했는지도 모른다. 물론 그 당시 그깟 공원 하나 지어 주는 것이 부인촌 재개발을 통해 얻는 이익에 비하면 아무것도 아니었던 데다, 재개발 과정에서 불거진 여러 불상사에 대한 주변의 부정적인 인식들을 잠재우는 데도 큰 효과를 발휘할 수 있다고 판단했기 때문이기도 했지만, 그걸 떠나서라도 이 기념공원만큼은 꼭 지어주고 싶었던 것이 갑수의 속마음이었다. 어쩌면 그를 통해 일말의 면죄부를 받고 싶었는지도 모르지만……

"그래, 기억하지. 그런데?"

"류창수 박사가 그때 류씨 아들이에요. 야학교 여대생이 자신의 몸을 태워 구했다는 그 중학생 말입니다."

"……"

"사장님……듣고 계십니까?"

수술 중이란 신호판에 불이 꺼졌다. 의사 선생님 한 분이 수술실에서 천천히 걸어나왔다. 보석으로 반짝이는 휴대폰을 귀에 대고 하얗게 질려 있던 아빠가 될 사람이 엉거주춤 돌아섰다. 의사 선생님이 눈짓으로 아빠가 될 사람을 불렀다. 불안한 눈빛으로, 하지만 경계하는 눈빛으로 아빠가 될 사람이 쭈뼛대며 의사 선생님에게로 걸어왔다.

"고비는 넘겼습니다. 출혈이 그리 위험 수위는 아니었습니다. 게다가 제때 수술이 진행되어서 뇌 자체도 손상이 없었고요. 늦어도 내일 중으로는 의식이 돌아올 겁니다만……."

"예? 무슨 문제라도?"

엄마였던 여자가 재빨리 말을 받았다. 아빠가 될 사람은 여전히 꿈을 꾸는 듯한 표정으로 의사 선생님 얼굴만 물끄러미 쳐다볼 뿐이었다.

"자살을 시도했던 아이이니만큼 깨고 나서라도 안정이 제일 중요합니다. 외과적인 치료도 치료지만 심리적인 치료도 염두에 두셔야 된다는 말씀입니다."

"예. 그런데 저, 선생님……."

아빠가 될 사람이 간신히 입을 열어 의사 선생님을 불렀다.

"예?"

"고, 고맙습……니다."

아빠가 될 사람이 떨리는 목소리로 감사의 말을 전하자, 의사 선생님은 한참 동안 아빠가 될 사람의 눈을 응시했다. 어찌 보면 고요했고, 어찌 보면 화가 나 있는 듯 보였다.

"아빠, 어디야?"

"응, 연희구나."

"아직 병원이야?"

"아니, 병원 앞이야."

"병원 앞?"

"응, 술 한잔 하고 있어."

"혼자서?"

"응."

"왜 힘들었어, 오늘?"

"응, 조금."

"언제 올 거야?"

"지금 일어나려고 했어."

"……잠시만 아빠……. 미안, 엄마가 불러서, 왜? 엄마?"

멀리서 아내의 목소리가 들려왔다. 대리를 부르든 아니면 택시를 타고 오라고 전하라는 말이었다.

"아빠, 대리를 부르든 아니면 꼭 택시 타고 오래."

"그래. 언제 내가 술 먹고 직접 운전하고 간 일 있니? 네 엄마는 왜 똑같은 잔소리를 매번 하는지 몰라."

"큭큭큭, 사람들이 한 번씩 안 하던 짓을 하는 경우가 있대. 왠지 갑자기 그러고 싶을 때가 있는데, 그러면 꼭 사고가 난다던데, 엄마가. 그래서 미리미리 안 하던 짓을 하려는 걸 막기 위해서 똑같은 소리를 하는 거래."

"하하하하, 듣고 보니 그렇네. 사실 차를 몰고 갈까 갈등을 좀 했었거든."

갑수의 딸을 수술하기 전 수만 가지 갈등을 겪어야 했던 창수의 답답했던 마음이 딸과의 전화 한 통화로 한결 가벼워지고 있었다. 창수는 수술실에 들어가기 전 모든 것을 잊기로 했다. 자신을 옭아맨 과거의 그 몸서리쳐지는 기억들을 모두 잊기로 했다. 정의? 그런 것이 과연 이 세상에 존재하기는 하는 걸까? 창수는 고개를 가로저었다. 세상에 정의란 것은 없다. 정의를 지켜 줄 주체가 없는 세상이니까. 이 세상에서 중요한 것은 정의란 공허한 관념이 아니라, 내가 사랑하는 것들을 어떻게 지켜낼 것인가일 뿐이다. 이미 돌아가신 분들을 위해 내 아내와 내 딸로 하여금 불편한 고통 속에서 살아가게 할 수는 없었다.

'그래 잘한 거야, 잘한 거고말고……'

창수는 스스로 몇 번이고 자신의 결정을 합리화했다. 하지만 그날 밤 연희 선생님의 품에 안겨 타 들어가는 선생님의 살 내음을 맡으며 몸서리를 쳤을 때가 좀처럼 기억에서 지워지지 않았다. 창수는 조금 전 딸에게 이제 곧 일어서겠다고 했던 말도 까맣게 잊은 채, 또 한 잔의 헤네시를 따르고 있었다. 그리고 스스로에게 마치 최면을 걸 듯 반복해서 똑같은 생각을 다짐하고 있었다.

강해져야 한다. 더는 신에게 기댈 수 있는 세상이 아니니까. 강해지지 못하면 세상의 먼지보다 더 보잘것없이 사라져도 비명 한 번 지를 수 없는 세상이니까. 멀리 있는 신보다 더 가까이서 자신을 격려했던 베네딕토 신부님과 때론 친누나처럼 때론 엄한 선생님처럼 자신을 지도하셨던 지연희 선생님, 그리고 아버지, 통장 할아버지까지 험한 죽음으로 몰아넣었던 그자는 몇십 년이 지난 지금도 건드릴 수 없는 성역을 구축하며 승승장구하고 있다는 것이 그것을 증명하고 있지 않은가? 뜨거운 불길 속에서 혼자서 살아남아 그자들을 지목하며 저들이 죽였다고 울부짖었지만, 세상의 법이란 것은 증거 불충분이란 명목으로 침묵으로만 일관했었고, 언론은 언론대로 소련의 미사일에 떨어진 KAL기 속보에 메여 부인촌 화재 사건은 사건거리조차로도 취급하지 않았다. 하늘 또한 언제나 그랬듯이 그저 무심히 지상 위를 배회했을 뿐이었다.

'그래, 잘한 거야. 그저 내 것을 지키며 그렇게 사는 것이 정의야. 그뿐이야.'

그럼에도 창수는 여전히 마음이 편치 못했다. 수많은 이유를 대 합리화를 해 보아도 그것이 돌아가신 분들에 대한 죄스러움까지 상쇄

하지는 못했다. 창수는 다시 고개를 가로저었다. 미세한 손끝 하나로도 그자의 마음속에 지옥이란 씨앗을 뿌릴 수 있는 절호의 기회였지 않은가? 그래서 병상에 누워 있는 딸의 손을 잡고 눈물을 흘리던 그 악인의 뒷모습을 보며 회심의 미소까지 지었던 자신이 아니었던가? 수술실에 들어가며 그 어떤 것도 그 누구도 자신의 견고한 마음을 흔들 수 없으리라 확신했건만, 막상 자신에게 모든 것을 맡긴 채 무방비의 상태에 빠져 있는 그 어린 소녀의 모습을 보는 순간 가슴이 뛰기 시작했다. 마치 누군가가 옆에서 지켜보는 듯해 견딜 수가 없었다. 그 알량한 양심 때문에? 직업적 도의 때문에? 천만의 말씀이었다. 그건 단순히 겁이 났을 뿐이었다. 그저 자신이 누군가의 운명을 결정할 수 있다는 사실이 엄청난 두려움으로 다가왔다. 그것뿐이었다. 아내 말처럼 안 하던 짓을 갑자기 하다가 사고 난다는 말이 어찌 보면 여기에서도 적용될지 모르겠다는 생각에 창수의 입가에서 피식 조소가 흘러 나왔다. 그리고 가슴 한복판이 뜨거워지며 눈물이 솟구쳐 올랐다. 베네딕토 신부님, 지연희 선생님, 아버지 그리고 통장 할아버지의 원한을 갚아 드릴 기회를 허무하게 날린 것 같아 안타까움에 가슴이 저렸다.

창수는 또 한 잔의 술잔을 비웠다. 갑자기 펴 본 적도 없는 담배 생각이 났다. 창수는 바텐더에게 담배 한 개비를 부탁했다. 바텐더가 담배 한 갑과 BAR 이름이 새겨진 라이터를 정갈스러운 재떨이 위에 얹어 공손하게 내려놓았다. 창수는 담배 값을 계산하려 지갑에서 지폐를 꺼내 들었다. 바텐더가 공손하게 제지하며 싱긋 웃어 보였다. 서비스라고 했다. 창수도 웃어 보였다. 없는 자들에게는 야박하기 그지없지만 있는 자들에겐 더할 나위 없이 후한 것이 세상 인심이란 게 이 바텐더의 태도에서도 여지없이 드러났다. 수십만 원짜리 헤네시를 하룻밤에 여러 병 해치울 수 있는 손님에게 보장되는 무료 서비스는 한두 가지가 아니었지만, 호주머니를 털어 칵테일 한잔의 호사를 누리기도 힘든 소박한 손님에게는 담배 한 개비에도 무려 오천 원이란 금액이 매겨져 있었으니까. 창수는 술잔에 마지막 남은 술을 따르며 휴대폰을 꺼내 가족 사진을 찾았다. 아내와 딸이 자신의 양 옆에서 활짝 웃고 있었다. 창수의 입가에도 어느새 희미한 미소가 반달처럼 걸려 들었다.

"엄마? 엄마……? 벌써 주무시나?"

창수 딸, 류연희였다. 함께 빌라 입구 성심공원에 아빠를 마중 나가기로 했었는데 엄마는 피곤했던지 벌써 잠이 들어 있었다. 연희는 잠시 망설이다 겉옷을 챙겨 입고 야구 모자를 눌러썼다. 그리고 냉장고에서 뚜껑도 열지 않은 생수병 두 개를 챙겨 들고 빌라를 나섰다. 간만에 아빠를 놀라게 해 드릴 요량이었다. 이렇게 혼자서 술 드시는 날은 예외 없이 성심공원에 들렀다가 오시는 아빠였기에 거기서 기다리면 아빠를 분명히 만날 수 있을 것이었다. 연희는 엘리베이터에서 내려 겉옷 주머니에 양손을 찔러 넣고 귀에 이어폰을 꽂은 채 천천히 빌라 입구 쪽으로 걸음을 옮겼다. 여전히 무더운 밤 날씨였지만, 양손에 닿는 차가운 생수병이 기분 좋게 열기를 식혀 주고 있었다. 연희는 오른쪽 주머니에서 생수병 하나를 꺼내 뚜껑을 열었다. 차가운 생수병을 홀짝이며 주변을 둘러보았다. 잘 정리된 나무들과 잔디밭 그리고 운치 있게 조성된 조경이 자정의 달빛과 어울려 한 폭의 그림을 만들어 내고 있었다. 그런데 느닷없이 오싹한 느낌이 들어 뒤를 돌아보았다. 반팔 후드재킷을 걸쳐 입은 남자애들 여럿이 자신의 뒤를 따라오고 있었다. 연희는 급히 주변을 살폈다. 빌라 내 설치된 CCTV 위치를 확인하기 위해서였다. 이곳은 24시간 내내 사설 경비업체에서 모니터링을 하는 곳이라 지금 자신의 모습도 그들 경비업체 직원들이 보고 있을 것이라 믿었다. 연희는 CCTV 시야가 확보되고 조명이 가장 밝게 조성된 곳에서 전화를 꺼내 아빠에게 전화를 거는 시늉을 했다.

"아빠? 응, 나 보여? 그래. 여기 있을게."

마치 아빠가 자신을 발견하고 가까운 곳에서 걸어오고 있는 것처럼 수다를 떠는 동안 남자애들은 연희를 본 채도 안 하고 그냥 지나쳤다. 기우였을까? 연희는 가슴을 쓸어내렸다. 식은땀이 났다. 연희는 잠시 고민이 되었다. 이 늦은 시각에, 그것도 혼자서 아빠를 마중나가도 되는 건지 확신이 서지 않았다.

'어떡할까? 그냥 돌아갈까?'

'아니야. 이렇게 마음먹고 나왔는데……'

연희는 재킷 왼쪽 주머니에 넣어 둔 차가운 생수병을 만지며 결심이 선 듯, 다시 귀에 이어폰을 꽂았다. 그리고 성심공원을 향해 다시 발걸음을 옮기기 시작했다. 연신 아이폰에서는 아빠가 너무 좋아해 자신도 좋아하게 된 가왕 조용필의 19집 '바운스'가 흥겹게 흘러나오고 있었다.

"많이 변했군. 여기가 그 옛날 부인촌이란 말이지?"

자정이 가까워진 시각, 성심공원 맞은편에 진청색 BMW 한 대가 부드럽게 멈추어 섰다. 병원에서 잠시 바람을 쐬러 나온 김에 이곳까지 오긴 왔지만, 자신이 이곳에 왜 온 건지는 이해가 잘 가지 않았다. 갑수는 조용히 차에서 내려 성심공원 쪽으로 천천히 발걸음을 옮겼다. 그때 대여섯 명의 남학생 무리가 자신의 BMW를 힐끗 쳐다보며 지나치고 있었다. 언뜻 보아도 이 고급 빌라에 사는 아이들 같지는 않았다. 건들거리며 지나치는 그들에게서 술 냄새가 강하게 풍겼다. 갑수는 의도적으로 멀찌감치 그들과 거리를 두고 지나쳤다. 사고거리를 찾아 어슬렁대는 십대 들과 굳이 시비에 얽혀서 좋을 것이 없다는 판단에서였다. 물론 아직도 저런 애송이들 정도야 수십 명이 동시에 달려들어도 순식간에 제압할 수 있는 갑수였지만, 이젠 직접적인 주먹질에는 관여하고 싶지 않았다. 아마도 나이가 들긴 드는 모양이었다. 갑수는 아이들이 빌라 입구를 빠져나가 그들의 모습이 시야에서 완전히 사라지고 나서야 천천히 길을 건너 성심공원 입구로 향했다. 고급 빌라 입구에 조성된 공원은 세심하게 잘 관리되고 있는 듯 보였다. 석상과 그 주변 화단에 조성된 카네이션 밭, 그리고 석상을 마주보는 위치에 고즈넉하게 자리한 순백색 벤치까지, 화사한 가로등불 아래서 한 폭의 그림처럼 소담스럽게 빛나고 있었다.

입구로 들어서려던 갑수가 갑자기 멈칫했다. 석상이 자신을 향해 시선을 돌리는 듯해서였다. 갑수는 두 눈을 질끈 감았다가 다시 떴다. 물론 착각이었다. 잠시 망설이듯 머뭇거렸던 갑수가 너털웃음을 터뜨렸다.

"천하의 이갑수가, 하하하!"

'저 사람이 여기는 왜 온 걸까?'

하늘대리인 연희였다. 갑수가 수술실 앞에서 전화를 주고받는 내용 속에서 창수가 누구인지를 알아 챈 부분 때문에 연희는 여간 신경 쓰이는 게 아니었다. 무슨 일이든 저지를 수 있는 자가 아닌가? 다행히 창수의 여린 마음이 창수 자신을 구했다. 창수는 꿈에도 모를 것이었다. 자신이 창수가 집도하는 수술 시간의 거의 대부분을 함께했다는 것을……. 연희는 창수가 자랑스러웠다. 수술 전 번뇌와 갈등에 휩싸였던 창수였지만, 막상 집도에 들어가서는 일말의 딴생각도 하지 않는 모습이었다. 모든 감정을 배제하고 오직 자신의 손끝에 모든 것을 맡기고 누워 있는 소녀만 생각하듯 집중하던 창수의 모습이 거룩하기까지 해 보였다. 창수는 자신이 덕희란 아이를 구한 줄 알고 있겠지만, 정작 구한 건 창수 자신이었음을 창수는 알지 못할 것이었다.

타인의 생명을 구해 하늘나라에 그 덕을 쌓는 것은 둘째 치고라도, 하기야 지금은 하늘문이 닫혀 있어 하늘에 쌓이는 덕이 어떻게 활용될지는 연희 또한 확신할 수 없었지만, 만약 소녀가 잘못되기라도 했다면, 설사 창수의 능력으로도 살릴 수 없었다 하더라도 갑수 저자는 결코 창수를 그냥 놔두지 않았을 터였다.

갑수가 차에서 내리자마자 연희도 사뿐히 차에서 내려 날개를 폈다. 순간적인 속도로 성심공원 내 자신의 석상 바로 위로 날아들었다. 갑수가 길 건너편에서 성심공원을 향해 걸어오는 것이 보였다.

"드르르륵, 드르르륵……!"

전화벨이 갑수의 안주머니에서 요란스럽게 진동했다. 갑수는 재빨리 전화번호를 확인했다. 박 비서였다.

"사장님, 어디십니까?"

"잠시 나와 있어. 왜?"

"지금 병원입니다. 혹시나 여기 계시나 해서……."

"……."

"류창수, 그자는 우리가 누구인지 전혀 모르는 눈치입니다."

"응, 그런 거 같아."

"덕희 아씨 수술 잘되었다는 말씀 들었습니다. 조금 전에 마침 류창수를 만났거든요."

"그래, 일단 류창수 건은 신경 쓰지 않아도 될 것 같아. 그보다 말일세. 덕희 일은 좀 알아봤나?"

"예, 그것 때문에 병원에 왔습니다. 직접 뵙고 말씀드리려고요. 지금 어디 계십니까? 제가 그쪽으로 가겠습니다."

"아닐세, 일단 전화로 말해 보게."

옛날의 부인촌에서 감상에 젖어 있는 모습을 보일 수는 없는 일이었다. 아무리 수십 년을 동거 동락한 박기철이지만 약한 모습을 보이는 순간 어떻게 될지 모르는 게 이 바닥 생리였기 때문이었다. 물론 친형제나 다름없는 기철이야 괜찮겠지만 조심해서 나쁠 것은 없었다.

"예. 그러겠습니다. 혹시 사장님, 덕희 아씨께서 '매화단'이란 곳에 가입되어 있었던 거 아셨습니까?"

"매화단?"

"예. 학교 내 폭력 서클입니다. 이쪽 학군 전체에서도 최고 서열에 있는 서클이랍니다."

"뭐라고 덕희가 폭력 서클 멤버였다고?"

"……예. 하지만 듣기론 덕희 아씨가 자발적으로 가입한 것이 아니라 강제로 가입되었다고 합니다."

"뭐라고, 강제로 가입을? 이놈의 자식들을 그냥……. 그럼 혹시 그놈들이 우리 덕희를 못살게 군 거야?"

갑수의 목소리에 가득 노기가 서렸다.

"그런데 그게……."

"뭔가? 빨리 말해. 배터리도 얼마 안 남았단 말이야."

"……아, 예. 그 서클의 짱이 K그룹 김 회장님 막내 따님이랍니다."

"뭐라고? 김 회장님 따님이라면……. 세 번째 사모님 따님 선화를 말하는 거야?"

"예, 그렇습니다."

"말씀드리기 외람되지만, 거기 '매화단'에 몸담고 있는 아이들 상당수가 K그룹과 직간접적으로 종속되어 있는 집안의 자제들이라고 합니다."

"뭐라고? 끙……."

"사장님."

"혹시, 거기서 우리 덕희가 당한 게 있나? 폭력을 당했거나 왕따를 당했거나……."

만약 그렇다면 K그룹 회장의 딸이든, 설사 K그룹 김 회장이라 할지라도 용서할 수 없는 일이었다. 비록 갑수 자신은 김 회장의 개가되어 그의 발바닥이라도 핥을 수 있지만, 그 누구도 덕희를 감히 건드릴 수는 없다. 덕희는 갑수에게 있어 살아남아야 할 단 한 가지 이유이자 모든 것을 걸고서라도 지켜내야 하는 이 세상에 남은 마지막 천사였기 때문이었다. 동생 미영이는 짐승에게 유린당했고, 정화는 신에게 빼앗겼다. 덕희만은 그 누구에게도 내놓지 않으리라 하루에도 수십 번씩 다짐하며 살고 있는 갑수였다. 그래서 더더욱 그 세상의 힘이란 것을 갈구하며 여기까지 온 것이 아닌가? 이를 기철이 모를 리 없었다. 몇십 년을 갑수 바로 곁에서 모셔왔던 박기철이 아닌가? 기철은 잠시 주저하다 차분한 어조로 계속 이야기를 이어갔다.

"그런 건 아닌 것 같습니다. 박현미라는, '매화단'에서 부짱이란 아이를 구워삶아 물어봤는데, 덕희 아씨는 남들 다 거치는 입회식도 안 거쳤을 정도로 선화 아씨가 특별히 챙겼답니다. 덕분에 서클 내에서도 말이 많았었다고 합니다. 둘이 친한 사이냐고 물어봤더니 친하게 지내는 사이도 아니랍니다. 선화 아씨가 직접 서클 핵심 멤버들에게 덕희 아씨는 건들지 말라고 했답니다. 그래서 '매화단' 애들이랑 이리저리 어울려 다니지 않아도 특별히 문제 삼는 아이도 없었고, 그저 한 번씩 특별 미팅 정도만 참여하면 되었다고 합니다."

"덕희만 특별대우?"

"예. 그게……."

"뭔가?"

"선화 아씨께서 덕희는 야수의 딸이라며 건드리지 않는 게 좋다고 했답니다."

"뭐, 뭐라고?"

"……."

그렇다면 선화도 익히 자신에 대해 잘 알고 있다는 이야기였다. 자신의 아버지로부터든 김 회장의 셋째 부인되는 자신의 엄마에게 들었든 말이다. 이것이었다. 갑수가 야수로 살아온 이유, 그 누구도 함부로 건드릴 수 없는 성역을 쌓는 것, 그게 음지의 야수로서든 아니면 양지의 권력자로서든 갑수는 개의치 않았다.

"특별 미팅은 또 뭐야?"

"예, 클럽을 우습게 보는 아이들을 한번씩 손봐 주는 미팅이라고 합니다. 덕희 아씨는 한 번씩 서클이 훈육이 필요하다고 판단되는 아이들 손봐 주는 자리에 잠시 참석만 했다고 합니다."

"……."

갑자기 머리가 아파 오기 시작했다. 상황이야 어찌됐든, 그 착한 덕희가 폭력 서클에 가입해서 아이들을 괴롭히는 데 가해자가 되어 앞장서고 있다는 이야기가 아닌가? 비록 자신은 주먹 세계에서 쓰레기처럼 살아왔고 아무리 겉으로 포장해도 그 과거가 없어 지지는 않을 테지만, 덕희는……. 갑수는 당혹스러움에 잠시 아무 말도 생각나지 않았다.

"그냥 어린애들 몇이 모여 장군놀이 하는 거겠지요. 그맘때 그럴 수 있지 않습니까? 너무 신경 쓰지 마십시오. 제 자식놈도 학교 다닐 때 그랬습니다. 한때 지나가는 헛된 바람일 뿐입니다. 사장님."

기철이 재빨리 갑수를 위로했다. 하지만 정작 기철도 덕희가 폭력 서클에 가입되어 있다는 사실에 적잖이 놀라고 있었다. 정화를 닮아 언제나 차분하고 사려심이 깊은 아이가 아니던가? 그런데 폭력 서클이라니……

"그럼, 덕희가 자살을 시도한 이유는 뭐란 말이야?"

"저 그게……."

"빨리 말해 봐. 뭔가 짚이는 게 있어?"

"더는 파고들지 않는 것이 좋을 것 같습니다."

"뭐, 뭐라고? 기철이 지금 자네 무슨 말을 하고 있는 거야? 자네 조카 같은 아이가 자살을 하려 했어. 자네가 그렇게 아꼈던 사람의 딸이자 자네의 친형이나 다름 없는 사람의 딸이야. 그런데 어떻게 그렇게 말할 수 있나?"

평소의 갑수가 아니었다. 언제나 냉정함으로 이해득실을 먼저 살피던 갑수가 아니었던가? 그런데 오늘따라 갑수 특유의 평정심이 무너지고 있었다.

"사장님, 여차하면 우리 조직이 뿌리째 뽑힐 수도 있습니다."

"뭐? 우리 조직이 뿌리째 뽑혀? 무슨 사연이 있군 그래. 김 회장이 관련된 건가?"

"예."

"괜찮아. 우리도 예전의 똘마니 집단이 아니잖나? 게다가 김 회장을 견제할 장치도 있고……."

"예?"

"아, 아닐세. 그보다 김 회장이 어떻게 관련되어 있는지부터 말해보게."

"……혹시 그럼……. 그 소문이 사실이었습니까?"

"소문? 무슨 소문?"

"김 회장 측근 중에 김 회장 비리 파일을 모으는 자가 있다는 소문, 그게 사장님이셨습니까?"

"아……아니, 그 소문은 어디서 들었어?"

"홍철이요."

"홍철이?"

"제가 한번 말씀드렸죠? 고향 후배 녀석 말이에요. 형님한테 제가 있다면 저한테는 홍철이, 그 친구가 있다고요."

"아, 그래. 기억나. 그런데 그 아이가 어떻게 그런 소문을……."

"그놈이 이래저래 마당발입니다. 우연히 김 회장네 애들하고 어울려 술 한잔 하다가 들었다고 합니다."

"그런데 그게 사실입니까?"

"……우리도 대비책이 있어야 하니까. 그 이야긴 나중에 따로 해 줄 테니 그보다 우리 덕회 일하고 김 회장하고 무슨 상관이 있는지부터 말해 보게."

"예, 알겠습니다."

갑수와 하루 이틀 함께한 기철이 아니었다. 그는 금방 갑수의 의중을 꿰뚫고 더는 질문하지 않았다.

"여보세요? 기철이! 박기철! 에잇, 젠장!"

배터리가 방전이 되고 말았다. 마침 여분의 배터리도 방전되어 있었던데다, 차량 내 충전기도 고장이 나 있는 상태였다. 갑수의 심장이 조바심에 불길에 데인 듯 화끈댔다. 급히 주변을 살폈다. 혹시 공중전화가 있나 해서였다. 하지만 빌라 입구 근방에는 공중전화 부스 하나 보이지 않았다. 갑수의 얼굴이 시뻘겋게 달아올랐다.

"저……아저씨……!"

"……"

갑수는 갸녀린 소녀의 목소리에 무심코 고개를 돌렸다.

"휴대폰 빌려 드릴까요?"

"……"

덕희보다 한두 살은 더 어려 보이는 소녀 한 명이 순진한 눈망울로 자신에게 휴대폰을 내밀고 있었다.

"아……그, 그래도 될까?"

"예, 급한 전화 중이셨던 모양이신데……"

"어, 그래. 고, 고마워, 학생. 내가 통화료는 넉넉하게 지불하지."

"에이, 통화료는 무슨 통화료요? 급한 전화 중인데 배터리 나가면 정말 짱나. 그죠? 그래서 빌려 드리는 거예요. 저도 배터리 충전하는 거 자주 잊고 다녀서 그 맘 잘 알아요."

"……"

"아저씨도 나만큼 덜렁대나 봐. 킥킥킥."

"……"

갑수는 조금 전까지 길길이 뛰던 자신의 모습도 잊어버린 채, 어느새 미소를 머금고 있는 자신을 발견했다. 소녀의 크고 맑은 눈망울이 타오르던 갑수의 마음을 평안함으로 이끌었다.

"어…… 그러게 말이야."

"근데, 제 것도 배터리가 많이 안 남아 있을 거예요. 다 쓰시지는 마세요. 아빠한테 전화해야 하니까요. 아빠가 지금쯤 어디까지 오셨나 여쭤 봐야 하거든요."

"어……그래, 알았다. 아빠 마중 나온 모양이구나."

"예."

"밤이 늦었는데 이렇게 혼자서 나온 거니?"

조금 전까지 휴대폰이 방전되어 펄펄 뛰던 갑수의 목소리가 솜사탕처럼 부드러워져 있었다.

"여기 빌라는 24시간 경비시스템이라 보안이 철통 같은 곳이에요. 지금 아저씨하고 이야기하고 있는 것도 경비 용역 업체에서 다 보고 있을 걸요?"

"하하하, 학생 그렇지가 않아. 한번씩 막가는 것들이 있어. 그런 것들은 저런 거는 신경도 안 쓴단다. 사고라도 나야 그제서야 경비 업체든 경찰이든 저기 찍힌 CCTV를 틀어 보는 거구……."

갑수는 하던 말을 멈추고 소녀를 보았다. 소녀의 눈이 겁에 질려 흔들렸다. 갑수는 갑자기 온몸에 소름이 돋았다. 겁먹은 아이의 모습에서 옛날 이곳에서 자신에 의해 죽임을 당했던 그 여선생의 두려움에 떨던 눈빛이 갑자기 겹쳐 보였기 때문이었다.

"젠장……."

"네? 뭐라고 하셨……어? 아저씨 괜찮으세요? 얼굴빛이 창백해지셨어요."

"……어……응, 아니, 아니야, 학생. 괜찮아. 잠시 그냥……."

갑수는 순백색 벤치로 주춤거리며 걸어가 털썩 주저앉았다. 그리고 고개를 숙이고 심호흡을 했다. 깊은 들숨과 날숨으로 마음을 골랐다. 점차 조금 전 느꼈던 아찔함은 어느 정도 진정이 되었다. 그러자 갑자기 심한 갈증이 몰려왔다.

"아저씨, 이거 마시세요. 더워서 그러실 거예요. 아빠 드리려고 가지고 나온 건데……."

"아, 아니다. 아빠 드리거라. 나는 괜찮아."

"이미 뚜껑 열었어요."

"아, 그래? 고마워……학생."

"제 이름은 연희예요. 류연희."

"연희?"

"예, 아무한테나 이름 같은 거 잘 안 가르쳐 주는데……. 아저씨는 왠지 나쁜 분 같지가 않네요."

"어……? 그……래."

갑수는 당황스러웠다. 게다가 평소답지 않게 허둥대고 있는 자신의 모습이 여간 당혹스럽지 않았다. 야수같이, 짐승처럼 살아온 자신이 나쁜 사람 같지 않다고? 갑수는 뭐라 할 말이 없었다. 동시에 갑수의 기분이 묘하게 좋아졌다.

"학생, 전화 좀 쓸게요."

대여섯 번의 신호음이 떨어지고 나서야 기철이 전화를 받았다.

"누구요?"

기철은 낯선 전화번호에 전화를 건 자의 출처부터 대뜸 물었다. 물론 목소리에도 짜증이 가득 배어 있었다.

　"나야, 박 비서."

　"아, 사장님……그런데 이 전화번호는……?"

　"내 휴대폰이 방전이 되어 버려서 지나가던 학생 휴대폰을 잠시 빌렸어. 그래서 오랜 통화 못 해. 난 다시 병원으로 들어갈 테니…… 음……아니, 벌써 새벽 1시군. 어떡한다? 그래, 내일 오전에 회사에서 보세나."

　"아니, 지금이라도 오라시면……."

　"아니야, 이미 너무 늦었고, 병원에서 할 이야기는 아닌 것 같아. 오늘은 자네도 좀 쉬고 내일 사무실에서 보는 게 좋겠어."

　"예, 알겠습니다. 사장님. 그럼 내일 뵙겠습니다. 편안한 밤 보내십시오."

　"그래, 자네도."

　통화가 끝나자 갑수는 지갑 속에서 지폐 몇 장을 꺼내들고 소녀를 찾았다. 소녀는 언제부턴가 석상 앞에 가 서 있었다.

　하늘대리인 연희는 자신의 석상 위에서 우두커니 갑수와 소녀의 대화를 듣고 있었다. 여간 혼란스러운 것이 아니었다. 우연히도 자기와 동명인 소녀를 대하는 이갑수의 모습에서 옛날 자신을 협박하던 그 젊은 날의 갑수를 도무지 찾아볼 수 없었다. 또한 이곳에 뜬금없이 나타난 갑수의 저의 또한 여전히 이해가 가지 않았다. 처음에는 혹시 창수를 해코지하러 찾아온 것이 아닌가 의심했지만, 갑수는 창수가 여기에 살고 있는지조차 모르는 듯 보였다. 게다가 창수가 자신을 전혀 기억하지 못하고 있다고 생각하고 있지 않은가? 순간 연희는 하늘이 닫혀 겪는 이 불편함이 이젠 성가시다 못해 짜증까지 나려고 했다. 하늘문이 닫히면서 사람들의 마음을 전혀 읽지 못하게 되어 버렸다. 그 능력만 있었어도 이런 문제는 고민도 아니었을 것이었다. 인간의 육체를 스캔하듯 마음과 생각을 스캔하면 단박에 드러나는 것들이었으니까. 사람들의 마음을 읽는 능력, 이 능력은 하늘대리인들이 지상에서 임무를 수행하면서 사람들 기도의 진정성을 파악할 수 있는 가장 기본적이고도 중요한 것이었다. 그런데 하늘문이 닫히면서 그 능력마저 무력화되고 말았다. 하늘나라가 있어 부여된 능력이니 만큼 어찌 보면 당연한 일이었지만, 실제 현실에서 부딪히는 고충은 이루 말할 수 없었다. '앨'과 '앤'을 찾아 보호하겠다고 지상으로 막상 내려와서, 고작 사람 몸을 꿰뚫어 보고 공간을 자유자재로 이동하는 정도의 능력 밖에 없는 상태에서 '앨'과 '앤'을 찾는다 한들, 도대체 무엇으로 어떻게 도울 수 있는가가 항상 연희의 딜레마였는데, 지금 그것들이 실질적인 장벽으로 연희를 괴롭히고 있었다.

갑수는 석상 앞에서 궁싯대는 소녀 뒤로 다가섰다. 소녀가 지연희 선생의 석상 앞 꽃병에 자신에게 건네 준 생수병과 똑같은 병 속에 담긴 물을 조심스레 쏟아붓고 있던 중이었다. 그 모습에는 왠지 모를 숙연함과 엄숙함마저 깃들어 있었다.

"우리 아빠를 구해 주신 은인이시래요."

"뭐? 뭐라고?"

"옛날에 아빠가 제 나이쯤이었을 때, 나쁜 사람들이 이곳에 있는 벽돌 공장에 불을 질렀대요. 그때 여기 이분께서 아빠를 껴안고 뜨거운 불기운을 온몸으로 막으셨대요. 아빠는 그래서 돈이 마련되었을 때 다른 데는 보지도 않으시고 이곳 빌라를 구입하셨대요. 그때부터 출퇴근 때마다 한 번도 거르지 않고 이곳에 들러 문안인사를 하시고, 그분께서 제일 좋아하셨다던 백합꽃이 조금이라도 시들면 이내 싱싱한 다른 백합꽃으로 갈아 놓으세요. 그런데 오늘 날씨가 더워서 그랬나, 백합꽃이 축 늘어진 듯 보여서 지금 물을 주고 있는 거예요. 그런데 아저씨는…… 어?"

소녀 연희가 뒤를 돌아보았을 때, 갑수는 벌써 성심공원을 빠져나가고 있었다. 소녀 연희는 자신의 아이폰 생각에 힐끔 벤치를 살폈다. 자신의 아이폰과 갑수가 놓고 간듯한 지폐 몇 장이 석상 앞 가로등 불빛을 받아 반짝거리고 있었다.

'그럼 저 아이가 창수의 아이?'

놀란 이가 비단 갑수뿐만 아니었다. 하늘대리인 연희도 이만저만 놀란 것이 아니었다. 하늘대리인 연희는 날개를 접어 사뿐이 창수의 딸 연희 곁으로 가, 그녀의 이목구비 이곳저곳을 찬찬히 뜯어보았다. 조금 전 웃던 모습에서 창수의 순진한 웃음이 그대로 담겨 있었지만, 아빠 쪽보다는 엄마 쪽을 많이 닮은 모양이었다. 이목구비가 창수의 이목구비는 아니었기 때문이었다. 멀리서 툭, 자동차 문 닫히는 소리가 들려왔다. 멀리 갑수가 성심공원 건너편 길에 세워둔 자신의 승용차에 오르고 있었다. 그는 차 안에서 몇 번이나 자신을, 아니 소녀를 쳐다보았다. 갑수가 갑자기 안주머니 속에서 지갑을 꺼내 허둥지둥 무언가를 찾는 모습이 하늘대리인 연희의 시야에 들어왔다. 찾고 있는 무언가가 보이지 않던지, 갑수가 지갑에 든 것들을 일일이 다 뽑아내고 있었다. 그러다 얼마 뒤 찾던 것을 드디어 발견한 듯, 그것을 내려보며 희미한 미소를 지었다. 하늘대리인 연희는 순간적으로 차량 안으로 시선을 옮겼다. 그러자 갑수가 무엇을 보고 있는지가 한눈에 들어왔다. 지갑 속 수많은 카드들에 마모되어 빛바래진 사진 한 장이 갑수의 손에 쥐어져 있었다. 언뜻 봐도 꽤 미인인 여인의 사진이었다. 아기천사 '앨', 아니 소희의 친엄마라는 사람과 너무나 많이 닮은 여인이었다.

갑수는 차 안에 힘없이 털썩 주저앉았다. 오른손에는 조금 전 류박사의 딸이 건네준 생수병이 그대로 들려 있었다. 갑수는 숨도 안 쉬고 생수를 단숨에 들이켰다. 도무지 정리가 안 되는 밤이었다. 죽은 동생 미정이와 아내 정화의 모습도 자꾸만 눈에 겹쳐 마음속 혼란을 더욱 가중시켰다. 한 번도 잊고 살아 본 적은 없었지만, 그렇다고 이렇게 하루 종일 갑수를 따라다닌 적도 없었다. 그래서 여간 곤혹스러운 것이 아니었다. 갑수는 무언가 생각난 듯 갑자기 지갑을 꺼냈다. 찾고 있는 것이 눈에 잘 띄지 않자 지갑 속을 뒤지는 그의 손길이 더욱 거칠어졌다. 갑수는 지갑에서 신용카드를 한 장 한 장 차례대로 꺼내기 시작했다. 그리고 얼마 뒤 갑수의 얼굴이 도드라지게 밝아졌다.

'정화야…….'

 하늘을 보다

"형님, 조금만 참으세요."

"으으으……."

"출발, 지금 당장!"

"어……지금 뭐 하시는 거예요?"

갑작스러운 두 사내의 출현에 대학교 정문 앞에서 졸업식 참석 손님을 기다리고 있던 택시 기사가 기겁을 하며 뒤를 돌아보았다.

"사람 다친 거 안 보여? 출발해, 빨리!"

택시 기사는 졸업식 학사모 복장을 한 삼십 대 남자의 평범치 않은 서슬에 놀라 무턱대고 가속 페달에 발을 얹었다. 순간, 택시가 굉음을 내며 도로를 질주했다. 택시 기사는 혼비백산한 와중에도 금방 세차한 자신의 개인택시 가죽 시트가 걱정되어 울상이 되어 있었다.

"여기로 가요."

잠시 기사의 눈이 휘둥그래졌다. 갑자기 남자가 공손하게 말했기 때문이었다.

"병원으로 안 가시고요?"

"거기 주소로 가요."

"피를 많이 흘리시는 것 같은데……. 병원으로 가시는……."

"시키면 시키는 대로 해!"

사내의 큰소리에 택시 기사는 찔끔 입을 닫으며 다시 울상이 되어 버렸다. 그와 거의 동시에 정체를 알 수 없는 종이 세 장이 공중으로 떠올랐다가 떨어졌다. 자신의 옆 좌석에 떨어진 그 종이들의 실체가 드러나는 순간, 기사의 찌푸렸던 얼굴은 다리미로 다린듯 금새 확 펴졌다. 차량 시트를 통째로 갈고도 한참이나 남을 만큼의 큰 액수였다. 어느새 그의 가속 페달에 올린 오른발에 더욱 힘이 들어갔고, 힘차게 눌린 액셀러레이터 덕에 택시는 경쾌한 엔진 음과 함께 탄력을 받아 내달렸다.

"팔용이 자식……. 갈아 마셔도 시원찮을 놈, 이놈……어디 두고 보자."

처음 그 녀석이 조직에 발을 들일 때부터 왠지 마음에 들지 않는 녀석이었다. 그 녀석이 자신이 관할하던 경기도 변두리 상권 몇 개와 조직원들을 데리고 자진 접수해 왔을 때, 갑수 형님이 자신에게 했던 말이 문득 생각났다.

"받아 줘라. 그리고 나이트 몇 개 맡겨서 운영시켜. 이해타산이 너무 빠른 놈이야. 조직의 팔다리로만 써라."

그 당시 기철은 갑수가 무슨 생각을 염두에 두고 했던 말인지 잘 이해하지 못했었다. 시간이 지나면서 조직이란 것이 잔머리로만 운영되는 곳이 아니란 것을, 끈끈한 유대감 없이 이해타산적으로만 뭉쳐진 조직은 조그마한 외부 자극에도 쉽게 무너진다는 것을 경쟁자들을 해치우는 과정에서 절실히 깨달았다. 그런데 최근 조직을 이원화하는 과정에서 녀석의 움직임을 놓친 것이 실수였다. 팔용이 생각에 기철은 다시 열이 받았다. 너무 화가 나서 눈자위도 허옇게 뒤집어질 판이었다. 그때 갑수가 자신의 가슴 위에 손을 얹어 지혈을 하고 있던 기철의 손을 지긋이 잡았다.

"오늘 기철이……멋있더라, 학사모 쓴 모습이……."

"지금 그게 문제예요? 팔용이 자식……."

"신경 쓰지 마. 그 녀석은 자기 잔머리에 자기가 당할 테니……."

"지금 그런 말씀이 나오세요? 처음부터 그놈을 받아들이는 게 아니었어요. 내 이럴 줄 알았어. 비열한 새끼……. 근데 이곳엔 왜 오신 거예요? 안 그래도 조직 내 분위기도 어수선한 판국에……."

몇 년 전 건설회사를 설립한 이래 나이트클럽이나 룸싸롱, 용역 사업에서 도시 재개발 및 호텔 체인 사업으로 전환을 시도하고 있던 갑수였다. 자연스레 폭력 조직을 기반으로 유지되던 사업 군은 서서히 내리막길을 걸을 수밖에 없어 정리를 해 가고 있었던 터였다. 당연히 조직 내에서는 여러 말들이 나오고 있던 상황이었다. 물론 이 기회에 그럴듯한 사업체에서 일하며 안정된 생활을 하고자 하던 조직원들은 새로운 조직의 변화를 환영하고 있었지만, 그렇지 않은 조직원들도 상당수 존재하고 있던 터라 자신의 졸업식에까지 모습을 나타내는 것은 삼가는 것이 좋을 것 같다는 의견을 개진했었던 기철로서는 여간 당황스럽지 않을 수가 없었다. 머릿속에 먹물이 많아지면 생각이 많아진다며 조직원들을 학교에 보내거나 교육을 통해 조직을 전문화 조직으로 변화시키는 것을 달갑지 않게 생각하던 조직원들이 한둘이 아니었다. 특히, 팔용이 계열 놈들은 하나같이 양아치들이어서 말할 필요도 없었다. 그러던 중, 건설 회사를 주축으로 전문화된 인재들이 대거 영입되면서 조직의 상위 핵심 부분에 소위 화이트 칼라들이 포진하기 시작했다. 역시나 기존의 조직원들 사이에서 불평들이 가감 없이 쏟아져 나오기 시작했다. 그 사이에서 그런 불만들을 이용해 리더십을 확보하려는 녀석들 몇몇의 정황들도 여기저기서 감지되고 있었기에 기철도 항상 예의주시하고 있던 중이었다. 그런데 오늘 팔용이 녀석이 선수를 치고 말았다. 불만에 쌓인 조직원들을 일시에 사로잡을 수 있는 방법으로 갑수의 심장을 노리는 것만큼 효과적인 것은 없었을 테다.

"우리 기철이 뒤늦게 공부해서 학사모 쓰는 날인데 내가 안 오면 누가 오니?"

"지금 그런 말씀이 나오세요? 지금 그놈이 조직 어디까지 손을 뻗친지도 모른단 말이에요."

"걱정하지 마, 우리 조직은 끄떡없으니까……."

"예?"

"이야기했잖아. 팔용이 그놈은 잔머리가 너무 빨리 돌아간다고."

"그럼 왜 그런 놈한테 칼을 맞고 지랄이야?"

기철은 자기도 모르게 버럭 화를 냈다.

"허허허…. 야, 헉헉……너 보스한테……무슨 말버릇이……
헉……휴…조금 어지럽군."

갑수가 희미하게 웃었다.

"농담이 나와, 지금? 말 그만하고 잠자코 있어 형."

"……형? 하하하……. 콜록 콜록……듣기 좋다, 형이란 말……."

"……."

갑수는 마른기침을 연이어 쏟아내며 숨찬 듯 괴로워했다. 기철
은 점점 파리해지는 갑수의 얼굴을 쳐다보며 더는 말을 잇지 못했
다. 자꾸만 눈앞에 눈물이 어른거리고 목이 매여 입이 제대로 열리
지 않았다.

"어차피, 꼬리를 떼려면……한번은 거쳐야 할 일이야. 그런데 그놈
이 칼까지 들고 덤빌 줄은 ……."

갑수의 호흡이 가빠졌다. 점점 그에게서 의식이 떠나는 듯 눈빛이
흐려졌다. 곧 기철의 손을 잡고 있던 갑수의 손아귀가 맥없이 풀리며
옆으로 툭 떨어졌다.

"형! 사장님! 정신차려! 아저씨, 뭐해? 빨리, 더 빨리……!"

한 젊은 여인이 피가 잔뜩 묻어 검붉은 솜뭉치들과 구급약 함을 들고 침실에서 걸어 나왔다. 윤기 나는 검은 생머리가 가녀린 어깨 위에서 흐느적대다 흘러내렸다. 여인은 구급약 함을 다소곳이 탁자 위에 올려놓고, 양손을 머리 위 뒤로 젖혀 뒷머리를 다시 동여맸다. 목선을 가렸던 생머리가 묶여 올라가자, 안 그래도 긴 목이 더더욱 가늘고 길어 보였다. 기철은 자신도 모르게 꿀꺽 침을 삼키며 쳐다보았다.

"왜 그렇게 쳐다봐?"

"아, 아니 내가 뭘……. 그보다……좀 어떠셔?"

"피를 좀 많이 흘리셨지만, 심각하지는 않아. 다행히 심장은 다치지 않은 것 같아."

"휴~."

"저 사람이야?"

"응?"

"오빠가 목숨 여러 개를 드려도 아깝지 않은 분이란 사람이?"

기철은 말없이 고개만 끄덕였다.

"저 사람도 그럴까?"

"뭐가?"

"오빠를 위해서 목숨을 여러 개 내놓을까?"

"그건 상관없어. 저분 아니었으면 지금의 나도 없었어. 그때 저분이 그 앵벌이 왕초를 박살내지 않았으면 나를 포함해 거기 있는 애들

평생 동냥이나 하고 그 돈으로 약이나 하며 살았을 거야. 아마 지금
쯤이면 어디서 나뒹굴다 벌써 죽어 없어졌을 수도 있고."

"……마실 것 좀 줄까?"

"아니야."

"밥은 먹었어?"

"아니, 생각 없어."

"오늘이 졸업식이었지?"

"응."

"축하해, 오빠. 그리고 못 가 봐서 미안해."

"아니…… 괜찮아. 사실 잘 되었지. 저렇게 칼부림 벌어지는 졸업
식에 너까지 왔더라면……."

기철이 씨익 웃어 보였다.

"오빠."

"응?"

"앞으론 이렇게 불쑥불쑥 찾아오지 마. 그리고 내 뒤를 졸졸 따라
다니는 작자들도 그만하라고 하고."

"그, 그건 무슨 말이야?"

"오빠, 내가 바본 줄 알아? 하루 이틀도 아니고 내가 골목길에서
불량배 한번 만난 이후로 하루도 빠짐없이 내 뒤에 사람을 붙였잖아.
내가 그것도 눈치 못 챌 것 같았어?"

"…… 그건……."

"알아, 나를 보호하려고 그런 거잖아. 오빠 이젠 그만해. 벌써 이십 년 전이야. 우리 오빠하고 어릴 적 한때 치기로 한 약속을 이렇게나 오랫동안······."

"······."

"오빠한테 더 신세지는 것은 사람이 할 짓이 아닌 것 같아. 그리고 오빠······."

"응······."

"······아무리 생각해도 오빠가 원하는 걸 줄 수는 없을 것 같아."

"······정, 정화야. 무슨 오해가······."

"오해면 다행이고, 오해가 아니라면 오빠도 내가 무슨 말을 하는지 알 거야. 고향에서 홀홀 단신 올라온 내가 무사히 학교도 마치고 이렇게 병원에서 간호사가 되기까지 오빠가 없었다면 아마 상상도 못했을 거야. 특히, 어머니가 끌어 쓴 사채 때문에 한치 앞도 보이지 않았을 때, 기철이 오빠가 없었으면 아마도 그 사채업자 손에 끌려 지금쯤 몸을 팔며 살고 있을지도 모르지. 아니 그랬을 거야. 그런데 말이야. 오빠······."

"······."

기철은 물끄러미 정화의 단아한 입술을 간절한 눈빛으로 쳐다보았다.

"······난 말이야, 오빠. 난······밝은 곳에서 햇살을 보며 살고 싶어."

"그······그럼. 정화야. 당연히 밝은 곳에서 햇살을 보며 살아야지.

그럼, 그래야지."

기철은 조용히 고개를 숙였다. 정화가 지금 무슨 말을 하고 있는
지 잘 알고 있었으니까. 갑수 형님이 기존의 조직을 합법적이고 명실
상부한 대한민국 최고의 기업으로 키우겠다며 기철에게 처음 그 포부
를 밝혔을 때, 기철은 그저 웃기만 했다. 주먹으로 어둠만을 먹고 살
았던 자신 같은 인생들이 언감생심 꿈이나 꿀 수 있었던 것인가? 그
런데 갑수 형님은 정말로 엄청난 추진력으로 밀어붙이기 시작했다. 제
일 먼저 갑수 형님은 조직원들 모르게 상경대학교, 정치대학원을 거
치며 학식과 인맥을 넓혀 갔다. 그러면서 기철에게도 학교에 다시 갈
것을 제안했고, 비록 야간 대학이긴 했지만, 오늘 그 결실로 생각지도
않았던 호텔경영학과 학사학위까지 받기에 이르렀다. 기철은 그때부터
한때 잊고 살았던 꿈이란 것을 꾸기 시작했다. 그만큼 하늘을 쳐다보
는 시간도 많아졌고, 하늘에 바라는 것들도 점점 많아지기 시작했다.
밝은 세상으로 한 발짝씩 더 나갈 때마다 정화에게 그만큼 더 가까이
다가간 것 같아 마음 한구석이 뿌듯해 왔던 기철이 아니었던가? 그
런데 지금 정화에게 자신이 어떤 위치에 있는지를 다시 한 번 확인할
수 있었다. 아무리 발버둥쳐도 밝은 세상에서 살아갈 수 없는 자신의
한계를 다시 한 번 깨닫고 있었던 것이었다.

"정화야."

"…… 응?"

"…… 그래, 네가 지금 무슨 말 하는지 알아. 그런데 한 가지 네가

잘못 알고 있는 게 있어. 네 오빠 때문에 너를 지키기 시작했던 것이 아니라, 네가 있어서 네 오빠하고 의형제가 된 것이었어. 그렇다고 너하고 어떻게 해 보겠다는 의도가 있어서 그랬던 것은 절대로 아니야. 그냥 네가 슬퍼하는 모습을 보는 것이 난 그저 싫었을 뿐이야. 난 네가 행복하길 바라. 그럼 돼."

"……오빠."

"그만 갈게. 형님 좀 부탁한다. 그분 아니셨으면 너를 괴롭히던 그 사채업자 처리는 나도 엄두도 못 냈을 거야. 의외로 단순한 사채업체가 아니었어. 정관계에 모르는 이가 없는 자였더군."

"……."

정화는 힘없이 자리에서 일어나 문을 나서는 기철의 뒷모습을 측은한 눈빛으로 쳐다보았다. 그때 자신의 침대에 누워 있는 기철의 보스란 자의 신음 소리가 들려왔다. 진통제 약효가 떨어지고 있었던 모양이었다. 정화는 급히 구급약 함에서 진통제를 챙겨 들고 침실로 뛰어갔다.

'여기가 어디지? 기철이는?'

갑수가 눈을 떠 주변을 살펴보았다. 최소한 병원은 아닌 듯했다. 조직 내부의 일에 자신을 병원으로 데려오지 않은 것은 기철다운 일 처리였다. 누군가의 침실인 듯했다. 아담하게 꾸며진 침실 안은 향긋한 냄새로 가득 차 있었다. 레몬 향 같기도 하고 오렌지 향 같기도 한 은은한 내음이 갑수의 마음을 부드럽게 쓸어내리고 있었다. 초록색 벽지 위 여기저기에는 외국의 도시인 듯한 흑백 사진들이 하얀색 액자로 프레임되어 걸려 있었다.

'런던, 뉴욕, 파리, 시드니……'

액자 속 도시들을 찬찬히 살피던 시선이 침대 아래 하얀색 책상 위에 엎드려 있는 한 여인의 모습에서 멈추었다. 갑수는 천천히 몸을 일으키려 왼쪽 팔에 힘을 주었다. 칼에 찔렸던 자리가 뜨끔댔지만 참지 못할 정도는 아니었다. 마침 여인이 자신의 부스럭대는 소리에 잠에서 깨어나고 있었다. 천천히 고개를 든 그녀는 여전히 잠이 달아나지 않은 듯한 몽롱한 시선으로 정면을 쳐다보다 자신을 보고 있는 갑수의 눈 속으로 슬며시 들어왔다. 갑수는 숨이 멎는 듯했다. 다시는 만나지 못하리라 생각했던 천사를, 동생 미정이를 마지막으로 이 세상에 다시는 천사가 없으리라 생각했던 갑수의 눈앞에서 정화는 천사의 모습으로 살며시 내려앉고 있었다.

갑수는 흘긋 성심공원 쪽을 쳐다보았다. 류창수의 딸이란 소녀가 여전히 혼자 성심공원 벤치에 앉아 있었다. 한 번씩 자신을 향해 시선을 던지는 듯했지만, 이내 이어폰 속 음악에 장단을 맞추는 듯 고개를 까딱거리며 석상들을 물끄러미 쳐다보고 있었다. 갑수는 시동을 걸었다. 저 소녀를 이 야심한 시각에 혼자 두고 떠나는 것이 내심 염려가 되어 창수가 나타날 때까지 기다릴까 생각도 했지만 좋은 생각

하늘을 보다 • 249

은 아닌 것 같았다. 굳이 류창수를 지금 이곳에서 대면해 봐야 좋을 것이 없을 듯했기 때문이었다.

갑수는 부드럽게 차량을 몰아 새벽녘 한산한 도로 위로 자신의 승용차를 올렸다. 막 코너를 돌아 그 동네를 빠져나가려는 찰라, 한 무리의 남자아이들이 빌라 쪽을 향해 걸어가는 것이 보였다. 아까 전 빌라 쪽에서 걸어 나왔던 그 일련의 무리들임에 틀림없었다. 갑수는 무심히 그들을 쳐다보며 차량의 속도를 높여 병원으로 향했다.

"왜 이러⋯⋯."

연희가 깜짝 놀라 소리 지르려다 숨을 멈추었다. 자신의 옆구리에 무언가 날카로운 것이 금방이라도 찌르고 들어올 듯 바짝 들이대 있었다. 반팔 후드 차림의 남자아이들이 연희를 둘러싸고 서로 어깨를 툭툭 치며 웃었다. 연희는 지금 그들이 무엇을 하고 있는지 알 수 있었다. CCTV상에 그들의 모습이 친구들끼리 만나 희희닥거리는 모습으로 보이게 함이란 것을, 자신도 이 탈선한 청소년들의 한 무리에 불과하다는 인상을 주려 이들 중 아무도 심각한 표정을 짓고 있는 자들이 없었다.

"조용히 일어서!"

그중 한 남자아이가 날 선 목소리로 말했다. 물론 표정은 유쾌하게 웃고 있었다. 하지만 연희를 내려다보는 그 아이의 눈빛은 이글이글 짐승의 눈으로 타오르고 있었다.

"……왜, 왜 이러세요?"

"빨리 일어나! 확 그어 버리기 전에……."

연희는 그들이 시키는 대로 하지 않을 수 없었다. 칼끝이 이미 옆구리 언저리를 베고 있었기 때문이었다.

"오, 하느님!"

창수의 딸 연희는 좀 채 믿겨지지 않는 현실 앞에서 하느님을 불렀다. 연희의 짧지만 간절한 외마디가 하늘에 울려퍼졌다. 그러나 지상을 떠나 하늘나라에 갈 수 없는 기도는 공허한 메아리가 되어 다시 인간 세상으로 돌려보내지고 있었다.

얼마나 달렸을까? 성심공원을 떠난 이후, 줄기차게 따라붙는 이 불길함은 무엇이란 말인가? 아무리 생각해도 이 찝찝하고 불쾌한 감정의 정체를 알 수 없었다. 갑수는 갑갑증에 온몸이 타 들어가는 듯했고, 이내 심한 갈증이 느껴졌다. 문득, 아까 전 소녀가 준 생수가 떠올랐다. 허둥대며 뚜껑을 열고 물을 마셨지만 갈증을 쫓기에는 턱없이 부족했다. 갑자기 갑수의 몸에 경련이 일었다. 찝찝하고 불쾌했던 감정의 한 중앙에 류창수의 딸이 있었다. 전신에 소름이 돋았다. 그놈들……. 갑수는 정신 없이 핸들을 돌렸다. 갑수의 차량이 한쪽으로 치우치며 중앙선을 넘어 급회전을 하자 귀에 거슬리는 금속성 브레이크 소리가 무심한 서울의 새벽 거리에서 날카로운 비명으로 울려 퍼졌다.

'제발…….'

"안 돼!"

하늘대리인 연희의 눈에 핏발이 섰다. 날개를 퍼덕이며 반팔 후드의 아이들 머리 위를 넘실거리며 발악을 했다. 소용없었다. 아무것도 멈출 수 없었다. 그들의 머리카락 한 올 건드릴 수 없었다. 곧, 무력감과 절망감이 심장을 꿰뚫고 지나쳤다. 분노감에 머리가 터질 듯했지만, 지금 자신이 할 수 있는 것은 아무것도 없었다.

"하늘주인님! 제발……."

연희는 하늘을 우러러 목청이 터져라 외쳤지만, 간절하게 절규했지만, 하늘이 닫힌 지금 그 울부짖음은 더는 기도가 될 수 없었다. 그것은 하늘나라 언저리에도 올라갈 수 없는 공허한 소음일 뿐이었다.

"이놈들, 이놈들……."

그렇다고 보고만 있을 수도 없는 일, 하늘대리인 연희는 미친 듯이 악을 쓰며 주변을 맴돌았다. 바로 그때,

"퍽!"

"헉!"

순식간이었다. 창수의 딸을 둘러싸고 CCTV가 비추지 못하는 어두운 공간에서 연희의 입을 막고 옷가지를 뜯어 제치던 반팔 후드 차림의 아이들이 단말마의 비명을 지르며 대책 없이 나가 떨어지고 있었다. 아! 갑수였다. 그자의 주먹과 구둣발이 아이들의 얼굴에, 가슴에, 사타구니에 일말의 인정도 두지 않은 채, 사정없이 꽂혀 들었다.

창수의 딸은 어린 짐승들의 주먹질에 눈덩이가 부어 있었지만, 누가 지금 자신을 지옥의 구렁텅이에서 건져 올리고 있는지를 확인이라도 하려는 듯, 멀어지려는 정신을 부여잡고 의식을 유지하려 안간힘을 썼다. 부질없었다. 연희는 곧 정신을 잃고 말았다. 멀리서 사이렌 소리가 하늘대리인 연희와 갑수의 귓전에 희미하게 들려왔다. 갑수는 서둘러 자신의 BMW에 올랐고, 스키드 마크를 남기며 급히 그 자리에서 사라졌다.

"연희는 좀 어때? 검사 결과 나왔어?"

승용차로 이동 중 창수가 아내로부터 걸려온 전화를 받는 중이었다.

"잠들어 있어요. 얼굴에 멍이 좀 든 거와 옆구리에 칼로 조금 베인 상처 외에는 아무 이상 없대요. 다 내 잘못이야."

창수의 아내가 전화 저편에서 울고 있었다. 창수의 승용차 옆 좌석에서 물끄러미 창수를 보고 있던 하늘대리인 연희는 이 모든 것이 마치 자신의 잘못인 거 같아 안절부절못하고 있었다. 어쨌든 아이는 괜찮을 것이었다. 병원에서 의사들이 아이를 살펴보기 훨씬 이전에 자신이 먼저 훑어보았었기에 잘 알고 있었다. 물론 많이 놀랐겠지만 괜찮을 것이었다. 두려움에서도 빨리 벗어날 것이었다. 창수의 딸은 자신이 외쳤던 외마디 기도가 하늘에 닿았다고 믿고 있는 게 분명했다. 어쨌거나 다행스러운 일이었다. 사람에 마음을 두는 자들은 마음 상할 일들이 많아도, 하늘에 마음을 두고 있는 자는 결코 마음 상할 일이 없다. 지금 창수 딸 연희의 마음은 하늘에 있다. 그러니 지금 당장 두려움에 떨 일은 없을 것이다. 하늘문이 닫긴 지금 그 믿음이란 것이 공허한 착각에 불과해 안타깝지만, 마음을 상해 평생 고통을 당하는 것보다야 낫지 않겠는가? 저 공허한 믿음이 저 어린 마음을 지켜 줄 수만 있다면, 실제 하늘문이 닫혀 있든 아니든, 그게 무슨 상관이랴?

"……어떻게 그게 당신 잘못이야. 쓸데없는 생각하지 말고 아이 깨어나면 연락해. 많이 놀랐을 거야. 안정을 취할 수 있도록 아이 앞에서 호들갑 떨지 마, 알았지?"

"……예, 알았어요. 그런데 언제 오실 거예요?"

"지금 경찰서에 거의 도착했어. 주차하고 있는 중이야. 마치는 대로 바로 병원으로 갈게."

"알았어요."

창수는 경찰서 입구 건너편에 마련되어 있는 민원실에서 담당 형사를 만나러 왔다고 하자 민원실 여순경이 대기실 쪽으로 바로 안내했다. 대기실은 아침부터 북적이던 민원실에 비해 의외로 한산했다. 창수는 대기실에 마련된 자판기에서 커피 한잔을 뽑아 빈자리로 가 앉았다. 그리고 창밖으로 물끄러미 여전히 바삐 움직이는 세상을 바라보았다. 사람들이, 차량들이 자신들만의 목적지를 향해 부지런히 움직이고 있었다. 불과 몇 시간 전 자신의 딸에게 벌어진 일들을 생각하면, 아무 일도 없었던 듯 반복되는 세상의 일상이 여간 무심해 보이지 않았다.

"류창수 박사님?"

"예."

"많이 놀라셨죠? 천호진입니다. 바쁘신데 오시라고 해서 죄송합니다."

"아닙니다."

"이쪽으로 오시죠."

"예."

경찰서 내부는 대기실과 달리 정신 없이 바쁘게 돌아가고 있었다. 여전히 멱살을 잡고 실랑이를 벌이는 사람들과 그들을 떼어 놓으려 안간힘을 쓰는 경찰들도 보였고, 머리를 숙이고 경찰이 묻는 말에 고개만 끄떡이는 사람들……. 창수는 그 누구와도 눈을 마주치지 않으려 땅바닥에 시선을 고정한 채 형사의 발 뒤꿈치만 보고 걸었다.

"많이 누추합니다. 여기 잠시만 앉으시죠."

취조실인지 회의실인지 구분이 되지 않는 곳에 창수를 홀로 남겨 둔 형사가 한 오 분 정도 후에 한 손에 태블릿 컴퓨터 한 대, 또 한 손에는 생수병 두 개를 손가락에 끼우고 들어섰다.

"많이 더우시죠? 이 방이 그래도 제일 시원한 방입니다."

형사가 차가운 바람을 씽씽 밀어내고 있는 에어컨 쪽에 시선을 던지며 환하게 웃었다. 경찰서에서 형사라고 하니 형사인 줄 알지, 바깥에서 모르고 보았으면 그냥 시골에서 농사짓는 순박한 농부라고 생각할 만큼 선한 인상을 가지고 있었다. 창수는 아무 말 없이 형사가 건넨 생수병을 받아 들고 태블릿 컴퓨터에 초점 없는 시선을 던져 두었다.

"……흠……금방 끝날 겁니다. CCTV 판독 결과가 나와서요."

"모두 잡혔다고 하지 않았습니까?"

"예, 모두들 병원에서 치료를 받고 있습니다. 많이 다쳤더군요. 어떻게 맞는지, 완전히 묵사발이 됐어요. 정황상 널브러져 있던 애들이 가해자들인 건 확실하지만, 확인은 해야 하는 거라서요."

"예."

"이 아이들 중에 낯에 익은 자들이 있으십니까?"

형사가 태블릿 컴퓨터 화면을 손가락으로 능숙하게 조작하며 CCTV에서 캡쳐한 듯한 사진들을 보여 주었다. 반팔 후드 재킷 차림의 남자아이들 대여섯이 빌라 입구로 들어서는 장면이 찍혀 있었다. 모두들 후드를 뒤집어쓰고 고개를 숙이고 있어 도무지 얼굴을 볼 수 없었다. 사진들 중 잠시 고개를 드는 장면에서 형사가 확대까지 시켜 주었지만 낯익은 얼굴은 한 명도 없었다. 창수는 말없이 고개를 저었다.

"잠시만요. 아, 여기 있네. 혹시 이 사람은요?"

"……아니, 이자는……?"

갑자기 창수의 표정이 경직되자, 형사는 그 순간을 놓치지 않고 뭔가를 기대하는 눈빛으로 창수를 쳐다보았다. 하지만 창수는 형사의 시선을 전혀 느끼지 못했다. 이미 태블릿 컴퓨터 속 사진들에 창수의 온 시선이 빼앗겨 있었다. 태블릿 컴퓨터는 여러 장의 사진들에 일정한 시차를 두고 슬라이드 형식으로 보여 주고 있었다. 연희가 갑수와 대화를 나누는 듯한 장면, 연희가 갑수에게 손수 생수병을 전달하는 장면, 갑수가 자신의 BMW를 몰고 빌라를 빠져나가는 장면, 그 뒤후드를 눌러쓴 남자애들 대여섯이 고개를 숙이고 입구에 다시 들어서는 장면, 이내 아이들이 연희를 둘러싸는 장면, 그리고 아이들과 함께 어디론가 사라지는 연희의 모습, 몇 분 뒤 사라졌던 그 BMW가 다시 나타나고, 이갑수가 상기된 얼굴로 급히 차량에서 뛰어내려 아이들이 사라진 방향으로 뛰어가는 장면, 그리고 얼마 뒤, 시큐리티 차량들과 경찰차, 구급차가 나타나는 장면들이 한 편의 영화처럼 전개되었다.

"보셨다시피, 저기 저 남자분이 따님을 구하신 것 같습니다. 차량 번호를 통해 조회해 본 결과 미래개발이란 건설회사 소속 차량이었습니다. 저 남자 이름은 이갑수, 그 회사 대표시더군요. 보기보다 나이도 지긋하신 분이시던데, 한창인 애들 여럿을 혼자서 완전히 묵사발로 만든 걸 보면 예사 분이 아니신 듯하더군요. 혹시 아십니까?"

"……."

창수는 말없이 고개를 끄떡였다. 동시에 머릿속은 여러 가지 생각들로 마구 엉켜 들고 있었다. 저자가 왜 자신의 빌라 근처에 나타난 건지, 연희하고는 무슨 이야기를 한 것인지, 또 형사의 질문에 어디서 부터 이야기를 해야 하는지 정리가 잘 되지 않았다. 공소 시효가 훨씬 지난 부인촌 건까지 거론하며 갑수와의 오랜 악연도 함께 들추어야 하는 걸까? 창수는 고개를 흔들었다. 인상을 찌푸리고 잠시 생각에 잠긴 창수를 향해 형사가 호기심 어린 눈길로 쳐다보며 입을 열었다.

"저분께 참고인 자격으로 오늘 참석을 부탁드렸는데, 그쪽 변호사가 서면 질의로 해 달라고 연락이 와서 사건 경위 관련해서 질의지를 보내 둔 상태입니다. 저분 주소는 박사님 빌라 쪽은 아니시던데 어떻게 아시는 사이십니까?"

"……제 환자 보호자 되는 분이십니다."

"아, 그러시군요. 그런데 저기서 박사님과 만나시기라도 하셨습니까?"

"……아니요."

"그럼 저분이 저 시간에 왜 박사님 사시는 곳 근처에 있었을까요? 게다가 박사님 따님도……."

"저기에 저분이 왜 계셨는지는 저분한테 확인해 보셔야겠군요. 아내한테 들으니 딸아이와 같이 저를 마중 나오려다 자신은 깜빡 잠이 들어서 딸이 혼자 나온 거 같다고 하더군요. 잠시만요, 전화가……."

"예, 받으세요."

"그래? 깨어났어? 알았어. 곧 들어갈게."

"따님께서 깨어나셨나요?"

"아니요. 저분 따님이 의식이 돌아왔다는군요."

창수는 손가락으로 태블릿 컴퓨터 화면에 정지화면으로 떠 있는 이갑수를 가리키며 복잡한 표정으로 말했다.

미래개발 사옥, 조금 전 아내로부터 덕희가 깨어났다는 연락을 받고 서둘러 급한 서류 몇 개만 챙겨 들고 사장실을 나서려 할 때였다. 갑수가 막 탁자에 놓아둔 휴대폰에 손을 대는 순간 갑자기 전화벨이 요란스럽게 울렸고 갑수는 깜짝 놀라며 발신자를 확인했다. 하지만 발신인이 표시되지 않는 전화였고 갑수는 인상을 찌푸리며 그냥 종료 버튼을 눌러 버렸다. 덕희를 보러 가는 것만큼 중요하거나 급한 일은 있을 수 없을 테니까. 그런데 얼마 뒤 다시 연이어 전화벨이 울렸다. 갑수는 신경질적으로 휴대폰을 들어 번호를 확인했다. 곧, 흠칫 놀라는 표정이 갑수의 얼굴에 재빨리 스쳐갔다.

'김병진 회장?'

기철과 나누었던 간밤의 대화가 그 짧은 순간에 떠올랐다. 받지 않을 수 없었다. 갑수는 사장실 문 앞 손님 접대용 가죽 소파에 깊숙이 자리하고 앉았다.

"예, 김 회장님."

"다시 전화하겠네. 뚜~~~."

얼마 뒤, 아까 전처럼 발신인이 표시되지 않는 전화로 다시 전화가 걸려 왔다. 갑수의 표정에 긴장감이 스쳐 갔다. 지금 김 회장이 전화 내역이 추적되지 않을 뿐만 아니라 수신인이 전화를 녹음도 할 수 없도록 고안된 전화로 통화를 시도하고 있다는 이야기였다. 김 회장은 최근 언제부터인가 갑수에게 지시사항을 전달할 때마다 이 시큐리티 전화 라인을 쓰고 있었다. 이젠 갑수도 믿지 않는다는 것을 반증하는 것이었다. 갑수는 이번에는 서둘러 전화를 받았다.

"날세."

"예, 회장님."

"자네와 나 사이니 단도직입적으로 말함세."

"예, 회장님."

"자네 딸이 자살을 하려고 했다면서?"

"예."

"박 비서가 선화 뒷조사를 한다는 이야기를 들었네."

"……저, 뭔가 오해가……선화 아씨 뒷조사가 아니라 제 딸이 왜 자살을 하려 했나……."

"어차피 결과야 똑같지 않은가? 거두절미하고 말하지. 자네 딸 입 단속 잘 시키게. 그렇지 않으면……."

"예?"

"……아니야. 따지고 보면 덕희 잘못도 아니지. 선화 그년 때문에 노년에 이게 무슨 짓인지 모르겠군."

전형적인 김 회장의 화술이었다. 대화나 느낌상으로 도무지 감정의 변화를 읽을 수 없는데다 대화의 진의가 어디에 있는지도 항상 모호하게 만드는 묘한 능력의 소유자였다.

"자네도 딸을 키우고 있으니 알 걸세. 셋째 마누라는 그나마 똑똑

한 여자라 자식 교육 잘 시킬 줄 알았두만 다른 애들보다 더해. 어떻게 된 게 제대로 된 자식놈들이 하나도 없는지……."

"……."

"어쨌든 선화가 자신이 좋아하는 남자애하고 사귄다며 어떤 애한 명을 겁주다가 그만 죽여 버린 모양이야."

"아영이, 설아영이 말씀하는 건가요?"

"자네도 알고 있군 그래. 그 애가 덕희하고 초등학교 동창이란 이야기도 들었네."

김 회장은 개미 한 마리 밟아 죽인 것같이 대수롭지 않게 말하고 있었다. 비록 강해지기 위해 아니 그렇게 보이기 위해 손에 많은 피를 묻히고 살았지만, 직접적이든 간접적이든 사람을 해치는 것이 그리 즐거운 일은 아니었던 갑수에 반해 김 회장은 그에 대한 감각 자체가 없는 듯 보였다. 그에게는 그저 방해되면 치우면 되는 하찮은 것들에 불과했으니까. 김 회장의 이런 모습이 어제 오늘의 일이 아니라서 그리 놀라울 일은 아니었지만, 오늘따라 김 회장의 대수롭지 않은 듯한 이 말투가 갑수의 귀에는 입안에 들어온 모래알처럼 거슬렸다. 아마도 자신이 강해져야만 하는, 독해져야만 하는 이유의 정점에 있는 덕희와 관련된 일이었기에 더욱더 그랬을 것이었다.

"도대체 어떻게 된 겁니까?"

"……이봐. 이갑수! 별로 자네 억양이 마음에 들지 않는군."

"…아……예, 죄송합니다."

비록 바로 사과를 하고 있는 갑수였지만, 갑수의 심장은 뜨거운 피가 역류되어 온몸에 전율을 일으키고 있었다. 덕희가 자살을 시도한 이유를 이 작자는 분명히 알고 있을 거란 느낌이 강하게 들었기 때문이었다. 하지만 상대는 K그룹 김 회장, 섣불리 말을 섞을 상대가 아니었다.

"회장님, 요즘 계속 신경이 좀 날카로워져 있어서……. 죄송합니다. 하시던 말씀 계속하십시오."

"……음, 그렇긴 하겠지. 그러고 보니 나도 미안하이. 나도 요즘 영 신경 쓰이는 일이 많아서 말이야. 나도 미안하네."

"무슨 걱정거리라도 있으십니까?"

"신혁권이 놈 때문에 요즘 그룹 전체가 난리야. 게다가 공교롭게도 선화 그년이 좋아한다는 그 선배 녀석도 알고 보니 신혁권이 막내 아들놈이더군. 나 참 어이없어서……."

"……."

"참 자네도 신혁권이 알지? 서울 지검장 출신 있잖아. 이전 정권 때 내가 한번 모가지 날렸던……."

"예. 그럼요. 잘 알고 있습니다. 지금은 대통령 직속 부정부패척결 위원회 위원장을 맡고 있는 자 아닙니까?"

"그래. 자네도 아는군. 나는 같은 여당 출신 대통령 후보라고 후원금 싸 들고 다니며 밀어 줬구먼, 어찌 야당보다 더 우리를 못살게 구나 몰라. 미친 세상이야. 인사 처리 하는 것부터가 자기 마음대로야.

도무지 이 국가가 어찌되려고 이러나 몰라. 우리가 어떻게 만든 조국인데, 한숨 밖에 안 나와. 그러니 신혁권이 같은 것들이 정신을 못 차리고 저렇게 설치고 다니는 거 아니겠나? 거기에 대통령이 감투까지 씌워 주니 아예 이젠 제정신이 아니야. 이젠 대놓고 노골적으로 우리 그룹사를 겨냥하고 있단 말이지. 내가 누군가? 조국 근대화에 맨주먹으로 나섰던 사람 아닌가? 지금 대통령의 부친 되는 양반이 대한민국의 경제를 일으키실 때 내가 얼마나 물심양면으로 도와드렸냐 말이야. 어찌 보면 자기 아버지와 애국 동지인 나 같은 사람에게 칼을 겨누는 신혁권이 같은 작자를 이런 식으로 풀어두면 어떡하냔 거야? 일을 하다 보면 부수적으로 억울한 사람들도 생기고 피해를 보는 사람들도 생기기 마련이지. 그런 사소한 걸 트집잡아 지금 와서 여론을 흔들어 나를 완전히 사회의 파렴치한 사람으로 몰아가고 있단 말이지. 치사하게 내 개인사까지 들추어 가며 말이야."

갑수도 잘 알고 있는 이야기였다. 연이은 정치적 악재로 야당과 여론의 뭇매를 맞으며 궁지에 몰린 청와대와 여당이 정국 전환의 일환으로 작심하고 뽑아든 카드가 부정부패 척결인 만큼 부정부패척결위원회 위원장에겐 실로 엄청난 지원이 보장되고 있었다. 지금 그가 재벌들 중 일부를 상대로 전쟁을 준비하고 있다는 이야기는 공공연한 사실이었고, 더군다나 K그룹의 성장 과정을 도마에 올려놓고 여론을 들끓게 만들고 있었던 것도 엄연한 사실이었다.

"정권이 바뀔 때마다 항상 그랬지 않습니까? 너무 신경 안 쓰셔도 될 겁니다. 게다가 회장님께서 그간 구축해 두신 네트워크가 여야를 불문하고 요소 요소에 포진해 있지 않습니까? 여차하면 국회든 행정부든 전체를 다 갈아 엎어야 할지도 모르는 판에 그리 쉽사리 신혁권에게만 힘을 실어 줄 수는 없을 겁니다.”

“역시, 갑수야. 자네 기회 되면 정치판에 내가 한번 선을 대보지. 항상 느끼는 거지만 안목이 웬만한 전문가 저리 가라 할 정도야. 똑같은 양아치 출신이라도 격이 달라. 큭큭큭.”

‘양아치?’

잠시 발끈했지만 갑수는 이내 평정심을 되찾았다. 김 회장이 누군가? 상대방의 감정을 마음대로 들었다 놓았다 하는 데에는 타의 추종을 불허하는 자가 아니던가? 이 능구렁이를 상대로 흥분하는 것처럼 위험한 것은 없다는 것을 갑수는 누구보다 잘 알고 있었다. 그간 수십 년간 이자 옆에서 얻었던 교훈이라면 교훈임에 틀림없었다. 역시나 김 회장은 갑수의 감정에는 아랑곳하지 않는 듯 거침이 없었다. 아니 속속들이 꿰뚫고 있으면서 모른 척 시치미를 떼고 있었다. 갑수가 잠시 발끈하는 그 사이에도 김 회장은 하고 싶은 말들을 마음껏 뱉어냈다. 천하의 갑수지만 감히 자신을 거스를 수는 없다라는 것을 명백히 각인이라도 시켜 주려는 듯 그의 언사는 더욱 거침이 없어졌다.

“자네 말이 맞아. 정권은 5년이지만 우린 수십 년, 수백 년 대를 이어 살아남을 거니까. 그런데 문제는 신혁권이 그자가 공무에 개인감정을 섞고 있다는 게 문제야. 쯧쯧, 공무를 집행하면서 사사로운 개인

감정이나 개입시키는 놈을 위원장으로 내세운 대통령이란 작자도 보면 참 답이 안 나오는 양반이야. 자기 아버지가 어떻게 일군 조국인데 이렇게 아무렇게나……. 세상이 어찌되려고 쯧쯧……."

조금 전 발끈했던 것도 잠시 갑수는 피식 웃고 말았다. 비록 세상이 만들어 둔 전쟁터에서 살아남기 위해 싸워 온 갑수였지만, 그렇다고 김 회장 같은 인간이 세상의 먹이 사슬에서 최상위에 포진하고, 자신 같은 쓰레기가 세상을 주름잡는 곳이 제대로 된 세상이라고 생각해 본 적은 단 한 번도 없었다. 신혁권 위원장에 대해서는 그 사람 됨에 대해 갑수도 익히 잘 알고 있었기에 김 회장의 말이 더더욱 우스꽝스럽게만 느껴졌다. 신혁권 전 서울지검장의 경우 김 회장과는 별개로 한때 갑수 자신만의 네트워크를 구축하기 위해 선을 대 보려 무던히도 애썼던 적이 있었던 터였다. 그래서 그의 됨됨이에 대해서는 갑수도 꽤 많이 파악하고 있는 편이었다. 이십대 초에 검사가 되어 수십 년을 오직 한길만 걸어온 인물이었다. 법을 어기는 일을 업으로 사는 갑수인지라, 법을 지키는 일을 업으로 하는 그와 결국 동지는 될 수 없었지만 그렇다고 적으로 삼고 싶지도 않은 인물이었다. 아닌게 아니라 그와 선을 대려 했던 갑수의 갖은 노력들은 모두 다 수포로 돌아가고 말았다. 그도 그럴 것이 그는 재계나 정치계에 얼굴을 내미는 자들과는 아예 상종조차 하지 않으려던 인물이었기에 그를 사석에서 만나는 방법은 거의 불가능에 가까웠다. 법을 수호해야 하는 사람이 아는 사람이 많아지면 그만큼 외풍이 많아진다는 게 그의 지론이라 들었다. 그래서 그랬을까? 그는 외풍이 있어도 그게 외풍인지도 모르고 자신의 직분만 이행했던 사람이었다. 결국 지난 정권에서 김병진 회장 및 여러 유력 재계 및 정계 인사들이 흔든 검찰총장에 의해 서울지검장에서 물러나긴 했지만, 여전히 일선 평검사들에겐 그의 이름은 청렴결백의 상징으로 통하고 있었다. 들리는 이야기론 그래서 청와대에서 그를 부정척결위원회 위원장으로 낙점했다는 소문이 자자했다. 정국전환용이니 만큼 상징적인 인물이 필요했을 것이란 건 뻔한 일이었다. 하지만 갑수가 아는 한의 신혁권은 그런 정치적 이면의 노림수에 신경쓰는 인물이 아니었다. 그는 자기가 무슨 이유로 그 자리에 앉았던 자신은 자신의 직분만 다할 그런 사람이었다.

"그자와 회장님 사이에 무슨 사연이 있으신가 봅니다."

갑수는 은근슬쩍 옛날부터 알고 싶었던 것을 물어보았다. 표면상으로 부딪히는 일도 없는 상황에서 왜 김 회장이 그를 서울지검장에서 낙마시키는 데 앞장섰는지, 그리고 지금 그가 사적 감정을 내세워 유독 K그룹을 표적 수사하고 있다고 생각하는지 그 연결고리가 빠져 있었기 때문이었다.

"……음, 그것까지 자네가 알건 없을 것 같고, 그보다 말이야……. 주변에서 들리는 이야기로 그가 내 아랫것들에게 접근을 시도하고 있다는 거야. 내 측근을 파면 나를 한 방에 보낼 수 있는 뭔가를 찾을 수 있다고 착각을 하는 게지. 큭큭큭. 그쪽에 심어둔 내 개인 정보통에 의하면 내 측근 중에 누군가가 그런 엄청난 정보를 쥐고 있는 것을 확인했다는 거야.

"……."

갑수는 김 회장의 의도를 파악할 수 없어 잠자코 듣기만 했다.

"다 하는 소리일 게야. 그런 식으로 나를 흔들어 보자는 것일 테지. 큭큭큭. 하지만 생각해 볼 문제는 문제야. 자네 같은 사람이야 그럴 리 없겠지만, 워낙 양아치들이 많아서 말이야. 주인도 모르고 설치는 개 같은 것들 말이야. 그런데 이런 민감한 때에 선화 그년까지 일을 벌여 놓았으니……. 괜히 이 일이 커져 버리면 안 그래도 복잡한 상황에 일이 아주 귀찮아진단 말이지."

갑수는 오싹함을 느끼지 않을 수 없었다.

'설마, 이자가 무엇을 알고 하는 이야기는 아니겠지?'

그럴 리 없었다. 기철에게 잠시 언급을 주기는 했지만 그 실체에 대해서는 갑수 자신 외에 그 누구도 모르는 일이었다. 김 회장과 첫 거래를 시작해 현재까지 오면서 김 회장으로부터 안전할 수 있는 방법은 아주 간단명료했다. 김 회장의 아킬레스건을 쥐는 것, 그래서 갑수는 아무도 선뜻 나서지 않으려는 그 어떤 궂은 일도 마다하지 않았다. 일이 궂으면 궂을수록 김 회장의 목을 죌 건덕지가 더욱더 많을 수밖에 없을 것이란 갑수의 계산은 여지없이 적중했다. 더럽고 냄새나는 일일수록 드러나선 안 될 비밀이 그만큼 더 많은 법이니까.

"이야기 짧게 함세. 선화 그년이 아영이란 아이를 겁주는 과정에서 그만 죽이고 말았어. '매화단'인가 뭔가 하는 조직의 아이들이 여렷 있었던 모양인데 모두다 아영이를 폭행하는 데 가담했던 아이들이라, 그 아이들이나 게네들 부모들은 모두 굳게 입을 다물 수밖에 없는 입장이지. 그래도 혹시 몰라서 이중 삼중으로 조치해 두어서 그쪽에서 문제가 생길 리는 없는데 말이야. 문제는 덕희가……."

"어떻게 된 겁니까?"

"학교 근방 자기네들 아지트에서 그 애를 협박하고 폭행하는 중에 덕희는 그냥 집으로 가 버렸고, 그 이후에 보통 쉽사리 고개를 숙이던 아이들에 비해 그 아이가 사사건건 대드는 바람에 선화 그년이……."

"……."

대충 짐작되는 내용들이 갑수의 머리에 그려졌다. 요즘이야 말 그대로 사업적 형태로 김 회장을 만나는 일이 대부분이었지만, 한때만 해도 김 회장의 발바닥을 핥으며 살아야만 했던 시절이 있었던 갑수였다. 당연히 그런 일들을 자신 또한 한두 번 처리했던 것이 아니었다.

"잠시 눈이 뒤집힌 선화가 작은 돌맹이로 그 애 뒤통수를 한번 툭 쥐어박은 모양인데, 그년이 먹은 게 없어서 그랬는지 바로 뒈져 버리더래. 크크크……."

"……."

"잘난 척해도 사람을 죽인 건 처음이니까 선화 그년도 놀라서 울면서 나한테 전화를 했두먼. 살다 보면 그럴 수도 있겠지만…… 안 그래도 민감한 시기에 이런 문제까지 터져서야 되겠는가? 게다가 어떡하겠는가, 미우나 고우나 내 혈육인데……."

역시 김병진 회장이었다. 사람을 죽이는 것이 살다 보면 그럴 수 있는 일이라……. 갑수는 속이 울렁거렸다.

"그래서 어떻게 처리하셨습니까? 그리고 왜 저한테 연락 주시지 않으셨습니까?"

"이제 어엿한 기업인의 손에 피를 묻히게 할 수는 없지 않은가? 나도 그 정도 생각은 있는 사람이야, 이 사람아."

감추지 않는 비아냥거림이 그대로 전해졌다. 잠시 갑수의 눈살이 찌푸려졌지만 이내 평정을 되찾았다. 아직은 때가 아니다. 여전히 갑수는 김 회장이 필요했다. 현실은 현실이었다. 갑수는 입술을 깨문 채 눈을 감았다. 그리고 다짐했다. '언젠가, 자유인이 되는 날, 저 인간이 나와 내가 지키는 것을 감히 어쩌지 못하는 날, 철저히 아주 철저히 짓밟아 주리라. 내가 살기 위해 수없이 죄를 지어 그 죄를 차마 다 갚지는 못하겠지만, 최소한 이 세상의 전쟁터에서 살아남기 위해 저놈의 개가 되어 짓밟은 사람들의 영혼 앞에 저 인간의 심장과 내 심장을 함께 내어놓고 용서를 빌리라.' 어느덧 꽉 깨문 이빨이 입술을 파고 들었다. 곧 갑수 입술에서 붉은 피가 서서히 번져났다.

"내가 자네 말고도 부리는 아이들이 많은 건 자네도 잘 알잖은가?"

은근히 자신의 세를 과시하는 김 회장의 의도는 너무나 명확했다. 한마디로 시키는 대로 하라는 이야기였다. 그게 갑수가 목숨을 걸고서라도 지키고자 하는 덕희의 일이라 할지라도…….

"내가 보낸 아이가 살펴보니 이미 죽어 있더라는군. 그래서 일단 아이들은 입단속을 시켜 보내고 그 아이 시체를 교통사고가 난 것처럼 조작을 좀 했지. 자네가 예전에 사용했던 방법이니까 잘 알 거야."

그랬다. 쓸데없이 시끄러운 일이 생길 것을 감안해 누군가를 처리할 때 자주 써먹었던 방법이었다. 지금 김 회장이 갑수가 살인 사건을 절묘하게 단순 사고사로 사체를 조작하는 것을 말하는 것이었다. 둔기로 뒤통수를 박살내서 죽인 경우, 시체를 조작해 교통사고 시에 아스팔트에 떨어지면서 생기는 외상과 거의 흡사하게 사체를 만들고, 독살을 시켰을 경우에는 유서나 증인들을 조작해 자살로 만드는 경우가 여기에 해당됐다. 보다 완벽한 일 처리를 위해 조금의 윤활유, 그러니까 돈과 폭력 그리고 네트워크를 첨가하면 더욱 깔끔한 일 처리가 가능했다. 세상에는 돈이라면 뭐든지 하는 종류들로 가득했고, 설사 돈이 통하지 않아도, 약간의 협박과 폭력이 가미되면 해결되지 않는 것이 거의 없었다. 세상은 그것들만으로도 정말 미끈하게 잘도 돌아가고 있었다.

"선화가 뉴욕으로 떠나기 며칠 전에 덕희를 만났다고 하더군."

그제야 갑수도 생각나는 것이 하나 있었다. 그날, 야구 모자를 깊게 눌러쓰고 아파트 앞에서 덕희를 기다리고 있던 아이. 덕희의 얼굴에서 보았던 왠지 모를 불안감, 갑수는 주먹에 힘이 들어갔다. 김 회장은 갑수의 뒤틀리는 심사를 아는지 모르는지 천연덕스럽게 이야기를 이어 갔다.

"선화가 덕희한테 알아듣게 이야기를 했다는데 말이야. 그런데 최근에 덕희가 아파트에서 뛰어내렸다는 이야기를 듣고는 선화가 여간 불안해하는 게 아니란 말이지. 알잖은가? 아무리 내놓은 자식이지만 그래도 내 딸 아닌가? 아버지로서 딸아이의 불안함을 어찌 모른 척하겠는가? 안 그런가? 혹시나 자네 딸을 통해서 그 아이가 죽던 날 '매화단' 아이들이 그 아이에게 폭행을 가한 정황이 밝혀지게 되면 귀찮게 일이 꼬일 수도 있단 말이야."

"제가 어떻게 해 드리면 되겠습니까?"

"별거 없네. 덕희가 행여나 그 일에 대해서 발설하지 않도록만 해 주면 되네. 자네도 알잖은가? 내 주변에서 일 봐주는 것들이 좀 있다는 거……."

"무슨 말씀이십니까?"

"자네가 기업가로 펄펄 잘나가다 보니 이런 일들을 자네에게 더는 시킬 수가 없어서 어쩔 수 없이 쓰기 시작한 것들인데, 좀 과격하긴 하지만 일 하나는 시원하게 처리하는 애들이지. 그중에 한 놈이 아영이 건을 처리했는데, 선화한테 덕희 이야기를 듣고는 아영이 꼴을 만들겠다고 달려드는 통에 내가 좀 애를 먹었단 말이야. 자칫하면 자기까지 끌려들어 갈 판이라고 얼마나 행패를 부리는지 말이야. 그래도 자네가 누군가? 생사고락을 함께한 동지 아닌가? 그래서 기회를 주는 거야. 자네 아이니까, 자네가 잘 알아서 하게. 마음을 돌리는 게 피차 제일 좋고, 그게 안 되면……. 아, 아니네. 여기까지만 말함세. 무슨 말인지는 천하의 이갑수가 더 잘 알 것이고……."

"……."

"이것저것 상황 좀 가라앉으면 술이나 한잔 하세. 그러고 보니 우리 사이에 회포를 푼 지도 꽤 오래되었구먼. 하하하하."

"……예. 제가 언제 자리 한번 만들겠습니다."

"그래. 기대하지."

"들어가십시오, 회장님."

김 회장이 전화를 끊고 한참이 지난 뒤에도 갑수는 여전히 휴대폰을 들고 있었다. 생각이 필요했다. 갑수는 티슈로 입술에 번져난 피를 닦아냈다. 지금 김 회장이 자신에게 도박을 걸었다. 김 회장 자신을 향한 갑수의 충성심을 다시 한 번 떠보면서 말이다. 갑수의 딸까지도 필요하면 없애 버릴 수밖에 없다고 하지 않는가? 더 나아가 갑수 자신이 직접 그 일을 처리하라고 간접적으로 종용하고 있지 않은가? 그렇다면 김 회장도 자신에 대해 무언가 의심쩍어 하는 것이 있다는 이야기였다. 갑수는 자리에서 일어나 사무실 벽면에 장식된 책장에서 책 한 권을 뽑아 냈다. 그러자 회색빛 벽면이 고스란히 들어났고, 갑수가 그 벽면 가장자리를 손가락으로 살짝 밀자 벽면이 힘없이 뒤로 밀려 떨어졌다. 그 뒤로 고리 형태의 작은 버튼 한 개가 봉긋이 솟아나 있는 것이 보였다. 갑수는 엄지손가락을 펴 지긋이 그 버튼을 밀어 올렸다. 찰각거리는 경쾌한 금속음이 내부에서 들려왔고, 이내 벽면의 한 부분이 미끄러지듯 열렸다. 그 안에는 철제 금고 함이 들어 있었다. 갑수가 빠른 손놀림으로 비밀번호를 입력하자, 금고 뒤 어디에서 크르릉 철컥 하는 소리가 짤막하게 들렸다. 갑수가 살며시 금고문을 당겨 열었다. 동시에 금고 안쪽에서 조명이 밝혀졌고 순간 역겨운 돈 내음이 확 몰려나왔다. 그 속에는 조폐공사에서 갓 찍어 낸듯한 빳빳한 지폐가 뭉치 단위로 빽빽하게 들어차 있었다. 갑수는 돈뭉치를 거칠게 밀어내고 금고 안에 마련된 또 하나의 금고를 열었다. 빨간색 벨벳이 깔린 그 금고 안에는 엄지손가락만한 크기의 USB 메모리 한 개가 상대적으로 넓은 공간 한 모퉁이에 다소곳이 숨죽인 채 웅크리고 있었다.

덕희, 연희, 소희, 그리고……

　언니가 될 사람이 깨어났다. 그러자 조용했던 병실이 갑자기 시끄러워졌다. 간호사 언니들이 들어오고, 레지던트라 불리는 젊은 의사선생님들이 들어오고, 그 다음 병원 원장님이란 분도 방문했다. 병원 원장님이란 분이 왔을 때는 모든 의사 선생님들과 간호사 언니들이 긴장한 모습으로 줄지어서 원장님의 눈치를 살피며 진땀을 뺐다. 그 와중에 엄마였던 여자는 아빠가 될 사람에게 전화로 호들갑스럽게 그때 상황들을 생중계했고, 나는 그런 엄마였던 여자를 물끄러미 쳐다보고만 있었다. 낯설었다. 저 엄마였던 여자에게선 한때 아버지 옆에 서 있던 엄마의 모습이 전혀 떠오르지 않았다. 저 사람이 정말 내 엄마였던 여자가 맞을까란 의구심이 보면 볼수록 더욱 강해지기만 했다. 엄마였던 여자는 자신을 빤히 쳐다보는 나를 향해 손짓으로 언니가 될 사람 옆으로 가서 앉으란 신호를 보냈고, 난 시키는 대로 뚜벅뚜벅 걸어가 언니가 될 사람 옆에 마련된 의자에 몸을 앉혔다. 난 여전히 멍한

274

표정으로 허공만 응시하고 있는 언니가 될 사람의 얼굴을 찬찬히 뜯어보았다. 무표정한 얼굴, 바싹 마른 입술, 무언가에 질린듯한 창백한 피부……. 많이 아파 보였다.

"덕희야, 뭐 필요한 거 없니?"

"……."

아, 언니가 될 사람의 이름이 덕희였구나. 엄마였던 여자가 손가방을 챙겨 들며 언니가 될 사람한테, 아니 덕희 언니한테 물었지만 덕희 언니는 아무 말이 없었다. 아니 처음부터 엄마였던 여자의 목소리를 듣지 못하는 듯 보였다. 덕희 언니? 이상하게도 이전에 자주 불러본 이름처럼 혀에 착 감겼다. 덕희? 소희? 둘 다 꽤 잘 어울리는 이름이란 생각이 새삼 들었다.

"난 가서 커피 한잔 마셔야겠어. 덕희야, 의사 선생님께서 말씀하시기를 상태가 아주 좋대. 마음만 편히 먹고 잘 먹고 잘 자면 걱정 없단다. 소희야, 넌 언니 옆에 좀 있어. 알았지?"

"……."

난 대답 없이 고개만 끄떡였다. 자기 맘대로 떠나고 자기 맘대로 돌아오는 사람, 지금 또 어딘가 갈 곳이 생기셨겠지.

"네가 소희니?"

엄마였던 여자가 병실 문을 나서자마자 덕희 언니가 입을 열었다.

"……."

난 너무 놀라 대답도 못 하고 동그랗게 뜬 눈으로 덕희 언니를 쳐다보았다. 어느새 멍했던 덕희 언니의 눈빛에 초점이 돌아와 있었다.

"네가 소희니?"

언니가 다그치듯 다시 한 번 물었다.

"네."

난 자리에서 벌떡 일어나며 큰 소리로 대답했다. 언니의 입가에 희미한 미소가 얼핏 번졌다. 웃는 모습이 참 예뻤다. 저 언니는 항상 웃는 게 좋을 것 같다는 생각이 퍼뜩 떠올랐다. 기분이 참 좋아지는 웃음이었다. 그런데 그 미소는 오래 머물지 않았다. 언니가 붕대로 칭칭 감긴 머리에 손가락을 대곤 인상을 찌푸리며 말했다.

"귀엽게 생겼네."

"언니는 예뻐요."

"뭐, 뭐? 하하하…… . 윽, 아이고!"

이번에는 언니가 소리 내어 웃었다. 웃음에 수술한 머리가 흔들려 아팠던지 다시 인상을 찌푸렸다.

"내가 이제 네 언니야."

"……"

난 대답 없이 고개만 끄떡였다. 언니의 시선이 다시 천정을 향했고 또다시 침묵 속으로 빠져들었다.

"언니!"

나도 모르게 언니라는 말이 불쑥 튀어나왔다. 나는 두 손으로 급히 내 입을 막아 버렸다.

"……?"

언니가 두 눈을 동그랗게 뜨고 나를 쳐다보았다. 갑자기 왜 말이 건네고 싶었는지 나도 모르겠다. 갑자기 얼굴이 화끈 달아 올랐다.

"불렀으면 말을 해야지."

언니는 다시 미소를 머금고 말했다. 여전히 참 예쁜 미소였다. 어디선가 많이 본 듯한 따뜻하고도 밝은 미소……. 한번씩 꿈속에 보이곤 했던 한 천사 언니의 미소와 너무나 많이 닮아 있었다.

"왜 그랬어요?"

"뭐, 뭐를?"

"자살하려고 그랬다면서요?"

"……응."

갑자기 예쁜 미소가 사라졌다. 그 자리엔 금새 어두운 그늘이 박차고 들어왔다.

"자살하는 것은 살인처럼 큰 죄래요."

"뭐, 뭐라구?"

덕희 언니의 목소리가 올라갔다. 갑자기 겁이 덜컥 났다. 혹시 내가 말 실수를 한 걸까? 갑자기 두 눈에서 눈물이 핑 돌았다.

"소희야……."

"……."

"나, 화난 거 아니야. 울지 마."

"……미안해요. 제가…… 언니 기분 나쁘게 했어요?"

"아, 아니. 그냥 너처럼 어린아이 입에서 나올 이야기가 아니라 좀 놀라서 그랬어. 그런데 누가 그렇게 가르쳐 주던?"

"뭐가요?"

"자살하는 것이 살인처럼 큰 죄라고 말이야."

"우리 아버지가요."

"아버지?"

"예."

"그래……. 그럴지도 모르지."

덕희 언니의 시선이 다시 천정을 향했다. 그리고 또다시 침묵이 흘렀다. 얼마 뒤, 덕희 언니의 눈이 곧 스르르 감기고 있었다. 쉬고 싶은 모양이었다. 난 자리에서 조용히 일어났다. 쉬는 데 방해가 되고 싶지 않아서였다.

"그냥 좀 더 옆에 앉아 있어 줄래?"

"네?"

"그냥 눈이 좀 부셔서 감은 거뿐이야."

"네."

나는 다시 언니 옆에 앉았다.

"저……."

"말해. 궁금한 걸 못 참는 성미구나."

"네."

언니가 다시 웃었다.

"말해, 뭐든지……."

"언니 엄마도 도망갔어요?"

덕희 언니는 감았던 눈을 번쩍 떠 나를 쳐다봤다.

"왜?"

"제 엄마였던 여자가 지금 언니 엄마면 언니 엄마가 없는 거잖아요."

"뭐라구? 하하하하."

덕희 언니는 소리 내어 웃다가 인상을 찌푸리다가를 반복했다. 웃을 때마다 머리가 흔들려 괴로운 모양이었다. 한참을 깔깔대며 웃던 언니가 갑자기 웃음을 뚝 멈추었다. 그리곤 아무 말없이 내 얼굴을 빤히 쳐다봤다. 난 얼굴을 붉히며 무언가 복잡한 표정이 뒤섞인 듯한 언니의 눈빛을 조심스레 살폈다.

"왜, 엄마를 엄마였던 여자라고 부르니? 네 진짜 엄마잖아."

"……."

난 말없이 언니의 눈길을 피해 고개를 숙여 버렸다. 그러자 언니가 혼잣말처럼 중얼거렸다.

"……우리 엄마가 도망갔냐고?"

"……."

난 다시 고개를 들어 언니를 보았다. 언니는 여전히 허공에 시선을 둔 채 나에게 말했다.

"하늘나라에 계셔. 그럼 도망간 거 아니지?"

"네. 도망가신 게 아니에요."

난 언니의 말이 떨어지자마자 자신 있게 대답했다.

"……?"

"우리 아버지도 돌아가셨거든요. 우리 아버지도 도망가신 게 아니에요."

"그게 무슨 차이가 있니? 옆에 없는 건 똑같잖아."

"똑같지 않아요. 도망간 건 버린 거잖아요."

"그럼 돌아가신 건?"

"헤어진 거구요."

"듣고 보니 그렇네."

덕희 언니가 또다시 미소 지었다. 여전히 예뻤다.

"네 아버지는 어떤 분이셨니?"

"좋은 분이셨어요. 세상을 돕기만 하신 분……."

"세상을 돕기만 해?"

"엄마였던 여자가 그랬어요. 아버지는 세상을 구하는 것이 세상에서 가족을 지키는 것보다 더 중요한 것 같으시다고요."

"그래? 우리 아빠하고 반대셨구나."

"네?"

"우리 아빠는 세상에서 가족을 지키기 위해 세상과 싸우시는 분이시거든."

"그래서 엄마였던 여자가 언니 아빠를 좋아하나 봐요, 그쵸? 우리 아버지는 하느님 말씀대로 사신 것뿐인데……."

　나는 그만 입을 닫고 말았다. 말을 하다 보니 언니의 아빠는 하느님의 말씀을 멀리하고 사는 나쁜 사람이란 이야기가 되어 가고 있었기 때문이었다. 갑자기 머리가 복잡해졌다. 이렇게 예쁘고 밝은 미소를 가진 언니 같은 가족을 지키기 위해 세상과 싸우는 언니의 아빠가 나쁜 사람일 수는 없지 않은가?

　"덕희야!"

　깜짝 놀라 뒤를 쳐다보았다. 덕희 언니의 아빠, 나에게는 새로이 아버지가 될 분이 병실 입구에 우두커니 서 있었다. 언제부터 저기 계셨을까? 우리 이야기를 어디까지 들으셨을까? 마음이 조마조마해 가슴이 콩당콩당 사정없이 뛰었다. 아버지가 될 사람이 조용히 병실 안으로 걸어 들어오셨다. 곧 내 옆까지 오셔서는 내 머리를 부드럽게 쓰다듬으셨다. 아……레몬 향. 이 아버지가 될 분도 레몬 향 로션을 좋아하시는 모양이었다. 나는 고개를 들어 아버지가 될 사람의 얼굴을 쳐다보았다. 아버지가 될 사람도 나를 물끄러미 내려다보셨다. 웃고 계셨다. 그런데 눈동자에는 반짝이는 이슬 같은 것이 맺혀 들어 글썽거리고 있었다. 순간, 자리를 비켜 드려야 할 것 같았다. 아버지가 될 사람이 언니가 될 사람, 아니 덕희 언니한테 할 이야기가 있는 듯 보였다.

　"전 화장실에 좀……."

　난 화장실 핑계로 병실을 빠져나왔다. 아무도 제지하지 않았다. 언니도 아버지가 될 사람도…….

병실 밖 세상은 병실 안과는 완전히 딴판이었다. 엄청나게 많은 사람들이 병실 복도를 바쁘게 오가고 있었다. 나는 그 사람들 사이를 지나 병실들을 일일이 살펴보며 산책하듯 거닐었다. 병실마다 환자복을 입은 사람들뿐만 아니라 가족처럼 보이는 사람들의 지친 모습들이 여기저기 널려 있었다. 웃고 있는 사람들이 아무도 없었다. 혼자 있는 사람들은 당연히 말이 없었고, 같이 있는 사람들도 입을 닫고 서로의 시선을 피하고 있었다. 그 모습에서 난 기도가 떠올랐다. 지쳐 있는 저들은 사람들과의 대화대신 하늘과의 대화를 시도하고 있다는 생각이 문득 들었다. 만약 정말 그렇다면 저들은 바보임에 틀림없다. 아직 저 사람들은 기도란 것이 얼마나 쓸모없는 것인지를 전혀 모르고 있다는 것이니까. 난 픽 웃고 말았다. 오른손을 찔러 넣은 바지 주머니에서 십자가 목걸이가 걸려 올라와서였다. 할아버지께서 돌 선물로 주셨던, 아버지께서 울며불며 검은색 양복 입은 사람들로부터 지켜내셨던 그 십자가가 말이다. 기도를 믿지 않으면서도 난 여전히 십자가를 보물처럼 가지고 다녔다. 난 그것이 갑자기 우습기만 했다.

창수의 얼굴은 여전히 상기되어 있었다. 병원 주차장에 천천히 차량을 세운 창수는 형사가 건넸던 생수병 뚜껑을 이제서야 열고 있었다. 처음 받아들었을 때의 그 차가웠던 냉기는 이제 남아 있지 않았다. 창수는 개의치 않고 들이켰다. 단숨에 들이켰다. 하지만 갈증은 전혀 사라지지 않았다. 수십 병을 마셔도 마찬가지일 것 같았다. 지금 자신이 느끼는 갈증은 육체적인 갈증 때문이 아니란 것을 창수도 잘 알고 있었다. 창수는 빈 생수병을 아무렇게나 조수석 앞 공간에 던져 버렸다. 빈 생수병이 떨어진 곳에 하늘대리인 연희의 다소곳한 맨발이 드러나 있었다. 연희는 안타까움 가득한 눈으로 창수를 쳐다보았다.

　병원 입구를 지나 병실 복도에 들어서자 그곳은 평시보다 더 많은 사람들로 붐비고 있었다. 점심 시간이 다가오면서 환자들에게 배식이 진행되고 있어서인 모양이었다. 환자들은 침대 옆에 부착된 식탁을 준비해 놓고 배식차가 오기를 학수고대하는 듯 보였다. 식사 시간을 간절히 기다리는 저들, 저들은 빠른 시간 내에 곧 세상으로 다시 나갈 사람들임에 틀림없다. 식탐이 있다는 것은 살겠다는 의지와 그 삶에 대한 희망이 있다는 것을 의미한다. 그래서 식탐이 돌아왔다는 것은 삶과 그 삶을 둘러싼 희망을 회복해 가고 있다는 것을 증명하는 것이다. 절망의 순간에도 성욕은 일어나지만 식욕은 좀처럼 잘 생기지 않는다. 창수는 때때로 환자의 생명을 구하는 것이 자신의 의술 때문만은 아니라는 생각을 종종 하곤 했다. 살겠다는 의지와 그 삶에 대한 희망이 있는 사람들은 그렇지 않은 사람들에 비해 엄청난 동기 부여로 질병과 싸워 내고 이겨 내는 경우를 수없이 봐온 창수였다. 첨단 의학 장비도 발달된 의학 기술도 환자의 의지와 삶에 대한 희망 없이는 그저 화려한 부속물에 지나지 않았다.

창수는 곧장 딸 연희가 있는 병실로 갔다. 잠들어 있는 연희의 얼굴은 여전히 시퍼렇게 멍들어 있었다. 창수의 주먹에 다시 힘이 들어갔다. 반팔 후드를 입은 그놈들 모습이 순간적으로 떠올랐다. 천만다행한 일이었다. 갑수란 자가……. 창수는 한숨을 쉬었다. 어떤 이유에서건 갑수란 자가 아니었으면 지금 안도하는 심정으로 가슴을 쓸어내리기는커녕 분노에 심장을 치며 이를 갈고 있었을 것이었다. 아내가 조용히 고개를 들어 창수를 쳐다보았다. 아내의 얼굴도 퉁퉁 부어 있었다. 창수는 조용히 아내에게로 가 어깨 위에 손을 얹었다. 아내는 곧 창수의 품에 얼굴을 묻고 힘없이 흐느꼈다. 창수는 아내의 등을 토닥이며 연희를 물끄러미 쳐다보았다. 혹시나 연희란 이름을 지어준 게 실수였을까란 생각이 잠시 스쳐갔다. 이갑수……. 그의 손에 한 명의 연희는 죽었고 또 한 명의 연희는 살았다. 한 명의 죽은 연희는 창수의 육체를 살렸고, 또 한 명의 산 연희는 결론적으로 창수의 영혼을 살리고 있지 않은가?

"아빠……."

천천히 연희가 눈을 뜨고 있었다.

"그래, 덕희야."

"미안해. 아빠."

"아니다. 내가 미안하다. 다 내 잘못이다."

"아니야, 아빠."

"이야기 들었다. 아영이가 죽었다고?"

"아빠, 모른 척해야겠지?"

"……."

"아영이가 그렇게 된 거……. 그냥 모른 척해야겠지? 아빠 입장이 난처해지잖아, 그치?"

갑수는 아무 말도 할 수 없었다. 자신이 하려던 말을 덕희가 먼저 말하는 순간 준비했던 말들이 머릿속에서 마구 엉켜 들었다. 무슨 말을 해야 할까?

'세상은 전쟁터다. 전쟁터에선 살아남는 자가 승자다. 지고 패하고 죽으면 아무것도 남지 않는 것이 세상이다. 안타깝게도 아영이는 세상에서 살아남을 만큼 강하지가 못했다. 더군다나 그 애를 지켜 줘야 할 가족 중에 힘있는 자가 아무도 없었던 거다. 그냥 생존 게임에서 사라져야 할 운명이었을 뿐이다. 네가 죽는다고 세상이 바뀌진 않는다. 그렇다고 네 죄책감을 덜고자 그 애를 죽인 자를 밝혀도 그저 그 사람들을 귀찮게는 할 수 있어도 아영이의 죽음을 밝히지도 못한다. 왜냐면 그들은 모든 진실을 뒤덮을 만큼의 힘을 가졌고, 아직 우리는 그 힘에 대적하기엔 너무나 미약하니까…….

지금 현재는 그들이 승자다. 아영이를 죽인 자가 승자인 세상에서 우리가 할 수 있는 것은 어차피 아무것도 없다. 현재로서는 말이다. 네가 죽든, 발설을 하든 승자는 여전히 행복하게 웃으며 세상을 살아갈 것이다. 정 아영이의 죽음이 죄스럽고 잊히지 않으면, 그리고 그 가증스러운 승자를 벌하고 싶으면, 네 목숨을 끊을 것이 아니라 네가 힘을 길러야 한다. 아영이를 저렇게 만들고도 떳떳할 수 있는 사람들을 너도 똑같이 만들어 줘라. 똑같이 돌려주면 된다. 그러려면 네가 살아남아야 하고 더욱 강해져야 한다.'

갑수는 이렇게 말하려 했다. 그런데 한마디 말도 자신의 입술을 비집고 나오지 못했다. 그저 자신을 쳐다보는 연약한 이 착한 천사 앞에서 망연자실 무기력함 속에서 허우적댈 뿐이었다.

"똑똑똑!"

갑수는 노크 소리에 황급히 눈물을 닦으며 뒤돌아보았다. 삼십 대 초반 정도로 보이는 남자 한 명이 서 있었다. 처음 보는 사람이었다.

"누구시죠?"

"이갑수 씨 맞으시죠?"

"그렇소만……"

남자는 안주머니에서 신분증을 꺼내보였다.

"서울지검 특수부 수사관?"

갑수는 남자의 신분증을 확인하곤 의아한 듯 쳐다보았고, 남자는 잠시 덕희 쪽에 시선을 두었다가 이내 거두어 들이며 나지막하게 말했다.

"잠시 시간 내주시겠습니까?"

"무슨 일이신지……?"

"따님도 계신데 여기선 좀 그렇고, 어르신께서 좀 만나고 싶어하십니다."

"어르신이라고요? 누가 절 만나고 싶어한단 말이오?"

"가 보시면 압니다. 차 안에서 기다리고 계십니다."

갑수는 힐끗 뒤를 돌아보았다. 덕희가 걱정스러운 눈으로 자신을 쳐다보고 있었다.

"잠시 다녀올게."

덕희는 힘없이 고개를 끄떡였다.

병실 밖에서 갑수가 나오기를 기다리고 있던 남자는 갑수가 자신을 발견하자마자 곧장 앞장서 걸어가기 시작했다. 갑수는 남자를 따라가는 내내 무슨 일일까를 생각해 보았지만 모두가 허사였다. 검찰이든 경찰이든 자신과 연관될 수 있는 일을 찾으려고만 한다면 한두 가지가 아닐 것이기 때문이었다. 최소한 자신의 손목에 수갑을 채우지 않는 것으로 보아 연행하는 것이 아님에는 틀림없었다. 그렇다면 이자가 말하는 그 어르신이란 자를 만나보지 않을 이유도 없었다. 남자는 어느새 병원 내 지하 주차장 안으로 통하는 계단으로 향하고 있었다. 그는 앞장서 가는 내내 한 번도 뒤돌아보지 않았다. 갑수의 발걸음 소리로 거리를 파악하는 듯, 때로는 빠르게 때로는 느릿느릿 걸으며 갑수와의 거리를 거의 일정하게 유지하며 걸어가고 있었다. 얼마나 걸었을까?

'삐삐―'

주차장 구석진 자리에 세워진 그랜저 승용차 한 대에서 짤막한 경적소리가 들려왔다. 그러자 남자가 우뚝 그 자리에 멈춘 채, 뒤따라 오던 갑수가 자기 옆까지 걸어오기를 기다렸다가 손가락을 들어 승용차를 가리키며 말했다.

"저깁니다. 그럼……."

남자는 어느새 돌아서 걸어왔던 길을 따라 다시 주차장 출입구 쪽으로 황급히 사라졌다. 갑수는 크게 한번 숨을 들이키고는 어깨를 펴고 승용차 쪽으로 천천히 걸어갔다. 진한 썬팅 덕에 차량 내부는 전혀 보이지 않았다. 충분히 함정일 수도 있는 상황이었다. 이해 관계든 원한 관계든 자신을 노리는 자들이 이 세상에 어디 한둘이던가? 어느덧 갑수가 차량 바로 앞까지 다가섰고, 동시에 뒷문이 딸칵 소리를 내며 천천히 열렸다.

"타시오."

중후한 목소리였다. 하지만 처음 듣는 목소리였다. 갑수는 긴장감으로 온몸이 뻣뻣해져 왔지만 겉으로 보이는 갑수의 행동은 평소처럼 자연스럽고 여유만만했다.

"이갑수 씨. 처음 뵙겠소."

"누구십니까? 아, 아니, 당신은?"

"저를 아시겠소?"

"신혁권 검사장님……."

"이젠 검사장이 아니지요."

"아, 그렇군요. 위원장님. 그런데 제겐 무슨 볼일이 있으신지요?"

갑수는 단도직입적으로 물었다. 병원까지 찾아와서 그것도 지하 주차장에서 단둘이 보자고 했다면 분명 사교 목적은 아닐 터, 용건부터 확인하는 것이 피차 시간을 아끼는 데 도움이 될 것이었다.

"거래를 하러 왔소."

"거래라니요?"

"K그룹 김병진 회장."

어렴풋하게나마 예상했던 일이었다.

"김 회장님? 무슨 말씀을 하시는 건지⋯⋯?"

"김 회장이 저질렀던 비리들을 광범위하게 조사하고 있소. 뇌물공여는 기본이고 공갈, 협박, 폭행, 살해교사, 그 죄목만 해도 형법 책 한 권은 족히 쓰고도 남을 겁니다."

"그런데 저 같은 양아치한테 뭘 원하시는지요?"

"스스로를 너무 낮추시는군요. 당신을 지켜본 게 어제 오늘인 줄 아시오? 40여 년 전 당신이 하승훈이의 발정난 성기를 잘랐을 때부터 당신을 지켜봤소."

"뭐, 뭐라고요?"

갑수는 소스라치게 놀라 자신도 모르게 큰 소리로 반문했다.

"하하하, 긴장 푸세요. 어차피 공소시효도 지나서 어쩌지도 못하는 거니까요. 아니 그게 아니더라도 잡아넣을 생각도 없으니까. 당신 잡아넣으려 했었으면 그때 벌써 그렇게 했을 게 아니겠소."

"……."

"그런데 왜 안 처넣었는지 궁금하시죠?"

"……."

"사람을 죽이신 게 아니더군요. 발정난 개 한 마리를 잡은 거지. 그것도 미친개 한 마리 잡은 걸로 갑수 씨를 잡아넣을 만한 법이 마땅히 없더군요."

갑자기 갑수는 혼란에 휩싸였다. 자기가 생각했던 그 깐깐한 이미지의 신혁권이 아니었던데다, 60대 중반의 나이임에도 눈에는 총기가 여전히 살아서 빛나는 이 노신사의 의도가 재빨리 파악이 되지 않아서였다.

"그런데 부인촌 건은 좀 심하셨어요."

"……?"

"뭐 그것도 김병진 그 자식 때문에 어쩔 수 없으셨던 거겠지만, 게다가 여러 군소 조직들을 합치면서 생겨난 불협화음을 잠재우려면 뭔가 더 강력한 리더십이 필요했을 것이고, 게다가 짐승이나 다름없는 자들의 보스로서 그들을 다스리려면 본인이 더 짐승다운 모습을 보였어야 할 것이란 것도 충분히 이해는 하지만……. 봉사활동 하시던 분들을 그렇게 잔인하게 죽이실 필요까지는 없었지 않나 생각은 하오."

"……."

갑수는 순간 움찔하지 않을 수 없었다. 도대체 이자가 어디까지 알고 있단 말인가?

"여차했으면 그때 당신을 집어넣을 뻔하기도 했지요. 사실 실망을 좀 했으니까."

"……."

"궁금하시죠? 그럼에도 왜 내가 그때도 갑수 씨를 검거하지 않았는지……."

"……."

"증거가 없어서? 아니요. 증거는 아주 많았습니다. 아니 당장 살인죄나 살인교사죄로 넣을 만한 증거는 없었지만, 몇 년 정도 교도소에서 푹 썩힐 자료는 충분했지요. 교도소에 있는 동안, 평생을 교도소에서 썩게 만들어 버리거나, 아니면 최고 사형까지 시켜 버릴 죄목들을 찾아내는 것은 그리 어렵지 않았을 겁니다. 아주 조심스럽게 일 처리를 하셨겠지만, 저도 이 방면에서는 천재란 소리를 듣는 사람이라서요."

"왜 그랬습니까?"

어차피 어떤 용도로든 목적이 있어 온 자였다. 말을 돌려 굳이 시간을 끌 필요가 없는 일이란 걸 갑수도 직감적으로 알고 있었다.

"내 목표는 김 회장이었으니까. 당신은 그의 개에 불과했으니까."

"……."

"그놈 김병진이, 인간이 아닌 자요. 갈기갈기 찢어 갈아 마셔도 시원찮을 놈……."

"……."

갑수는 김 회장이 넌지시 암시했던 신혁권과 김병진 회장과의 관계가 다시 궁금해졌다. 하지만 굳이 물어보지 않아도 될 것 같았다. 지금 신혁권은 자신에게 모든 것을 털어놓으려 작정한 듯 입을 열고 있었기 때문이었다.

"그자하고 난 풀어야 할 악연이 좀 있소. 그렇지만 그를 파멸시키려는 건 내 개인적 원한 때문만은 아니오. 조금이라도 세상을 더 살만한 곳으로 만들기 위해서는, 우리 아이들이 사는 세상에서는 짐승들이 아닌 사람들이, 그것도 하늘을 무서워할 줄 아는 그런 사람들이 축복받고 사는 세상을 만들기 위해서는 본보기로라도 그런 인간들은 무너져야 합니다. 다시 일어설 수 없도록 철저하고 잔인하게 말입니다."

"두 분 사이에 도대체 무슨 일이 있었던 겁니까?"

위원장은 천천히 고개를 돌려 갑수를 쳐다보았다. 차 안에 진 그늘로 정확한 표정은 읽을 수 없었지만 그의 씁쓸한 미소는 그대로 느껴졌다.

"5·16 군사정변으로 나라 전체가 뒤숭숭하던 시절이었지요. 그때 부모와 함께 서울로 갔던 김병진이 혼자서 돌아왔소. 집안이 쫄딱 망해 가족들이 모두 뿔뿔이 흩어졌다면서 완전히 상거지 꼴로 혈혈단신 마을로 돌아온 그를 마을 사람들은 내막도 묻지 않고 받아 줬지요. 사람을 의심할 줄 모르던 순박한 사람들이었으니까요. 있을 곳이 마땅치 않던 그를 위해 당시 우리 마을에서 제일 논마지기가 많았던 우리 집으로 그를 데려오게 되었고 그것이 악연의 시작이었습니다. 물론 우리 집에 들이지 않았어도 결과는 마찬가지였겠지만……."

갑자기 위원장이 말을 하다 말고 차창 밖 어딘가에 시선을 던지며 잠시 침묵에 빠졌다. 갑수는 자신의 주머니에서 담배를 꺼냈다. 몇 년 전에 끊었던 담배였지만, 손님을 만날 때를 대비해서 접대용으로 한 갑씩은 꼭 가지고 다니고 있었던 것이었다. 그런데 지금 공교롭게도 갑자기 그 담배 생각이 간절했다.

"저도 한 대 주시오."

위원장도 담배 한 개비를 부탁했다. 갑수는 담뱃갑 하단을 무릎에 쳐 담배 한 개비를 뽑아내 위원장에게 건넸다. 위원장은 말없이 담배를 받아 입에 물었고, 갑수는 라이터를 꺼내 불을 붙여 주었다. 위원장의 입 끝이 담배 필터에 집중하며 오므려 들었고, 곧 그의 앙상한 가슴이 들숨으로 부풀어 올랐다. 담배 끝에선 치이 하는 소리와 함께 빨간 불꽃이 일었다. 위원장이 들숨으로 들이마신 그 첫 연기가 날숨이 되어 한숨처럼 실려 나왔을 때, 갑수도 자신의 담배에 불을 붙였다.

"끊었던 담배인데……. 그때 내 나이가 열세 살이었습니다. 할 줄 아는 거라곤 책 읽고 글 쓰고 공부하는 것밖에 몰랐던 저는 활달하고 외향적인 그자를 형이라고 부르며 따라 다녔더랬습니다. 그러던 어느 날 마을에 낯선 이들이 하나둘씩 들어오기 시작했습니다. 한눈에 봐도 불량기가 줄줄 흐르는 양아치들이 마을로 몰려오기 시작한 거지요. 모두들 김병진 그자를 형님이라고 불렀습니다. 지금 생각하니 그들 모두 5·16 군사정부가 구악을 일소한다며 불량배 소탕령을 내렸을 때 그 엄동설한을 피해 도망 온 자들이었던 거지요. 그들이 하나둘씩 늘어날 때마다 마을 사람들이 하나둘씩 떠나기 시작했습니다. 그들이 소리 소문 없이 차례로 한 집안씩 작업을 했던 겁니다. 농사지으며 평생을 순박하게만 살았던 그들은 짐승 같은 그들을 도저히 당해 낼 수 없었던 거지요. 김병진이 그자가 온 날 이래 결국 한 해가 다 가기도 전에 우리 마을은 그들 것이 되어 버렸습니다. 사람들은 하나둘씩 집문서며 땅문서를 모두 내놓고 맨몸으로 도망가기 급급했으니까요."

"그게 말이 됩니까? 관에 신고도 안 하셨습니까?"

갑수의 말에 위원장이 갑수를 잠시 비난하듯 쳐다보았다. 그러곤 희미하게 웃으며 말했다.

"갑수 씨도 그런 식으로 많이 접수하시지 않으셨습니까? 물론 방법이 그들처럼 막무가내는 아니었지만……."

"……."

갑수는 뜨끔했다. 맞는 말이었다. 지금처럼 사회가 안정되고 나름 공권력이 자리를 잡은 세상에서도 버젓이 일어나고 있는 일들을, 그것도 자신 또한 그 과정을 통해 지금의 부를 쌓았던 것을 생각하면 혼란했던 그 당시에 그것도 무지랭이 농부가 할 수 있었던 것이 과연 무엇이 있었겠는가? 도망가는 것 외에 아무 대책이 없었을 테다.

"결국 저희 가족만 남게 되었습니다. 그들에겐 마지막 걸림돌이자 귀찮은 화근이었지요. 그들은 우리를 아예 그냥 몰살을 해 버리려고 작심을 했습니다. 비록 내 나이가 그 당시 열세 살이었지만 내 모친 되는 분은 일찍 시집을 오신 분이라 아직도 20대 후반의 꽃다운 나이 셨지요. 그런데……."

위원장의 주먹이 갑자기 부들부들 떨렸다.

"그 짐승들이……그 아귀들이, 나와 제 부친이 보는 앞에서……어 머니를……차례로……차례로……."

"……."

"그때 형이라고 부르며 눈물로 애원하는 나를 보고서도 김병진은 그들 뒤에서 웃으며 비아냥댔지요. 그리고 그자를 형님이라고 부르는 짐승들이 내 어미를 양껏 유린하고 나자 차갑게 한마디하고 사라졌지 요. 태워 버리라고……."

"……."

"제 어미와 아비는 저를 감싸 안고 불길에 당신들의 몸을 맡기시 고 저를 구하셨습니다. 부인촌에서 그 여선생이 꼬맹이 한 명을 구하 셨듯이……."

"……."

"정말 죽이고 싶었습니다. 그자들을 갈기갈기 찢어 죽이고 싶었습 니다. 하지만 난 갑수 씨처럼 야수의 기질이 없었소. 그래서 갑수 씨 가 하승훈이 같은 짐승을 도륙했던 것 같은 강단이 없었던 거요. 그 럴 생각을 안 해 본 것은 아니었지만, 시퍼런 칼을 들고 몇 번이나 그놈 주변을 맴돌기도 했지만, 아무것도 못 하고 그냥 돌아설 수밖에 없었소. 할 줄 아는 것이라곤 공부밖에 없었던 내가 느꼈을 무력감은 갑수 씨는 아마 상상도 못 할 것이오. 그런데 당신이 김 회장 곁에 있는 걸 발견한 것이오. 하늘에 마음을 둔 야수……."

"하늘에 마음을 둔 야수?"

"그렇소. 결코 당신은 김병진이 같은 짐승과 함께 할 수 없을 것이란 걸 난 처음부터 잘 알고 있었소."

"……."

"김병진의 개로 있으면서 김병진을 물어뜯을 기회를 엿보던 당신을 본거지요."

"……."

"그런데 제 눈에도 보인 것이 김병진 눈에는 안 보였을까요?"

"……."

"다 알고 왔습니다. 김병진이를 물어뜯어 살점 하나하나를 지나가는 개들에게 뿌려 줄 기회예요. 도와주시오. 당신만 도와준다면 충분히 그자를 옭아맬 수 있소. 남몰래 준비해 둔 파일이 있다는 것 잘 알고 있소. 도와주시오. 당신도 그자와 영원히 단절할 수 있는 절호의 기회요."

"도무지 무슨 말씀을 하고 계시는지 모르겠군요. 더 하실 말씀 없으시면 그만 내리겠습니다. 살펴 가십시오."

"덕희……."

차에서 내리려던 갑수가 위원장의 입에서 딸의 이름이 나오자 멈
칫 뒤돌아보며 위원장을 차갑게 노려 보았다.

"당신, 그 아이를 죽일 수 있소?"

"……."

"당신 딸이 아니라고 그 아이를 죽일 수 있소?"

그랬다. 덕희는 엄밀히 말하면 자신의 딸이 아니었다. 엄밀히 말
했을 때만 말이다. 그렇지만 갑수는 덕희가 자신의 딸이 아니라고 생
각해 본 적이 단 한순간도 없었다. 핏덩어리 덕희를 자신의 품에 안는
그 순간부터 덕희는 자신의 딸이었다. 세상에 태어난 이후 한 번도 받
아 보지 못했던 최상의 선물이었다. 유일한 버팀목이었던 여동생을 잃
은 후, 한 번도 쳐다보지 않았던 하늘을 다시 보았을 때도 그때였다.
그러니 갑수에게 덕희는 딸 그 이상의 의미이기도 했다. 덕희가 자신
의 씨앗이 아니란 건 정화가 임신했을 때부터 알고 있었다. 이유는 간
단했다. 갑수 자신은 아이를 가질 수 없는 사람이었으니까. 생부가 아
닌 것이 화가 나지 않았냐고? 정화가 부정을 저지른 것인데도 화가
나지 않았냐고? 아니 화가 나지 않았다. 이유는 아주 간단했다. 갑수
에게 있어서 정화는 어떤 상황에서도 이유 없는 행동을 할 사람이 아
니었기 때문이었다. 어떠한 상황에서도 그에 부응하는 정당한 이유
가 있을 것이란 믿음은 아무한테서나 느낄 수 있는 것이 아니었다. 그
래서 묻지 않았다. 분명히 무슨 사유가 있었을 테니까. 그 이후 수많

은 날 동안 자신에게 말하지 않았던 것도 무슨 이유가 있어서일 테니까. 그 이유는 훗날 들을 수가 있었다. 정화가 세상을 떠나기 전날 밤, 흔들림 없는 눈길로 갑수의 눈길을 정면으로 마주한 채 담담하게 말했다. 갑수가 이미 알고 있었다는 것도 어렴풋하게나마 알고는 있었지만, 마지막까지 침묵으로 일관하고 싶지 않다며 단아한 입술을 열었다. 갑수는 굳이 말하지 말라고 했다. 마지막에 할 이야기라면 몇 십 년을 더 살다가 이야기해 달라고 부탁했다. 정화는 미소 지었다. 그리고 조용히 갑수의 얼굴을 두 손으로 감싸며 갑수의 눈 속으로 자신의 시선을 고정시켰다. 온전히 사랑하고 싶었단다. 빚진 마음으로는 그럴 수 없을 것 같았단다. 갑수는 역시나 정화다운 생각이라 생각했다. 누군가의 헌신적인 사랑을 받고 그 사랑을 돌려주지 못할 때 생기는 채무감 때문에 갑수를 온전히 사랑할 수 없을 것 같아 두려웠단다. 그랬단다. 갑수는 다시 한 번 정화다운 생각이라 생각했다. 갑수는 괜찮다고 했다. 말만 그렇게 한 것이 아니라 정말 괜찮았다. 그리고 온전히 사랑해 줘서 고맙다고 했다. 그러니 제발 살아만 달라고 부탁했다. 그녀는 미소 띤 얼굴로 갑수에게 입맞춤하고 자리에 조용히 다시 누웠고, 그 길로 갑수를 떠났다. 그런데 지금 신혁권이가 자신에게 물었다. 덕희를 죽일 수 있냐고? 자신의 딸이 아니라고 죽일 수 있냐고? 정화의 껍데기만 있어도 여한이 없겠다고 생각하는 갑수에게 말이다.

"그 아저씨 딸도 이 병원에 있다면서?"

"응."

"어디?"

"왜?"

"왜는 만나 보고 싶어서 그러지."

"네가 왜 만나고 싶어?"

"왜, 만나면 안 돼?"

"나중에 가 봐라."

"왜?"

"수술하고 오늘 아침에 깨어났어. 안정을 취해야 할 때야."

"……."

"그럼 그 아저씨라도 만나 볼 수 없을까?"

"지금 병실에 계신지도 모르고……. 몸 좀 추스르거든 그때 인사할 기회가 있을 거야."

"저……박사님."

자그마한 아이의 목소리에 창수와 연희의 대화가 끊겼다. 동시에 두 사람은 목소리가 난 방향으로 고개를 돌렸다. 창수의 딸이 누워있는 침대 한쪽에 걸터앉아 대화를 듣고 있던 하늘대리인 연희도 고개를 돌렸다.

"저, 길을 잃었어요. 우리 언니 병실이 어디예요?"

병원은 생각보다 복잡한 미로처럼 얽혀 있었다. 발길이 닿는 대로 거닐다가는 길을 잃기 딱 좋은 곳이었다. 어디로 가고자 정하고 출발한 길이 아니라서 출발한 지점을 생각해 두지 못했었다. 그러니 길을 잃은 건 어찌 보면 당연한 일이었다. 그러다 마침 엘리베이터에서 내려서는 낯익은 얼굴을 발견했고 아무 생각 없이 그분을 따라온 것이었다. 엘리베이터 앞에서 이분, 류창수 선생님을 보았을 때 난 왜 이분이 당연히 덕희 언니 병실로 가고 있는 중이라 믿었을까?

"거긴 옆 병동이란다. 그런데 혼자서 여기까지 와서 뭘 하고 있었던 게냐? 부모님은 아시는 게냐?"

"아니요. 아버지가 될 분, 아니 덕희 언니 아버지가 오셔서 잠시 나왔는데……. 그냥 여기저기 구경하다가 그만……."

"덕희 아버지께서 병실에 계시니?"

"네."

순간 박사님의 표정이 경직되었다. 내가 귀찮게 해 드렸던 모양이었다. 난 급히 인사를 하며 뒤돌아섰다. 옆 병동이란 걸 알게 되었으니 나 혼자도 충분히 찾아갈 수 있을 것이었다.

"얘야!"

"…네?"

"잠시만……. 나도 곧 그곳으로 가 볼 생각이었다. 잠시 기다리거라."

"네? 네."

난 박사님이 손짓으로 가리킨 병실 내 의자에 앉아 박사님을 기다렸다. 박사님은 한 언니의 손을 잡고 무언가 도란도란 말씀을 하고 계셨다. 간혹 그 언니가 박사님을 아빠라고 부르는 소리가 들려왔다. 그리고 중간중간 내 쪽으로 시선을 돌려 나를 쳐다보았다. 나도 모르게 생긋 미소를 지어 보이자, 그 언니의 눈가에도 미소가 살짝 걸쳐졌다. 얼굴을 다쳤는지 퍼렇게 얼굴 한쪽이 부어 있었지만 덕희 언니 만큼이나 예쁜 미소를 가지고 있었다. 얼마 뒤 박사님이 한숨을 내쉬며 바깥으로 나가 휠체어 하나를 끌고 와 침대 옆에 세우셨고, 기다렸다는 듯 언니가 그 위에 올라탔다.

"아저씨……."

덕희의 손을 잡고 앉아 있던 갑수가 깜짝 놀라 뒤를 돌아보았다.

"아……."

갑수는 어색한 미소를 지으며 창수의 딸 연희와 창수를 번갈아 쳐다보았다.

"고마웠습니다."

창수가 고개 숙여 인사를 했고 갑수는 어정쩡한 모습으로 인사를 받았다.

"아저씨, 감사합니다. 아저씨 아니었으면……."

"응, 그래. 많이 놀랐을 텐데 쉬지 않고……."

"괜찮아요. 많이 무서웠는데 이젠 괜찮아요."

하늘대리인 연희는 창수 딸의 의연함에 탄성이 절로 났다. 불과 몇 시간 전 지옥을 경험했던 아이라고는 도저히 상상할 수 없는 저 평안함, 급속한 회복력……. 저건 전형적인 믿음을 가진 자들의 반응이었다. 하늘이 자신의 기도를 저버리지 않았다는 확신에 근거한 충만감, 하늘에 마음을 둔 자들만이 가질 수 있는 그 평화가 창수의 딸 심장 한가운데서 면면히 살아 있었던 것이었다. 하늘대리인 연희는 이내 슬퍼지는 마음을 주체할 수 없었다. 창수의 딸에게 벌어진 기적은 기도 때문이 아니었으니까, 그냥 운이 좋았던 것뿐이었으니까…….

"……연희……연희라고 했지?"

"기억하시네요?"

"연희는 아주 씩씩하구나."

갑수가 희미하게 웃고 있었다. 하지만 창수의 안색은 더욱더 어두워지고 있었다. 지금 이 장면을 어떻게 받아들여야 할지 여간 혼란스러운 게 아니었다. 복잡한 창수의 심사를 알 리 없는 창수의 딸 연희가 이번에는 덕희 옆으로 다가갔다. 덕희는 뜬금없는 상황에 이해가 안 가 눈만 멀뚱멀뚱 뜨고 있었다.

"류연희라고 해요. 열네 살이에요. 언니 맞죠? 음……보자. 맞네. 두 살이나 위이시네."

창수 딸 연희는 어느새 침대 아래 환자 기록 차트를 들추어 보고 있었다. 창수와 갑수는 연희의 엉뚱한 행동에 순간 긴장이 풀리며 동시에 픽 웃고 말았다. 그러다 서로의 눈이 마주치자 이내 어색한 듯 헛기침을 하며 돌아섰다. 두 언니를 번갈아 쳐다보던 소희의 입가에도 어느새 미소가 번져 났다.

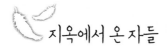

지옥에서 온 자들

하늘은 높고 맑았다. 집을 나서면서 보았던 아침 뉴스 일기예보와는 전혀 다른 기운을 가진 하늘이었다. 엄청난 양의 비가 쏟아질 거란 일기예보가 무색할 정도로 하늘은 구름 한 점 없이 파랗기만 했다. 창수는 병원에 들어서자마자 연희가 있는 병실로 향했다. 몇 가지 자료를 집에다 두고 온 덕에 아내를 병원에 두고 홀로 집에서 밤을 보내는 내내 거의 한숨도 자지 못했던 창수였다. 줄지어 잡혀 있는 수술 일정과 회의 때문이라도 좀 쉬어야 했지만 좀처럼 잠이 오지 않았다. 잠이 올 리 없었다. 창수는 뜬눈으로 밤을 새다시피 뒤척이다 해가 뜨자마자 병원을 향해 나섰다. 시계를 보니 아침 회의까지는 삼십여 분 정도가 남아 있었다. 병실에는 아내만 덩그러니 앉아 햇살 가득한 창가에서 책을 읽고 있었다.

"연희는 어디 갔어?"

"아, 여보. 잠시 바람 쏘이러 간다고 나갔어요."

"혼자서?"

"아니요. 옆 동에 아는 언니하고 같이 산책 가기로 했다면서…….
참, 당신도 안다던 데요?"

"덕희라는 아이?"

"예, 그리고 소희."

창수의 표정에는 불편한 기색이 역력하게 자리하고 있었다. 그런
험한 일을 당하고도 이렇게 빨리 훌훌 털고 일어날 수 있는 자신의
딸이 고맙고 대견하면서도 갑수와 얽히는 이 상황은 못내 불안하기만
했다. 그렇다고 자신의 은인으로 알고 있는 갑수라는 사람의 실체에
대해 연희에게 말할 수도 없는 노릇이었다. 연희까지 알아야 할 필요
는 없으니까. 게다가 자신의 딸을 구해 준 갑수에 대해 고마운 마음
이 없는 것도 아니었기에 창수는 어찌할 바를 모르고 있었다. 창수는
오늘 아침 집을 나서며 있었던 일이 생각났다. 갑자기 장롱 깊은 곳에
처박아 두었던 십자가 생각이 났고, 그것을 찾아 연희 방 책상 앞에
걸어 주면서 무언가에 홀린 듯 두 손을 모으고 그 앞에 무릎을 꿇었
다. 물론 조금 뒤 깜짝 놀라 다시 벌떡 일어나 서둘러 집을 빠져나왔
지만 갑작스레 다시 하느님을 믿게 된 것은 아닐 텐데 왜 감사하고 싶
은 생각이 들었는지 아직도 모를 일이었다. 부인촌 화재 이후 한 번도
쳐다보지 않았던 십자가였고 한 번도 해 보지 않았던 기도였기 때문
이었다.

커피 향이 가득했다. 회의실로 가는 길목에 마련된 직원 휴게실에서 누군가 금방 커피를 내린 모양이다. 그러고 보니 습관처럼 마시던 커피 한 잔도 잊은 아침이었다. 창수는 곧 직원 휴게실로 발걸음을 옮겨 커피 머신에서 진한 에스프레소 한 잔을 내리며 무심코 맞은편 창밖에 시선을 던졌다. 환자들의 산책 공간으로 쓰이는 병원 뒤뜰이 한눈에 들어왔다. 창수는 금방 내려 뜨거운 에스프레소 잔을 받침대에 받쳐들고 창가 옆에 마련된 푹신한 소파로 느릿느릿 걸음을 옮겼다. 여름 날씨답지 않은 쾌적한 기온에 잔디밭 이곳저곳에는 평소보다 더 많은 환자와 그들의 가족이 나와 있었다. 창수는 진한 에스프레소 향을 입 속에 머금고 푸른 녹음이 내려앉은 뒤뜰을 여유롭게 굽어 보았다. 문득, 잔디밭 가운데에 위치한 고목나무 근처에서 창수의 시선이 멈추었다. 그곳에 연희와 소희란 아이가 덕희라는 아이가 앉아 있는 휠체어를 둘러싸고 도란도란 이야기를 나누고 있었다. 모르는 사람들이 보면 아마 다정한 자매들이라 생각할 모습이었다.

"박사님, 회의실 안 들어가세요?"

"……."

"박사님!"

"아, 닥터 장……."

"무슨 생각을 그리 골똘하게 하고 계세요?"

레지던트 장철민이었다. 커피를 뽑으러 왔다가 창가에 서 있는 창수를 발견하고 몇 번이나 불렀던 모양이었다.

"아, 아니, 그냥 날씨가 너무 좋아서. 먼저 들어가게. 나도 곧 들어 갈 테니까."

"예, 알겠습니다. ……궂은 날이 있기 전에 잠시 비춘 햇살일 겁니다. 저기 보세요. 까맣게 밀려오는 저 먹구름을……."

커피를 양손에 쥔 장철민이 휴게실을 나서다 힐끗 창밖을 쳐다보며 말했다. 어디서 나타났는지 조금 전까지도 보이지 않았던 먹구름이 어느새 병원 뒤뜰을 까맣게 뒤덮고 있었다.

'이런, 비가 오겠군.'

아닌게 아니라 갑자기 빗방울이 유리창을 강하게 때렸다. 우산도 없이 뒤뜰에 있는 아이들이 생각났다. 창수는 서둘러 아이들의 모습을 찾았다. 갑자기 바뀐 날씨 탓에 병원 뒤뜰은 이미 아수라장이 되어 있었다. 환자들과 보호자들이 비를 피해 서둘러 병원 건물 쪽으로 뛰어오느라 여기저기 사람들이 뒤엉키고 있었다. 연희는 소희라는 아이와 덕희라는 아이 덕에 움직임이 빠르지 못했다. 소희란 아이의 손을 잡고, 덕희란 아이가 앉은 휠체어를 밀고 있는 연희의 모습이 힘겨워 보였다. 창수는 커피 잔을 급히 내려놓으며 병원 뒤뜰로 뛰어갈 요량으로 몸을 돌렸다. 그때 검은색 승합차 한 대가 불현듯 나타나 아이들 앞에 멈춰 섰다.

'뒤뜰은 자동차 금지 구역인데…….'

불길한 생각이 창수의 뇌리에 스치자마자 승합차에서 마스크를 한 괴한들이 일시에 뛰어내렸다. 망연자실 서 있는 창수의 손에서 에

스프레소 잔이 힘없이 떨어져 산산히 부서졌다.

"뭐라고?"

휴대폰을 쥔 갑수의 오른손이 부들부들 떨렸다. 울음 섞인 아내의 목소리도 더는 갑수의 귀에 들리지 않았다.

"이놈, 김 회장."

갑수는 누구의 소행인지 금방 알 수 있었다. 김 회장 외에 자신을 상대로 이런 일을 벌일 수 있는 자는 없었다. 아니나 다를까 아내와 대화를 나누는 내내 발신인 미상의 전화가 연신 걸려오고 있었다. 갑수는 서둘러 전화를 받았다.

"갑수"

"회장님, 왜 이러십니까?"

"자네야말로 왜 이러나?"

"무슨 말씀이십니까?"

"신혁권이를 만났더군."

"뭔가 오해가 있으신……."

"오해? 큭큭큭… 신혁권이가 원하는 것, 그것을 자네가 가졌다는 것만으로도 난 엄청난 실망감을 느끼네."

"……그게……."

"어떻게 알았는지 궁금한가 보군."

"……."

김 회장이 어떻게 알았을까? 아니다. 지금 그것이 중요한 게 아니다. 갑수는 김 회장의 말에 더욱 주의를 기울였다. 역시 김 회장이었다. 김 회장은 갑수의 생각을 그대로 읽기라도 하는 것 같았다.

"내가 어떻게 알게 된 건지는 지금 그리 중요하지 않아. 자네가 지금 당장 어떻게 해야 하는지를 결정하는 것이 더 중요할 테니까."

"너, 김병진, 너… 내 딸 덕희에게 손끝 하나라도 대 봐. 절대 가만두지 않을 거야. 네놈 뼈마디 마디, 조각조각 부수어 갈아 마실 거다."

"하하하하, 이봐 갑수, 이제서야 본색을 드러내시는군."

"……."

"자네는 절대로 나를 넘어설 수 없어. 왜 그런지 아는가? 자네가 나를 이길 수 없는 이유……"

"……."

"난 나 외에 것들에 마음을 두지 않아. 난 나를 지키기 위해서만 살아. 나머지는 그냥 장식품에 불과하지. 그런데 자네는 누군가를 지키기 위해 힘이 필요한 친구였더군. 자네는 덕희 엄마와 만나 사랑에 빠지는 순간 이미 야수가 될 수 없는 자였어. 지켜야 할 누군가가 없을 때의 갑수는 참 무적이었는데 말이야."

"…회장님, 잘못했습니다. 제가 어떡하면 좋겠습니까? 제발 덕희만은… 저를 원하시면 저를 드리겠습니다. 그냥 두려워 파일을 가지고 있었을 뿐입니다. 회장님께서 저를 버리시면 어쩌나 하는 두려움에서 말입니다. 다른 뜻은 없었습니다. 파일 파기하겠습니다. 선화 아씨 건도 입단속 잘 시켰습니다. 절대로 문제 될 일 없을 겁니다. 제발 덕희만은… 회장님."

갑수는 안간힘을 쓰고 있었다. 지금 상황에서 그를 자극할 이유가 없었다. 김 회장은 이미 덕희가 갑수에게 어떤 존재인가를 너무나 잘 알고 있었다. 이 상황에서 어줍잖은 거래는 자칫 덕희의 목숨과 맞바꿔야 할지도 모를 일이었다. 무슨 수를 써서라도 덕희부터 구해 놓고 봐야 한다. 그래야만 갑수에게도 기회가 있을 수 있다. 김 회장을 짓이겨 줄 그 기회가 말이다. 그런데…… 그런데 그걸 과연 김 회장이 모르고 있을까?

"신혁권이가 원하는 것을 가지고 내 별장으로 오게. 혼자서. 그 누구에게도 연락하지 말고 말일세. 허튼수작할 생각은 절대로 말게나. 자네의 일거수일투족 모두가 나에게 실시간으로 보고되고 있다는 것을 잊지 말게. 여차하면 덕희의 안전, 나도 장담 못 하네."

갑수는 호흡하기조차 힘들었다. 냉정하고 두뇌 회전 빠르기로는 둘째가라면 서러울 정도의 갑수였지만 지금은 아무 생각도 나지 않았다. 상대는 김 회장, 덕희를 납치해 놓고 선수를 쳐 버린 김 회장 앞에서 그가 시키는 대로 하는 것 외에 달리 뾰족한 수가 생각나지 않았다. 문제는 자신이 파일을 넘겨준다 한들, 과연 그가 덕희를 순순히 살려줄 것인가였다. 기철이……. 그래, 기철이. 지금 믿을 수 있는 사람은 기철이뿐이다.

김 회장이 휴대폰을 셔츠 주머니에 밀어 넣으며 차창을 응시했다. 곧 기철의 모습이 보였다. 머리 숙여 인사하는 기철을 향해 김 회장은 인자한 웃음으로 화답했다.

"기철이……."

"아니, 회장님. 회장님께서 어쩐 일로……."

"타게, 할 말이 있네."

기철은 갑작스러운 김 회장의 출현에 몸 둘 바를 몰라 했다.

"자네 갑수 밑에 있은 지 얼마나 되나?"

"……."

"수십 년째 그렇게 갑수 밑에 있는 것이 지겹지도 않은가?"

"…회장님…무슨 말씀을 하시는지?"

뜬금없는 질문에 기철은 김 회장의 의도를 알지 못해 당황했다. 곧 둘 사이엔 정적감만이 감싸고 돌았다. 침묵을 먼저 깬 건 김 회장이었다. 김 회장의 주름진 얼굴이 기철의 얼굴 앞으로 바짝 다가왔다. 비록 늙어 저승꽃이 피부 여기저기에 번져 있었지만 눈빛만은 여전히 살아서 번들거리고 있었다.

"이봐, 박기철이……."

"……예."

"갑수를 제거할 생각이네."

"예? 무, 무슨 말씀이신지?"

"난 로맨티스트들을 믿지 않아. 그들은 곧 엉뚱한 데서 사고를 친단 말이야."

"도대체 무슨 말씀이신지?"

"삼십 년 전 내가 그 베네딕톤가 뭔가 하는 신부를 없애 버리라 했던 거 기억나나? 그리고 야학 선생이란 자도 함께 엮어 들었을 때 다 태워 죽이라 그랬을 때를 기억하냐고?"

"……."

"기억 못 한다고 못 할 거야. 한 번도 잊어 본 적 없었을 테니……. 큭큭큭."

"……."

"그게 자네들과 나의 차이라네. 난 있으나마나 한 선화 그년 감옥에 들어가 평생을 썩어도 눈 하나 깜짝 안 할 사람이지. 아니 필요하면 내 손으로 직접 태워 죽일 수도 있단 말일세. 난 나만 믿어. 내가 존재하는 한 모든 것이 존재하고 내가 사라지는 한 나머지 것들은 아무 소용도 없단 말일세."

"그때 말씀대로 다 태워 버렸지 않았습니까? 신부도 여학생도 그때 그 아이까지도…물론 결과적으론 살아남았지만……."

"그랬지. 큭큭큭 그래서 나도 잠시 헷갈렸었어. 내가 잘못 생각했나 까지도 생각했었으니까. 그 이후에도 계속 혼란스럽더군. 그런데 가만히 지켜보니 패턴이 보이는 거야. 어떻게 갑수가 그렇게 잔인한 야수로 자리할 수 있었는지가 말일세."

"……."

"갑수가 인간 쓰레기들을 처리할 때, 어찌 보면 필요 이상으로 더 잔인하게 처리했더군. 보란 듯이 말이야. 그래서 나도 깜빡 속았던 거야. 덕분에 정작 죽을 이유가 없는 자들을 만났을 때 흔들리는 자네들의 모습을 미처 보지 못했던 거였으니까. 큭큭큭. 단도직입적으로 말하지. 잘 생각하게, 기철이."

"……"

"이봐 기철이, 자네 아들 아주 재원이더구먼. 자네 우리 그룹의 미래 동력 산업이 뭔지는 잘 알고 있지?"

"……"

갑작스레 화제가 바뀌자 기철이 어리둥절한 눈으로 김 회장을 쳐다보았다.

"자네도 잘 알고 있을 거야. 지금 세계를 양분하고 있는 국내의 S 그룹과 미국의 A그룹에 대적하기 위해서 최근에 우리 그룹사에서 세계 제3위의 스마트폰 제조 브랜드를 인수했지."

"……"

"자네 아들 정도라면 훗날 거기서 큰일을 해 줄 수 있을 것 같은데……"

그제서야 기철은 김 회장의 이야기가 어디로 향하고 있는지 감이 잡혔다. 김 회장은 기철의 눈빛에서 자신의 말이 이해가 되었음이 인지되자, 천천히 시선을 거두어 들여 차창 밖을 바라보며 말을 이었다.

"만약 말이야. 만약, 갑수가 네가 한 짓을 알아도 너에 대한 믿음이 변함이 없을까? "

"예? 무슨 말씀이신지……?"

"갑수가 신혼여행을 떠나기 얼마 전이었지, 아마?"

"……."

"자네가 덕희 엄마, 이름이 정화였지? 하기야 곱긴 곱더구먼. 왜? 술에 취해서 실수라도 했다고 할 텐가?"

"무슨 말씀이신지?"

"……."

김 회장은 말없이 물끄러미 기철을 쳐다보았다. 천천히 그의 입술에서 야릇한 미소가 흘러나왔고 기철의 표정이 경직되었다. 아니, 이자가 설마? 그 일은 정화와 기철이 무덤까지 가지고 갈 비밀로 영원 속에 묻은 이야기였다. 최소한 기철은 그렇게 알고 있었다. 그런데 김 회장이 알고 있다니.

그랬다. 화가 났었다. 아니, 절망스러웠다. 밝은 곳에서 살고 싶다며 자신을 거절했던 정화가 자신보다 더한 어둠 속의 사람인 갑수 형님을 선택했을 때 혼란스럽다 못해 원망스럽고 저주스러웠다. 그랬다. 화가 나서 견딜 수 없을 지경이었다. 그래서 갑수 형님과 정화의 사이를 알았을 때 홧김에 지금의 아내를 안아 버렸다. 그리고 얼마 뒤 그녀가 자신의 아들을 가진 것을 알게 되었고, 곧 그녀를 아내로 맞아들이면서 정화에 대한 열망도 갑수 형님에 대한 야속함도 세월 속에

절로 묻힐 줄 알았다. 하지만 그것은 오산이었다. 오히려 정화에 대한 야속함과 갑수 형님에 대한 원망만 더 키워 놓고 말았다. 그래서였을 까? 그날 밤 자신을 도무지 제어할 수 없었던 이유가. 기철은 머리를 흔들었다. 모든 것이 제자리에서 아무 일 없다는 듯이 잘 돌아갔던 모든 것들이 갑자기 헝클어지는 듯했다.

갑수 형님이, 자기의 목숨을 여러 개 드려도 아깝지 않다고 생각 했던 그 갑수 형님이 결혼 후 여러 일들로 미루어 두었던 신혼 여행을 떠나기 전 어느 날 밤이었다. 갑수 형님이 조직원들이 마련한 축하연 에 참석했을 때, 기철은 호텔방에 혼자 남아 있던 정화를 찾아갔었다. 어떻게 해 보겠다는 마음은 단 한 순간도 해 본 적이 없었다. 여전히 화가 나 있었지만 그건 자신을 향한 것이었을 뿐, 정화나 갑수 형님 을 향했던 것이 아니었다. 그래서 더욱 참담했던 기철이었다. 그날 정 화를 찾아갔던 건 그저 자신이 사랑했던 그 정화를, 앞으로는 정말로 더는 열망하지 말아야 할 그 정화를 보스의 아내가 되기 전에 마지막 으로 보고 싶었을 뿐이었다. 그 당시 정화는 축하연에서 갑수 형님의 바로 곁을 지켜야 할 자신이 뜬금없이 호텔 방까지 찾아왔는데도 전 혀 놀라는 기색이 없었다. 그저 억지로 자제하던 눈물이 고여 빨갛게 충혈된 자신의 눈을 한참이나 쳐다볼 뿐, 아무 말도 하지 않았다. 기 철은 더는 붙잡고 있을 수 없었다. 눈이 시려 더는 그 눈물을 잡고 있 을 수 없었다. 눈을 감았다. 억눌렸던 눈물이 기다렸다는 듯이 자신의 볼을 타고 하염없이 흘러내렸다. 얼마나 울었을까? 자신의 볼을 감싸는 그녀의 손길이 느껴졌다. 기철은 그 손을 간절하게 잡았다. 그러나 여전히 눈을 뜰 수 없었다. 그녀를 똑바로 볼 자신이 없어서였다. 그러자 그녀가 자신의 손을 이끌었다. 기철이 깜짝 놀라 눈을 떴을 때, 정화는 실오라기 하나 걸치지 않은 채로 자신을 지켜보고 있었다. 다리가 후들거렸다. 이래도 되는 걸까? 잠시 갈등의 반발이 가슴을 쳤지만 제어할 수 없었다. 아니 제어하기 싫었다. 그러자 걷잡을 수 없는 욕망이 자신의 모든 것을 장악해 버렸다. 술기운 때문이었는지도 모른다. 하지만 단지 그때문만은 아닐 것이었다. 어찌 보면 정화를 통해 밝은 세상으로 나가고자 했던 자신의 소박한 꿈이 산산조각 나지 않기를 바라는 처절한 몸부림이었을지 모른다. 그녀를 안으면서 느낀 건 쾌락이 아니었다. 그건 안타까움이었고, 답답함이었고, 슬픔이었고 허망함이었으니까. 그날 밤 정화가 말했다. 오늘밤으로 기철에게서 느껴왔었던 그 오랜 기간의 채무의식을 완전히 벗어날 거라고, 그래서 갑수를 온전하게 온 마음으로 사랑할 거라고. 그리고 또 말했다. 더는 자신을 꿈꾸지 말라고, 지금의 아내를 온전하게 사랑해 주라고. 기철은 서운했었다. 억울했었다. 화가 났다. 정화에게 쏟았던 자신의 모든 배려와 사랑이 단 한 번도 자신이 돌려받아야 할 것들이라 생각하지 않건만, 정화는 그것을 갚아야 할 빚이라고만 생각했다는 것이 기철의 마음을 끝없는 나락으로 밀어 넣었었다.

"내가 자네들 주변을 한 번이라도 떠난 적이 있다고 생각하나? 내가 이룬 조직이 그냥 이뤄진 줄 아는가? 믿으면 믿는 만큼 난 더 많은 감시자를 붙이지."

"……."

"유전자 검사까지도 해 봤지. 크크크."

"……."

"재밌더군. 갑수가 자기의 모든 것을 걸고 지키려는 덕희가 자신의 딸이 아님을 안다면?"

"그게……."

"그래도 덕희를 살리기 위해 저렇게 자신이 쌓아 온 모든 것을 던질 것 같은가?"

"……."

"그리고 덕희 엄마가 평생 자신을 속여 왔음을 알게 된다면, 하물며 자신이 모든 것을 바쳐 지켜내려는 아이가 네놈의 씨앗인 것을 알게 된다면……. 크크크. 자네를 친동생 이상으로 아꼈던 갑수이고 보면……."

"……."

"이보게, 자네가 굳이 배신할 필요도 없네. 그저 모든 상황이 지나갈 때까지 조용히만 있게. 모른 척 조용히 그냥 있기만 하면 된단 말이야. 무슨 말인지 아는가? 그럼 갑수가 가진 모든 것이 자네 것이 되는 거야."

"……."

기철은 말없이 고개만 끄떡였다.

"그리고 파일을 찾아오게. 어디 있는지 모른다고 말할 생각은 아예 말게. 자네도 알고 있다는 것을 다 알고 있으니까."

김 회장은 누런 이빨을 보이며 음흉하게 미소 지었다. 기철은 아무 말도 할 수 없었다. 김 회장의 눈이 더욱 휘번덕대며 기철의 눈빛을 집요하게 파고들었다. 기철은 정신이 아득해짐을 느꼈다. 얼굴이 화끈거리며 식은땀이 온몸을 적셨다. 기분 나쁘게 미끈거리는 차가운 뱀 한 마리가 자신의 목을 칭칭 감아 조이는 듯, 숨쉬기조차 힘들게 느껴졌다. 그때 여러 번 휴대전화가 진동을 했다. 고개를 숙여 발신자를 확인했다. 갑수 형님이었다. 무려 열두 통의 부재중 전화가 들어와 있었다.

"이갑수를 놓쳤습니다."

"뭐라고? 도대체 정신들을 어디에 두고 있는 거야?"

신혁권의 얼굴이 붉으락푸르락 했다. 이갑수의 딸, 아니 박기철의 딸 덕희가 납치되었다고 했을 때 김 회장이 먼저 선수를 쳤음을 직감적으로 알아차린 신혁권이었다. 제일 먼저 갑수의 소재를 확인한 신혁권은 수사관을 붙여 갑수의 행방부터 쫓았던 터였다. 그런데 갑수의 행방까지 놓쳐 버리다니…….

아내의 파리한 얼굴이 창수의 마음을 갈갈이 찢고 있었다. 납치

소식을 듣자마자 정신을 놓은 아내는 깨어날 줄을 모르고 있었다. 연신 헛소리를 하는 아내 곁에서 창수는 아무것도 할 수 없는 무력감 속에서 괴로워했다. 이갑수란 자와의 악연이 왜 이렇게도 질기게 자신을 맴도는지 도무지 이해할 수 없었다. 하늘에 마음을 열 때마다 하늘에 감사할 때마다 비웃듯이 벌어지는 믿겨지지 않는 재난 앞에서 창수는 할 말을 잃었다. 갑자기 창수의 휴대폰이 요란하게 울렸다. 멍한 눈으로 한참 동안 휴대폰을 응시하다 힘없는 손길로 통화 버튼을 눌렀다.

"여보세요?"

"류창수 박사시죠?"

"그런데요."

"따님 이름이 류연희, 맞으신가요?"

"그렇……소만?"

"따님이 억울하게 걸려들었더군요."

"당, 당신 누구야?"

"박사님 차로 오십시오. 아무한테도 이야기하지 말고 혼자서……. 연희를 살리고 싶으시면……"

"이, 이봐…이봐요."

창수는 정신이 번쩍 들었다. 이자는 또 누구란 말인가? 무슨 상관인가? 어차피 창수에겐 선택의 여지가 없었다. 창수는 황급히 자리에서 일어나 주차장으로 향했다. 주차장은 평소보다 많이 한적해 있었다. 자신의 차량이 세워진 근방에서 주변을 두리번거리던 창수 뒤에서 갑자기 인기척이 느껴졌다.

"차 안으로 들어가시지요. 뒤돌아보지 말구⋯⋯."

창수가 차에 오르자마자 뒷문이 열리며 두 명의 사내가 올라타는 모습이 보였다.

"댁으로 가시지요."

"뭐, 뭐요?"

"위원장님, 이갑수의 차량이 발견되었습니다. 강원도로 향하고 있습니다."

"강원도? 거기에 뭐가 있어?"

"나름 예상지를 검토 중입니다. 잠시만, 잠시만요. 위원장님, 그곳에 김병진 회장의 별장이 있습니다."

"별장?"

"예."

"그럼, 김 회장은⋯⋯. 김 회장은 어딨어?"

"삼십여 분 전 자택에서 그의 차가 빠져나왔다고 합니다."

"어디로 이동 중인가?"

"톨게이트입니다. 역시 강원도 방향이 아닌가 싶습니다만⋯⋯."

"강원도? 이 상황에 직접 강원도로?"

신혁권은 조용히 눈을 감고 생각에 집중했다. 뭔가 석연치 않았다. 김 회장이 직접 움직일 이유는 없지 않은가? 불현듯 갑수가 김 회장을 잡을 만한 증거를 가지고 있긴 있을까 하는 의구심이 강하게 들었다. 괜히 들쑤셔서 이갑수와 그의 가족 그리고 또 다른 아이 두 명의 목숨까지 위험에 빠뜨리게 한 건 아닌지 염려가 되었다. 갑수가 무언가를 가졌으리란 것은 사실 심증에 불과했다. 갑수 주변에 사람을 24시간 붙여 둔 김 회장과 그를 눈치채지 못했을 리가 없는 갑수 사이에서 위원장이 모험 수를 던진 것이었다. 마치 무언가 거래가 있는 것 같은 모습을 만들면 몸이 다는 쪽에서 먼저 움직일 수밖에 없는 법. 게다가 마침 김 회장 손녀가 사고를 치는 과정에서 이갑수 딸과의 문제도 절묘하게 맞아 떨어지면서 그 사이를 노린 것은 적중했다. 그렇지만 만약 이갑수가 가진 것이 아무것도 없다면 그저 죄 없는 아이들의 목숨만 잃게 만들 수도 있지 않은가?

"위원장님! 이거 한번 보십시오."

신혁권을 보필하는 초임 검사 한 명이 한 수사관에게 눈짓을 보내자 수사관이 서둘러 위원장 앞에 태블릿 컴퓨터를 놓고 영상 파일의 플레이 버튼을 눌렀다.

"뭔가?"

"조금 전에 병원 주차장 입구 CCTV에 잡힌 화면입니다."

"누군가?"

"류창수 박사입니다."

"류창수?"

"지금 이자의 딸도 납치된 상태입니다. 류연희라고……."

"그런데?"

"잠시만요."

수사관이 CCTV를 앞 화면으로 빠르게 돌렸다. 그리고 어떤 한 장면에서 다시 CCTV 화면을 재생하자 두 명의 남자가 주차장 입구로 걸어 들어가는 것이 보였다. 옷은 양복 차림인데 둘 다 야구 모자를 어색하게 눌러쓰고 있었다. 얼굴을 가리려 그랬다는 것은 삼척동자도 알 일이었다. 수사관은 CCTV 화면을 다시 돌려 류창수 박사의 승용차가 서둘러 주차장을 빠져나가는 것을 비추었다. 순간적으로 지나가는 장면을 스냅 컷으로 멈춘 수사관이 차량 뒷좌석을 주목하며 화면을 확대했다.

"김 회장 비서실에 몇 번 얼굴을 보인 자들입니다."

"김 회장이 류 박사와는 무슨? 잠깐 박 검사."

"예, 위원장님."

"30년 전 자료, 부인촌 자료가 필요해."

"무슨 말씀이신지?"

"30년 전 부인촌 화재 사건……. 그때 중학생 꼬마 한 명이 살아 있었어. 찾아봐. 기억나기론 성이 류씨였어. 지금쯤이면 40대 초 중반은 되었을 거야. 류 박사와 엇비슷한 나이……."

"예?"

"빨리, 서둘러."

"아빠!"

눈을 가리고 어떤 곳에 들어서자마자 덕희의 목소리가 제일 먼저 갑수의 귓전에 울렸다.

"덕희야! 이거 풀어. 빨리 풀란 말이야."

갑수의 눈을 가렸던 헝겊 조각이 내려가자 몇 미터 앞에 덕희와 연희 그리고 소희의 모습이 한눈에 들어왔다. 모두들 손목이 뒤로 묶인 채 꿇어앉아 있었다. 덕희의 머리에서는 연신 핏물이 붕대 위로 번져 나오고 있었고 연희는 부들부들 떨고만 있었다. 순간 갑수의 눈이 뒤집어졌고 연신 묶인 손을 풀려 안간힘을 쓰며 버둥거렸다. 하지만,

"헉!"

갑수는 힘도 써 보지 못하고 앞으로 쓰러지고 말았다. 누군가의 발길질이 사정없이 갑수의 명치 부분을 가격했다.

"오랜만입니다. 갑수 형님."

어둠 속에서 낯익은 얼굴이 서서히 드러났다.

"아, 아니, 너는?"

"이날을 얼마나 손꼽아 기다린 줄 아슈?"

구팔용이었다. 옛날 자신의 조직을 배반하고 자신의 심장을 향해 칼을 휘둘렀던 자, 그 후 조직과 경찰로부터 동시에 추적을 받다가 경찰에 의해 발견되어 현장에서 사살된 친구였다. 최소한 그렇게 알고 있었던 갑수였다. 그런데 이건 또 무슨 그림이란 말인가?

"아빠!"

덕희가 울음 섞인 목소리로 갑수를 부르자 팔용이 씨익 웃으며 천천히 자리에서 일어나 덕희가 앉아 있는 쪽으로 걸어갔다. 그리고 시퍼런 칼을 덕희의 볼에 비비며 갑수를 쳐다보았다.

"갑수 형님, 이 칼 기억나세요?"

"……."

"갑수 형님을 찔렀던 칼이지요. 큭큭큭. 그때는 운 좋게 살아나셨지만 오늘은 좀 힘드시겠습니다. 그때 조용히 가셨으면 이렇게 사랑하는 따님께서 사나운 꼴은 안 보셨어도 될 뻔했잖아요. 그러고 보면 형님은 정말 송충이도 나비가 될 수 있다고 생각하신 것 같아요."

"어떻게 네가?"

"어떻게 살았냐고요? 큭큭큭. 순진하시기는……. 제가 그때 믿는 것도 없이 사고 친 줄 아세요?"

"그럼……."

"그렇게 머리 잘 돌아가는 양반이……. 김 회장님께서 시키지 않았으면 제가 감히 엄두나 내었겠냐구요. 큭큭큭. 역시 김 회장님 발이 넓긴 넓으시더구만요. 멀쩡하게 산 사람도 죽은 사람으로 만들어 버리고 ……."

"팔, 팔용아!"

갑수가 갑자기 무릎으로 기어 팔용이에게 다가갔다. 팔용이는 흠칫 놀란 눈으로 갑수를 내려보았다.

"팔용아, 우리 일 아니냐? 애들은 보내 줘라. 김 회장이 원하는 파일도 어디 있는지 알려 주마. 그러면 되지 않느냐?"

"크크크. 이러면 너무 재미 없잖아. 하하하. 그런데 어쩌지? 이렇게 싱겁게 끝내 줄 수가 없겠는걸요?"

그때 현관문이 열리며 세 사람이 들어섰다.

"류창수?"

"아니, 당신……. 연희야! 당신들 뭐야. 왜 우리 집에서……."

창수가 말을 다 마치기도 전에 옆에 서 있던 남자 두 명이 창수의 눈앞에 번들거리는 칼을 들이대며 조용히 할 것을 종용했다.

"류창수 박사. 오랜만이야."

창수는 자신 앞으로 천천히 걸어오는 남자의 얼굴을 자세히 살폈다. 그리고 이내 창수의 두 눈에도 두려움이 스쳐갔다. 창수는 그를 한눈에 알아볼 수 있었다. 어찌 잊겠는가? 그날 밤, 아버지와 지연희 선생님에게 휘발유를 뿌리고 불을 질렀던 그자를 어찌 죽어서라도 잊을 수 있겠는가?

"그때 살아난 아이가 지금의 류 박사 맞습니다. 그런데 그게 무슨……? 아……."

"류창수 박사 집이야. 강원도는 위장이야. 류 박사를 이용하려는 거야. 김 회장 이놈……."

"예?"

"함정이야. 강원도로 향하는 차 안에는 김 회장도 이갑수도 없어. 서둘러, 모두가 위험해."

"김 회장 파일의 행방은 그럼……."

"지금 그게 문제야? 사람 목숨이 걸려 있어. 그것도 아무 죄도 없는 아이들이……."

"예?"

박 검사는 이해가 가지 않아 고개를 갸웃거렸다. 김 회장의 파일 때문에 지금 이 소란을 겪고 있는 것인데 너무나 쉽게 파일을 단념하는 듯한 위원장의 태도가 이해가 가지 않아서였다. 하지만 그 의아함을 오래 가지고 있을 수도 없었다. 위원장이 자신에게는 물론 병원에 마련된 상황실 수사관들에게 고래고래 소리를 지르며 노발대발 하고 있었다. 이에 검경 합동 수사관들이 부산하게 자리를 뜨기 시작했고, 곧 병원 뒤뜰에는 경찰 헬리콥터까지 내려서고 있었다. 위원장은 수행원들과 같이 급히 헬기로 올랐고, 헬기는 빗속에 가린 뿌연 하늘을 향해 곧장 날아 올랐다.

"저격수 헬기 띄워, 그리고 상황 확인되는 대로 포스트 잡고 대기해."

창수의 손에 칼이 쥐어졌다. 창수의 온몸이 사정없이 떨렸다. 비에 맞아 젖은 머리카락에서 연신 떨어지던 물방울이 창수가 흘리는 눈물과 뒤섞이면서 창수의 시야를 더욱 흐리게 만들고 있었다.

"류 박사, 쉽게 생각해. 환자들 머리 많이 갈라 봤잖수. 칼 쓰는 거라면 우리보다 한 수 위잖아. 게다가 지금 당신은 복수를 하는 거야."

"아빠! 제발……. 제발, 안 돼요."

연희가 목청 놓아 창수를 부르며 흐느꼈다.

"그때 여선생 이름도 연희였지? 공교롭게도 자네 딸 이름도 연희구먼. 이번에는 살려야지, 안 그래?"

팔용이 연희의 목에 칼을 겨눈 채 창수를 향해 느글거리는 미소를 지어 보였다.

"못 해. 난 못 한단 말이야. 절대로……."

"뭐라구? 절대로 못 해? 이래도?"

"으악!"

갑자기 연희가 기겁을 하며 비명을 질렀다. 팔용이가 연희의 옷을 사정없이 찢어 제쳐 버렸기 때문이었다. 채 여물지도 않은 연희의 앞가슴이 살짝 드러났고 연희는 앞으로 엎드려 필사적으로 가슴을 가리며 기겁을 했다.

"그만해! 팔용이, 그만!"

갑수가 눈에 핏발 가득 선 채로 팔용이에게 외쳤다. 그리고 곧 애원조로 말했다.

"팔용이, 나 하나면 족하지 않은가? 류 박사와 아이들은 그냥 보내라. 부탁이다. 김 회장이 원하는 것도 가지고 왔다. 그러니 제발……."

팔용이는 갑수를 쳐다보지도 않았다. 번들거리는 눈빛은 오히려 이 상황을 즐기고 있는 듯했다.

"안 되겠군. 자네 딸이 눈앞에서 욕보이는 꼴을 봐야 정신을 차리 겠군. 한심한 작자 같으니. 애들아!"

팔용이의 신호가 떨어지자마자 아이들 앞으로 팔용이의 수하 몇 이 흐물대는 미소를 지으며 천천히 나섰다. 그중 한 명이 제일 먼저 덕희의 손을 잡아 끌었다.

"안 돼! 류창수! 류 박사……. 뭐해. 빨리 나를 찌르라고, 갈아 마 셔도 시원찮을 나잖아. 뭐 하는 거야?"

갑수가 절규하며 부르짖었다. 그러나 창수는 고개를 떨군 채 눈물 만 흘리고 있었다.

"류 박사! 류창수! 찔러. 찌르란 말이야."

갑수가 목이 터져라 절규했다. 창수는 여전히 꼼짝도 하지 않았 다. 어느새 덕희가 입고 있던 환자복이 사정없이 뜯겨졌고 이내 팔용 이 수하 중 한 명이 자신의 지퍼를 내렸다. 덕희가 비명을 질렀다. 덕 희의 몸이 앞으로 힘없이 픽 쓰러졌다. 팔용이 수하도 순간 멈칫하지 않을 수 없었다. 덕희의 눈이 뒤집혔고 입에서는 거품이 부글부글 일 어났다.

"아니, 이건?"

수술한 지 얼마 되지도 않은 상태에서 어린 덕희가 감당하기엔 너무 큰 충격이었다. 덕희의 온몸이 경련으로 떨리며 붕대로 감쌌던

머리에서 검붉은 피가 터져 나왔다.

"덕희야!"

갑수는 처절하게 몸부림치며 덕희에게 기어갔다. 팔용이의 수하는 어정쩡한 자세로 팔용이의 눈치만 살폈다. 아무리 인생 밑바닥에서 주먹으로 살아왔지만 거품까지 물고 넘어진 소녀를 겁탈하고 싶지는 않았다. 모두들 잠시 주저하는 사이 창수가 재빨리 덕희에게 뛰어갔다. 팔용은 곧바로 창수 쪽으로 걸어갔다. 창수는 덕희를 돌보느라 팔용이가 다가오는 줄도 몰랐다.

"이봐, 류 박사. 내가 옛날 당신이 당한 일을 당했으면 지금 얼씨구나 춤이라도 췄을 거야. 이렇게 하늘이 주신 기회에서도 앙갚음 하나 못 하는 너 같은 인간을 보니 도대체 한숨밖에 안 나오는군. 이 벌레만도 못 한 인간아. 우리가 좋은 사람이란 것은 아니지만, 최소한 우리는 밟으면 꿈틀댈 줄은 알아. 그런데 넌, 쯧쯧……."

팔용이는 고개를 절레절레 흔들며 창수에게 쥐어줬던 칼을 빼앗고는 덕희를 바라보며 버둥대고 있던 갑수 곁으로 다가갔다.

"허~억!"

갑수의 외마디 비명이 터져 나왔다. 팔용이가 갑수의 왼쪽 옆구리에 시퍼런 칼을 깊이 찔러 넣어버렸다. 동시에 갑수의 왼쪽 옆구리에서 검붉은 피가 흘러나왔다.

"그만! 제발 그만하세요."

연희가 울부짖었다.

소희는 조용히 눈을 감고 있었다. 소희는 아버지가 이야기해 준 대로 십자가를 쥔 채 두 눈을 꼭 감고 있었다. 소희는 정말로 믿고 있었다. 이 순간은 그냥 지나치는 것일 뿐이라고, 눈을 뜰 때 쯤이면 모든 것이 원상태로 돌아와 있을 것임을……

"안 돼, 안 돼! 오, 하늘주인님! 하늘주인님! 제발……"

하늘대리인 연희가 하얀 깃털 날개를 펴고 이리저리 날아다니며 발악을 했다.

"하늘의 주인님이시여! 무저갱의 사자들을 보내소서. 무저갱의 사자들로 하여금 저들 이리떼를 막으소서. 닫힌 하늘을 여시어 저희들의 기도를 들으소서. 저희들을 구하소서. 제발, 제발……"

아무 소용없었다. 무심한 하늘은 지상에서 울려 퍼지는 연희의 기도를 듣지도 않겠다는 듯, 더욱 험악한 기세로 천둥을 치고 비를 뿌리며 온 세상을 암흑으로 뒤덮어 버렸다. 하늘대리인 연희는 무력감에 그냥 그 자리에 털썩 주저앉아 버렸다. 하늘주인님을 섬기던 인간이었을 때도 하늘주인님의 직속 대리인이 된 지금에도 무저갱의 이리떼들 앞에서는 그저 속수무책일 수밖에 없는 자신의 모습이 저주스러웠다. 하지만 어쩌랴, 하늘은 닫겼고 기도는 통하지 않는데, 하늘대리인이라고 무슨 뾰족한 수가 있겠는가?

"딩~~동!"

팔용이와 그의 수하들이 동시에 얼어붙었다. 팔용이의 수하 중 한 명이 재빨리 인터폰 수화기를 들었다. 그러자 인터폰 비디오 화면이 켜지며 바깥에 서 있는 사람의 모습이 선명하게 잡혔다.

"김 회장님이십니다."

"열어 드려, 이제 끝낼 시간이군."

팔용이의 명에 수하 한 명이 서둘러 현관으로 뛰어가 문을 열었다. 곧 쾅 하는 소리와 함께 김 회장이 떠밀려 들어오며 그와 부딪혀 둘다 현관 바닥에 나뒹굴었다. 깜짝 놀란 팔용이 상황을 파악도 하기 전에 우지끈, 팔용의 코가 으깨지는 소리가 빌라 안에 가득 울려 퍼졌다. 기철과 그의 수하처럼 보이는 장정 여럿의 전광석화 같은 주먹질과 발길질에 팔용이와 그의 수하들은 힘 한번 못 써 보고 바닥에 픽픽 쓰러졌다.

"이 개자식…… 헉!"

팔용이 내려 앉은 코를 잡고 자리에서 다시 일어서기도 전에 기철의 오른쪽 구둣발이 또 한 번 사정없이 그의 왼쪽 턱에 꽂혔다. 팔용은 힘없이 그 자리에 풀썩 쓰러졌다. 동시에 기철도 외마디 비명과 함께 앞으로 푹 꼬꾸라졌다. 기철의 수하 중 한 명의 손에 피 묻은 칼이 들려 있었다. 갑자기 벌어진 일에 기철의 수하들은 우왕좌왕했고, 팔용이와 그의 수하들에 의해 순식간에 제압당하고 말았다.

갑수는 무릎으로 기어 기철에게 다가갔다. 갑수의 옆구리에서는 연신 피가 흘러내리고 있었다. 비록 창수가 응급처치로 지혈을 했지만, 상처가 깊어 좀 채 출혈이 멎지 않았다. 갑수는 기철의 얼굴 가까이서 그의 호흡 소리를 찾았다. 기철의 거친 호흡이 그대로 갑수의 귓전에 전해졌다. 조금 전까지 덕희와 갑수를 돌보던 창수가 어느새 기철의 옆으로 다가와 있었다. 다친 사람을 돌보는 지금 창수의 모습은 조금 전 팔용이가 쥐어준 칼을 들고 어쩔 줄 몰라 두려움에 떨던 모습과는 사뭇 다른 모습이었다. 갑수는 창수를 물끄러미 쳐다보았다. 그 옛날 부인촌 벽돌 공장 사무실에서 눈물 범벅이 되어 울고 있던 창수의 어릴 적 모습이 떠올랐다. 갑수는 감당 못 할 죄책감에 고개를 떨구었고 굵은 눈물방울이 타일 바닥에 떨어졌다.

"갑수 자네나 기철이……. 쯧쯧. 자네들이 부리던 자들이 정말 자네들 사람인 줄 알았던 모양일세, 그려."

김 회장이 자신의 오른손을 들어 보이며 슬쩍 웃어 보였다. 김 회장의 목소리에 고개를 든 갑수의 표정에는 절망감이 스쳐갔다. 김 회장의 손에는 갑수 자신이 나영미에게 맡겨 둔 USB가 들려 있었기 때문이었다. 갑수가 아내에게 자신의 연락이 올 때까지 가지고 있으라고, 만약에 그 어떤 연락도 없으면 신혁권 위원장에게 넘기라고 했던 그게 어떻게 김 회장의 손에? 그럼 혹시?

"아니……. 아니, 오해는 말게. 자네 아내 나영미가 자네를 배신한 것은 아니니까. 그리고 무사하니 걱정 말게. 내가 그렇게까지 잔인하지는 못해. 어쨌든, 이제 나한테 자비를 바라는 것 외에는 아무것도 할 수 있는 게 없는 것 같구먼, 안 그런가?"

김 회장이 가쁜 숨을 몰아 쉬고 있는 기철을 바라보며 말했다.

"기철이가 머리를 좀 썼더군. 기철이가 나한테 파일을 순순히 가져다 주길래, 처음에는 내가 제안한 거래가 성사되었나 했지. 그런데 이 파일을 신혁권한테도 보내려 했더군. 큭큭큭."

김 회장은 비밀 파일이 저장된 USB 드라이버를 손에 들고 흔들며 뒤돌아보았다. 그곳에는 아까 전 기철이를 찔렀던 놈이 어정쩡한 표정으로 서 있었다. 홍철이, 그래 홍철이란 자가 틀림없었다. 기철이가 그렇게 애지중지한다던 그 고향 후배, 그렇다면 모든 것이 끝난 것이었다.

"이봐, 이봐요. 김 회장님."

갑수였다.

"제발, 제발 부탁입니다. 여기 이 사람들, 저기 저 아이들은 제발 그냥 보내 주십시오. 저들까지 죽일 필요는 없잖습니까? 제발 부탁입니다. 제가 잘 못했습니다. 죽을 죄를 졌습니다."

갑수는 온몸으로 기어 김 회장의 구둣발 아래 엎드려 간곡한 눈으로 부탁했다. 김 회장은 갑수의 그런 모습을 말없이 물끄러미 바라보았다. 마침 기철의 의식이 돌아오고 있었다.

"형님……."

기철의 입이 열리자마자 다시 검붉은 피가 흘러 나왔다.

"기철아!"

"형, 형님……. 죄송합니다."

"정신 차려, 기철아!"

"형님, 정말……죄송…합니다. 그리고……."

"……."

"드릴…말씀이…있습니다."

기철의 호흡이 점점 짧아지고 있었다.

"…알, 알아. 처음부터 알고 있었어."

"……네? 그런데?"

"온전한 사랑. 난 그 사람이 내게 준 그 사랑만으로도 세상을 다 얻은 거야. 대신 자넨 그 온정성을 잃어 버렸잖아, 나 때문에……. 난 그게 두고두고 미안했었어."

"형…님……."

"감동적이군. 그런데 말이야. 더는 시간을 줄 수 없을 것 같군. 팔용이, 나는 그만 자리를 비워야 할 것 같군."

"예, 회장님"

"어떻게 처리하는지 알지? 한번 제대로 보여 봐."

"예, 회장님. 걱정 마십시오."

김 회장이 돌아서자 홍철이가 쏜살같이 따라나서며 문을 열었다. 현관을 빠져나간 김 회장이 엘리베이터에 오르며 엘리베이터 내 CCTV에 시선을 주었다. 그리고 씨익 웃어 보였다. 이곳 빌라의 시큐리티 시스템도 자신의 계열사가 팔았고, 그 관리까지 맡고 있는 곳이라 오늘 일어난 모든 일들이 여기서 말없이 묻힐 것이었다. 힘을 가진다는 것은, 그래서 영향력을 가진다는 것은 이래서 매력적인 것이었다. 홍철이도 서둘러 엘리베이터에 올라 닫힘 버튼을 누르고 잔뜩 긴장한 표정으로 김 회장 앞에 섰다. 아닌 듯 표정 관리를 하고 있었지만 그의 가슴은 사정없이 뛰고 있었다. 이제 김 회장의 신임을 얻은 이상 승천할 일만 남았다. 이래서 인생은 찬스고 줄이다. 김 회장은 주머니에 손을 넣어 홍철에게서 건네받았던 그 USB 드라이버를 쳐다보았다. 도대체 어떤 자료들이 들어 있을지 내심 궁금했다. 얼마 뒤, 엘리베이터가 1층 입구에 도착했음을 알리며 멈추어 섰고, 엘리베이터 문이 천천히 열렸다. 홍철이 먼저 앞장서 걸어 나갔다. 그리곤 뜬금없이 힘없이 김 회장의 눈앞에서 쓰러졌다. 갑자기 벌어진 일에 깜짝 놀란 김 회장이 상황 파악을 하기도 전에 누군가가 김 회장의 손아귀를 사정없이 꺾고 USB 드라이버를 재빨리 낚아채 버렸다. 예상치 못한 상황에 놀란 김 회장 앞에 한 남자가 어둠을 뚫고 나타났다.

'아니……너, 너는……. 신혁권?'

"자네들이 죽고 난 뒤 세상에 어떤 식으로 기억되는지는 알아야지 안 그래?"

김 회장이 자리를 뜨자 팔용이 느글느글한 웃음을 지으며 거만하게 말을 이었다.

"우리 갑수 형님께서는 꼭 상대방에게 그 이후의 이야기를 친절하게 해 주셨던 분이셨지. 큭큭큭. 그러니 자신이 어떻게 되는지도 아셔야겠지요. 자, 신문 헤드라인은 이렇게 될 겁니다. '한국 뇌 의학의 산실, 류창수 박사, 30년 전 그 악연을 복수로 마감하다.' 큭큭큭, 너무 삼류 주간지스러운가? 어쨌든 내용은 여기 류 박사께서 복수를 하시는 거야. 아이를 납치한 뒤 갑수를 유인해서 살인을 하려고, 그런데 이제 기철이까지 있으니 이야기가 점점 더 멋있어지는 거지. 마침 기철이가 사실을 알고 구출을 하러 왔지만, 류창수가 고용한 괴한들에게 잡혀 똑같은 신세가 되는 것이지. 여기 널브러져 있는 기철이 아이들 몇 놈 함께 태우면 그 이야기는 성립되는 것이고, 그리고 류창수는 자신이 당한 걸 그대로 돌려주는 거야. 갑수와 기철이 그리고 그들의 딸을 똑같이 불태워 죽이는 거지. 부인촌 그 자리가 보이는 그곳에서 말이야. 이건 요약이고 아마도 담당 기자가 가슴 적시는 이야기로 세상에 알릴 거야. 하하하하하!"

구팔용의 말이 끝나자마자 그의 수하들이 연희를 끌고 욕실로 데려갔다. 욕실에 미리 받아 둔 물속에 연희를 집어넣고 문을 잠궜다. 놀란 창수가 뒤를 돌아보자 팔용이가 웃으며 말했다.

"이봐, 류 박사. 당신하고 당신 딸은 살 거야. 그래야 이야기가 되거든. 갑수 형님, 아이들은 그냥 곱게 죽여 드릴게요. 어린 것들, 좀 더 데리고 놀다가 죽였으면 좋겠지만, 나도 이젠 나이가 드는지 그 재미가 옛날 같지가 않아서요. 게다가 요즘은 다 타 버린 사체에서도 정액이 검출된다고도 하고……. 어쨌든 잘 가쇼. 따로 화장이 필요 없도록 여기 일행들도 잘 태워 드리리다."

창수는 그저 힘없이 땅바닥에 풀썩 주저앉아 버렸고, 욕실에서는 연희가 찢어지는 듯한 목소리로 울부짖었다. 잠시 정신이 돌아온 덕희가 바닥에 쓰러져 피를 쏟고 있는 갑수 곁으로 온몸으로 기어 다가갔다. 이미 갑수의 눈동자는 허공을 맴돌며 덕희의 시선을 제대로 잡지 못했다. 갑수의 눈길 건너편에선 언뜻언뜻 하늘대리인 연희의 모습이 나타났다가 사라지기를 반복하고 있었다.

팔용이가 품에서 라이터를 꺼내 들었다. 그것이 신호였던지 함께 들어섰던 팔용이의 무리들 중 일부가 입구 쪽으로 천천히 이동하며 마지막 한 방울의 휘발유까지 탁탁 털어 바닥에 뿌렸다. 나머지 무리는 미리 준비해 둔 프로판 가스통을 빌라 내 구석구석에 세우고는 밸브를 틀었다. 곧, 여기저기서 '쐐아~' 하는 가스 새는 소리, 그리고 가스 냄새가 진동하기 시작했다. 팔용이가 지포 라이터의 뚜껑을 열었다. 그때였다. 팔용이의 수하 중 한 명이 뚱한 표정으로 팔용이의 얼굴을 쳐다보았다. 영문을 몰라 그 수하를 바라보던 팔용이에게 또 다른 수하 한 명이 손가락으로 팔용이의 이마를 가리켰다. 팔용이의 이마 위에 붉은색 동그라미 하나가 그려져 있었다. 그리고 곧 팔용이와 수하들 몸 여기저기에 수많은 원형의 불빛들이 물방울 무늬처럼 현란하게 수놓이고 있었다. 순간 팔용이의 눈이 휘둥그래졌다.

'저격수?'

팔용의 눈이 갑자기 크게 떠짐과 동시에 창문 유리창을 뚫고 들어오는 구릿빛 탄환이 정지화면처럼 팔용이의 망막에 맺혔다. 이내 팔용이의 이마 한가운데에 그려진 붉은색 동그라미 물방울 무늬를 향해 탄환이 날아들었고 퍽 하는 소리와 함께 팔용이의 뒷머리가 터지며 피가 쏟아졌다. 동시에 팔용이의 손아귀에서 빠져나온 뚜껑 열린 지포 라이터의 부싯돌이 휘발유로 젖어 있는 바닥으로 떨어지며 불꽃이 일었고, 곧 확 하는 소리와 함께 휘발유의 흔적을 따라 삽시간에 불길이 번졌다. 여전히 휘발유통을 들고 엉거주춤 서 있던 팔용이의 수하들에게 일시에 달려든 불길은 눈깜짝할 사이에 그들 몸을 타고 올랐고, 여기저기에서 비명 소리가 터져 나왔다. 불길은 어느새 갑수와 기철, 덕희, 소희가 있는 곳까지 빠르게 번져갔다. 그때 총알이 뚫고 지나간 작은 구멍으로 돌풍이 밀려들자 압력을 이기지 못한 유리창이 산산이 부서져 내렸고, 일시에 폭우가 빌라 내부로 쏟아져 들어왔다. 하지만 이미 거세진 불길을 잡기에는 그 몰아치는 비바람으로는 역부족이었다. 곧 불길이 가스와 만났고 동시에 콰콰쾅 하는 엄청난 굉음과 함께 빌라 창밖으로 온갖 파편이 흩날렸다. 창문 밖에 저공으로 떠 있던 저격수 헬기도 갑작스러운 폭발에 놀라 심하게 흔들렸다. 조종사가 안간힘을 써 조종대를 틀어쥐어 간신히 균형을 잡아 헬기를 지켜내긴 했지만, 폭발하는 빌라를 구해 낼 수는 없었다. 그저 부인촌을 밝히는 때아닌 불꽃놀이를 막연히 지켜보는 것 외에 그들이 할 수 있는 것은 아무것도 없었다.

에필로그

　교실마다 아이들이 방학 동안의 일들을 서로 이야기하느라 시끄럽게 재잘댔다. 얼마 뒤, 교실문이 열리고 한 여교사가 한 여학생의 손을 잡고 들어섰다. 교실이 일순간 조용해졌다.

　"새로 전학 온 학생이에요. 잘 적응할 수 있도록 여러분이 많이 도와주세요. 알았죠?"

　"네!"

　아이들은 목청 높여 대답했다.

　"소개해야지?"

　여교사가 부드러운 미소로 소녀를 내려보며 말했다.

　"안녕하세요. 저는 정소희, 아, 아니 ……이소희라고 합니다. 앞으로 사이좋게 지내면 좋겠습니다."

　"와아!!"

　아이들이 환호성을 질렀다.

"저기, 치현이 옆자리가 비었구나. 저기 가서 앉거라."

"네."

소희는 사뿐히 걸음을 옮겨 여교사가 가리킨 자리로 가 앉았다. 치현이 의자 위에 얹어 놓았던 자신의 가방을 치우며 소희를 쳐다보았다.

"안녕? 내 이름은 소희야. 만나서 반가워."

"아, 안녕 ……. 나, 난 치현이야. 마, 만나서 반가워."

치현은 쑥스러움에 말을 더듬고 얼굴을 붉혔다.

"오늘 첫 시간은 미술 시간인 거 모두 알고 있지요?"

여교사가 아이들을 향해 목청 높여 소리쳤다.

"네."

"자, 준비물 꺼내구요. 참, 소희 넌 준비물 안 가져 왔지? 치현아, 네 것 좀 빌려 줄 수 있겠니?"

"네."

"그래, 착하구나 치현이. 자, 하늘이 있는 풍경이야. 하늘과 관계된 거면 다 괜찮아요. 알았죠?"

"네."

교실이 떠나갈 듯한 함성이 채 가라앉기도 전에 아이들은 앙증맞게 작은 손으로 저마다 그림을 그려 나가기 시작했다. 치현이도 바깥을 바라보며 하늘에 뜬 조각구름들을 보며 양떼가 하늘을 거니는 모습을 그려 나가기 시작했다. 그러다 불현듯 자신의 빨간색 크레용과 하얀색 크레용, 그리고 검은색 크레용을 가져간 소희가 그 색깔만으로 그림을 그리고 있는 것이 이상해 고개를 돌렸다. 하늘을 그리려면 파란색이 있어야 할 텐데 소희는 파란색을 한 번도 쓰지 않았다. 치현이는 소희가 그린 그림을 보고 나서야 이마를 치며 감탄했다. 왠지 슬펐지만 너무나 아름다운 그림이 소희의 도화지 위해 가득 펼쳐져 있었다.

붉게 타 오르는 불길 속에서 예쁜 천사 누나가 비둘기의 그것을 닮은 날개를 활짝 펴 그 안에 옹기종기 모여 있는 사람들을 감싸고 있는 그림이었다. 치현이는 잠시 고개를 갸웃거렸다. 하얀 옷을 입고 있는 그 천사 누나를 어디선가 한 번쯤 만난 듯해서였다.

소희 옆에서 줄곧 하늘대리인 연희가 하얀 날개를 퍼덕이며 주변을 맴돌았다. 치현이 옆에는 요셉 할아버지가 주름진 얼굴 가득 함박미소를 담고 아이들이 그리는 그림을 지켜보고 있었다. 아기천사 '앨'과 '앤'이 그렇게 다시 만나 함께 있는 모습을 보는 하늘대리인 연희와 요셉 할아버지의 눈엔 어느새 영롱한 이슬이 맺혀 들었다. 하늘대리인 연희는 조용히 고개를 들어 하늘을 보았다. 하늘에서 그분의 음성이 나긋나긋, 다시 들려오는 듯했기 때문이었다. 그들을 자신의 온 날개로 감싸 안고 목놓아 울부짖던 그날, 자신의 심상 속에 전해졌던 바로 그 음성이…….

"난 단 한 번도 하늘문을 닫지 않았다. 과거에도 그랬고 현재도 그렇고 앞으로도 그럴 것이다. 너희들 스스로가 마음의 문을 닫고는 왜 하늘문이 닫혔다고 나를 원망하느냐? 너희들 가슴 속에 있는 마음의 문 외에 하늘로 통하는 문이 따로 있더냐? 마음을 열고 하늘을 보고, 하늘을 보며 세상을 사는 한, 난 결코 너희들을 버려두지 않을 것이며, 하늘문 또한 영원히 너희들 앞에 열려 있을 것이다."

***

그들로부터 거리가 멀어지면서 하늘대리인 연희와 요셉 할아버지의 모습이 점처럼 작아졌다. 그들의 모습이 곧 투명한 유리상자 안에 담겼고 누군가 그 유리상자 위에 뚜껑을 닫았다. 동시에 투명상자 안의 연희와 요셉 할아버지가 잠시 다시 나타나는 듯하더니, 상자 안 불빛이 꺼지면서 어둠 속으로 사라졌다. 푸른빛 덩어리가 유리상자를 조심스레 공중에 띄워 흠이 난 곳은 없는지 면밀히 살펴보고는 이상 없음이 확인되자 이번엔 은빛 덩어리가 조용히 앞장서서 봉인된 유리상자를 비어 있는 정사각형 박스 쪽으로 인도했다. 은빛 덩어리가 그 정사각형 박스에 유리상자를 밀어 넣자마자 비어 있는 공간 속으로 미끄러지듯 부드럽게 빨려들어 갔고, 동시에 은은한 종소리가 울려 퍼졌다. 은빛 덩어리가 불 꺼진 유리상자를 가볍게 툭 건드리자 유리상자가 다시 종소리와 함께 환하게 밝아졌다. 연희, 덕희, 소희, 갑수,

창수의 모습이 유리상자 안에서 순차적으로 스쳐갔다.

　은빛 덩어리가 더 많은 유리상자를 살필 수 있는 거리까지 순식간에 날아가 멈추었다. 은빛 덩어리는 다시 한 번 유리상자들을 세심하게 둘러보더니, 곧 강렬한 불빛과 함께 더 까마득한 거리로 멀어졌다. 그곳에서 보니 유리상자들은 실로 한 치의 빈 공간도 없이 빽빽이 들어차 있는 모습이었다. 그 모습이 마치 조명 밝힌 거대한 퍼즐판을 펼쳐놓은 듯했다. 똑같은 크기에 똑같은 유리상자들이었지만, 각기 다른 빛깔들로 여기저기서 반짝이고 있는 모습은 밤하늘에 뿌려진 별들처럼 현란했다. 하지만 모든 상자에 불이 들어와 있지는 않았다. 유리상자들 중에는 완전히 불이 꺼져 있거나 희미하게 불빛을 잃어가는 상자도 여럿 섞여 있었다. 푸른빛 덩어리와 은빛 덩어리는 그들 유리상자 들 중 한 개를 골라내 조심스레 살펴보고 있었다. 그 안에 한 예쁜 금발 소녀의 모습이 언뜻 스쳐 보였다.

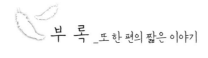

소녀와 정찰벌

여섯 살배기 금발 소녀가 아빠의 손을 잡고 농원을 거닐고 있었다. 소녀는 쏟아지는 햇볕을 창 넓은 하얀색 모자로 가리고 만발한 꽃들 사이를 나비처럼 옮겨 다녔다. 소녀가 쏟아 내는 맑은 웃음소리는 바람을 타고 꽃가루처럼 흩날려 사람들의 귀를 간지럽혔다. 소녀가 문득 노란색 수술에 하얀 꽃잎이 만개한 사과나무 앞에 멈춰 서 나지막이 아빠를 불렀다. 아빠의 따뜻한 시선이 소녀의 윤기 나는 머릿결에 닿았을 때, 소녀는 길고 하얀 집게손가락을 펴 사과나무를 가리켰다. 아빠는 소녀 옆에 무릎을 꿇고 소녀의 눈과 같아진 높이에서 그 사과꽃을 살폈다.

소녀가 가리켰던 사과나무가 수분수로 쓰일 품종 다른 사과나무와 더불어 일꾼들의 손에 의해 아빠의 소형 픽업트럭으로 조심스레 옮겨졌다. 집으로 향하는 내내 아빠는 콧노래를 불렀고 소녀는 그 노래에 맞춰 고개 춤을 췄다. 픽업트럭이 집 앞에 도착해 시동이 꺼지자마자, 소녀는 트럭에서 풀쩍 뛰어내려 어디론가 황급히 사라졌다. 아빠는 사과나무들을 벽면에 가지런히 세우고 혹시나 상한 데는 없는지 유심히 살폈다. 그때 불쑥 소녀가 다시 나타나 큰소리로 아빠를 불렀다. 아빠는 화들짝 놀라 소녀 쪽으로 급히 시선을 돌리다가 픽 웃고 말았다. 가드닝 장갑에 분홍색 장난감 호미를 챙겨 든 소녀의 모습이 마치 만화 속 캐릭터 같았다.

널찍한 오른쪽 어깨에 사과나무를 들쳐 멘 아빠가 소녀에게 왼손을 내밀자, 소녀는 기다렸다는 듯이 그 손을 잡으며 환한 미소를 지었다. 소녀를 내려 보는 아빠의 눈가 잔주름들이 아빠의 미소를 따라 함께 웃었다.

뒷마당에 들어서자 아빠는 곧 곡괭이로 땅을 파 사과나무를 심고 흙을 덮고 거름을 주었다. 소녀도 손바닥만한 분홍색 호미로 힘을 보탰다. 나무의 뿌리가 땅속 깊이 자리 잡자, 이번엔 아빠가 사과나무 뿌리 주위에 흙을 쌓아 물이 머물 웅덩이를 만들었다. 소녀는 바로 그곳에 호스를 대 물을 담았고, 이내 댐을 이룬 웅덩이 속 맑은 물에 파란 하늘이 성급히 뛰어들었다. 소녀는 하늘과 땅에 생긴 두 개의 하늘을 번갈아 쳐다보다 다시 사과나무에 시선을 주었다.

"뭘 찾니?"

아빠가 물었다.

"사과."

소녀가 말했다.

"벌이 와야 사과가 열리지."

아빠가 말했다.

"아빠, 하늘이 두 개야."

"뭐라구?"

소녀의 뜬금없는 말에 아빠는 어리둥절한 눈으로 소녀를 쳐다봤다. 소녀가 하늘에 있는 하늘과 웅덩이에 비친 하늘을 번갈아 가리켰다.

"정말 그렇구나. 그럼 이 사과나무는 하늘 두 개가 키우는 거네, 그치?"

아빠가 웃었다.

"응."

소녀도 웃었다.

"그럼 여기서 열릴 사과는 하늘이 주신 선물이겠네. 그것도 두 개의 하늘이……."

"그 사과를 먹으면 더는 아프지 않을까?"

소녀의 파란 눈동자에 눈물이 맺혀 들었다.

"……응. 그럴 거야. 반드시……."

아빠는 소녀의 눈에 맺힌 눈물을 엄지를 펴 부드럽게 닦아 주었다. 그리고 웅덩이에 담긴 작은 하늘을 보았다. 푸르렀던 작은 하늘 위로 갑자기 먹구름이 나타났다. 곧 빗방울이 작은 하늘 이곳저곳에 동심원을 만들었다. 작은 웅덩이 속 소녀의 하얀 얼굴도 함께 일렁였다. 그때였다. 웅덩이에 비친 소녀의 입술이 갑자기 보라빛이 되었다. 그러자 아빠의 얼굴은 납빛이 되어 버렸다. 소녀가 옆으로 슬그머니 쓰러졌다. 빗방울은 더욱더 거세진다.

***

한 젊은 남자가 커튼을 젖혀 바깥을 살핀다. 그리고 이내 눈살을 찌푸린다. 아직도 비가 추적추적 끈질기게도 내리고 있었다. 남자는 잠시 하늘을 본다. 혹시나 날씨가 갤 기미라도 있을까 해서였지만 구름의 색깔만으로도 그럴 가능성은 거의 없어 보였다. 하늘에 구멍이라도 난 걸까? 비가 그칠 기미는 고사하고 빗줄기가 점점 더 굵어지기만 하고 있으니……

공교롭게도 아슬아슬하게 버텨 오던 20년 지기 고물 승용차마저도 오늘 아침 퍼져 버렸다. 하기야 비루한 인생에서 퍼져 버린 것이 비단 자동차뿐이랴마는, 남자는 빨리 걸어도 이십 분 거리인 버스 정거장까지 이 추적대는 빗속을 뚫고 걸어가야 할 일이 당장 걱정스러웠다. 더군다나 집구석에 제대로 된 우산 하나 보이지 않는다. 차고 구석에서 우산을 찾는 남자의 손길에 짜증이 잔뜩 묻어난다. 보다 못한 만삭의 아내가 자신의 양산 겸용 접이식 우산을 던지듯 건네주곤, 휭하니 집 안으로 들어가 버린다. 웃으며 손이라도 한 번 흔들어 주면 어디가 덧나기라도 하는 걸까? 남자는 갑자기 복받치는 서러움에 코끝이 찡해진다.

남자는 집 밖으로 나서자마자 우산을 폈다. 우산은 머리 하나 감싸기도 벅찰 정도로 작았다. 당연히 빗방울은 사방에서 온몸을 툭툭, 성가시게 건드려 댔다. 살갗에 닿는 빗방울이 몸서리치게 차가워 온몸에 소름이 고드름처럼 돋아났다. 서머타임이 시작된 지도 한 달이 훨씬 넘었건만, 달력에서 정한 계절을 보란 듯이 무시하는 이놈의 멜버른 날씨는 봄도 아닌 겨울의 문턱에서 여전히 꿈쩍도 하지 않고 있었다. 이곳의 추위는 살을 에는 추위가 아니라 뼛속부터 시려 오는 추위라더니, 남자는 오늘 멜버른 추위의 진수를 마음껏 만끽하고 있었다. 간만에 잡힌 취업 면접만 아니었어도 정말이지 집 밖으로 한 발짝도 나가고 싶지 않은 날씨였다. 하지만 그럴 수 없었다. 이번 기회까지 놓칠 수는 없는 노릇이었으니까.

비록 일주일에 삼 일 정도, 그것도 캐주얼 신분이라 나오라면 나가고 연락 없으면 못 나가는 직장이지만, 이제는 찬밥 더운밥 가릴 형편이 아니었다. 그래도 그나마 프로그래머로서 그간의 경력을 살리는 일이니, 비록 시작은 미약하지만 열심히 하다 보면 다시 좋은 조건으로 정규직 오퍼를 받을 수도 있지 않을까? 하지만 남자는 이내 고개를 흔들어 가슴속에 피어나려던 희망을 싹도 트기 전에 사정없이 꺾어 버렸다. 쓸데없는 희망은 가혹한 현실을 더욱 부각시키기만 했을 뿐이었기에.

4년을 다녔던, 작지만 나름 건실하다고 생각했던 웹 프로그래밍 회사가 망해서 흔적도 없이 사라질지도 모르고, 불과 일 년 전에 무리해서 집을 장만한 것이 화근의 시작이었다. 모아둔 돈도 없이 집값의 구십 프로나 되는 돈을 융자로 끌어 쓴 마당에 실직마저 돼 버리자, 다달이 돌아오는 융자금의 이자는 눈 깜짝할 사이에 눈 더미처럼 불어나 버렸다. 어제는 급기야 전기 회사로부터 단전하겠다는 최후통첩까지 받고 말았다. 그게 다 헛된 희망에 의지해 허망한 기도를 했기 때문이라 남자는 굳게 믿었다. 차라리 희망이 없었다면 먹고 살 궁리가 더 빨랐을 것이고, 그랬다면 지금처럼 전기가 끊기고 가스가 끊기는 최악의 상황까지는 오지 않았을지도 모른다.

사실 회사가 도산한 이후 얼마간은 전혀 걱정도 하지 않았다. 경력이 있으니 다른 곳에라도 금방 취직이 될 줄 알았다. 오판이었다. 프로그래머는 넘쳐 났고 상대적으로 일자리는 줄어들고만 있었기에 예전 같은 직장을 찾는 것은 거의 불가능에 가까웠다. 남자는 그 사실을 인정하는 데 무려 칠 개월의 시간이 필요했다. 그런데 문제는 시간만 낭비한 것이 아니었다. 수십 번의 거절 속에 마음은 마음대로 상해 피폐해졌고, 일정한 소득 없이 지낸 몇 개월 만에 현금은 바닥이나 버렸다. 여기저기서 수많은 연체 고지서가 기다렸다는 듯이 정신없이 날아들었다. 종이 낱장 고지서가 전해 주는 체감 무게에 남자는 숨조차 쉴 수 없었다. 더는 물러설 곳도 없었다. 아니, 더 엄밀히 말하면, 남자는 물러서고 싶지가 않았다. 오늘 보게 될 면접은 취업에 성공하고 못 하고의 문제가 아니라 말 그대로 죽느냐 사느냐의 문제가 되어 버렸다. 오늘 취업에 실패할 경우 자신의 목숨에 걸려 있는 오십만 불짜리 보험금 외에 사랑하는 아내와 태어날 아이를 지켜 줄 그 어떤 대안도 남자에겐 남아 있지 않았다.

***

정찰벌 한 마리가 저공비행으로 꽃의 흔적을 찾고 있었다. 신선한 꿀을 찾아 헤맨 지가 벌써 몇 날 며칠째던가? 연이어 떨어지는 빗줄기 속에서 무거워지는 건 비단 비에 젖은 날개뿐만이 아니었다. 천근같이 무거워진 마음에 정찰벌의 날갯짓이 더더욱 버겁게 퍼덕댔다. 그때,

'아, 저것은……'

자포자기의 심정으로 생기를 잃어 가던 정찰벌의 눈이 갑자기 밝아졌다. 빗줄기 사이 저 너머로 사과꽃이 소담스럽게 피어 있었다. 정찰벌은 날갯짓 속도를 순식간에 늦추었다. 그러자 몸체가 중력의 중심부로 재빠르게 하강하기 시작했다. 사과꽃이 가까워지면 질수록, 정찰벌은 감당 못 할 흥분감에 몸을 떨었고, 향긋한 꿀 내음에 정신까지 아득해졌다. 최근 들어 계속된 찬 기온으로 좀처럼 만개한 꽃을 발견할 수 없었던 정찰벌은 이제서야 집으로 돌아갈 수 있게 되었다는 생각에 가슴이 벅차 올랐다. 하지만 지금은 잠시 그 기쁨을 뒤로 하고 당장 먼저 해야 할 일이 있었다. 집으로 돌아가 동료들에게 이곳의 위치를 정확한 좌푯값으로 알려 주기 위해선 태양과 꿀이 있는 곳 사이의 각도를 정확하게 산출해야만 했다. 베테랑 정찰벌에겐 떨어지는 빗

줄기 사이에서도 태양의 위치를 파악하는 것쯤은 일도 아니었다. 정찰벌은 하늘을 향해 몸을 날려 산출했던 좌푯값에 근거해 공중에서 춤사위를 벌였다. 집으로 돌아가면 똑같은 춤사위로 동료들에게 이 사과꽃의 위치를 알릴 것이었다.

모든 준비가 끝났다. 드디어 사과꽃에 뛰어들어 달콤한 꿀맛을 보고 향긋한 꽃가루를 온몸에 뒤집어쓰며 마음껏 뒹굴 일만 남았다. 정찰벌은 떨리는 마음으로 사과꽃을 향해 전속력으로 날아들었다. 날갯짓이 바빠질수록 달콤한 꿀 내음이 앞발에 닿을 듯 가까워졌고, 흥분감이 심장을 가열하고 전신에 전율을 일으켰다.

'아니, 이건 무슨?'

갑자기 온몸이 무언가에 떠밀리듯 붕 날아오르더니, 순식간에 사과꽃이 까마득하게 시야에서 멀어졌다. 어디선가 불어온 몇 가닥 실바람이 갑자기 강력한 회오리바람으로 돌변하며 막 사과꽃 속으로 진입하려던 정찰벌을 단숨에 휘감아 올려 버렸다. 정찰벌은 힘 한 번 못 써 보고 사과꽃으로부터 까마득한 거리의 어딘가로 날려가 사정없이 내팽개쳐졌다. 그 짧은 시간이 마치 영겁의 시간처럼 느껴질 때쯤, 어딘가에서 갑자기 굉음이 들려왔다. 떨어지는 빗방울이 콘크리트 바닥에 부딪히며 파편이 분수처럼 일어나는 모습에 잠시 정신이 빠졌을 때쯤, 반짝거리는 몸체를 길게 늘어뜨린 무언가가 자신 앞에 날카로운 비명을 질러대며 천천히 멈춰 서고 있었다. 정찰벌은 후들대는 세 쌍의 다리로 간신히 중심을 잡으며 주춤 뒷걸음질을 쳤다. 정신을 추스린 정찰벌은 자신은 지면을 박차고 날아오를 수 있는 두 쌍의 날개가 있는 존재임을 깨달았고, 곧 세차게 날개를 흔들었다. 공기의 양력이 날개 끝에 묵직하게 전해지며, 순간 몸이 사뿐히 떠올랐다. 하지만 날개보다 더 큰 몸집이 날아오를 만큼의 양력이 날개에 붙기도 전에 멈춰 섰던 철제 괴물 주위로 수많은 인간들이 동시에 몰려들었다. 지축이 들썩이며 세상이 무너질 듯 요동쳤다. 정찰벌은 몰려드는 인간들을 피해 필사적으로 몸을 굴렸지만, 무언가에 둔탁하게 부딪히고 말았고 이내 정신을 잃었다.

***

멜버른 교외를 달리는 시티행 기차에 한 남자가 비틀대며 올라섰다. 꽤 오랫동안 비를 맞았던지, 그가 걸친 옷 전체가 비에 흠뻑 젖어있었다. 차창가 빈 자리가 남자의 시야에 들어 왔고, 남자는 그 자리를 향해 서둘러 걸어갔다. 남자가 자리에 앉으려다 말고 엉거주춤 차창을 응시했다. 거기엔 꿀벌 한 마리가 차창 유리 위 미끄러운 표면을 잡고 끈질기게 오르고 있었다. 남자는 잠시 망설이나 싶더니 그냥 그 자리에 풀썩 주저앉아 버렸다. 고작 꿀벌 한 마리 때문에 자리를 포기하기엔 이 아침 면접길이 너무 피곤했다. 삼십 분이나 늦어 버린 버스 덕에, 비 가리개 하나 없는 버스 정거장에서 버스가 올 때까지 사방에서 쏟아지는 비를 고스란히 다 맞아야만 했다. 게다가 역에 도착해

선 시티로 가는 기차까지 예고도 없이 연이어 두 대나 취소되어 버렸다. 그 덕에 몇 대의 기차 시간대로 분산되었어야 할 승객들이 일시에 한 기차에 몰려들었고, 평상시보다 몇 배나 많아진 숫자의 승객들로 인해 기차 안은 실로 북새통을 이루고 있었다. 이미 면접 약속 시간도 훌쩍 넘어가 버렸고, 간신히 잡은 취업 기회는 이렇게 다시 물거품이 되어 가고 있단 생각에 남자는 짜증이 머리끝까지 뻗쳐 있었다. 비록 인사담당자의 자동응답전화기에 면접 시간에 늦을 것 같다는 메시지를 여러 번 남겨 두긴 했지만, 산뜻한 출발이 아닌 것만은 확실했다. 그만큼 삶과 죽음의 한가운데서 눈치를 살피던 무게추가 후자 쪽으로 그만큼 더 가까워졌음을 의미하는 것이기도 했다.

정말 되는 일이 하나도 없는 아침, 아니 인생이었다. 그런데 이상했다. 짜증과 스트레스에 살인이라도 마다않을 판에 남자는 옆에서 끊임없이 유리창을 오르내리며 신경 쓰이게 만드는 벌 한 마리를 바로 짓이겨 버리지 못하고 있었다. 남자는 그 이유가 며칠 전 한 방송사에서 방영한 신비한 꿀벌들의 세계에 관한 다큐멘터리 때문이 아닐까라고 어렴풋하게나마 짐작해 볼 뿐이었다. 꿀벌들이 지구상에서 사라지는 날, 인류를 먹여 왔던 열매들도 함께 사라질 것이라, 그건 곧 인류의 종말을 의미하는 것이나 다름없다는 내레이터의 굵직한 목소리가 환청처럼 되살아나, 남자는 그 중요한 생명을 지금 차마 어떻게 하지 못하고 있는 것이었다. 남자는 자기 처지에 말도 안 되는 오지랖 앞에서 피식 힘없이 웃을 뿐이었다.

'자신도 구하지 못하는 주제에 인류를 구해? 미친놈.'

남자는 벌의 동태를 가만히 주시하며 조용히 몸을 옆으로 젖혀 차창과의 거리를 최대한 늘렸다. 살의도 없는 마당에 쓸데없이 그 벌을 자극하고 싶지 않아서였다. 그때 벌이 잠시 주춤하며 힐끗 남자를 쳐다보았다. 순간, 긴장감이 남자의 곧추선 척추 선을 따라 전신으로 찌릿하게 번져 가며 목 뒷부분 어느 한 곳에서 뻑뻑하게 뭉쳐 들었다. 동시에 혈압이 올랐을 때의 증상과 비슷한 뒷목 땅김 현상이 동반되면서, 남자는 끙 하고 앓는 소리를 냈다. 남자는 목을 앞뒤로 움직여 뭉친 부분을 풀어 가며, 오른손으론 서류 가방을 뒤져 손바닥만 한 크기의 다이어리 수첩을, 왼손으론 외투 왼쪽주머니를 뒤져 휴지 한 장을 재빨리 꺼내 들었다. 여차하면 오른손에 든 수첩으로 벌을 짓이기고, 짓이겨진 그 죽음의 잔재를 왼손에 든 휴지로 처리하기 위함이었다. 할 수 없지 않은가? 비록 그들의 존재가 인류 생존에 지대한 영향을 미칠지라도 자신이 공격받는 상황에서까지 그들의 목숨을 보장할 수는 없는 노릇 아닌가? 그런데 벌은 남자의 존재에는 아예 관심도 없다는 듯, 오직 기차 밖 세상에만 시선을 고정시킨 채, 차창에 붙어 오르기를 계속할 뿐이었다. 창 끝까지 오르면 바깥으로 나가는 출구가 있다고 믿는 것일까?

남자의 마음 한구석이 뭉클해졌다. 꿀벌의 묵묵한 발걸음이 고행하는 순례자의 모습과 닮아 있었다. 다이어리 수첩과 휴지를 서류가방 안으로 슬그머니 집어넣어 버렸다. 오히려 몸을 기울여 좀 더 가까워진 거리에서 벌의 고행을 살폈다. 너무 가까이 다가갔던 것인가? 갑자기 벌이 우뚝 멈추어 섰다. 순간 긴장감에 남자의 오른쪽 눈 한구석이 움찔거렸다. 마른침 넘어가는 소리가 텅 빈 남자의 머릿속에서 공명하며 메아리쳤다. 남자는 다시 다이어리 수첩을 찾아 급히 한 손을 가방 안으로 밀어 넣었다. 하지만 허둥대는 손길은 수첩을 몇 번이나 잡았다가 떨어뜨리기를 반복했다. 벌은 허둥대는 남자의 모습을 슬쩍 곁눈질로 한 번 스쳐 보고는 다시 고행의 오르막을 묵묵히 올랐지만, 얼마 못 가 또다시 미끄러져 버렸다. 그 모습에서 남자는 '절망'이란 단어가 떠올랐다. 곧 '절망'이란 단어의 글자 끝이 뾰족한 비수로 변하더니, 남자의 가슴을 향해 곧장 날아와 사정없이 꽂혀 버렸다. 벌과 남자 사이에 '절망'이란 공감대가 끈끈한 유대감을 형성했고, 남자는 자기도 모르게 벌의 한걸음 한걸음에 온 힘을 다해 응원을 보내기 시작했다. 남자는 이 고행자 벌을 진정으로 돕고 싶었다.

남자가 지갑 속에서 은회색 신용카드 한 장을 뽑아 들었다. 물론 한도를 넘어 이제 신용카드로서의 본래의 용도는 사라졌지만, 언제일지 모르는 화려한 컴백을 위해 차마 버리지 못했던 그 신용카드를 지금 뽑아 든 것이다. 남자는 천천히 그 벌 가까이로 신용카드를 들이밀었다. 딱딱한 VISA 카드가 벌의 몸통에 닿자마자, 벌은 몸서리치며 뒤로 물러서며 동시에 엉덩이를 치켜들었다. 남자는 안타까움에 조바심이 났다.

'타란 말이야. 도와주려는 거야.'

하지만 벌은 계속 슬금슬금 뒤로 물러서기만 했다. 다행히 엉덩이를 치켜들었던 그 적의는 사라진 것 같았지만, 여전히 남자가 내민 손길의 의미를 헤아리지는 못하고 있었다. 답답했다. 그리고 모를 일이었다. 왜 갑자기 저 벌을 바깥세상으로 보내야 하는 것이 마치 자신의 절대 절명의 사명이라도 되는 양 느껴졌는지……. 지금 이 순간 기차 안에는 아무도 없었다. 오직 저 벌과 남자만이 존재하고 있을 뿐.

볼펜을 꺼내 들었다. 경계하듯 물러서는 벌의 꽁무니를 볼펜으로 밀어 VISA카드로의 탑승을 유도했다. 천천히, 아주 천천히……. 아! 드디어 성공. 몇 번의 항거가 있긴 했지만, 들이미는 검은 볼펜 촉의 서늘함에 놀란 건지, 자포자기를 해버린 건지, 아니면 혹시라도 남자의 진의를 그제야 파악이라도 했던 건지, 어쨌든 남자가 내민 생명의 카드 위로 무사히 승선했다. 그런데 기차 밖까지 어떻게 데리고 나갈 것인가? 남자는 급히 기차 안을 둘러보다 눈살을 찌푸렸다. 빽빽이 들어선 저 군중을 헤치고 어떻게 출입구까지 갈 것인가? 그렇다고 여기서 멈출 수도 없지 않은가? 남자는 긴 심호흡으로 먼저 마음을 다잡고 난 뒤, 벌이 승선해 있는 카드를 가슴 앞쪽으로 바짝 받쳐 들었다. 그리고 출입문을 향해 조금씩, 아주 조금씩 이동을 시작했다. 기차를 가득 메운 승객들이 남자와 카드 위의 벌을 의아한 눈으로 번갈아 쳐다보았지만, 어쨌든 슬금슬금 길을 비켜 주기 시작했다. 모세가 홍해를 가르듯, 남자는 인파를 가르며 천천히 전진했다. 넘쳐나는 승객들로 머리카락 한 올 들어갈 틈조차 없어보였던 객차 내에 그런 공간이 마련될 수 있었다는 것은 그저 놀라울 따름이었다.

출입문에 도착하자마자, 마침 기다렸다는 듯이 문이 열렸다. 차가운 바람이 승차를 기다리던 사람들 틈을 헤집고 순식간에 남자의 얼굴을 강타했다. 남자는 오른손으로 빠르게 덮개를 만들어 갑작스러운 돌풍으로부터 벌을 보호했다. 남자는 기차에서 민첩하게 내려선 다음 빠르게 주변을 살폈다. 승강장 앞에 조성된 화단 한 곳이 남자의 시야에 들어왔다. 남자는 바람 같은 속도로 내달렸다. 막 화단에 도착했을 때 기차가 삐삐 경보음을 울리며 문을 닫고 있었다. 그런데 정작 신용카드 위의 벌은 좀처럼 떨어지려 하지 않았다. 아래위, 좌우로 아무리 강하게 흔들어 봐도 수비에 들어간 그레코로만형 레슬러처럼 신용카드에 납작하게 달라붙은 벌은 꿈쩍도 하지 않았다. 당황스러움에 남자의 얼굴이 시뻘겋게 달아올랐고, 남자는 거칠게 볼펜으로 꿀벌을 밀어 화단에 떨어뜨려 버렸다.

꿀벌이 원했던 것이 이것이 아니었나란 의구심도 잠시, 남자는 기차를 향해 혼신의 힘으로 뛰어야만 했다. 출입문이 닫히기 일보 직전이었다. 늦었다. 기차는 남자의 코앞에서 보란 듯이 사정없이 문을 닫아 버렸고, 남자는 허탈함과 자괴감에 고개를 숙였다.

'내가 하는 일이 다 그렇지, 뭐.'

"삐삐삐!"

기차에서 다시 경보음이 울렸다. 남자가 고개를 들었다. 아! 매몰차게 닫혀 버렸던 그 출입문이, 아니 닫혀 버렸다고 생각했던 그 출입문이 남자를 향해 다시 활짝 열렸다. 누군가가 닫히려는 문을 간발의 차로 잡아 다시 열어젖혔던 모양이었다. 덕분에 남자는 원래의 여정으로 무사히 돌아올 수 있었다.

기차로 돌아온 남자는 숨부터 골라야만 했다. 갑작스럽게 뛴 탓에 숨이 가빠 정신을 차릴 수가 없어서였다. 얼마 뒤, 호흡이 정상으로 돌아왔을 때, 남자는 고개를 들어 자신이 앉았었던 자리 쪽을 쳐다보았다. 누군가 당연히 차지했겠지 하며 쳐다본 그 자리는 의외로 여전히 비어 있었다. 게다가 눈에 익은 서류 가방 한 개가 덩그러니 빈자리를 지키며 부끄러움에 떨고 있었다.

'가방까지 두고 내리다니, 미친놈.'

남자는 주변에서 날아드는 눈초리들을 한겨울 싸리눈 털어 내듯 헛기침으로 털어 내며, 가방이 지켜 준 그 자리로 엉거주춤 다시 돌아갔다. 남자는 곧장 스마트폰을 꺼내 이어폰을 귀에 꽂고 재빠른 손가락질로 저장된 음악들을 불러내며 동시에 눈을 감아 버렸다. 바로 '안면 몰수 모드'로 변경해 버린 것이었다. 그러자 순식간에 사람들의 눈초리도 함께 사라졌고, 남자는 재빠르게 음악 속으로 빠져들 수 있었다. 마침, 막 연주가 시작된 베토벤의 '교향곡 5번 다 단조', 소위 '운명 교향곡'의 웅장한 선율이 번잡했던 남자의 심사를 일시에 진압해 들어가기 시작했다.

***

"그 벌이 원했던 걸까요?"

난데없이 중후한 영국식 억양이 교향곡 너머 저편에서 아련하게 들려왔다. 남자는 반사적으로 눈을 떠 목소리가 난 방향을 향해 시선을 돌렸다. 한 노신사가 맞은편 좌석에서 남자를 향해 미소 짓고 있었다.

'아는 사람이던가?' 순간, 남자는 자신의 대뇌에 이 노신사의 신상조회를 의뢰했다. 하지만 수천 분의 일 초도 안 되어 '검색된 자료가 없다'는 메시지가 되돌아왔다. 그렇다면 모르는 사람, 그러자 연이어 두 번째 질문이 대뇌에 전달됐다. '언제부터 이 노신사가 내 앞에 앉아 있었던 걸까?' 이 역시 '확인할 자료가 없음'이란 메시지로 바로 돌아왔다. 아마도 조금 전, 벌 때문에 부산을 떠느라 주변 사람들의 동태까지 살펴볼 경황이 없었기 때문이리라, 남자는 생각했다.

"뭐라고 하셨습니까? 저한테 하신 말씀이신지?"

"하하하. 실례가 되었다면 죄송합니다. 아까부터 계속 지켜보고 있었는데 궁금해서 견딜 수가 있어야 말이지요."

중저음 톤의 묵직하고 웅장한 목소리, 조금 전까지 듣고 있었던 베토벤의 운명 교향곡과 느낌이 많이 닮아 있었다.

"무엇을? 아! 그 꿀벌" 남자의 얼굴이 붉어졌다.

"참, 그런데 젊은이가 놓아준 그 벌 말이오."

"아, 예."

"살 수 있을까요?"

"예? 무슨 말씀이신지?"

"오늘처럼 차갑고 바람 많은 날에 저 벌 혼자 살아낼 수 있을까요? 추위는 그렇다 치더라도 먹이가 없어서라도 살기 힘들 텐데요. 요즘 아무리 둘러봐도 추운 날씨 탓인지 꽃 한 송이 보기 힘들던데……."

"그, 그래도…… 이곳 기차 안 보다야 낫지 않겠습니까?"

"그걸 젊은이가 어떻게 자신하오? 혹시 저 벌이 이곳에서의 안락한 죽음을 위해 일부러 찾아들었을지도 모르지 않소?"

남자는 대뜸 대답을 하지 못했다. 이 노인이 지금 농을 치는 건지, 진담인지 확신이 서지 않았다. 벌을 들고 허둥대던 자신의 모습이 그리 정상적인 모습은 아니었겠지만, 그렇다고 놀림을 받을 만한 이유도 없지 않은가? 남자는 이 노신사가 만약 자신을 놀리고 있는 거라면 한 번 제대로 쏘아 붙여 줄 요량으로 그의 표정을 재빠르게 살폈다. 그런데 노신사의 눈빛, 표정, 그 어디에도 농치는 자의 모습은 전혀 없었다. 오히려 그 반대였다.

"선생님도 참……. 벌이 그걸 선택했겠습니까? 우연히 안으로 들어왔다가 오도 가도 못하게 된 거겠지요. 만약 편안한 죽음을 위해 스스로 들어왔다면, 바깥을 향해 저리 발버둥칠 이유도 없었지 않을까요? 게다가 더 중요한 건, 이곳이 저 벌이 있기엔 자연스러운 곳은 아니잖아요."

"자연스러운 곳이 아니다?"

"예, 기차 안보다 꽃밭에 노니는 벌이 더 벌답지 않을까요? 꿀벌로 태어나서 그 사명이나 숙명이 설마 기차 내에서 편안한 죽음을 맞이하는 것이기야 했겠습니까? 싫든 좋든 피해 가지 못하는, 아니 피해 가서는 안 되는 뭐 그런, 절대명령 같은 거요. 그것이 만개한 꽃들을 찾아 꿀과 꽃가루를 모아 여왕벌과 동료들을 위해 돌아가야 할 의무가 있을 수도 있을 것이고, 아니면 이 세상 그 어느 곳에서 열매 맺기를 간절하게 원하는 한 떨기 꽃의 미래가 저 벌의 책무에 달려 있을 수도 있구요. 혹시 압니까? 저 벌의 발끝에 묻어 있을 수도 있는 꽃가루가 누군가의 간절한 소망의 씨앗일지."

"하하하! 젊은이는 꿀벌에 대해 많이 아시나 봅니다."

"아니…… 그런 건 아니고요. 며칠 전 우연히 꿀벌 관련 TV 프로그램을 본 적이 있는데, 사실 전 몰랐었거든요. 성가시게만 생각했던 벌들이 이 세상에 얼마나 중요한 존재였는지를……."

갑자기 목이 메여 남자는 말을 다 끝맺지 못했다. 하찮다고 생각했던 벌 한 마리도 세상에 존재해야 할 이유가 있는데, 도대체 자신은……. 순간 남자의 눈에 눈물이 핑 돌았다.

"그래서 살려주려 저 벌을 놓아주셨나요?"

다행히 노신사는 남자의 눈물을 보지 못한 듯 진지하게 대화를 이어갔다. 남자는 문득 이 노신사의 목소리며 억양이 그 프로그램의 나레이터랑 아주 많이 닮았다는 생각을 했다.

"그건 아닙니다. 그냥 바깥을 향한 벌의 몸짓이 갑자기 너무 간절하고 처연해 보여서……."

"신기하군요. 한낱 벌 한 마리에서 그 간절함을 느껴 낸다는 게 말입니다. 하늘에 마음을 둔 자들만이 미물들의 간절함까지도 볼 수 있다던데……."

"……하늘에 마음을 둔 사람? 천부당만부당하신 말씀입니다. 그 냥 동병상련이겠지요. 그런데 문뜩 선생님 말씀처럼 바깥으로 나가는 것이 저 벌이 원했던 것이 아니라면 어떡하죠? 정말 이 안에서 죽으려 했다면……."

"마음이 많이 약하신 분이시군요, 젊은 양반. 하하하, 제가 괜한 말씀을 드렸나 봅니다. 사실, 젊은이 말씀을 듣고 보니 저 벌이 원했 건 그렇지 않았건, 저 벌이 이 세상에 존재하는 한, 당연히 수행해야 할 의무가 있을 것이고 그 길을 따르는 것이 세상의 순리란 생각도 드 는군요. 설마 기차 안에서 죽어 없어지라고 태어난 것은 아니겠지요. 인간들이 죽기 위해 태어난 것이 아니듯 말입니다. 무언가 세상을 위 해 존재 이유가 있겠지요. 이 세상에 우리의 삶이 그 어떤 영향도 끼 치지 못한다고 생각해 보세요. 삶이란 게 얼마나 허무하겠습니까?"

"……그렇긴…하죠."

남자는 자신의 삶이 지금 그렇다고 말할 뻔했다. 간신히 혀를 물 고 말을 막았지만, 그만큼 가슴은 더욱 갑갑해 왔다.

"그럼요. 살다 보면, 하고 싶은 일과 해야 될 일이 다른 경우가 얼 마나 많은데요. 아마도 그건 우리가 원하는 삶과 신께서 바라시는 삶

사이의 간극 때문일 겁니다."

"그런가요? 휴유~."

노신사가 남자의 한숨에 의아하다는 듯 물끄러미 쳐다보았다.

"아……아니요. 그냥 문득, 제가 저 벌에겐 신일 수도 있겠단 생각이……."

"그게 왜 한숨을 쉴 이유죠?"

"신이 아니니까요. 난 저 벌을 다음에 만나도 알아보지 못할 것이고, 혹시나 저 벌이 나를 향해 기도를 해도 난 듣지도 못할 테니까요. 여태 제가 믿었던 신 또한 이런 존재에 불과했다면, 아니 어쩌면 정말 그랬을지도 모른다는……."

남자는 말을 끝마치기도 전에 입을 닫아 버렸다. 초면의 사람과 할 이야기가 아닌 것 같기도 했고, 노신사가 보여 준 조그마한 관심에 들떠 너무 많은 속내를 드러낸 것 같기도 했기 때문이었다. 더군다나 신에 대한 이야기는 하지 말았어야 했다. 사람에 따라서는 민감해질 수도 있는 주제니까.

"신을 믿지 않으시는 모양이군요."

아니나 다를까 노신사가 정색을 하고 말했다.

"아니……그렇다기보다……."

아내 손에 이끌려 성당에 나가기 시작한 이래, 요즘은 세례를 받기 위해 본격적으로 몇 달째 교리 수업까지 받고 있는 그였지만, 여태 신의 존재를 느껴 본 적이 단 한 번도 없었다. 간절히 기도하지 않아서 그렇다고? 천만의 말씀이다. 이 세상을 살면서 무언가를 간절히 원해 보지 않았던 사람이 과연 어디에 있을 것이며, 그를 위해 간절히 기도해 보지 않았던 이가 또 어디에 있겠는가? 하지만 남자는 자신의 기도에 대해 신으로부터 단 한 번의 응답도 받아 본 적이 없다고 생각했다. 응답은 고사하고 신이 자신의 이야기를 듣기라도 하는지, 아니 신이란 존재가 정말 이 세상에 존재하기나 하는지 모든 것이 의심스러울 뿐이었다. 그래서 오늘이 삶의 마지막 날일 수도 있다고 생각하는 이 순간에도 남자는 더는 기도하지 않고 있었다.

남자는 잠시나마 흥미로웠던 이 낯선 노신사와의 대화가 불현듯, 무의미하게 느껴졌다. 남자는 오늘, 아내와 태어날 아이에게 오십만 불짜리 보험금을 남기고 연기처럼 사라질 운명에 처할지도 모르는데, 이 쓸데없는 말장난이 과연 무슨 의미가 있겠는가 싶었다. 시계를 보았다. 면접 시간은 벌써 한 시간 전의 과거가 되어 있었다. 운명의 무게 추는 죽음 쪽으로 또 한 번 큰 발걸음을 옮겼다.

"제가 보기엔 신을 항상 옆에 두고 계신 분 같은데……."

남자는 고개를 들어 노신사를 보았다. 노신사는 한결 따뜻해진 눈빛으로 남자를 쳐다보고 있었다.

"기도, 절대로 멈추지 마세요. 기도는 인간들에게 부여된 권리에요. 더불어 그 기도를 듣고 화답해야 하는 것은 신의 의무이고요. 그리고……."

"선생님, 말씀 중에 죄송합니다. 내려야 할 역이라서……."

거짓말이었다. 내려야 할 역은 몇 개의 역을 더 가야 했다. 하지만 남자는 그 자리에 더 앉아 있을 수 없었다. 생면부지의 사람으로부터 설교까지 들을 기분이 아니었다. 게다가 남자의 마음속엔 이미 면접 보러 가는 것을 포기하고 있었으니, 이젠 어느 역에 내리든 아무 상관도 없어져 버렸다. 남자는 기차가 멜번 센트럴 역에 도착해 문을 열자마자, 서둘러 자리에서 일어섰다. 그리고 가벼운 목례로 노신사에게 인사하고 성급히 뒤돌아섰다. 사고처럼 죽어야 하는 오늘, 어떤 방법을 써야 할 것인가를 결정해야 하는 남자의 복잡한 머릿속으로 노신사의 굵직한 목소리가 파고들었다.

"곧 아빠도 되실 텐데, 힘내셔야지요. 더 잃을 것도 없다고 생각하시면서, 기도 좀 한다고 손해 볼 일도 없잖습니까? 누군가의 간절한 기도가 하늘에 닿아 당신을 통해 아까 전 그 꿀벌을 살렸듯, 당신의 소망 역시 당신을 아끼는 누군가의 간절한 기도 속에서 이미 누군가에 의해 이루어지고 있는지 어찌 알겠소? 한국에 계신 당신 어머니의 기도든, 당신 아내의 기도든, 더 나아가 태어나지도 않은 당신 아이의 기도든, 당신을 위한 기도가 세상에 넘쳐 나는데 하늘이 어찌 무심하겠소?"

남자는 기차 밖으로 내려서려다 잠시 멈칫하지 않을 수 없었다.

'어머니가 한국에 있다는 이야기나 아내가 임신했다는 이야기를 내가 했던가?'

남자는 소스라치게 놀라며 뒤를 돌아보았다. 조금 전까지 대화를 나눴던 노신사는 그 어디에도 없었다.

***

기차가 서둘러 역을 떠나자, 승강장 앞 화단 잡풀 위로 떨어진 정찰벌이 천천히 주변을 살피며 날개를 흔들어 보았다. 다행히 다친 곳은 없었다.

'누구였을까?'

정찰벌은 자신을 차갑고 투명한 장막 밖 세상으로 다시 인도했던 한 인간을 떠올렸다. 하지만 그저 기억나는 건 그자의 눈빛뿐이었다. 절망 속에서 흔들리는 간절함을 잡고 한없이 떨고 있던 눈동자, 그 눈동자가 자신에게 명했다. 날아가라고, 주어진 임무를 완수하라고.

정찰벌의 날개에 힘이 들어갔다. 그러자 정찰벌이 어느 때보다 더 가뿐해진 몸으로 사뿐히 공중으로 떠올랐다. 곧 향긋한 사과꽃 냄새가 정찰벌의 후각 센서를 자극했다. 정찰벌은 그 꽃향기가 날아오는 곳을 향해 날갯짓에 가속을 붙였다.

햇살 맑은 어느 늦은 오후, 소녀의 아빠가 소녀를 안고 정원으로 걸어 나왔다. 소녀는 고개를 간신히 가누며 사과나무 쪽을 응시했다. 사과나무에는 금방 맺힌 듯한 작은 사과 열매가 앙증맞게 달려 있었다. 새하얀 소녀의 얼굴에 미소가 번져났다. 하지만 바람 한 점에도 지워질 듯 엷은 미소에 아빠의 시선이 안타깝게 떨렸다. 아빠는 소녀의 머리를 자신의 어깨에 기대게 하고 바짝 마른 소녀의 등 언저리를 부드럽게 토닥거렸다.

"아빠, 나 그만 잘래."

소녀가 힘없이 말했다.

"그래? 자장가 불러 줄까?"

아빠의 목이 메었다.

"응."

소녀가 눈을 감았다.

"……잘 자라 우리 아가, 앞뜰과 뒷동산에, 새들도 아가 양도……."

아빠의 자장가 소리가 나직이 뒷마당을 채울 때쯤, 소녀는 아빠의 널찍한 오른 어깨에 기대어 조용히 눈을 감았다. 아빠는 깃털만큼 가벼워진 소녀를 안은 채, 해가 떨어지는 짙은 오렌지빛 하늘을 물끄러미 쳐다보았다. 아빠의 푸른 눈동자에 비친 오렌지빛 석양이 용암처럼 이글대며 소용돌이치다 아빠가 흘린 눈물 속에 잠겨 함께 떨어져 나왔다. 아빠는 질끈 눈을 감았다. 마음을 비우고 그 비워진 공간에 하늘을 담으려 안간힘을 썼다. 아빠는 자신도 모르게 온 마음을 모아 하늘을 향해 기도하기 시작했다.

정찰벌이 소녀의 뒷마당 상공을 천천히 배회하며 아래를 굽어보았다. 한 금발 소녀가 아빠의 품에 안겨 잠들어 있었다. 한동안 눈을 감고 기도하던 아빠가 다시 눈을 떠 하늘을 보았다. 오렌지빛 석양이 아빠의 눈 속에서 집요하게 일렁였다. 하지만 절대 어둠을 이끄는 석양의 빛이 아니었다. 차라리 빛을 끌고 오리라 약속하는 새 아침의 일출과 더 많이 닮은 희망의 빛이 아빠의 눈동자에 가득 맺혀 있었다.